STATE OF BLISS – UNSER TRAUM VON LIEBE

FIRST FAMILY
BUCH SECHS

MARIE FORCE

ÜBER DAS BUCH

Bei Jobs wie ihren gibt es so etwas wie einen ruhigen Urlaub nicht …

Lieutenant Sam Holland und ihr Mann US-Präsident Nick Cappuano freuen sich darauf, ihren zweiten Hochzeitstag mit einem wohlverdienten Urlaub zu feiern. Eigentlich stand mal wieder ein Flug nach Bora Bora auf dem Plan, doch aufgrund des anhaltenden politischen Drucks entscheiden sie sich stattdessen für einen Trip ans Meer in Dewey Beach in Delaware. Doch selbst dieser Plan gerät in Gefahr, als Sam sich um eine weitere Krise im Rahmen der Untersuchungen gegen den ehemaligen Lieutenant Stahl kümmern muss. Um den neuen Fall, den Mord an einer College-Studentin, kümmern sich derweil Gonzo, Freddie und der Rest der Truppe, während sich Gigi und Cameron mit der Abteilung Interne Ermittlungen befassen müssen.

Wie immer läuft für Sam und Nick nichts nach Plan, aber die Chance, eine Woche weitgehend allein zu verbringen, ist genau das, was sie brauchen, ehe ihre Kinder, Familie und Freunde für ein Wochenende am Strand zu ihnen stoßen …

KAPITEL 1

Kurz nach Mitternacht am Freitagmorgen traf mit einem lauten Klingelton eine Meldung an alle ein.

Dringende Information! Um acht Uhr wird Chief Farnsworth alle Mitglieder des MPD über eine wichtige Angelegenheit unterrichten. Abteilungsleiter sollten sich um sieben Uhr dreißig im Konferenzraum des Chiefs einfinden. Alle, die nicht im Jahresurlaub sind, müssen entweder persönlich im Hauptquartier anwesend sein oder sich über den unten angegebenen sicheren Link zuschalten. Wir danken Ihnen für Ihre Aufmerksamkeit.

Sam stöhnte, als sie die Nachricht las.

Nick und sie wollten gegen Mittag zu ihrem Romantikurlaub zur Feier ihres Hochzeitstags aufbrechen. Eigentlich hatte sie die nächsten zehn Tage frei.

Aber …

Die Neugier würde sie umbringen. Normalerweise wusste sie über so gut wie alles Bescheid, was bei der Polizei vor sich ging, doch sie hatte keine Ahnung, was der Grund für dieses dringende Treffen war.

„Was ist los, Baby?", fragte Nick gähnend.

„Versammlung der gesamten Mannschaft um acht Uhr. Abteilungsleiter um sieben Uhr dreißig."

„Weswegen?"

„Ich hab keine Ahnung."

„Aber du musst da nicht hin, oder?"

„Ich muss nicht, trotzdem ist es vielleicht besser für uns beide, wenn ich kurz vorbeischaue, damit ich nicht vor Neugier sterbe."

Sein schnaubendes Lachen entlockte ihr ein Lächeln. Er legte den Arm um sie und zog sie an sich. „Dann ist es wohl wirklich besser, wenn du das tust. Solange du rechtzeitig zurück bist. Ich kann es kaum erwarten, von hier zu verschwinden."

„Weiß ich." Sie legte eine Hand auf seine. „Ich verspreche, ich werde nicht zu spät kommen."

„Ich habe um zehn das gefürchtete Briefing zur nationalen Sicherheit, also passt das schon. Wir reisen ab, wenn du zurück bist. Hast du daran gedacht, deiner Personenschutzeinheit Bescheid zu geben, dass du ein Treffen hast?"

„Das wollte ich gerade tun."

Er stupste sie in die Seite, woraufhin sie zusammenzuckte und lachen musste. „Ja, klar."

„Ehrlich!"

Sie schnappte sich ihr Handy vom Nachttisch und schickte Vernon, dem Leiter ihrer Personenschützer, eine SMS.

Dringendes Treffen im Hauptquartier um sieben Uhr dreißig.

Obwohl es nach Mitternacht war, antwortete er sofort.

Werden um null sieben zehn für den Transport bereitstehen.

Sie sind der Beste, Vernon.

Ich weiß.

Sam lachte über die Antwort. „Er ist klasse."

„Ich bin froh, dass du ihn magst."

„Ihn und Jimmy. Mit ihnen zusammenzuarbeiten ist immer lustig."

„Wissen die beiden eigentlich, wie ungewöhnlich es ist, dass du sie nicht aus tiefstem Herzen verabscheust?"

„Natürlich."

„Sorry, dumme Frage."

„Freddie erklärt ihnen permanent, wie viel Glück sie haben, weil ich Menschen im Allgemeinen hasse."

„Dabei scheint mir, und ich könnte mich durchaus irren, dass du in letzter Zeit viel mehr Leute magst als hasst."

„Das ist nicht wahr, und es wäre besser, wenn du das nie außerhalb dieser vier Wände erwähnst."

„Ja, Schatz."

„Machst du dich etwa über mich lustig?"

„Würde ich das je tun?"

„Ja, ohne Zweifel. Und die Tatsache, dass ich dich beben spüren kann, ist ein eindeutiges Indiz."

„Was soll ich sagen? Meine Frau ist witzig."

„Gut gerettet."

Nick drückte sie fester an sich und gab ihr einen Kuss auf die Schulter. „Schlaf ein bisschen, Sam. Du musst ausgeruht sein, wenn wir in Dewey ankommen."

„Danke für die Vorwarnung."

„Ich kann es kaum erwarten, tagelang mit meiner Gattin allein zu sein."

„Geht mir umgekehrt mit meinem Gatten genauso."

„Was auch immer bei dem Treffen passiert, du darfst nicht zulassen, dass es uns diesen Urlaub vermasselt."

„Werd ich nicht."

„Versprochen? Vergiss nicht, mein Leben hängt davon ab."

„Da dein Leben für mich von entscheidender Bedeutung ist, verspreche ich es hoch und heilig."

Um halb acht versammelten sich alle Abteilungsleiter in Chief Farnsworths Konferenzraum.

Lieutenant Archelotta von der IT-Abteilung blickte Sam an. „Worum geht es hier eigentlich?"

„Ich habe keine Ahnung."

„Hm, ich dachte, wenn es jemand weiß, dann du."

„Falsch gedacht, Archie."

Captain Malone trat ans Kopfende des Tisches. „Danke, dass Sie alle gekommen sind. Der Chief hat diese Versammlung einberufen, um über neue Erkenntnisse zum ehemaligen Lieutenant Stahl zu berichten."

Sam verbiss sich ein Aufkeuchen. Ach du heilige Scheiße. Was war denn jetzt wieder los?

„Wir haben einen glaubhaften Tipp erhalten, der ihn mit bis zu zwanzig vermissten Frauen in Verbindung bringt." Malone drückte auf eine Fernbedienung, woraufhin Fotos auf dem großen Bildschirm im vorderen Teil des Konferenzraums erschienen. „Über einen Zeitraum von siebzehn Jahren sind die folgenden Frauen verschwunden."

Die Diashow zeigte eine Reihe junger, attraktiver Frauen.

„Alle waren dem MPD als drogenabhängig bekannt, und einige waren wegen Prostitution aktenkundig."

Sam verspürte Betroffenheit, als sie die Gesichter der Frauen eins nach dem anderen vorbeiziehen sah. Sie gehörten verschiedenen Ethnien an, wiesen zu wenige Gemeinsamkeiten auf, um sie einem bestimmten Typ zuzuordnen. Während Malone ihre Namen, ihr Alter und was sonst über sie bekannt war, aufzählte, erkannte sie, dass sie alle irgendwie angreifbar gewesen waren.

Stahl hatte sich diese Schwachstellen zunutze gemacht.

Aber hatte er sie getötet? Sie konnten auf verschiedenste Weise verschwunden oder zu Tode gekommen sein, doch Sam wusste aus Erfahrung, dass Stahl durchaus zu Mord fähig war. Bei der Erinnerung daran, wie er versucht hatte, sie selbst umzubringen, zog sich ihr der Magen zusammen.

Lieber Gott … Der Gedanke, dass er tatsächlich Menschen ermordet haben könnte, während er bei der Polizei gewesen war, war fast zu überwältigend, um ihn zu verarbeiten. Beim ersten Mal hatte er versucht, sie vor ihrer eigenen Haustür zu erwürgen, ehe der Secret Service eingegriffen und ihr das Leben gerettet hatte. Später hatte er sie in Klingendraht gewickelt und gedroht, sie in Brand zu setzen. Für beide Verbrechen verbüßte er eine lebenslange Haftstrafe in Jessup, ohne Aussicht auf Bewährung.

Sam bemühte sich sehr, nicht an ihren früheren Lieutenant oder an seine beiden Versuche zu denken, sie zu töten. Schon wenn sie seinen Namen hörte, bekam sie Schweißausbrüche, und ihr wurde schwindlig.

„Sam."

Archies Stimme holte sie aus dem dunklen Loch heraus, in das sie gefallen war, während sie ihre beinahe tödlichen Begegnungen mit dem kriminell gewordenen ehemaligen Lieutenant noch einmal durchlebte.

Sam sah ihn an.

„Alles okay?", flüsterte er.

„Ja."

Ihre Hände zitterten, und sie klemmte sie sich zwischen die Knie. Als könnte das die Welle des eiskalten Grauens stoppen, die sie jedes Mal überrollte, wenn sie an den Tag in Marissa Springers Keller dachte, als sie sicher gewesen war, auf schreckliche Weise zu sterben.

Das war sein Ziel gewesen.

Er war außer sich gewesen, weil sie sich geweigert hatte, in irgendeiner Weise auf ihn zu reagieren, während er seinen finsteren Plan in die Tat umsetzte.

Vielleicht hatte er sie gehasst, weil er sie nicht einfach ermorden konnte. Sie war keine Frau, die er so ohne Weiteres verschwinden lassen konnte, wie er es möglicherweise mit den anderen getan hatte.

„Ich muss wohl nicht betonen", fuhr Malone fort, „dass wir diese neuen Informationen sehr ernst nehmen und planen, erhebliche Mittel für die Wiederaufnahme der Ermittlungen zum Verschwinden all dieser Frauen einzusetzen. Nach der Besprechung um acht Uhr wird sich die Spurensicherung Stahls Haus vornehmen. Wir gehen davon aus, dass sich dies zu einer wichtigen lokalen und nationalen Geschichte entwickeln wird."

Bei dem Wort „national" schaute er sie an.

Die Presse würden sich wie die Geier auf die Nachricht stürzen, dass der ehemalige Chef und Angreifer der First Lady ein Serienmörder sein könnte.

Sam wandte den Blick ab, da sie fürchtete, dass ihre Position in der Öffentlichkeit zu dem Medienrummel beitragen würde, der nach Bekanntwerden dieser neuen Verdächtigungen mit Sicherheit beginnen würde.

„Welche Strategie haben wir für die Medien?", fragte Lieutenant Max Haggerty von der Spurensicherung.

„Wir sagen öffentlich nichts, bis wir mehr wissen. Stahls Anwälte sind über den Durchsuchungsbeschluss für sein Haus informiert. Offenbar gehörte das Gebäude früher seinen Großeltern, nach deren Tod er es geerbt hat. Aus welchen Gründen auch immer hat er dort allerdings nicht gewohnt, mutmaßlich, weil er das Haus für seine üblen Machenschaften genutzt hat."

Bei dem Gedanken daran drehte sich Sam der Magen um.

Sie hatten das Haus im Rahmen der früheren Fälle nicht durchsucht, da keiner seiner Angriffe auf sie dort stattgefunden hatte.

Sam hatte nicht viel über Stahls Privatleben gewusst. Während der scheußlichen Jahre, die sie anfangs für ihn und später mit ihm gearbeitet hatte, hatte sie versucht, ihm so weit wie möglich aus dem Weg zu gehen.

Vom ersten Tag unter seinem Kommando an war sie bestrebt gewesen, sich von ihm fernzuhalten. Dass er sie nicht provozieren, verunsichern oder einschüchtern konnte, war einer der Gründe dafür gewesen, dass er sie so hasste. Ihr Nachname war auch nicht gerade förderlich gewesen. Stahl hatte ihren Vater fast so sehr verabscheut wie sie. Obwohl sie zusammen angefangen hatten, war Skip Holland schnell zum stellvertretenden Chief aufgestiegen, während Stahl Lieutenant geblieben war.

„Lieutenant Holland."

Sam hob den Blick und sah Captain Malone an. „Ja, Sir?"

„Fahren Sie diese Woche nach Delaware?"

„Ja, Sir."

„Bitte bleiben Sie nach der Besprechung noch eine Minute."

Sam nickte.

„Ihre Teams werden Fragen haben", fuhr Malone fort. „Bitte schärfen Sie ihnen ein, dass niemand mit der Presse über diesen Fall reden darf, was wir auch in der Besprechung mit allen Beteiligten noch einmal deutlich zum Ausdruck bringen werden. Das wäre alles."

Nachdem die anderen den Raum verlassen hatten, setzte sich Malone neben Sam und reichte ihr ein Blatt Papier. „Zwei der vermissten Frauen stammen aus Delaware. Wir möchten, dass

Sie mit den Familienmitgliedern sprechen und sie über die wieder aufgenommenen Ermittlungen informieren, falls das geht."

Nein, das geht nicht, hätte sie am liebsten erwidert und begehrte innerlich gegen den Gedanken auf, dass ihr irgendetwas von ihrer Zeit mit Nick genommen werden könnte, und dann auch noch durch etwas, das mit Stahl zu tun hatte.

„Wir wissen, es ist viel verlangt, aber alle sind an den Ermittlungen beteiligt, und es wäre eine große Hilfe."

„Gern."

Der Chief setzte sich ihnen gegenüber. „Alles in Ordnung, Lieutenant Holland? Uns ist klar, dass diese Nachricht vor allem für Sie schwer zu verkraften ist."

„Danke der Nachfrage, aber alles im grünen Bereich. Und bei Ihnen?"

Beide Männer sahen aus, als wären sie seit Tagen wach. Vielleicht waren sie das tatsächlich.

„War schon mal besser", sagte der Chief. „Ich bin stinksauer, dass dieser Kerl den Ruf dieser Behörde und der hart arbeitenden Frauen und Männer, die jeden Tag ihr Bestes geben, immer weiter durch den Dreck zieht."

Sam warf Malone einen Blick zu. „Ich nehme an, der Tipp stammt aus einer sicheren Quelle …"

„Einer meiner längstjährigen Informanten hat von einer Vertrauensperson erfahren, dass Stahl dafür bekannt war, nach Frauen Ausschau zu halten, deren Verschwinden niemand bemerken würde, und sie dann jedes Mal auch tatsächlich verschwunden sind."

Sam schauderte, als sie daran dachte, wie niederträchtig man sein musste, um das zu tun, was man Stahl vorwarf. „Können Sie mir verraten, was genau dieser Informant gesagt hat?"

„Wir sollten Stahl bei allen Fällen von vermissten Frauen in den letzten zwanzig Jahren als Täter in Betracht ziehen."

„Gott, zwanzig Jahre …"

„Genau unser Gedanke", pflichtete ihr Farnsworth bei. „Wir haben sechsundvierzig Stunden lang ununterbrochen daran gearbeitet, eine Auflistung der vermissten Frauen zu erstellen und einen Plan auszuarbeiten, wie wir mit diesem neuesten Albtraum umgehen, den er uns beschert hat."

„Glauben Sie, dass er es getan hat?", fragte Sam.

„Bevor er Sie in Klingendraht gewickelt und gedroht hat, Sie in Brand zu setzen, hätte ich gesagt: auf keinen Fall", antwortete Farnsworth. „Doch jetzt wissen wir, dass Stahl zu allem fähig ist, sogar zu Serienmord."

„Nach allem, was passiert ist, sollte mich das vermutlich nicht schockieren", erwiderte Sam, „aber trotzdem tut es das."

„Wir empfinden genauso", versicherte ihr Malone.

„Eigentlich wollten wir Sie vorwarnen", sagte Farnsworth, „doch wir wissen, dass Sie keine Sonderbehandlung möchten."

„Nein, das tue ich nicht, also danke dafür."

„Die anderen haben auf Ihre Reaktion gewartet", fügte Malone hinzu. „Sie haben gesehen, wie erschüttert Sie waren."

„Wieso kann er mich eigentlich immer noch so schockieren? Wie ist das möglich?"

„Vertrauen Sie mir", meinte Farnsworth. „Wir verstehen das."

„Sam, wir werden Ihre Einheit bitten, in Zusammenarbeit mit der Sondereinheit für Sexualdelikte und der Spurensicherung die Ermittlungen zu leiten, wobei Gonzo die Führung übernehmen wird, um mögliche Interessenkonflikte zu vermeiden", teilte Malone ihr mit.

Weil sie das Opfer der beiden Delikte war, die Stahl bereits lebenslänglich hinter Gitter gebracht hatten, meinte er.

„Gute Idee. Gonzo ist mehr als bereit dafür."

„Denken wir auch", gab ihr Farnsworth recht.

„Wo ist Jeannie?", fragte Sam und bezog sich dabei auf Deputy Chief McBride. „Ich habe sie bei der Besprechung eben vermisst."

„Sie bereitet sich auf die Vollversammlung vor", entgegnete Malone.

„Verstehe."

„Es tut uns leid, dass wir Sie bitten müssen, während Ihres Aufenthalts in Delaware zu arbeiten", erklärte Farnsworth.

„Kein Problem. Das kann ich an einem Nachmittag erledigen."

„Da Sie eigentlich Urlaub haben, müssen Sie bei der Versammlung nicht dabei sein", fügte Malone hinzu.

„Ich werde aber dabei sein. Sie wissen schon, das macht sich besser …"

Malone nickte, und die drei standen auf, um an der zweiten Besprechung des Tages teilzunehmen. Während Malone und Farnsworth sich auf den Weg zum Büro des Chiefs machten, ging Sam ins Großraumbüro, um alles gemeinsam mit ihrem Team zu verfolgen.

Die Mitglieder der Mordkommission saßen um den Konferenztisch und hatten den großen Flachbildschirm bereits auf die in Kürze beginnende Übertragung eingestellt.

„Guten Morgen", sagte Sam, als sie zu ihnen trat.

„Was willst du denn hier?", fragte Sergeant Tommy „Gonzo" Gonzales. „Du hast doch frei."

„Die Neugier hat mich übermannt."

„Kannst du uns verraten, was los ist?", erkundigte sich ihr Partner Detective Freddie Cruz.

„Leider nein."

„Wann brecht ihr zu eurem Urlaub auf?", wollte Detective Cameron Green wissen.

„Um zwölf."

„Ah, ich bin so neidisch", gestand Detective Gigi Dominguez. „Ihr werdet bestimmt eine tolle Zeit haben."

„Das ist das Ziel, und es freut mich, dich hier zu sehen. Wie kommt ihr klar?"

„Uns geht es gut." Gigi schaute zu Cameron, ihrem Freund. „Danke, dass du uns die Nummer von Andy gegeben hast. Wir werden uns bald mit ihm in Verbindung setzen, damit er uns anwaltlich vertritt."

Die beiden waren zusammen mit der Abteilung wegen der Tötung von Camerons Ex-Freundin und deren Mutter verklagt worden. Beide Frauen waren erschossen worden, nachdem die eine erst Gigi und die andere später Jeannie McBride als Geisel genommen hatte. Beide Todesschüsse waren absolut berechtigt gewesen, und Sam war sich sicher, dass die Klagen ins Leere laufen würden. Doch sie fühlte mit Gigi und Cam, die mit dem furchtbaren Stress einer drohenden Anhörung durch die Abteilung Interne Ermittlungen und einer Klage zu kämpfen hatten, während sie eine relativ frische Beziehung führten, in der sie beide sehr glücklich gewesen waren, bis Camerons Ex-Freundin sich eingemischt hatte.

„Wann ist eure Anhörung?"

„Mittwoch", antwortete Gigi.

„Verdammt. Eigentlich wollte ich ja dabei sein. Ich werde auf jeden Fall vorher noch ein gutes Wort für dich einlegen."

„Ich bin dir für alles dankbar, was du tun kannst."

„Klar. Reg dich deswegen nicht auf. Du hast es überlebt. Das ist die Hauptsache, Gigi."

„Das versuche ich ihr auch dauernd klarzumachen", sagte Cam.

„Niemand nimmt es auf die leichte Schulter, wenn er ein Leben beenden musste, selbst wenn es in Notwehr geschehen ist", räumte Sam ein. „Wenn du so abgestumpft bist, dass dich das nicht mehr berührt, solltest du deine Marke an den Nagel hängen und hier aufhören."

„Danke, Lieutenant", flüsterte Gigi. „Das musste ich jetzt hören."

„Bleibt stark. Ihr habt das Richtige getan."

„Wir versuchen es", erwiderte Gigi mit einem liebevollen Blick zu Cameron.

„Die ganze Sache ist totaler Mist", warf Gigis Partnerin Detective Dani Carlucci ein. „Diese Frau hat Gigi in ihrem eigenen Haus als Geisel genommen und bedroht, und sie hat sich verteidigt. Wie kann das ein Grund für diesen Quatsch sein?"

„Ist es nicht", entgegnete Sam. „Aber sie muss da jetzt leider durch."

„Das ist Blödsinn", beharrte Dani.

„Stimmt", pflichtete ihr Sam bei. „Doch so läuft unsere Welt nun mal."

Jeannies Gesicht erschien auf dem Bildschirm.

„Seht euch unsere Kollegin an", meinte Gonzo und grinste

beim Anblick ihrer guten Freundin, die vor Kurzem zur stellvertretenden Polizeichefin befördert worden war.

„Ich platze vor Stolz", erklärte Sam.

„Danke, dass Sie heute Morgen alle hier sind, egal ob vor Ort oder virtuell", begann Jeannie. „Wir haben dieses Treffen angesetzt, um Ihnen wichtige Informationen über den ehemaligen Kollegen Leonard Stahl weiterzugeben."

Sam schätzte es, dass Jeannie darauf verzichtete, seinen Dienstrang zu nennen. Er hatte kein Recht auf auch nur die grundlegendste Höflichkeit.

„Mein Gott", ächzte Gonzo. „Was ist denn jetzt wieder?"

Sams Team verfolgte mit wachsender Fassungslosigkeit Jeannies Präsentation, die die Abteilungsleiter schon kannten. Sie erfuhren, dass alles auf eine Information zurückging, die Captain Malone von einer vertrauenswürdigen Quelle erhalten hatte.

„Wir werden Detective Sergeant Tommy Gonzales von der Mordkommission bitten, die Ermittlungen zusammen mit Detective Erica Lucas von der Sondereinheit für Sexualdelikte und Lieutenant Max Haggerty von der Spurensicherung zu leiten."

Sam schaute Gonzo an, lächelte ihn an und hob den Daumen.

„Heilige Scheiße", sagte Freddie nach dem letzten Foto. „Er ist ein verdammter Serienkiller."

Stahl hatte außerdem zahlreiche weitere Anklagen am Hals, weil er es in mehreren Fällen versäumt hatte, auch nur die oberflächlichsten Ermittlungen durchzuführen, und zudem Beweise gefälscht hatte, die einen Unschuldigen wegen Vergewaltigung für zwanzig Jahre ins Gefängnis gebracht hatten.

„Das wissen wir nicht mit Sicherheit", mahnte Sam, „aber wenn, dann werden wir ihm die Hölle heißmachen – wieder einmal."

Sam hatte diese Worte kaum ausgesprochen, als Gonzos Funkgerät sich meldete. Die Zentrale forderte die Ermittler der Mordkommission auf, sich in einem Wohnheim der George Washington University in der Foxhall Road Northwest zu melden, wo man eine Studentin tot in ihrem Zimmer aufgefunden hatte.

KAPITEL 2

Gonzo sah, dass Sam zutiefst hin- und hergerissen war, als sich ihr Team fertig machte, um auf den Anruf zu reagieren. „Na los, fahr schon", sagte er. „Wir schaffen das auch allein."

„Ich weiß."

„Ihr braucht dringend eine Auszeit. Also genießt sie, Sam."

„Okay, ich bin dann weg. Hältst du mich auf dem Laufenden?"

„Nein."

„Komm schon, Gonzo!"

„Hau ab in den Urlaub, du Spinnerin."

„Ich werde mir diese Insubordination für deine nächste Beurteilung notieren."

„Von mir aus. Cameron, du bleibst hier und kümmerst dich um die sozialen Medien und die anderen Online-Aspekte des Falles. Wir schicken dir die Namen. Besorg außerdem alles, was Deputy Chief McBride über die jüngste Entwicklung rund um Stahl hat, und arbeite eine Strategie für uns aus. Gigi und Dani, ihr geht nach Hause. Der Rest von euch, auf." Gigi war freigestellt, bis die Abteilung Interne Ermittlungen ihren Fall geprüft hatte, und Dani hatte eine Nachtschicht hinter sich.

Gonzo spürte, dass Sam ihnen hinterherschaute, als sie das Großraumbüro verließen und sich zum Ausgang durch die Gerichtsmedizin begaben, um sich um ein weiteres Mordopfer zu kümmern, diesmal eine College-Studentin. Je jünger die Opfer, desto schlimmer, und sie hatten gerade einen Fall abgeschlossen, bei dem es vier tote Kinder gegeben hatte.

„Warum hast du Cam nicht mitgenommen?", erkundigte sich Cruz.

„Bis die Sache mit Gigi und der AIE geklärt ist, nützt er uns im Feld nichts."

„Stimmt. Er ist völlig durch den Wind."

„Mir tun die beiden echt leid", meinte Gonzo. „Sie waren so glücklich zusammen, und jetzt das."

„Hoffentlich ist es bald überstanden", erklärte Cruz.

„Und? Bereit, einen weiteren Fall zu leiten?", fragte ihn Gonzo.

Freddie schaute ihn entsetzt an. „*Was?* Nein, dazu bin ich absolut nicht bereit. Der letzte hat mich beinahe umgebracht." Im Fall Blanchet hatte er zum ersten Mal die Ermittlungsleitung übernommen.

„Entspann dich", entgegnete Gonzo mit einem Grinsen. „Ich mach das."

„Nerv mich nicht. Ich genieße den Urlaub von meiner Partnerin, die mich pausenlos triezt."

„Sie hat mir mit auf den Weg gegeben, ich solle in ihrer Abwesenheit dafür sorgen, dass du nicht verweichlichst."

„Hat sie nicht!"

„Vielleicht. Vielleicht auch nicht."

„Was immer du sagst, Boss. Ist dieser Mist über Stahl zu glauben? Ich meine …"

„Es kommt einem schon ein bisschen unwirklich vor, aber ich finde es nicht völlig unvorstellbar. Wir wissen schon lange, dass er ein mieser Dreckskerl ist."

„Trotzdem, ein potenzieller Serienkiller? Das hatten wir nicht auf dem Schirm."

„Wer jemanden in Klingendraht wickelt und droht, ihn anzuzünden, hat Probleme, die über das hinausgehen, was wir uns auch nur ansatzweise vorstellen können."

„Ganz sicher. Doch so schrecklich das war, ich konnte eine gewisse Logik darin erkennen. Er hat Skip gehasst und das auf dessen Tochter übertragen. Und dann hat Sam sich geweigert, ihm auch nur den kleinen Finger zu reichen, also ist er ausgerastet und hat versucht, sie zu ermorden. Zweimal."

„Willst du damit andeuten, dass das irgendwie Sinn ergibt?", fragte Gonzo.

„Nicht für uns, aus seiner verrückten Perspektive allerdings schon. Aber was für einen Grund sollte er haben, andere Menschen zu ermorden, während er allen den aufrechten Leiter der Mordkommission vorspielt?"

„Wer weiß das schon? Falls du den Versuch unternehmen willst, es zu verstehen – spar dir die Mühe. Für Leute wie uns wird so was nie einen Sinn ergeben."

„Nein, vermutlich nicht. Trotzdem versuche ich immer noch zu begreifen, wie er all das tun konnte, während wir für ihn gearbeitet haben. Warum ist das niemandem aufgefallen?"

„Wenn man weiß, wie man Verbrechen aufklärt, weiß man auch, wie man sie vertuscht."

Freddie dachte darüber nach. „Das stimmt wohl."

Gonzo verstand, dass sein Kollege nach der Fehlgeburt, die Freddies Frau Elin erlitten hatte, emotional nicht der Stabilste war. Kurz darauf hatte Freddie die Rolle des leitenden Ermittlers im Fall Blanchet übertragen bekommen, bei dem es um die Ermordung einer Familie mit vier Kindern gegangen war.

„Ich weiß nicht, ob ich ein weiteres totes Kind verkrafte", sagte Cruz.

„Das kann ich nachempfinden. Es war schon ziemlich viel in letzter Zeit."

„Wann ist es das nicht?"

„Nie. Es ist immer viel. Apropos … Ich hab auf den richtigen Zeitpunkt gewartet, um es dir zu sagen …"

„Mir was zu sagen?", fragte Cruz mit gerunzelter Stirn.

„Christina ist schwanger."

„Oh." Cruz seufzte.

„Tut mir leid wegen des miesen Timings."

„Muss es nicht. Ich freue mich für euch."

„Man sieht es allmählich, und ich wollte nicht, dass du es von jemand anderem erfährst."

„Alles gut. Wann kommt das Baby?"

„Im Herbst."

„Alex muss total aufgeregt sein."

„Er kann es kaum erwarten, ein großer Bruder zu sein."

„Wisst ihr, was es wird?", erkundigte sich Cruz.

„Ein Mädchen."

„Verdammt. Du wirst Papa eines Mädchens."

„Ja, und ich habe schreckliche Angst. Sie wird mich um den kleinen Finger wickeln."

Cruz lächelte. „Es wird großartig werden. Herzlichen Glückwunsch, Gonzo."

„Danke. Ihr schafft das auch noch. Da bin ich mir ganz sicher."

„Ich auch. Wie Sam richtig sagte: Es ist eine gute Nachricht, dass Elin schwanger werden kann, und wir versuchen, uns damit abzufinden, dass das, was wir verloren haben, nicht sein sollte."

„Aber es bricht einem trotzdem das Herz."

„Ja."

Gonzo hielt vor dem Wohnheim an, das die Streifenpolizisten, die auf den Hilferuf reagiert hatten, abgesperrt hatten. „Also, auf ein Neues."

In einer Großstadt gab es für die Mordkommission immer genug zu tun.

„Was haben wir?", fragte Gonzo die erste Streifenbeamtin, der sie begegneten, während die Detectives Charles und O'Brien gerade in O'Briens Fahrzeug am Tatort eintrafen.

Officer Youncy, eine junge schwarze Polizistin, die Gonzo schon kennengelernt hatte, begrüßte sie. „Die Leiche ist im zweiten Obergeschoss, Zimmer 322", fuhr sie fort. „Eine zwanzigjährige Studentin namens Rachel Fortier. Ihre Mitbewohnerin hat sich Sorgen gemacht, als Rachel nicht zu ihrem Acht-Uhr-Seminar aufgestanden ist. Anscheinend hat sie nie geschwänzt, womit ihre Freundinnen sie aufgezogen haben."

„Wissen wir, wo sie herstammt?"

„Aus St. Louis."

Gonzo hatte Mitleid mit den Eltern in St. Louis, die bald den schlimmsten denkbaren Anruf überhaupt erhalten würden.

„Sergeant Gonzales und Detective Cruz", sagte Youncy. „Das sind Officer Sandoval von der GW-Campuspolizei und Grant Kingston, der Wohnheimkoordinator."

„Bringen Sie uns rauf." Gonzo nickte den beiden Männern zu, die bei den Ermittlungen wahrscheinlich eher hinderlich als hilfreich sein würden. An Charles und O'Brien gewandt fügte er hinzu: „Fangt mit der Überprüfung der Aufzeichnungen der Überwachungskameras an."

„Äh, wegen der Aufnahmen", meldete sich Kingston zögernd zu Wort. „Unser Überwachungssystem ist am Freitag ausgefallen. Wir warten immer noch auf die Techniker."

Nichts ist je einfach, dachte Gonzo mit wachsender Frustration. Er hatte noch nicht mal die Nachricht verarbeitet, dass er die neuen Ermittlungen gegen Stahl als möglichen Serienmörder leiten würde, und jetzt das. „Mach die Befragung", wies er Charles an. „Finde heraus, wer letzte Nacht am Empfang gearbeitet hat, und besorg uns eine Liste von allen, die hier ein und aus gegangen sind."

„Alles klar", sagte Charles.

Gonzo arbeitete gern mit ihr. Sie war scharfsinnig und beherrschte ihren Job. Bei O'Brien stand seine Entscheidung noch aus. Er hatte Potenzial, aber er erinnerte Gonzo zu sehr an seinen verstorbenen Partner Detective A. J. Arnold, der oft ein wenig planlos gewirkt hatte. Der flüchtige Gedanke an Arnold, der direkt vor Gonzos Augen erschossen worden war, versetzte ihm einen Stich ins Herz. Gott, er vermisste diesen Idioten und würde für den Rest seines Lebens um den schrecklichen Verlust trauern.

Während sie Youncy ins zweite Obergeschoss folgten, versuchte Gonzo das Gefühl der Verzweiflung abzuschütteln, das ihn jedes Mal überfiel, wenn er an Arnold dachte, was oft der Fall war.

Raum 322 war mit Flatterband abgesperrt, um Schaulustige draußen zu halten, und Gonzo erkannte Youncys Partner

Officer Clare, einen jungen weißen Beamten mit Resten von Teenager-Akne, der vor der Tür stand. Clare entfernte das gelbe Band für Gonzo und Cruz.

Sie betraten einen Raum, der in zwei Hälften geteilt war – eine Seite war rosa und lila, die andere schwarz. Jemand hatte eine gelbe Linie mitten durch das Zimmer geklebt, was Gonzo seltsam fand. Bedeutete das, dass sich die Mitbewohnerinnen nicht verstanden hatten?

Das blonde Opfer lag im Bett, und auf den ersten Blick hätte man denken können, sie schliefe, bis man die bläuliche Färbung ihrer Lippen und ihrer Haut bemerkte.

„Haben Sie die Gerichtsmedizin gerufen?", fragte Gonzo.

„Ist schon auf dem Weg", antwortete Youncy. „Die Spurensicherung verspätet sich, da der größte Teil des Teams in Stahls Haus eingesetzt ist."

Die Streifenpolizisten hatten richtig gehandelt, als sie sie gerufen hatten, dachte Gonzo, und sei es nur, um einen Mord auszuschließen. Man verständigte sie, wann immer jemand unter unklaren Umständen verstorben war. Hin und wieder stellte sich später heraus, dass die Person tatsächlich eines natürlichen Todes gestorben war.

„Es ist unmöglich, dass jemand hier reingekommen ist und sie getötet hat, falls Sie das denken", meldete sich Kingston wieder zu Wort. „Wir sind stolz auf unsere erstklassigen Sicherheitsvorkehrungen."

„Trotzdem sind Ihre Überwachungskameras ausgefallen", meinte Gonzo. „Interessant."

„Das bedeutet nicht, dass jemand eine unserer Studentinnen ermordet hat!"

„Es hilft uns jedenfalls nicht, herauszufinden, was hier passiert ist."

Gonzo zückte sein Handy und rief Malone an.

„Was haben Sie?"

„Zwanzigjährige College-Studentin, tot in ihrem Bett. Keine äußeren Anzeichen von Fremdeinwirkung, doch wir haben sie noch nicht genauer untersucht. Ich habe gehört, die

Spurensicherung ist gerade bei Stahl. Können wir Unterstützung anfordern?"

„Ich kümmere mich darum und sage Ihnen Bescheid."

„Danke."

„Halten Sie mich auf dem Laufenden."

„Wird gemacht."

Die örtlichen Dienststellen unterstützten sich gegenseitig, wenn Not am Mann war. Hoffentlich konnte jemand schnell Hilfe leisten. Die Zeit war in solchen Situationen von entscheidender Bedeutung. Wer wusste schon, ob der Tatort bereits kontaminiert war?

Er zeigte auf Rachels Handy, das an einem Ladegerät auf ihrem Nachttisch hing. „Pack das ein", wies er Cruz an. Kingston fragte er: „Wo ist die Mitbewohnerin?"

„In der Lounge, mit anderen aus der Suite. Je drei Zimmer teilen sich zwei Bäder und einen gemeinsamen Wohnbereich."

Nicht schlecht, dachte Gonzo, während er Kingston in die Lounge folgte, einen großen Gemeinschaftsraum mit Kickertischen, einer Kaffeemaschine und Verkaufsautomaten.

Eine Gruppe junger Frauen saß dort dicht gedrängt zusammen, die Gesichter vom Weinen verquollen.

Die Beamten Phillips und Jestings, die die Studentinnen abschirmten, nickten Gonzo und Cruz zu, als sie sich näherten.

Phillips stellte die beiden den jungen Frauen vor.

„Wer ist die Mitbewohnerin?" Gonzo tippte insgeheim auf die, die ganz in Schwarz gekleidet war. Die auffallend attraktive Studentin hatte braune Haut, dunkles Haar und dramatisch umrandete Augen.

Kingston wies auf sie. „Harley Flores. Sie hat den Notruf gewählt, als sie gemerkt hat, dass Rachel tot war und nicht nur geschlafen hat."

„Könnten wir bitte einen Moment allein mit Harley sprechen?", fragte Gonzo die anderen Mädchen.

Sie standen auf und umarmten Harley, ehe sie den Gesetzeshütern Platz machten.

Gonzo setzte sich auf einen Stuhl Harley gegenüber. „Ich bin

Detective Sergeant Gonzales, und das ist mein Partner Detective Cruz. Mein herzliches Beileid."

Harley wischte sich die Tränen ab. „Vielen Dank."

Gonzo bemerkte, dass ihr Make-up weiter perfekt saß. Christina hatte ihm das Pro und Kontra wasserfester Wimperntusche dargelegt. Pro: Sie zerlief nicht. Kontra: Es war schwierig, sie wieder abzubekommen. „Können Sie uns sagen, was genau passiert ist?"

„Ich habe keine Ahnung. Ich bin wie immer gegen halb acht wach geworden und wollte zur Arbeit gehen, als mir auffiel, dass Rachel noch im Bett lag, was sehr seltsam war. Sie hat nie länger als bis um sechs geschlafen. Rachel war auf der Highschool im Schwimmteam und hatte jeden Morgen vor der Schule Training. Sie hat immer behauptet, das hätte ihr das Ausschlafen gründlich ausgetrieben."

Harley wischte sich weitere Tränen ab. „Ich habe ihren Namen gerufen, aber sie hat nicht geantwortet, also habe ich genauer hingeschaut und gesehen, dass … Sie war … Ihre Lippen waren blau. Ich war total geschockt, hab den Notruf gewählt und bin rausgerannt."

„Haben Sie die Tote angefasst?"

Harley schüttelte den Kopf. „Das hab ich mich nicht getraut."

Das sind gute Neuigkeiten, dachte Gonzo, erleichtert, dass die Leiche unangetastet geblieben war.

„Was war gestern Abend los?", erkundigte er sich.

„Nichts Außergewöhnliches. Sie hat Hausaufgaben erledigt, während ich mit Freunden zum Abendessen war. Als ich gegen elf nach Hause gekommen bin, hat sie schon geschlafen, was nicht ungewöhnlich war. Sie schläft immer früh ein." Harley stutzte, als sie merkte, dass sie von Rachel im Präsens sprach. „Nun, sie *schlief* immer früh ein. Ich kann nicht glauben, dass Rachel nicht mehr da ist." Sie richtete ihren schmerzerfüllten Blick auf sie. „Wie ist das nur möglich? Sie war doch erst zwanzig."

„Wissen Sie, ob sie Gäste oder Besucher hatte, während Sie aus waren?"

„Sie hat nicht erwähnt, dass sie irgendjemanden erwartet hat."

„Uns ist aufgefallen, dass sich in der Mitte Ihres Zimmers eine Trennlinie befindet", sagte Cruz.

Harley nickte, während sie sich weitere Tränen aus den Augen wischte. „Wir hatten einen schlechten Start als Zimmergenossinnen. Ich habe diese Linie in die Mitte geklebt, um eine klare Grenze zu ziehen. Aber die verdammte Rachel … Sie konnte es nicht lassen. Sie musste so lange auf mich einreden, bis ich beschloss, sie zu mögen, was etwa zwei Tage gedauert hat, weil man sie unmöglich *nicht* mögen konnte. Das hat mich so wütend gemacht."

Unter anderen Umständen hätte sich Gonzo über ihre Schilderung amüsiert.

„Alle haben sie geliebt. Sie war wie eine Glucke, die nach jedem geschaut und sich stets vergewissert hat, dass es uns allen gut ging. Ich kann einfach nicht glauben, dass sie nicht mehr da ist."

Gonzo war nicht überzeugt, dass es sich tatsächlich um Mord handelte, da das Opfer, zumindest danach, wie es sich anhörte, allgemein so beliebt gewesen war. „Hatte sie irgendwelche gesundheitlichen Probleme, von denen Sie wissen?"

„Nein, sie war total fit und hat sich Mühe gegeben, jeden Tag zu schwimmen."

„Weil sie immer noch an Wettkämpfen teilgenommen hat?"

Harley schüttelte den Kopf. „Nur als Training und weil sie es so geliebt hat. Sie wollte mich ebenfalls überreden, damit anzufangen, doch ich hab erwidert, sie soll mich bloß in Ruhe lassen. Ich hab mit Schwimmbädern und Wasser nichts am Hut."

„Hatte sie Probleme mit jemandem?"

„Absolut nicht. Wie gesagt, die Leute haben sie gemocht, selbst wenn sie es nicht wollten."

„Hat Rachel einen Freund gehabt?"

„Es gibt da jemanden. Aber ich bin mir nicht sicher, ob sie im Moment zusammen waren."

„Wie heißt er?"

„Gordon … irgendwas. Wir haben uns immer über seinen

Vornamen lustig gemacht. Eins der anderen Mädchen meinte, ihr Großvater heiße Gordon.“

„Wissen Sie, wo wir ihn finden?“

„Er wohnt im Haus nebenan.“ Sie wies in die Richtung. „Da.“

„Kennt jemand hier seinen Nachnamen?“

„Ich glaube, Kristy.“

„Könnten Sie sie für uns holen?“

„Klar.“

Als sie sich erhob, wandte sich Gonzo an Cruz. „Schick Green die Namen, damit er in den sozialen Medien nachschauen kann. Außerdem sollten wir überprüfen, ob eins der benachbarten Gebäude Kameras hat, die in diese Richtung zeigen, oder ob die Polizei irgendwelche Überwachungsaufnahmen hat.“

Cruz erhob sich, um den Raum zu verlassen. „Schon dabei.“

Harley kam mit einem anderen Mädchen mit hellbraunem Haar und Sommersprossen zurück. Ihr Gesicht war rot und fleckig vom Weinen. „Detective Sergeant Gonzales, das ist Kristy. Sie war sehr eng mit Rachel befreundet.“

„Mein Beileid.“

„D… danke.“

„Was können Sie uns über Gordon erzählen?“

„Sie mag ihn. Oder, äh, ich sollte wohl sagen, sie *mochte* ihn. Es tut mir leid, ich stehe völlig unter Schock. Sie war so ein großartiger Mensch. Rachel hat nie auch nur ein schlechtes Wort über jemanden verloren.“ Als Kristy in herzzerreißendes Schluchzen ausbrach, legte Harley den Arm um sie.

Cruz kam zurück. „Die Gerichtsmedizin ist hier.“

Gonzo nickte. „Wie heißt Gordon mit Nachnamen?“, fragte er Kristy.

„Reilly.“

„Können Sie mir das buchstabieren?“

„Ich glaube, man schreibt es R-E-I-L-L-Y.“

Gonzo notierte das. „Waren die beiden schon lange zusammen?“

„Seit dem Herbst, aber es war kompliziert.“

„Inwiefern?“

„Er hatte daheim eine langjährige Freundin, und obwohl sie sich darauf geeinigt hatten, mit anderen Leuten auszugehen, solange sie auf dem College waren – sie besucht die University of Georgia –, war sie weiter sehr anhänglich. Er hat davon geredet, dass er die Sache mit ihr endgültig beenden wolle. Rachel hat gemeint, er solle sich bei ihr melden, wenn das passiert sei, und sich in den letzten Wochen von ihm ferngehalten. Sie war sehr verärgert."

Gonzo machte sich Notizen, während Kristy sprach. „Was wissen Sie über die Freundin?"

„Nicht viel, außer dass sie sehr anstrengend ist und er nach einem Weg gesucht hat, die Beziehung zu beenden. Zumindest hat er das Rachel erzählt."

„Danke für die Informationen", sagte Gonzo.

„Glauben Sie, es war Mord?", fragte Harley.

„Im Moment wissen wir noch gar nichts."

Kristy verschränkte die Arme und wirkte plötzlich sehr verletzlich.

„Haben Sie die Kontaktinformationen ihrer Eltern?", erkundigte sich Gonzo.

„Ich habe die Telefonnummer ihrer Mutter", antwortete Harley. „Unsere Mütter haben darauf bestanden, dass wir die Nummern austauschen." Sie zückte ihr Handy und las die Nummer vor.

Gonzo schrieb mit, während ihm schon das Herz sank. Es gab nichts Schlimmeres als diesen Anruf bei ahnungslosen Eltern. „Wie lautet der Vorname der Mutter?"

„Caroline."

Er reichte ihr sein Notizbuch und seinen Stift. „Können Sie mir bitte auch Ihre Namen und Ihre Nummern aufschreiben?"

Beide Mädchen trugen ihre Daten in sein Notizbuch ein.

Harley reichte es ihm zurück.

„Vielen Dank. Wir bleiben in Kontakt."

KAPITEL 3

Gonzo fühlte sich schlecht, weil er die jungen Frauen so aufgewühlt zurückgelassen hatte, aber er musste sich um die Benachrichtigung der Eltern kümmern. Wenn jemand Rachel ermordet hatte, würde Gonzo Himmel und Hölle in Bewegung setzen, um dafür zu sorgen, dass der Schuldige gefunden wurde und seine gerechte Strafe erhielt. Das war sein Job. Leute wie Stahl brachten die Polizei in Verruf, während er selbst und der Großteil seiner Kollegen sich den Hintern für die Sicherheit der Bevölkerung aufrissen.

Ehe er die Lounge verließ, wandte sich Gonzo an Kingston und den Campuspolizisten. „Ich möchte nicht, dass irgendetwas über diesen Fall nach außen dringt. Das ist unsere Ermittlung. Die Hochschule und ihr Personal sind raus. Ist das klar?"

„Wer unterrichtet die Eltern?", fragte Kingston knapp.

„Wir. Ich möchte, dass Sie alle bitten, im Netz oder in den sozialen Medien nichts über Rachels Ableben zu verbreiten, bis wir mit ihrer Familie gesprochen haben, was in der nächsten Stunde oder so geschehen wird. Wenn bis dahin irgendetwas durchsickert, ziehe ich Sie persönlich dafür zur Verantwortung."

„Das können Sie nicht tun!", protestierte Kingston. „Das gesamte Leben dieser jungen Leute dreht sich um ihr Handy."

„Wollen Sie es drauf ankommen lassen?"

Gonzo ging und ließ die beiden Männer zurück, die ihm

ungläubig hinterherstarrten. Er hoffte, er hatte seinen Standpunkt klargemacht. Nicht, dass er etwas gegen Kingston unternehmen könnte, wenn Rachels Freundinnen sich entschlossen, über ihren Tod zu posten. Doch er hoffte, dem Mann einen Anreiz dafür gegeben zu haben, sich darum zu kümmern, dass sie sich zurückhielten. Mit Rachels Eltern zu sprechen hatte für ihn höchste Priorität, sobald sie auf dem Campus fertig waren.

Als er in Rachels Zimmer zurückkehrte, waren Lindsey McNamara und ihr Team eingetroffen. Rachels Leiche war bereits auf eine Bahre umgebettet.

„Was denken Sie, Doc?"

„Ich bin mir noch nicht sicher. Es gibt kein offensichtliches Trauma, aber manchmal ist Trauma eben nicht offensichtlich. In ein paar Stunden wissen wir mehr."

„Halten Sie mich bitte auf dem Laufenden?"

„Selbstverständlich."

Gonzo erhielt einen Anruf von Captain Malone. „Was gibt's?", erkundigte er sich.

„Die Spurensicherung von PG County ist auf dem Weg."

„Gut, danke."

Er beendete das Gespräch und informierte Cruz über Malones Anruf.

Charles und O'Brien erschienen in Rachels Zimmer.

„Wir haben vielleicht was", meinte Charles. „Tucker, der junge Mann, der nachts an der Rezeption arbeitet, hat uns erzählt, um zehn Uhr abends habe es für Rachel eine Lieferung von einem italienischen Restaurant gegeben, von dem er noch nie gehört hatte. Er hat erklärt, sonst seien Pizzen immer von denselben zehn oder zwölf Läden gebracht worden."

„Die Mitbewohnerin hat ausgesagt, dass Rachel fast jeden Abend früh ins Bett gegangen ist und schon schlief, als sie um elf nach Hause kam", bemerkte Gonzo nach einem Blick auf seine Notizen. „Haben Sie eine Beschreibung des Lieferanten?"

Charles nickte. „Laut Tucker hat es sich um einen ziemlich großen Kerl gehandelt, wie jemand, der mal Football gespielt hat. Kurzes, dunkles Haar, braune Augen und Ziegenbart. Am interessantesten war Tuckers Bemerkung, dass ihm bei den Essenslieferungen normalerweise das Wasser im Mund zusammenläuft, selbst wenn er keinen Hunger hat, weil sie so gut duften, doch an dem Typen hat er nichts gerochen."

„Wir sollten überprüfen, ob irgendwo in Rachels Zimmer ein Pizzakarton zu finden ist", schlug Gonzo vor. „Und wenn ja, wird er eingetütet und ins Labor gebracht."

„Schon dabei", antwortete Charles, während sie und O'Brien zur Treppe eilten.

Gonzo wandte sich an Cruz: „Dann reden wir mal mit ihrem Freund."

Natürlich musste die ganze Welt durchdrehen, während Nick die Minuten zählte, bis er dem goldenen Käfig des Weißen Hauses für zehn glückliche Tage mit seiner Liebsten entkommen konnte.

Die Nordkoreaner hatten beschlossen, eine weitere Langstreckenrakete zu testen, die Iraner, irgendwas mit Plutonium anzustellen, und in Niger war ein Aufstand ausgebrochen.

Er wünschte, es gäbe einen Pause-Knopf, den er drücken könnte, um sich für ein paar Tage abzumelden, aber der existierte für den Präsidenten der USA nicht. Alles war sein Problem, ob er das wollte oder nicht.

Im Anschluss an das Briefing zur nationalen Sicherheit beriet er sich mit Verteidigungsminister Tobias Jennings über die Lage in Nordkorea und im Iran und mit Außenministerin Jessica Sanford über die Situation in Niger.

Zuversichtlich, dass sein Team diese neuesten Krisenherde im Griff hatte und ihn auf dem Laufenden halten würde, verließ er das Oval Office und begab sich nach oben, um zu packen.

Er und Sam hatten sich von den Kindern verabschiedet, ehe diese zur Schule gefahren worden waren.

Aubreys Tränen lagen ihm auf der Seele. Sie hatten versprochen, sich jeden Abend per FaceTime zu melden, bis die Kinder nächsten Freitag zum zweiten Wochenende zu ihnen stoßen würden. Das hatte geholfen, Aubrey zu beruhigen, und sie hatte sich mit ihrem Zwillingsbruder Alden und ihren Personenschützern Richtung Schule aufgemacht.

„Viel Spaß, und sorgt euch nicht um die Kinder", hatte Scotty gesagt. „Ich werd mich um sie kümmern."

Vor nicht allzu langer Zeit wäre Scotty derjenige gewesen, der gejammert hätte, wenn sie für eine Woche weggefahren wären. Jetzt half er ihnen mit den Kleinen. Scotty war das strahlende Licht in ihrem Leben, und die Zwillinge sahen zu ihm auf und verehrten ihn fast wie einen Helden. Bei ihm und Sams Stiefmutter Celia würden sie die Woche über in guten Händen sein.

Als Nick ihre Suite in der Residenz betrat, war er überrascht, dass Sam noch nicht von ihrem Treffen zurück war. Er hoffte, dass das, was auch immer zu der ungewöhnlichen Besprechung mit allen Beamten geführt hatte, ihnen nicht die Reise vermasseln würde.

Er nahm sich vor, nach diesem Urlaub mindestens einmal pro Woche das Weiße Haus zu verlassen und irgendwohin zu fahren, egal ob es sich um einen offiziellen oder inoffiziellen Ausflug handelte. Seit seiner Vereidigung hielt er sich in der Nähe des Büros auf und wehrte Gegner von nah und fern ab, die seine noch junge Regierung torpedieren wollten.

Das letzte Ereignis war ein geplanter Militärputsch seiner Generalstabschefs gewesen, von dem er im Vorfeld erfahren hatte. Die Schuldigen waren daraufhin von ihren Aufgaben entbunden und unehrenhaft aus dem Militär entlassen worden. Trotz Minister Jennings' raschem Handeln balgten sich die Medien auch weiterhin um die Geschichte wie ein Rudel Hunde um einen Fleischknochen, wobei sie täglich große Schlagzeilen über jede neue Entwicklung produzierten.

Nick hatte versucht, die Füße still zu halten und sich auf die endlosen Anforderungen des Jobs zu konzentrieren, während sich andere um die Situation mit den nun in Ungnade gefallenen Generalstabschefs kümmerten. Der Verrat hatte ihn tief getroffen. Er war sich seines Sonderstatus als erst zweiter nicht gewählter Präsident bewusst. Nick hatte als Ersatz für einen kranken Vizepräsidenten zunächst dessen Aufgaben und nach Präsident Nelsons plötzlichem Tod an Thanksgiving dann das höchste Staatsamt übernommen.

Vier Monate später wehrte er sich immer noch gegen den Vorwurf, kein rechtmäßiger Präsident zu sein, obwohl ihn der Senat mit überwältigender Mehrheit ins Amt gewählt hatte, als es darum ging, die durch Vizepräsident Goodings Rücktritt frei gewordene Stelle zu besetzen.

Der Wechsel hatte auch nach Präsident Nelsons Ableben genau so funktioniert, wie es die Gründerväter beabsichtigt hatten, und doch musste er sich weiter mit diesem Mist herumschlagen.

Trotz des ganzen Theaters war er entschlossen, seine Arbeit fortzusetzen, egal, was irgendwer davon hielt.

Er packte sein Reisenecessaire in den Koffer, der offen auf dem Boden lag, und schloss diesen, als Sam mit leicht wildem Blick ins Zimmer stürmte, die Wangen rot von dem kühlen Märztag.

„Es hat länger gedauert, als ich dachte. Bist du schon lange hier?"

„Nein, auch erst seit ein paar Minuten."

„Oh, gut. Na ja, nicht gut. Aber ich bin froh, dass ich dich nicht habe warten lassen."

„Du bist es wert, dass ich auf dich warte, Babe, und außerdem kann ich ja kaum ohne meine bessere Hälfte auf eine Reise zum Hochzeitstag gehen."

Ihr Lächeln war unglaublich. Wenn sie ihn so ansah, vergaß er all seine Sorgen und allen Frust.

Er streckte eine Hand aus, um ihre zu ergreifen, und hauchte ihr einen Kuss darauf. „Gehörst du jetzt die nächsten zehn Tage nur mir?"

„Überwiegend", sagte sie und biss sich auf die Lippe.

Er war sofort misstrauisch. „Was soll das heißen?" *Überwiegend* war bei Weitem nicht genug.

„Die Besprechung im Hauptquartier", begann sie und seufzte, als sie sich nebeneinander aufs Bett setzten.

„Was ist damit?"

„Wir haben einen glaubwürdigen Tipp erhalten, dass Stahl für das Verschwinden und den mutmaßlichen Tod von mehr als zwanzig Frauen verantwortlich sein könnte."

„Was? Ach du heilige Scheiße."

„Echt, oder? Immer wenn wir denken, dass wir alles rausgefunden haben, kommt etwas Neues über ihn ans Licht."

Nick wollte nicht mal daran denken, dass er sie wegen dieses Verrückten fast verloren hätte, sonst wäre ihm der kalte Schweiß ausgebrochen. Er hatte immer noch Albträume von Klingendraht und Flammen, auch wenn er ihr das nie verraten würde. Sie hatte schon genug Sorgen, ohne dass sie sich um seine Ängste kümmern musste.

„Was musst du tun?"

„Zwei Familien in Delaware über die neueste Entwicklung informieren. Ich sollte das an einem Nachmittag erledigen können, während du dich um die Weltherrschaft kümmerst." Sie warf ihm einen besorgten Blick zu. „Es tut mir leid. Ich weiß, wir bemühen uns, so wenig wie möglich Arbeit auf diese Reisen mitzunehmen, trotzdem ...."

Er beugte sich vor und küsste ihre Besorgnis weg. „Macht nichts. Ich habe keinen Zweifel daran, dass mein Job diese Woche ein viel größeres Problem für unser Sexleben darstellen wird als deiner."

„Du hast ‚Sex' gesagt."

Er lächelte und erwiderte: „Das habe ich. Was willst du dagegen tun?"

„Alles, was mir einfällt, doch zuerst musst du mich nach Delaware schaffen. Unverzüglich."

Nach einem weiteren schnellen Kuss erhob er sich. „Ich gebe Brant Bescheid, dass es losgehen kann."

Während Charles und O'Brien Rachels Zimmer nach einem leeren Pizzakarton durchsuchten, begaben sich Gonzo und Cruz ins Wohnheim nebenan, um mit Gordon Reilly zu sprechen.

Sie zeigten dem Studenten am Empfang ihre Ausweise, stellten sich vor und fragten nach Reilly.

„Was wollen Sie denn von ihm?"

Gonzo blickte den Burschen scharf an, um ihn in die Schranken zu weisen. „In welchem Zimmer wohnt er?"

„Äh, in 212."

„Vielen Dank."

Der Adamsapfel des jungen Mannes hüpfte auf und nieder, wie Gonzo mit Befriedigung feststellte.

„Dachte er ernsthaft, du würdest ihm sagen, was wir von Reilly wollen?", merkte Cruz an, während sie ins erste Obergeschoss eilten.

„Idiot."

Als sie die Tür am oberen Ende des Treppenhauses öffneten, trafen sie auf einen Menschenauflauf.

„Wow", meinte Gonzo. „Was ist denn hier los?"

„Riesenstreit in 212", teilte ihnen eine rothaarige Studentin mit. „Schon seit Stunden."

„Ist ein Vertrauensstudent anwesend?", erkundigte sich Cruz.

„Die sind alle im Unterricht", lautete die Antwort.

„Bitte treten Sie zurück", befahl Gonzo und fügte hinzu: „Sofort", als niemand auf seine Anweisung reagierte. Er hielt seinen Ausweis hoch, damit alle ihn sehen konnten. Das zeigte Wirkung, und die Schaulustigen wichen zur Seite. Er hämmerte an die Tür. „Polizei. Aufmachen."

„Merkst du jetzt, was du angerichtet hast?", hörte er eine Männerstimme in dem Zimmer rufen.

„Öffnen Sie die Tür", wiederholte Gonzo. „Sofort!"

Die Tür wurde aufgerissen und gab den Blick auf einen attraktiven dunkelhaarigen jungen Mann frei, dessen Wangen stark gerötet waren, als hätte er sich angestrengt.

Gonzo zeigte ihm seinen Dienstausweis. „Lassen Sie uns rein."

Er schob den Jungen in den Raum, ein Studentenzimmer mit Doppelbett, und folgte ihm.

Cruz kam dicht hinter ihm und schloss die Tür.

Eine Frau mit geflochtenen blonden Haaren saß auf dem

Bett, ihr Gesicht war verheult. Sie wirkte bestürzt, als sie die Polizisten sah.

„Wie heißen Sie?", fragte Gonzo.

„Äh, Gordon Reilly, und das ist Tori Stevens."

„Worüber streiten Sie?"

Gordon schaute sie an. „Wir … trennen uns."

„Nein, tun wir nicht!", stieß Tori hervor.

„Was denn nun?", erkundigte sich Gonzo.

„Ich mache Schluss. Sie findet, es sei noch nicht vorbei. Deshalb diese Auseinandersetzung."

„Wie lange dauert das jetzt schon an?"

„Fast die ganze Nacht." Gordon fuhr sich mit der Hand durchs Haar. „Aber Tori wollte gerade gehen."

„Ich gehe nirgendwohin, ehe wir das nicht ausdiskutiert haben! Wir werden nicht sieben Jahre wegwerfen, als hätten sie nichts bedeutet!"

„Tori, ich habe dir schon vor Stunden gesagt, dass es nichts mehr zu diskutieren gibt. Ich habe es satt, darüber zu reden, und jetzt sind auch noch die Bullen hier, was das Letzte ist, was ich brauche. Würdest du bitte endlich gehen?"

Sie verschränkte die Arme vor der Brust und funkelte ihn aufgebracht an.

„Waren Sie beide die ganze Nacht in diesem Zimmer?"

„Ich ja", erwiderte er. „Sie ist irgendwann hinausgestürmt und war eine Weile weg. Ich bin mir nicht sicher, wann genau das war."

„Wo sind Sie hin?", wollte Gonzo von Tori wissen.

„Spazieren, um etwas frische Luft zu schnappen."

„Wann war das?"

„Gestern Abend."

„Wie lange waren Sie weg?"

„Weiß nicht. Eine Weile."

Gonzo warf Cruz einen Blick zu und sah, dass der die gleichen Gedanken hatte wie er. „Wir möchten, dass Sie beide uns aufs Revier begleiten, um die Sache zu klären."

„Um was zu klären?", fragte Gordon panisch. „Wir hatten Streit. Es ist niemand zu Schaden gekommen."

„Rachel Fortier ist tot.“

Gonzo beobachtete, wie die Worte den jungen Mann trafen, als wäre direkt vor ihm eine Bombe explodiert. „Wie bitte?“, flüsterte er. „Was haben Sie gesagt?“

„Rachel Fortier ist heute Morgen tot in ihrem Bett aufgefunden worden.“

Als die Beine des Jungen einknickten, packte ihn Gonzo und bewahrte ihn davor, zu Boden zu gehen. Gordon stieß einen gequälten Schrei aus. „Rachel. Nein. Nein. *Nein.*“

Gonzo nickte Cruz zu und zeigte mit dem Kinn auf Tori.

Cruz stellte sich vor Tori. „Stehen Sie auf.“

„Warum?“

„Weil ich es gesagt habe.“

Tori gehorchte zögernd.

Cruz fasste sie am Arm, um sie aus dem Zimmer zu geleiten.

„Wollen Sie mich verhaften?“, schrie sie und versetzte ihm einen harten Tritt gegen das Schienbein. „Warum?“

„Angriff auf einen Polizeibeamten“, antwortete Cruz, während er ihr Handschellen anlegte. „Miss Stevens, Sie haben das Recht, zu schweigen. Alles, was Sie sagen, kann und wird vor Gericht gegen Sie verwendet werden.“

„Ich habe nichts getan! Sie können nicht einfach Unschuldige verhaften.“

„Sie haben mich gerade getreten. Das war ein Angriff auf einen Polizeibeamten. Ich könnte Sie auch wegen Behinderung einer Mordermittlung verhaften.“

„Mordermittlung? Ich habe niemanden getötet! Das können Sie nicht machen!“

Er brachte die Aufklärung über ihre Rechte zu Ende. „Gehen wir.“

„Wozu die Handschellen?“

„Wir legen jedem, den wir verhaften, Handschellen an, denn wir können uns nicht darauf verlassen, dass Sie sich während des Transports benehmen.“

Gonzo hätte es nicht besser ausdrücken können. „Gordon, Sie müssen ebenfalls mitkommen.“

„Was ist mit Rachel passiert?“

Es verriet viel über ihn, dass er sich mehr Sorgen um sie machte als um seine eigene Situation, dachte Gonzo. „Das wissen wir noch nicht."

„Ist Rachel wirklich tot?"

„Ja. Tut mir leid."

Gordon krümmte sich, als hätte ihm jemand in den Bauch geschlagen. Das Geräusch, das er von sich gab, erinnerte Gonzo an Hunderte anderer Menschen, die die Person verloren hatten, die sie am meisten liebten.

Und wenn Gordon tatsächlich Rachel am meisten geliebt hatte, hatte Tori Stevens das gewusst? Könnte das der Grund dafür sein, dass Rachel jetzt tot war?

„Braucht man tatsächlich zwanzig Fahrzeuge, um das Präsidentenpaar sicher zu einem Strandurlaub zu bringen?", fragte Sam Nick eine Stunde später, als sie im Beast, der Präsidentenlimousine, die so gut wie jedem Angriff standhalten konnte, auf dem US 50 in Richtung Osten fuhren. Sam hoffte, dass sie die Fähigkeiten des Fahrzeugs nie würden testen müssen.

„Offenbar schon", entgegnete Nick. „Aber was kümmert uns das? Wir sind allein und endlich zehn herrliche Tage lang weg von La Casa Blanca. Es ist mir egal, ob eine ganze Armada nötig ist, um uns dorthin zu bringen."

„Wie du mir mal erklärt hast, sind Armadas für Schiffe", antwortete Sam und freute sich, Nick so entspannt zu sehen wie seit Monaten nicht mehr.

„Du hörst mir ja doch zu!"

„Ach, sei still. Niemand hört dir so gut zu wie ich."

„Habe ich dir heute schon gesagt, dass ich aufhören würde zu existieren, wenn du nicht hier direkt neben mir wärst, um mich immer wieder auf den Boden der Tatsachen zurückzuholen?"

„Noch nicht, du lässt nach. Aber ich höre mir jetzt gern all die süßen Nichtigkeiten an, die du dir für diese Auszeit aufgespart hast."

„Tatsächlich habe ich eine Menge süßer Nichtigkeiten mit deinem Namen drauf in petto.“

„Ich dachte, wir nehmen Marine One nach Dewey.“

„Nein, ich habe gesagt, ich möchte im Auto fahren, denn nur so kann ich den Weg dorthin ganz allein mit dir zurücklegen.“

Sam beugte sich über die Konsole zwischen ihren Sitzen und küsste ihn. „Weißt du, was wir noch nie getan haben?“

„So was gibt es?“

„Mhm.“ Sie löste ihren Sicherheitsgurt und kletterte ihm auf den Schoß, wobei sie den überraschten Ausdruck in seinen sexy haselnussbraunen Augen genoss. „Sex im Beast.“

Er legte ihr die Hände auf den Hintern und zog sie eng an sich. „Im Hauptquartier des Secret Service schrillen die Alarmglocken, weil die First Lady nicht angeschnallt ist und auf dem Präsidenten zusätzliches Gewicht lastet.“

Sam erstarrte. „Echt?“

Nick lachte so heftig, dass ihm Tränen in die Augen traten.

Sam tat so, als sei sie böse auf ihn, und versuchte, sich zurückzuziehen, wobei sie einmal mehr feststellen musste, dass er viel stärker war als sie. Nicht dass er seine Kraft je unangemessen eingesetzt hätte.

„Hast du jetzt genug über mich gelacht?“, fragte sie gespielt empört.

„Noch nicht ganz.“

Lächelnd gab Sam ihm einen Kuss auf die weiter vor Lachen bebenden Lippen. „Vielleicht nehme ich mein Angebot für Sex im Beast zurück, weil du mich ausgelacht hast.“

„Ich habe *mit* dir gelacht. Nicht *über* dich.“

„Du warst der Einzige, der gelacht hat!“

„Das ist die beste Stunde, die ich seit Thanksgiving hatte.“

„Wie überaus beleidigend. Ich habe mir in unseren Räumlichkeiten im Weißen Haus redlich Mühe gegeben.“

„Ja, aber ich bin so glücklich, mal länger als ein oder zwei Stunden weg zu sein. Nach diesem Urlaub werde ich mehr reisen. Ich ertrage es nicht, derart eingesperrt zu sein.“

„Daran habe ich auch schon gedacht. Du solltest vielleicht

wieder anfangen zu joggen. Das würde dich jeden Tag aus dem Haus bringen."

„Das wäre ein Riesenaufwand."

„Nicht für dich. Sag Brant, was du vorhast, und er wird es umsetzen. Hör auf, dir Sorgen zu machen, weil du deine Personenschützer stresst. Das ist ihr Job – dafür zu sorgen, dass du tun kannst, was du willst."

„Stimmt. Und du hast recht. Ich verbringe zu viel Zeit damit, mich wegen der Unannehmlichkeiten für sie zu sorgen."

„Wir werden an deiner Einstellung arbeiten, wenn wir heimkommen. Doch im Augenblick ..." Sie drückte sich an ihn. „Sind wir für oder gegen Sex im Beast?"

„Ich habe Angst, dass da Kameras sein könnten."

Wieder erstarrte Sam. „Echt?"

„Ich bin mir nicht sicher."

„Wie können wir das herausfinden?"

„Wir könnten Brant fragen, aber dann könnten wir auch gleich sagen: ,Hey, Brant. Wir wollen hier hinten Sex haben. Sieht uns jemand zu?'"

„Wäre das ein Problem?"

Er warf ihr einen Blick zu, der fragte: „Ernsthaft?"

„Was denn? Brant weiß, dass wir Sex haben. Verflucht, die ganze Welt weiß das. Beweisstück A: *Saturday Night Live*."

„Das war so lustig." Er summte die Melodie von „My Humps" von den Black Eyed Peas, die seit der Comedy-Show als ihre persönliche Hymne galt, sehr zu Sams Entsetzen und seiner Belustigung.

Sam boxte ihm in die Schulter. „War es nicht."

„Doch, war es."

„Streiten wir uns darüber, oder haben wir jetzt Beast-Sex?"

„Du darfst außerhalb dieses Fahrzeugs niemals das Wort ,Beast-Sex' sagen. Verstanden?"

„Jawohl, Mr President. Langsam vergeht mir allerdings die Lust darauf ..."

„Moment bitte." Er hob die Abdeckung der Mittelkonsole an und holte ein Telefon heraus, das Sam noch nie gesehen hatte. „Ich hab eine Frage, Brant. Gibt es hier hinten Überwachungskameras?"

Er hörte sich Brants Antwort an, während Sam ihm einen Lapdance bescherte, bei dem er die Finger seiner freien Hand in ihre Hüfte grub. „Okay, alles klar. Vielen Dank."

„Na, wie lautet das Urteil?"

„Es gibt Kameras, aber die kommen nur im Notfall zum Einsatz, nicht bei der Routinebeförderung."

Sam erbebte theatralisch. „Ich liebe es, wenn du Begriffe wie ‚Routinebeförderung' verwendest."

„Tja, und ich liebe es, wenn du mich mit einem Lapdance beglückst, während ich telefoniere."

„Das kann ich gerne öfter machen, wenn du willst."

„Ich will." Er knöpfte ihr die Bluse auf und befreite ihre Brüste von dem schwarzen Spitzen-BH, den sie extra für diese Reise gekauft hatte.

„Da war wohl jemand shoppen."

Sie konnte kaum denken, geschweige denn sprechen, als er ihre Brüste berührte und mit den Daumen über die Spitzen fuhr. „Kann sein."

„Du bist die sexyeste First Lady der Geschichte."

„Ich bin nichts gegen Eleanor Roosevelt."

Er prustete vor Lachen.

„Ihr Intellekt war sexy."

„Deiner ist das auch. Alles an dir ist sexy."

„Das habe ich nie gedacht, bis du damit angefangen hast."

„Eine Schande." Er vergrub das Gesicht zwischen ihren Brüsten und atmete ihren Duft ein, während sie ihm die Arme um den Hals schlang und den Kopf in den Nacken fallen ließ.

Niemand hatte ihr je solche Gefühle beschert.

„Schon okay." Sie keuchte, als er ihre linke Brustspitze in den Mund nahm und mit der Zunge darüberfuhr, bis sie atemlos war. „Ich habe mich nie um solche Dinge gekümmert, bis ich dich getroffen hab."

„Falls ich vergessen habe, es zu erwähnen: Dass du mich getroffen hast, hat mein Leben lebenswert gemacht."

„Zwei ganze Jahre verheiratet, dabei haben sie gemeint, es würde niemals halten."

Er wich zurück und sah sie fassungslos an. „Wer bitte hat so was behauptet?"

Sam lachte. „Niemand. Das sagt man so." Sie umfasste sein Gesicht und küsste ihn mit der Liebe und dem Verlangen, die sie durch zwei der schönsten und turbulentesten Jahre ihres Lebens getragen hatten. Währenddessen begann sie an seinem Gürtel, Knopf und Reißverschluss zu nesteln.

„Bitte schön vorsichtig. Wir werden ihn diese Woche noch häufig brauchen."

„Dann hilf mir gefälligst!"

Zusammen befreiten sie alle wichtigen Teile.

Sam keuchte auf, während sie ihn in sich aufnahm, langsam, methodisch, auf den größtmöglichen Effekt bedacht.

„Babe. Komm schon." Er grub die Hände in ihren Hintern, als er versuchte, sich zu bewegen.

Doch Sam hatte die Kontrolle und wollte jede Sekunde genießen. „Nicht so voreilig." Sie sah aus dem Fenster. „Wir sind bisher nicht mal an der Bay Bridge, haben also noch jede Menge Zeit."

„Nicht, wenn es für dich zufriedenstellend enden soll. Für mich wird es das auf jeden Fall."

„Das klingt nach einem Problem."

„Nicht für mich."

Sie ließ sich ganz auf ihn hinab, sodass er stöhnte und sie fester umklammerte.

„Heilige Scheiße, war das heiß."

Sie liebte es, wie er den Kopf zurück auf die Nackenstütze legte, die Augen geschlossen und so entspannt, wie er dieser Tage sein konnte. Das war Sams Ziel für diese Woche: ihm so viel Entspannung zu verschaffen, wie sie nur konnte. Außer in Momenten wie diesem natürlich. Dann wollte sie, dass er sich restlos auf sie konzentrierte und nicht an eins der vielen Dinge dachte, die ihn regelmäßig beschäftigten.

Mit diesem Gedanken im Hinterkopf steigerte sie das Tempo, bis sie gemeinsam ihren Höhepunkt erreichten und sich in pulsierendem Nachbeben aneinanderklammerten.

Auf einmal kam Sam ein beunruhigender Gedanke. „Untersuchen die dieses Ding auf DNA?"

Nick lächelte. „Hör auf, wie eine Polizistin zu denken."

„Das ist so, als würdest du mich bitten, nicht zu atmen."

„Niemand wird nach DNA suchen."

„Bist du dir da sicher?"

„Ziemlich."

„Das ist nicht das, was ich hören wollte!"

„Keine Panik. Die arbeiten für mich. Es ist alles gut."

„Oh, hört, hört. Der allmächtige Mr President."

„Von mir aus. Es ist mein Auto, mit dem ich machen kann, was ich will, und wenn ich meine Frau auf dem Rücksitz vö…"

Sie küsste ihm das Wort von den Lippen.

„… will, werde ich das auch tun."

„Dann ist es ja gut."

„Noch mal?"

KAPITEL 4

Während Freddie Gordon Reilly und Tori Stevens in den Verhörräumen unterbrachte, kehrte Gonzo ins Großraumbüro zurück, wo Captain Malone auf ihn wartete.

„Wen haben Sie da mitgebracht?"

„Den Immer-mal-wieder-Freund des Opfers und die Frau, mit der er eine langjährige Beziehung geführt hat, die er jetzt beenden wollte."

„Sie glauben, er war's?"

„Eher sie. Sie scheint ziemlich unglücklich darüber gewesen zu sein, dass er mit ihr Schluss gemacht hat. Seine Reaktion auf die Nachricht von Rachels Tod war echter Schock."

„Wenn Sie hier fertig sind, brauche ich Sie bei Stahl."

„Ich kümmere mich um ein paar Dinge, dann komme ich hin."

Malone überreichte ihm einen Zettel mit der Adresse 15th Street Northeast, die laut einer Notiz am Rand im Viertel Brookland lag.

„Ist das die Gegend, die man auch Little Rome nennt?", fragte Gonzo.

„Richtig. Die Katholische Universität, das Nationalheiligtum Basilika der Unbefleckten Empfängnis und das Franziskanerkloster vom Heiligen Land in Amerika befinden sich dort."

„Interessante Wohngegend für einen Sünder wie Stahl."

„Die Ironie ist mir nicht entgangen." Malone hielt ein Blatt Papier hoch. „Das ist die Pressemitteilung, die das PR-Team aufgesetzt hat. Ich wüsste gern, was Sie davon halten. Wir veröffentlichen sie, nachdem wir allen Familien einen Besuch abgestattet haben. Der Chief wird noch eine Äußerung ergänzen, in der er seine Empörung zum Ausdruck bringt, zusammen mit seiner Entschlossenheit, Antworten für die Familien der vermissten Frauen zu finden – egal, wie die ausfallen mögen."

Das Metropolitan Police Department hat glaubwürdige Hinweise erhalten, die den ehemaligen Lieutenant Leonard Stahl, der zwei lebenslange Haftstrafen verbüßt, mit bis zu zwanzig vermissten Frauen in Verbindung bringen. Kriminalbeamte durchsuchen aktuell sein Haus in Washington. Die Ermittlungen befinden sich noch im Anfangsstadium, und wir werden Ihnen weitere Informationen zukommen lassen, sobald sie verfügbar sind.

Unsere Ermittlungen konzentrieren sich auf die möglichen Verbindungen Stahls zu den folgenden vermissten Personen: ...

Gonzo überflog die Liste der Namen, alles Frauen zwischen neunzehn und zweiunddreißig Jahren. Ihre Fälle lagen vor seiner Zeit bei der Polizei, sodass ihm keiner davon etwas sagte.

Wir bitten alle, die Informationen über Leonard Stahl und seine eventuellen Beziehungen zu einer der vermissten Frauen haben, sich an die MPD-Info-Telefonnummer zu wenden.

Gonzo reichte Malone das Blatt Papier zurück. „Liest sich gut."

„Wir hoffen, alle Familien in den nächsten Tagen persönlich benachrichtigen zu können, und werden dann die Erklärung abgeben. Die Angehörigen werden verständlicherweise sehr verärgert sein."

„Ich kann mir nicht mal vorstellen, wie die Reaktion ausfallen wird."

„Wir versuchen, die Sache unter Verschluss zu halten, bis wir bereit sind, uns dazu zu äußern. Nachdem wir die zwanzig Familien in Kenntnis gesetzt haben, hoffen wir, innerhalb von achtundvierzig Stunden ein Update geben zu können."

„Was für ein Schlamassel."

„Absolut. Treffen Sie sich mit Lucas und Haggerty, sobald Sie können."

„Natürlich."

Gonzo öffnete mit seinem Schlüssel die Tür zu Sams Büro und schloss sie hinter sich wieder. Ohne das Licht anzuschalten, ging er direkt zum Schreibtisch, um die gefürchtetste aller Aufgaben zu erledigen. Er konnte sich nicht vorstellen, als Vater am anderen Ende eines solchen Anrufs zu sitzen, und hoffte bei Gott, dass es nie so weit kommen würde.

Nachdem er eine Minute lang auf das Telefon gestarrt und sich so gut wie möglich gewappnet hatte, nahm er den Hörer ab und wählte die Nummer in St. Louis, die ihm Rachel Fortiers Mitbewohnerin gegeben hatte.

Eine Frau meldete sich, die argwöhnisch klang, als sie die Nummer des MPD als Anrufer-ID sah. „Ja, hallo?"

„Mrs Fortier?"

„Ja. Was ist passiert? Warum ruft mich das Metro PD an? Ist das nicht in Washington?"

„Richtig, Ma'am. Hier spricht Sergeant Thomas Gonzales."

„O mein Gott! Was ist los? Ist Rachel etwas passiert?"

„Ma'am, zu meinem großen Bedauern muss ich Ihnen mitteilen, dass Rachel heute Morgen tot in ihrem Bett aufgefunden wurde …"

Der gequälte Schrei der Frau traf ihn mitten ins Herz.

Wie konnte jemand so etwas überleben?

Er hörte eine Männerstimme im Hintergrund, dann übernahm deren Besitzer den Hörer. „Wer spricht da? Was ist los?"

Gonzo schloss die Augen, als er gezwungen war, die Nachricht zu wiederholen.

„O Gott. Nein, nicht Rachel."

„Es tut mir entsetzlich leid, dass ich Ihnen diese Nachricht überbringen muss."

„Wenn die Polizei involviert ist, bedeutet das … Mord?"

„Das können wir erst sagen, wenn die Gerichtsmedizinerin ihre Arbeit beendet hat."

„Was sollen wir jetzt tun?"

„Ich melde mich bei Ihnen, sobald der Bericht der Gerichtsmedizin vorliegt."

„Sollen wir kommen?"

„Nur wenn Sie wollen. Das Bestattungsunternehmen Ihrer Wahl wird die Überführung nach St. Louis organisieren."

„Das kann doch gar nicht sein. Wir haben erst gestern mit ihr telefoniert. Da war alles in Ordnung."

„Mein aufrichtiges Beileid. Leider muss ich noch ein paar Dinge abklären. Sie haben eben erwähnt, gestern sei alles in Ordnung gewesen, aber können Sie mir sagen, ob Rachel in letzter Zeit irgendwelche Probleme oder Sorgen gehabt hat?"

„Sie … Es ist ein sehr schwieriges Jahr für sie gewesen."

„Inwiefern?"

„Sie hat im Herbst angefangen, sich mit diesem Gordon zu treffen. Wir haben ihn kennengelernt, als wir zum Elternwochenende dort waren, und er schien ein netter junger Mann zu sein. Sie war begeistert von ihm, doch seine Ex-Freundin wollte die beiden einfach nicht in Ruhe lassen."

„Was hat sie getan?"

„Irgendwie hat sie sich Rachels Handynummer beschafft und ihr SMS geschrieben, sie mache mit dem Freund einer anderen Frau rum und wie sie sich fühlen würde, wenn ihr das jemand antun würde."

Während Gonzo sich das notierte, wünschte er sich, er hätte das Licht eingeschaltet.

„Wir haben ihr schließlich eine neue Handynummer besorgt, aber die Ex-Freundin hat auch die herausgefunden."

„Haben Sie die Belästigung bei der Polizei angezeigt?"

„Rachel wollte das nicht. Sie sagte, Gordon kümmere sich darum und sie wolle ihm Raum dafür geben."

„Warum hat sie die Handynummer der anderen Frau nicht blockiert?"

„Am Anfang hat sie das nicht getan, damit sie Gordon zeigen konnte, was diese Tori ihr geschrieben hat. Dann hat sie sie blockiert, doch die Belästigungen gingen weiter, meist über die Mobiltelefone anderer Leute. Sie hat einfach nicht aufgehört. In letzter Zeit war es allerdings weniger geworden, sodass wir gehofft haben, sie sei zur Vernunft gekommen."

„Können Sie mir die Handynummern von Rachel geben, also auch ihre frühere?"

„Moment."

Gonzo hörte, wie er kurz seine Frau tröstete, bevor er wieder ans Telefon zurückkehrte und ihm die beiden Nummern nannte.

„Die zweite ist die neue. Wir … wir hätten nie gedacht, dass ihre Probleme mit Gordon und seiner Ex-Freundin sie in Gefahr bringen könnten. Sonst …" Er schluckte hörbar, und seine Stimme klang gepresst, als ringe er um Fassung: „Ich meine, wir dachten, es sei ein typisches College-Drama, und sie hat uns versichert, sie habe alles unter Kontrolle. Glauben Sie, diese Frau hat ihr etwas getan?"

„Bisher wissen wir noch gar nichts. Wir haben Gordon und Tori mit hergenommen, um sie zu ihrer Beziehung zu Rachel zu befragen."

„Die Freundin ist in Washington? Sie studiert in Georgia. Was macht sie denn in Washington?"

„Nach allem, was wir bisher erfahren haben, war sie übers Wochenende zu Besuch hier."

„Sie und Gordon waren also noch zusammen. Was zum Teufel …? Sie müssen in die Sache verwickelt sein."

„Wir stehen ganz am Anfang unserer Ermittlungen. Ich werde Sie über alle Entwicklungen auf dem Laufenden halten, und noch einmal mein tief empfundenes Beileid."

„Vielen Dank."

„Ich melde mich wieder."

Nachdem er aufgelegt hatte, dachte Gonzo darüber nach, was Mr Fortier gesagt hatte und wie er mit Gordon und Tori umgehen wollte. Er nahm den Hörer wieder ab und wählte Archies Nummer.

„Hey, Sam, ich dachte, du hättest frei."

„Hier ist Gonzo, aus Sams Büro."

„Ah, verstehe. Was gibt's?"

„Du müsstest so schnell wie möglich zwei Handys für mich checken. Ich gebe dir die Nummern durch." Er las beide vor.

„Dafür brauchen wir einen Durchsuchungsbeschluss."

„Ich kümmere mich darum."

„Sag mir Bescheid, wenn du ihn hast, dann bin ich sofort dran."

Gonzo rief Captain Malone an, um ihn zu bitten, bei den Durchsuchungsbeschlüssen Dampf zu machen. „Und wenn Sie schon dabei sind, möchte ich auch welche für zwei weitere Handys. Ich rufe Sie gleich mit den Nummern zurück."

„Ich leite es in die Wege", erwiderte Malone. „Woran denken Sie?"

„Eine Dreiecksbeziehung, die schiefgegangen ist, ist das Naheliegendste. Ich muss es nur noch beweisen."

„Dann viel Erfolg. Ich halte Sie über die Entwicklung bei Stahl auf dem Laufenden."

„Danke." Gonzo legte auf, als es an der Tür klopfte. „Ja, bitte."

Cruz steckte den Kopf rein. „Gordon und Tori sind in Verhörzimmer eins und zwei."

„Hast du ihre Mobiltelefone eingesammelt?"

„Ja, und ich habe auch die Nummern."

„Du bist der Beste. Her damit."

Gonzo schrieb Gordons und Toris Nummern auf und rief Malone zurück, um sie ihm durchzugeben. „Ich schicke ihre und Rachels Handys zu Archie." Während er sprach, gab er Freddie das Signal, die Mobiltelefone abzuliefern.

Nachdem er das Gespräch beendet hatte, ging Gonzo ins Großraumbüro, um mit Cameron zu sprechen. „Irgendwas in den sozialen Netzwerken?"

„Tori Stevens ist echt krass drauf. Sie schimpft pausenlos über Frauen, die anderen die Freunde ausspannen, und darüber, dass es unter Mädels einen Ehrenkodex geben sollte, dass die Kerle anderer tabu sind."

„Sie ist bisher meine Lieblingskandidatin als Täterin", sagte Gonzo. „Jetzt müssen wir nur noch rausfinden, wie sie in das Gebäude und in Rachels Zimmer gelangen konnte, um sie umzubringen, ohne eine Sauerei zu hinterlassen, und danach in Gordons Zimmer zurückzukehren, als wäre nie etwas passiert."

„Ich habe bei Archie sowohl eine Datensicherung als auch eine Funkzellenabfrage in Auftrag gegeben", meldete Cruz, als er zurückkkam. „Außerdem habe ich ihn gebeten, Toris Handy als erstes auszulesen, um zu sehen, ob wir damit beweisen können, dass sie in Rachels Wohnheim war."

„Schick Lindsey eine SMS, sie soll uns Bescheid geben, sobald sie den genauen Todeszeitpunkt hat."

Freddie tat es. „Ich habe von Charles gehört, dass sie keine leeren Pizzakartons gefunden haben, weder in der Wohnung noch in einem der Mülleimer im Gebäude. Ermittler der Spurensicherung von PG County suchen in Müllcontainern und anderen Mülleimern auf dem Campus nach ihnen."

„Ist es nicht komisch, dass es in einem Studentenwohnheim keinen einzigen Pizzakarton gibt?", fragte Gonzo.

„Darüber hab ich mich auch gewundert", bestätigte Freddie. „Ich hab mich gefragt, ob jemand Stockwerk für Stockwerk nach ihnen gesucht und sie dann alle zusammen entsorgt hat."

„Es ist zumindest mal eine Arbeitshypothese. Gib sie an die Ermittler aus PG County weiter."

„Ich schreib deren Lieutenant eine SMS."

„Gibt es sonst noch etwas in den sozialen Medien?", erkundigte sich Gonzo bei Cam.

„Bisher nicht. Ich bleibe dran."

„Vielen Dank." Er wandte sich an Freddie. „Lass uns mit Gordon Reilly reden."

∼

Die Wagenkolonne erreichte Dewey Beach gegen sechzehn Uhr, und Sam und Nick war nichts anzumerken, als die Personenschützer des Secret Service ihnen die Tür öffneten. Sie waren gezwungen gewesen, im Fahrzeug zu warten, bis das Haus vollständig inspiziert worden war.

„Was glauben die, wer da drin auf der Lauer liegt?", überlegte Sam laut.

„Leider könnten das einige Leute sein."

Die Liste von Nicks Feinden war in den vier Monaten seiner Präsidentschaft exponentiell angewachsen, eine Tatsache, die Sam erschreckte, wenn sie sich erlaubte, darüber nachzudenken.

Jetzt war allerdings nicht der richtige Zeitpunkt dafür, Angst zu haben, also schlug sie die mentale Tür zu jeglicher Negativität zu, damit sie die Auszeit mit ihrem geliebten Ehemann uneingeschränkt genießen konnte.

Das Haus war genau so, wie sie es in Erinnerung hatte, mit bequemen Möbeln und einer Einrichtung im maritimen Stil.

Sam ging zur Glasschiebetür und öffnete sie, um auf die Terrasse mit der atemberaubenden Aussicht auf die Dünen, den Strand und das Meer zu treten.

Eine eisig kalte Brise ließ sie schaudern. „Igitt."

Nick folgte ihr und schlang von hinten die Arme um sie. „Es ist nicht mehr August, Babe."

„Aber dennoch herrlich und perfekt. Hättest du Lust auf einen Strandspaziergang?"

„Klar."

Nick kehrte ins Haus zurück, um Brant mitzuteilen, dass sie am Strand entlangspazieren wollten. „Brant sagt, sie brauchen fünfzehn Minuten."

Sie hörte den Frust in seinen Worten, also ging sie zu ihm, legte ihm die Hände auf die Brust und küsste ihn. „Das macht nichts. Wir können uns sicherlich die Zeit vertreiben, während sie sich vergewissern, dass niemand da draußen wartet, um meinem Mann etwas anzutun."

Er legte die Arme um sie. „Oder meiner Frau."

„Ich bin dankbar für die Arbeit der Personenschützer. Wir müssen ihnen die Zeit lassen, die sie dafür brauchen."

„Ja, Liebling."

„Könnte ich das aufzeichnen, damit ich es mir jederzeit noch mal anhören kann?"

„Wie willst du denn mit deinem antiken Klapphandy etwas aufnehmen?"

„Mein Mann hat ja ein iPhone."

„Jetzt willst du dir mein Handy ausleihen, um es gegen mich zu verwenden?"

Sie lachte, während sie ihn umarmte, denn sie liebte die Albernheit, den Humor, die Leichtigkeit des Zusammenseins mit ihm, durch die sich diese Beziehung von allen anderen unterschied.

„Da du gerade so gut gelaunt bist, möchte ich dich darauf hinweisen, dass wir diese Woche wieder in *Saturday Night Live* zu sehen sein werden."

Sams gute Laune verflog. „O nein …"

„O doch."

„Weshalb? Weshalb? Weshalb?"

„Äh, ist das eine rhetorische Frage?"

„Ich hasse dich nicht dafür, dass du Präsident bist, wohl aber dafür, dass du mich zur Zielscheibe von *SNL* gemacht hast."

„Du hasst mich?"

„Ja!"

Er schlang die Arme um sie und ließ seine Hände nach unten gleiten, um ihren Hintern zu umfassen und sie enger an sich zu ziehen. „Ich wette, ich könnte deine Meinung ändern."

Sie drehte ihr Gesicht weg, sodass sein Kuss statt auf ihren Lippen auf ihrem Hals landete. „Das hängt davon ab, wie sehr mich *SNL* der Lächerlichkeit preisgibt."

Verdammt, diesen Küssen auf den Hals konnte sie einfach nicht widerstehen.

„Alles bereit, Mr President, Mrs Cappuano", ertönte Brants Stimme von der Haustür her.

Nick trat einen Schritt zurück und hielt ihr seine Hand hin. „Lass uns gehen, Liebes."

„Ich hasse dich immer noch."

„Zur Kenntnis genommen", antwortete er.

Sie hatten den Strand für sich, mit Ausnahme des Pressekorps des Weißen Hauses, das sie offenbar auf ihrer Reise begleitete. Sam hätte von den Journalisten am liebsten verlangt, dass sie Nick in Ruhe ließen. Stattdessen biss sie sich auf die Zunge, denn sie wollte nicht der Aufmacher in den Zeitungen der ganzen Welt werden.

Nick spürte ihre Empörung. „Ignoriere sie am besten."

„Leichter gesagt als getan."

„Ich weiß. Bloß was sollte es uns kümmern, wenn sie uns fotografieren?" Er legte ihr den Arm um die Schultern. „Soll doch die ganze Welt sehen, wie sehr ich meine Frau liebe."

Sie schlang ihm einen Arm um die Taille. „Ja, und wie sehr ich meinen Mann liebe."

„Aber kein Hinterngrapschen, hörst du?"

„Spielverderber."

„Ich mach es nachher wieder gut."

„Darauf freue ich mich. Warum ist es immer noch so verdammt kalt?"

„In den nächsten Tagen soll es wärmer werden."

„Darauf kann ich nicht warten. Ich hab die Kälte satt."

„Die frische Luft fühlt sich großartig an. Besser als die abgestandene im Weißen Haus."

„Dessen bin ich mir sicher."

Sie liefen, bis ihre Gesichter eisig waren, drehten dann um und fanden sich einer ganzen Horde von Fotografen und Kameraleuten gegenüber, die sie verfolgten.

„Ignorieren", flüsterte er.

„Klar, ignorieren. Da sie ja vor uns stehen, ist das hier erlaubt?" Sam drückte seinen Hintern.

„Nein."

„Ich wollte nur sichergehen."

„Bitte nicht frech werden."

„Du magst es, wenn ich frech werde."

„Pass auf, was du sagst, Sam. Ich bin sicher, einige der Presseleute sind gute Lippenleser."

„Drecksmistscheißkack."

„Sam!"

„Huch. Tut mir leid."

Nick bog sich vor Lachen.

„Ich möchte dich daran erinnern, dass ich dich schon ganz am Anfang gewarnt habe, dass ich eine Belastung für deine politische Karriere sein würde, und du hast dich trotzdem für mich entschieden. Ach ja, war das, als du mir nur ein Jahr im Senat versprochen hast? Hm …"

„Legst du es zufällig darauf an", er hielt sich die Hand vor den Mund, „den Hintern versohlt zu bekommen?"

„Ja, bitte."

„Hör auf. Ich will nicht, dass Fotos von mir mit einem", Nick hob wieder die Hand vor den Mund, „Ständer auf der Titelseite jeder Zeitung der Welt erscheinen."

„Dann hör auf, über Dinge zu sprechen, die das verursachen."

„Dieser Spaziergang war eine furchtbare Idee."

„Vielleicht solltest du mir in Zukunft die Dinge vorher erklären."

Wenn es etwas gab, das mehr Spaß machte, als sich mit ihrem umwerfenden, witzigen und sexy Ehemann zu kabbeln, dann musste Sam es erst noch entdecken. Selbst die Jagd auf Mörder konnte da nicht mithalten.

Auf dem Weg über den Strand zu ihrer Bleibe für die nächsten zehn Tage löcherten die Reporter sie mit Fragen.

„Mr President, haben Sie sich schon mit den neuen Generalstabschefs getroffen?"

„Haben Sie einen Kommentar zu General Wilsons Aussage?"

„Stimmt es, dass die Polizei den ehemaligen Lieutenant Stahl mit vermissten Frauen in Verbindung bringt?"

„Haben Sie die Kaution für Ihre Mutter gestellt?"

Bei der letzten Frage spannte Nick sich an.

Seine Mutter war auf Kaution frei? Das war Sam neu – und ihm offenbar auch.

„Reagier nicht", riet sie ihm mit zusammengebissenen Zähnen. „Geh weiter."

Sie liefen die Treppe hinauf und durch die Schiebetür, die Brant für sie öffnete.

„Wir bleiben für den Rest des Tages im Haus", unterrichtete ihn Nick.

„Sehr wohl. Wir werden nebenan sein und Personenschützer im Umkreis positioniert haben. Außerdem haben wir uns die Freiheit genommen, im Kamin ein Feuer für Sie anzuzünden. Ich wünsche einen schönen Abend."

„Vielen Dank. Den werden wir haben."

Der Küchenchef des Weißen Hauses hatte ihnen Mahlzeiten für die nächsten Tage mitgegeben, weitere Lieferungen würden folgen.

Außerdem war Sam fest entschlossen, wenigstens einmal abends essen zu gehen, während sie im Urlaub waren. Sie öffnete den Kühlschrank, um zu sehen, was der Küchenchef geschickt hatte. „Worauf hast du denn Lust? Lende mit Kartoffelpüree und grünen Bohnen oder Krabben und Nudeln?"

„Lende."

„Die hat auch meine Stimme."

Gemäß den Anweisungen auf den Behältern stellte Sam den Ofen auf hundertachtzig Grad und erwärmte die Speisen dreißig Minuten lang. Dann goss sie sich ein Glas von dem Rosé ein, von dem Tracy ihr vorgeschwärmt hatte. Sie hatte ihn der Essens- und Getränkebestellung hinzugefügt, die sie vor der Reise über den Chief Usher Gideon Lawson aufgegeben hatte.

Sam hatte gewollt, dass Nick all seine Lieblingsspeisen und -getränke hatte.

Während sie ihm eine Flasche Sam Adams öffnete, schaute sie ihn an. Er stand an der Schiebetür und blickte auf den Strand hinaus. Seine Hände hatte er in den Taschen, aber seine Schultern erzählten die Geschichte eines Mannes, den Dinge belasteten, mit denen sich niemand sonst auf der Welt auseinandersetzen musste.

Sam stellte die Getränke auf dem gläsernen Couchtisch ab. „Setz dich zu mir."

Er kam herüber.

Sie zeigte auf den Boden vor sich. „Hier."

Als er sich vor ihr niedergelassen hatte, begann sie, ihm die Verspannungen aus den Schultern zu kneten. „Ich will, dass du völlig entspannt bist und an nichts anderes denkst als an mich und uns."

„Ein guter Anfang." Nach einem Moment fügte er hinzu: „Hast du gehört, was die über die Kaution meiner Mutter gesagt haben?"

„Ja, und es ist uns völlig egal. Sie kümmert uns nicht."

„Stimmt."

Sie war sich schmerzlich bewusst, dass das bei ihm so nicht funktionierte. Sam hoffte, wenn sie ihn häufig genug daran erinnerte, dass seine Mutter ihm nichts bedeutete, würde er sie vielleicht vergessen können. Man hatte Nicoletta vor mehr als einer Woche in Ohio wegen Prostitution und Geldwäsche festgenommen. Seitdem hatte Nick damit zu kämpfen gehabt, dass sie in Haft war, obwohl er mit einem Anruf alles für sie regeln könnte.

Sam hatte ihn vorsichtig ermutigt, diesen Anruf zu unterlassen. Alles, was mit seiner Mutter zu tun hatte, war ein emotionales Minenfeld, durch das sie ihn auf Zehenspitzen führen musste, um ihn von der Frau fernzuhalten, die ihm immer wieder das Herz gebrochen hatte. Wenn es nach Sam ginge, würde sie ihm nie mehr nahe genug kommen, um ihn zu verletzen.

„Wieso ist sie auf Kaution raus? Ich hab gehört, man habe ihr Vermögen eingefroren."

Sam hätte weinen mögen, so verwundbar klang er, als sie über Nicoletta sprachen. Es war, als hätte er einen ganz eigenen Tonfall, der ausschließlich für seine Mutter reserviert war – einen voller Herzschmerz. „Ist das denn wichtig?"

„Vermutlich nicht. Ich habe mich nur gewundert."

Sam stützte ihr Kinn auf seinen Kopf, während sie weiter seine verspannten Schultern und seinen Nacken massierte. „Ich hasse das. Alles daran."

„Ich weiß, und das hilft." Nach einer Pause fragte er: „Stört es dich, wenn ich Details wissen will?"

Ja, wollte sie sagen, aber das war nicht das, was er hören musste. „Natürlich nicht, Nick. Ich unterstütze dich, wo ich nur kann. Du entscheidest, wie du mit ihr umgehst."

„Für dich ergibt das keinen Sinn. Das verstehe ich vollkommen."

„Es muss für mich auch keinen Sinn ergeben. Vergiss nicht, dass ich selbst mit meiner Mutter zu kämpfen hatte." Nachdem nach der Scheidung ihrer Eltern zwanzig Jahre lang Schweigen zwischen ihnen geherrscht hatte, war das Verhältnis zu ihrer Mutter inzwischen wieder viel besser. Sam hatte fest zu ihrem Vater gestanden, doch später hatte sie erfahren, dass es zwei

Seiten der Geschichte gab und ihre Mutter nicht die alleinige Schuld am Scheitern der Ehe gehabt hatte. „Nichts im Vergleich zu dem, was du durchgemacht hast, auch wenn es nicht angenehm war."

„Das stimmt. Würde es dich stören, wenn ich Avery bitte, ein paar subtile Nachforschungen darüber anzustellen, wie sie die Kaution gestellt hat?"

„Es wäre mir egal, wenn es dich beruhigt, die Details zu kennen."

„Danke für dein Verständnis und dafür, dass du mich trotz des ganzen Mists unterstützt."

„Ich habe in diese Ehe auch eine gehörige Portion Mist gebracht."

„Gott sei Dank findet der ganze Mist da draußen statt", sagte er und deutete vage auf alles außerhalb ihrer persönlichen Glücksblase, „und nicht hier drinnen."

„Niemals hier."

„Komm zu mir runter."

KAPITEL 5

Sam ließ sich auf dem Boden nieder und lehnte sich neben Nick mit dem Rücken ans Sofa. „Schönes Feuer."

„Ich liebe es, wie es deine Wangen rosig überhaucht."

„Tut es das?"

„Mhm." Nick küsste ihr Gesicht. „Du bist wunderschön."

Auch andere Männer hatten ihr schon gesagt, dass sie schön sei, aber wenn er es sagte, glaubte sie es. Nick sah ihre Schwächen nicht, mit denen sie ihrer Meinung nach nicht zu knapp gesegnet war.

Sie legte den Kopf an seine Schulter. „Ich dachte, ich wäre enttäuscht, weil wir nicht nach Bora Bora fliegen, doch das hier ist fast noch besser."

„Weil du nicht zwanzig Stunden in einem Flugzeug verbringen musstest?"

„Das ist ein wichtiger Grund, aber wir müssen nicht an einem spektakulären Ort sein, um eine schöne Zeit miteinander zu haben. Mehr als das hier brauchen wir nicht."

„Und außerdem müssen wir keine zwanzig Stunden im Flugzeug sitzen, um herzukommen."

Sie stieß ihn an, musste allerdings selbst lachen. „Wenigstens können die Medien so nicht deinen ökologischen Fußabdruck kritisieren."

„Auch das ist richtig."

Als Sams Handy klingelte, ignorierte sie es.

„Geh ruhig ran. Das ist schon in Ordnung."

Sie stand auf, holte ihr Handy aus der Küche und nahm einen Anruf von Freddie entgegen.

„Hey."

„Entschuldige, dass ich dich auf eurem Trip störe."

„Schon okay. Was gibt's?"

„Ich wollte dich gar nicht anrufen, aber Elin hat gesagt, ich soll es tun, du hättest kein Problem damit."

„Elin hatte recht. Ist alles okay, Freddie?"

„Ich versuche zu begreifen, dass ich eng mit einem Mann zusammengearbeitet habe, der sich als Serienmörder herausstellen könnte. Wir haben noch keine Beweise, doch wir wissen alle, dass er dazu fähig ist."

Sam war nicht überrascht, dass ihr herzensguter Partner von dieser neuesten Entwicklung tief erschüttert war. „Es ist wirklich kaum vorstellbar."

„Ja, genau. Ich hätte nicht gedacht, dass mich irgendwas bei ihm noch schockieren könnte. Dann habe ich den Bericht gelesen, den Malone eingereicht hat. Er vermutet, dass die Frauen Teil von Stahls Plänen waren, unschuldigen Menschen wie Eric Davies Verbrechen anzuhängen. Tiffany Jones, eine der vermissten Frauen, hat er benutzt, um Davies in die Falle zu locken, und nach seiner Verurteilung ward sie nie wieder gesehen."

„Mein Gott." Sam war übel. „Und sein Job als Polizeibeamter war dabei die perfekte Tarnung."

„Genau. Wenigstens ist jetzt eine Anhörung im Fall Davies angesetzt."

„Der Mann sollte keine weitere Nacht im Gefängnis verbringen." Es gab Beweise, die belegten, dass Stahl Davies eine Vergewaltigung angehängt hatte, nachdem der sich Jahre zuvor über seine Behandlung durch Stahl bei einer Verkehrskontrolle beschwert hatte.

„Das dauert, wie du weißt."

„Es ist ekelhaft, abscheulich und jedes andere Wort, das thematisch passt."

„Außerdem wird es auf jeden hart arbeitenden Polizeibeamten in Amerika ein schlechtes Licht werfen", sagte Freddie. „Wie immer, wenn so etwas rauskommt."

„Wir müssen einfach weitermachen und unsere Arbeit erledigen. Mehr können wir nicht tun."

„Glaubst du, es gibt andere wie Stahl? Ramsey zum Beispiel. Hat er nebenbei ein kriminelles Unternehmen geführt?"

„Wahrscheinlich gibt es noch andere, aber ich weiß mit Sicherheit, dass es mehr gibt, die wie wir sind, also versuch, nicht zu verzweifeln."

„Das ist schwer, wenn unsere Aufgabe darin besteht, das Gesetz zu achten und zu ehren, während gleichzeitig Leute aus unseren eigenen Reihen Verbrechen begehen."

„Ist mir klar, doch wie heißt es immer? Das Einzige, was wir kontrollieren können, sind unsere eigenen Handlungen und wie wir auf die anderer reagieren. Wenn wir uns darauf konzentrieren, schaffen wir es."

„Elin hatte tatsächlich recht. Ich fühle mich besser, jetzt, wo ich mit dir geredet habe."

„Gleichfalls. Ach ja, ich möchte dich um einen Gefallen bitten. Ich muss die Familien zweier der vermissten Frauen ausfindig machen. Würdest du bitte nachschauen, was du zusätzlich zu dem, was in den Unterlagen steht, über sie in Erfahrung bringen kannst?" Sam nannte ihm die beiden Namen.

„Klar. Hast du dort die Möglichkeit, was auszudrucken?"

„Ja, Nick hat hier ein ganzes Büro am Start."

„Ich kümmere mich gleich morgen früh darum und schicke dir alles."

„Danke, und jetzt gönn dir einen Drink, und genieß den Abend mit Elin. Morgen ist ein neuer Tag."

„Danke, dass du rangegangen bist."

„Ich werde deine Anrufe immer entgegennehmen, mein junger Padawan."

„Viel Spaß am Meer. Wir sehen uns nächstes Wochenende."

„Melde dich, wenn du mich diese Woche brauchst."

„Werd ich. Bis dann."

Sam klappte ihr Handy zu und dachte über das Gespräch

nach. Es war für Freddie, der seinen Job mit Integrität und Mitgefühl erledigte, unmöglich, das Verhalten eines Mannes wie Stahl zu verstehen. Verdammt, es war schwer für *sie*, es zu verstehen, und sie war weit abgebrühter als ihr Partner. Sie hatte gelernt, von Menschen nicht nur Gutes zu erwarten, weil sie schon so viel Schlimmes miterlebt hatte. Das war Teil ihrer Natur, während Freundlichkeit und Einfühlsamkeit zu Freddys gehörten. Diese Eigenschaften halfen ihm, in einem schwierigen Job außergewöhnlich gut zu sein, ließen ihn aber in einem Augenblick wie diesem jede Entscheidung, die er in seiner Laufbahn je getroffen hatte, infrage stellen.

„Ist mit Freddie alles in Ordnung?", fragte Nick.

„Er ist wegen der jüngsten Enthüllungen über Stahl sehr aufgewühlt."

„Das war wohl zu erwarten."

Sam setzte sich wieder neben ihn auf den Boden. „Freddie ist manchmal fast zu gut für diese Welt."

„Deshalb haben wir ihn so ins Herz geschlossen."

„Schon. Doch solche Dinge nimmt er besonders schwer."

„Du hattest mit allem recht, was du ihm gesagt hast. Ich bin mir sicher, er fühlt sich besser, nachdem er mit dir darüber gesprochen hat."

„Das hat er zumindest behauptet." Sie lehnte den Kopf wieder an seine Schulter. „Warum tun Menschen so etwas? Ich meine, an welchem Punkt verwandeln sie sich von unschuldigen kleinen Kindern in Leute, die einen Mann fälschlicherweise der Vergewaltigung beschuldigen und dann die Frau verschwinden lassen, die sie benutzt haben, um die Verurteilung zu erreichen, genau wie zahllose andere Opfer? Wann passiert das?"

„Schwer zu sagen. Aber wenn du mich fragst, ist das von Anfang an in ihnen, und irgendwann dringt es einfach an die Oberfläche."

„Das stimmt vermutlich. Gut, dass es in mir nicht ist. Was für eine schreckliche Art, zu leben."

Er hob ihren Kopf von seiner Schulter, doch nur so lange, wie er brauchte, um den Arm um sie zu legen. „Ich bin auch froh, dass es bei dir nicht so ist. Du verfügst über genau das richtige Maß an Taktgefühl, Anteilnahme und Härte, um gut in deinem Job und deinem Leben zu sein."

„Die Härte musste sein, was?"

„Sie macht dich aus, meine Liebe."

„Haha."

„Freddie hat diesen Vorteil nicht, deshalb leidet er umso mehr, wenn jemandem Schaden zugefügt wird."

„Du hast uns voll durchschaut, was?"

„Irre ich mich denn?"

„Nein. Ist es fies, wenn ich zugebe, dass ich, als ich gehört hab, dass es noch andere gab, froh war, dass er nicht bloß hinter mir her war?"

„Ich glaube, das ist nur menschlich."

„Zugleich empfinde ich tiefes Mitleid mit jedem, der je mit ihm aneinandergeraten ist und den Kürzeren gezogen hat."

„Ein Seelenklempner hätte seine Freude an einem Mann, der sowohl im Beruf als auch in der Freizeit Schwierigkeiten hatte, mit anderen Menschen auszukommen – man muss davon ausgehen, dass er außerhalb des Berufs die gleichen Probleme hatte, auch mit Frauen –, und sich dann als ein so produktiver Krimineller entpuppt."

„Darüber muss ich mit Dr. Trulo reden. Ich will versuchen, das zu verstehen."

„Du wirst es nie ganz begreifen. Bitte sag mir, dass du das weißt."

„Tu ich, trotzdem will ich wissen, wie es passiert ist."

„Kannst du das für den Augenblick vergessen, damit du den Urlaub genießen kannst?"

„Absolut. Doch es wird möglicherweise noch mehr Anrufe geben."

„Ich vermute, ich werde ebenfalls ein paar bekommen."

Sam lachte über diese groteske Untertreibung. „Da bin ich mir sicher."

~

Als Gonzo und Freddie den Verhörraum betraten, lag Reilly halb auf dem Tisch, den Kopf auf den Armen, während seine Schultern vor Schluchzen bebten. Das Gesicht des Mannes, der zu ihnen aufsah, als sie eintraten, war von Verzweiflung gezeichnet.

„Was ist mit ihr geschehen? Mit Rachel, meine ich?"

„Das wissen wir noch nicht."

Freddie schaltete das Aufnahmegerät ein und nannte die Namen der drei anwesenden Personen.

„Wie kann sie tot sein? Ich habe sie am Montag noch im Seminar getroffen. Es ging ihr gut. Was ist denn nur passiert?"

„Haben Sie am Montag mit ihr gesprochen?"

Reilly schüttelte den Kopf. „Sie hat mich gebeten, mich von ihr fernzuhalten, bis ich die Sache mit Tori geklärt hätte. Ich habe es versucht, aber …"

„Wusste Tori, dass Sie eine andere hatten?", fragte Gonzo.

„Nicht direkt, doch wir haben uns darauf geeinigt, auch mit anderen auszugehen, als wir ans College kamen."

„Wessen Idee war das?", fragte Freddie. „Ihre oder Toris?"

Er wischte sich die Tränen ab, die ihm über das Gesicht liefen. „Meine, aber sie war einverstanden. In den ersten beiden Jahren war alles in Ordnung. Ich habe mich mit anderen Frauen getroffen, doch es war alles sehr oberflächlich, bis ich Rachel kennengelernt hab. Mit ihr war es von Anfang an anders." Verzweiflung drohte ihn zu übermannen, als er sich wieder daran erinnerte, dass Rachel tot war. „Sie war der süßeste und netteste Mensch, den ich je getroffen habe."

Gonzo setzte sich Reilly gegenüber. „Wie viel haben Sie Tori über sie erzählt?"

„Nicht viel."

„Sie haben Rachel Tori gegenüber nie namentlich erwähnt?"

„Nein. Ich meine … Sie hatte eine Menge Probleme, seit wir uns getrennt hatten. Tori hat in Georgia nicht viele Freunde gefunden, das war ein Problem, und sie sagte, sie sei mit niemandem sonst ausgegangen. Ich, äh, ich glaube, sie hat versucht, hierher zu wechseln, aber die Uni hat sie nicht angenommen, weil ihre Noten in Georgia nicht so gut waren."

„Hätte Tori denn eine Entfremdung zwischen Ihnen bemerkt, nachdem Rachel in Ihr Leben getreten war?"

„Ich, äh, glaube nicht."

Gonzo warf ihm einen ungläubigen Blick zu. Natürlich hatte Tori etwas bemerkt. „Haben Sie sie in Georgia besucht?"

„Dieses Jahr nicht, davor schon einige Male."

„Hat sie Sie außer diese Woche hier besucht?"

„Im ersten und zweiten Studienjahr mehrfach, doch in diesem nur dieses eine Mal. Ich hab sie auch gesehen, als wir an Weihnachten beide daheim waren."

„Wo ist das?"

„In der Nähe von Milwaukee. Wir waren zusammen auf der Highschool in Franklin."

„Besteht die Möglichkeit, dass Tori Rachel etwas angetan hat?", erkundigte sich Gonzo.

Reilly setzte sich abrupt auf, seine Miene war schockiert. „Nein! Sie hat nicht mal von ihr gewusst!"

„Sind Sie sich da sicher?", hakte Gonzo nach.

„Ja. Ich habe Rachels Namen Tori gegenüber nie erwähnt."

„Hat Tori Kontakt zu einem Ihrer Freunde hier?", erkundigte sich Freddie.

„Eigentlich nicht."

„Wenn sie Ihnen oder einem Ihrer Freunde auf Social Media folgt, hätte sie dann auf Fotos von Ihnen mit ihr stoßen können?", wollte Freddie wissen.

Gordon dachte darüber nach und wirkte leicht verblüfft ob dieser Möglichkeit. „Ich glaube nicht. Rachel und ich waren meist allein unterwegs und nicht in Gruppen."

„Haben Sie sich jemals zusammen mit anderen getroffen?", fragte Freddie.

Nach ein paar Sekunden sagte Reilly: „Es gab vor den Weihnachtsferien eine Party. Mein Freund Jeff hatte alle eingeladen. Rachel war mit mir dort."

„Hat Tori diesen Jeff je kennengelernt?"

„Vielleicht als sie mal im ersten oder zweiten Studienjahr hier war. Da bin ich mir nicht sicher."

„Gibt es Bilder von der Party im Internet?"

„Ich … Das kann ich nicht genau sagen. Social Media sind nicht so mein Ding. Ich hab einen alten Facebook-Account, aber da bin ich nur noch ganz selten."

„Wie heißt Jeff mit Nachnamen?"

„Montgomery."

Gonzo sah zu Freddie, der aufstand und den Raum verließ, um Montgomerys Accounts zu überprüfen.

„Sie … Sie glauben doch nicht, dass Tori ihr etwas angetan hat, oder?"

„Was denken Sie?"

„Nein! Das würde sie niemals tun."

Gonzo schwieg, weil er hoffte, dass der junge Mann allein darauf kommen würde, dass es durchaus möglich war.

„Tori kann es nicht gewesen sein. Sie war die ganze Nacht bei mir. Außer als sie spazieren war. Und woher hätte sie überhaupt wissen sollen, wo Rachel war?"

Das war eine Frage, auf die Gonzo auch gerne eine Antwort gehabt hätte.

„Tori kann ihr nichts getan haben. Sie hätte es nicht gekonnt. Ja, sie war sauer wegen unserer Trennung. Die hatte jedoch nichts mit Rachel zu tun."

„Sondern?"

„Wir hatten uns einfach auseinandergelebt. Es ist schwer, eine Fernbeziehung aufrechtzuerhalten, zumal wir beide viele neue Leute kennenlernten."

„Aber Sie haben doch gesagt, Tori ist nicht wirklich an neuen Leuten interessiert."

„Ich habe sie ermutigt, auszugehen und sich zu amüsieren. Sie hat gemeint, das könne sie ohne mich nicht."

„Dann werde ich mal mit ihr reden. Sie bleiben hier."

Gonzo verließ den Raum und traf auf dem Flur Freddie.

„Das hier hab ich gefunden. Hat mich ganze drei Sekunden gekostet."

Er reichte Gonzo Ausdrucke einer Reihe von im Dezember geposteten Fotos, auf denen Freunde bei einer Weihnachtsfeier zu sehen waren. Auf einem davon hatte Gordon einen Arm um Rachel gelegt, die sich lächelnd an ihn schmiegte.

„Na also", erklärte Gonzo. „Lass uns Toris Finanzen checken und sehen, was sie hinter den Kulissen getrieben hat."

„Ich kümmere mich darum."

„Sind die anderen schon fort?"

„Es ist achtzehn Uhr dreißig."

„Verdammt." Gonzo hätte schon vor Stunden bei Stahls Adresse sein sollen. „Du kannst gehen, wenn du nach Hause musst."

„Ich bleibe, bis wir hier fertig sind."

„Lass mich wissen, was du über die Finanzen herausfindest."

„Ich kümmere mich sofort darum."

„Super, vielen Dank."

Gonzo nickte dem Streifenbeamten vor dem anderen Vernehmungsraum zu. Als er eintrat, sprang Tori auf.

„Sie müssen mich hier sofort rauslassen."

„Hinsetzen." Er schaltete das Aufnahmegerät ein und nannte seinen und ihren Namen.

„Ich will hier weg."

„Das verstehe ich, aber Sie müssen warten, bis wir Ihre Straftat aufgenommen und Sie einem Richter vorgeführt haben."

„Was für eine Straftat?"

„Sie haben meinen Partner ans Schienbein getreten. Ein tätlicher Angriff auf einen Polizeibeamten ist eine Straftat."

„Er hat mir Angst gemacht, als er so aggressiv auf mich zugekommen ist und ich keine Ahnung hatte, was überhaupt los war."

„Das können Sie gern dem Richter erzählen. Hoffentlich haben wir morgen einen hier. Sonst sind Sie bis Montag unser Gast."

„Ich hab am Montag Seminare! Ich muss nach Georgia zurück."

Gonzo ignorierte ihren Einwand. „Beschreiben Sie mir Ihre Beziehung zu Gordon Reilly."

„Was geht Sie das bitte schön an?"

„Hatten Sie schon mal mit einer Mordermittlung zu tun?"

Sie riss die Augen auf. „Einer M… Mordermittlung? Nein."

„Dann wüssten Sie nämlich, dass mich alles etwas angeht, wenn ich in einem möglichen Mordfall ermittle."

„Sie glauben, jemand hat Rachel *ermordet*?"

Gonzo fand es interessant, dass sie von Rachel sprach, als würde sie sie kennen, während Gordon sich sicher war, dass sie nichts von ihr wusste. Da würde er später definitiv nachhaken.

„Was Sie und Gordon betrifft ..."

„Wir ... Ich ... Wir haben uns in der Mittelstufe kennengelernt ... Wir sind bis zur zehnten Klasse gute Freunde gewesen, dann haben wir angefangen, uns zu verabreden. Alles war gut ... Es war sogar *großartig*, bis wir uns für Colleges in verschiedenen Städten entschieden haben. Ich wollte auf dasselbe wie er, aber meine Eltern haben darauf bestanden, dass ich mich bei der Entscheidung nicht nach einem Jungen richte."

Gonzo musste den Eltern zugutehalten, dass sie etwas Verstand zu haben schienen.

„Doch ich wollte nicht von Gordon getrennt sein. Ich liebe ihn nämlich."

„Wie haben Sie sich gefühlt, als er für die Zeit auf dem College eine offene Beziehung vorgeschlagen hat?"

„Sehr traurig. Ich will nur ihn, und zu hören, dass er auch andere Mädchen wollen könnte ... Das hat mich fertiggemacht."

„Aber Sie waren trotzdem einverstanden?"

„Ich wollte alles tun, um die Studienzeit schnell hinter uns zu bringen, damit wir wieder zusammen sein konnten. Das war mein einziges Ziel."

Gonzo legte das Foto von Gordon und Rachel auf den Tisch zwischen ihnen. „Das zu sehen muss Sie wirklich aufgeregt haben."

Als ihr Blick auf das Bild fiel, verzog sie das Gesicht. Sie schob es weg.

„Nun?"

„Was nun?"

„Was haben Sie gedacht, als Sie auf das Bild gestoßen sind?"

„Na was wohl? Ich war sauer."

„Obwohl Sie in eine offene Beziehung eingewilligt hatten?"

„Ich habe nie wirklich eingewilligt. *Er* wollte das. Ich nicht."

„Als Sie ihn auf einem Foto mit einem anderen Mädchen im Arm gesehen haben, muss Sie das nicht nur verletzt, sondern auch sehr wütend gemacht haben."

Sie zuckte die Achseln. „Ich war am Boden zerstört."

„Haben Sie ihm erzählt, dass Ihnen das Bild untergekommen ist?"

„Nein, denn wir waren in den Winterferien zu Hause, und ich wollte die Zeit mit ihm genießen."

„Obwohl Sie wussten, dass er sich an der Uni mit einer anderen traf?"

„Das wusste ich nicht. Ich hatte ein Bild von Gordon mit einem Mädchen gesehen. Das war alles."

„Ganz ehrlich? Das glaube ich Ihnen nicht. Ich kenne Sie seit zwei Stunden, und ich habe keinen Zweifel, dass Sie, nachdem Sie das Foto entdeckt hatten, alles über sie in Erfahrung gebracht haben. Sie kannten bestimmt ihren Geburtstag und womöglich sogar ihre Sozialversicherungsnummer."

Tori rutschte unruhig auf ihrem Stuhl hin und her.

Gonzo hätte es nicht unbedingt *zappeln* genannt, aber es war nahe dran.

„Sie haben sie auch beim Namen genannt, als würden Sie sie kennen."

„Wann?"

„Eben, als Sie mich gefragt haben, ob Rachel ermordet worden sei. Wenn Sie sie nicht persönlich gekannt hätten, hätten Sie vielleicht ‚das Mädchen, das mit Gordon zusammen war' oder etwas Ähnliches gesagt. Stattdessen haben Sie mich konkret gefragt, ob jemand Rachel ermordet habe. Interessant, finden Sie nicht?"

„Ich habe Rachel nicht gekannt!"

„Wissen Sie, was ich denke, Tori? Dass Sie ein Motiv und die Gelegenheit hatten, Rachel zu töten, als Sie letzte Nacht Gordons Zimmer für Ihren Spaziergang verlassen haben."

„Ich habe sie nicht getötet!"

Freddie betrat den Raum mit einem Stapel Ausdrucke, auf denen Details bunt markiert waren.

„Sie haben sie monatelang per SMS belästigt, mit wüsten

Drohungen, was mit ihr passieren würde, wenn sie ihre Finger nicht von Ihrem Freund ließe", sagte er und legte die Seiten vor Gonzo auf den Tisch.

„Nun guck sich das mal einer an", meinte der. „Lass ihn in Ruhe, oder ich bring dich um.'"

„Das war, bevor Rachel die Handynummer gewechselt hat." Freddie reichte Gonzo einen weiteren Stapel Papier. „Das ist passiert, nachdem Tori die neue Nummer hatte. Wie haben Sie das eigentlich gemacht?"

Tori hatte die Arme verschränkt und einen aufmüpfigen Gesichtsausdruck aufgesetzt. „Ich will einen Anwalt."

Gonzo sammelte alle Blätter Papier wieder ein, stoppte die Aufnahme und stand auf.

„Wo wollen Sie hin?", fragte Tori mit hoher, unangenehm schriller Stimme.

„Ich kann nicht weiter mit Ihnen reden, bis Ihr Anwalt da ist. Geben Sie uns Bescheid, wen wir verständigen sollen."

„Woher soll ich das denn wissen? Ich wohne ja nicht hier."

„Möchten Sie, dass wir das Büro des Pflichtverteidigers kontaktieren?"

„Nein, ich will mit meinen Eltern telefonieren. Sie werden mir einen Anwalt besorgen."

„Geben Sie mir die Nummer. Ich rufe sie an."

Sie schien zu zögern, als sei sie nicht sicher, ob sie weiter mit ihm streiten sollte, dann diktierte sie ihm widerwillig die Nummer. „Sagen Sie ihnen, dass ich nichts verbrochen habe."

„Ich werde sie informieren."

Gonzo verließ den Raum, gefolgt von Freddie. „Was für ein kleines Miststück. Rachel tut mir leid – und Gordon, weil er sich mit ihr herumschlagen musste."

„Glaubst du, sie hat Rachel getötet?", fragte Freddie.

„Ich glaube, sie hatte mächtig Ärger mit ihr, aber bis wir die Ergebnisse der Autopsie kennen, wissen wir nicht mal mit Sicherheit, ob wir es überhaupt mit Mord zu tun haben."

„Haben wir", verkündete Lindsey, die gerade das Großraumbüro betrat. „Es hat ein bisschen gedauert, herauszufinden, was passiert ist, doch jetzt weiß ich es."

KAPITEL 6

Nach einem Abendessen, das er kaum angerührt hatte, saß Cameron mit Gigi am Küchentisch, um endlich den vollständigen Text der Zivilklage gegen sie und die Behörde wegen der Erschießung von Jaycee Patrick durch Gigi und der ihrer Mutter durch das SWAT-Team von Fairfax County zu lesen. Die Klageschrift bezeichnete beide Todesfälle als widerrechtlich und führte sie auf Jaycees Beziehung zu Cameron zurück und darauf, dass Gigi Jaycee erschossen hatte, nachdem diese sie in ihrem Haus angegriffen hatte.

Er hatte es mehrere Tage lang aufgeschoben, weil er es nicht ertragen konnte, das Schreiben auch nur anzusehen. Aber da sie sich innerhalb von zwei Wochen dazu äußern mussten, hatte er keine Zeit mehr, so zu tun, als wäre nichts.

„Es fühlt sich an wie ein Albtraum ohne Ende." Cam trank einen Schluck Bier, während er versuchte, sich eine Klage über zehn Millionen Dollar vorzustellen. Wenn sie beide alles verkauften, was sie besaßen, würden sie nicht mal eine Million aufbringen können, geschweige denn zehn, ganz zu schweigen von den Rechtsanwaltskosten, die sie in den Ruin treiben konnten.

„Irgendwann wird es vorbei sein", erwiderte Gigi. „Doch zuerst müssen wir da durch. Wir sollten Andy anrufen."

„Ich wollte mit dir reden, bevor ich das tue, falls du schon jemand anderen im Sinn hast."

„Cam, ich kenne nicht viele Anwälte, außer den Strafverteidigern, mit denen wir im Zusammenhang mit unserer Arbeit zu tun haben."

Für diesen Rechtsstreit brauchten sie einen hochkarätigen Zivilrechtler.

Cameron betrachtete sie bedrückt. „Ich weiß, ich habe es schon eine Million Mal gesagt, aber es tut mir leid, dass ich diesen Mist in dein Leben gebracht habe."

Sie legte eine Hand auf seine, und ihre Berührung sorgte dafür, dass es ihm sofort besser ging. „Das hast du nicht. Das war sie, und wir werden es gemeinsam durchstehen."

„Ab wann wird es zu viel sein?"

„Was meinst du damit?"

„Meine Ex-Freundin greift dich an, attackiert dich auf widerlichste Art und Weise, und ihre Familie zwingt dich, um deinen Arbeitsplatz und jetzt auch um deine finanzielle Zukunft zu kämpfen. Wann wirst du entscheiden, dass mit mir zusammen zu sein das nicht wert ist?"

„Äh … niemals. Der Einzige, der dir die Schuld daran gibt, bist du. Nicht ich."

„Verdammt noch mal, sie *verklagen* dich, Gigi."

„Ich bin zuversichtlich, dass wir diese lächerliche Klage abschmettern werden. Jaycee ist ungebeten bei mir zu Hause aufgetaucht, hat sich Zutritt zu meiner Wohnung verschafft und mich als Geisel genommen. Sie hat mich angegriffen, sodass ich gezwungen war, mich zu verteidigen. Wenn sich alles noch einmal so zutragen würde, würde ich rein gar nichts anders machen. Was blieb mir denn anderes übrig? Ich werde weiterhin jedem, der es hören will, erzählen, was wirklich passiert ist, bis diese ganze Sache vom Tisch ist – sowohl bei der Abteilung Interne Ermittlungen als auch bei den Mitgliedern der Familie Patrick."

„Deine positive Einstellung ist echt bewundernswert. Ich bin ein zitterndes Häufchen Elend, und du steckst das alles einfach ganz cool weg."

„Versteh mich nicht falsch. Ich bin besorgt und gestresst wegen der Kosten für die Verteidigung, doch für mich steht außer Frage, dass wir gewinnen werden. Wir haben nicht im Geringsten falsch gehandelt, wie wir genau wissen."

„Erinnere mich immer wieder daran, okay?"

„Wann immer du möchtest. Warum rufst du nicht mal diesen Andy an und bittest ihn um seine Einschätzung? Vielleicht fühlen wir uns nach einer fundierten Rechtsberatung besser."

Cameron schaute auf die Uhr und beschloss, dem Anwalt eine Nachricht zu schicken, statt sich nach Feierabend unangekündigt bei ihm zu melden.

Hallo,

meine Chefin Sam Holland hat mir geraten, mich an Sie zu wenden. Ich bin auf der Suche nach einem Anwalt, weil man gegen mich und meine Freundin und Kollegin Gigi Dominguez wegen des Todes meiner Ex und eines weiteren tödlichen Zwischenfalls mit ihrer Mutter eine Zivilklage angestrengt hat. Ich würde gerne mit Ihnen oder einem anderen Anwalt, den Sie empfehlen, über eine Vertretung sprechen. Da uns so etwas noch nie zuvor passiert ist, sind wir einigermaßen beunruhigt. Wir freuen uns darauf, von Ihnen zu hören.

Det. Cameron Green

Er zeigte Gigi den Text. „Gut so?"

„Perfekt", antwortete sie.

Cam schickte die SMS ab. Keine Minute später klingelte sein Telefon. Es war Andy. Cam stellte das Gespräch auf Lautsprecher. „Hi, Andy. Danke für den Rückruf nach Feierabend."

„So etwas gibt es weder in meinem noch in Ihrem Beruf, richtig?"

Der Mann war Cam sofort sympathisch. „Richtig."

„Erzählen Sie mir mal genau, was passiert ist."

Gigi ergriff Cams Hand. „Lass mich das machen."

Sie berichtete Andy von Jaycees mehrfachen Versuchen, die neue Beziehung zwischen Cameron und ihr zu torpedieren, die in dem gewalttätigen Zwischenfall in Gigis Wohnung gegipfelt hatten, und beschrieb detailliert, wie Jaycee sie mit den Fingern penetriert und dabei erklärt hatte, sie frage sich, was Cameron an ihr finde. Dann, als Gigi erkannt hatte, dass Jaycee sie umbringen wollte, hatte sie mit ihrer Dienstwaffe den tödlichen Schuss auf sie abgegeben. Cam war weiter angeekelt von dem, was seine Ex getan hatte, und verspürte gewaltigen Respekt vor Gigis nüchternem und sachlichem Bericht.

Cameron übernahm und schilderte, wie Mrs Patrick Deputy Chief Jeannie McBride in ihrem Haus als Geisel genommen hatte und wie es dazu gekommen war, dass das SWAT-Team von Fairfax County sie erschossen hatte. „Die Familie Patrick behauptet, ihr Tod sei meine und Gigis Schuld, was lächerlich ist."

„Hört sich ganz danach an. Ich nehme an, Sie haben die Vorfälle vollständig dokumentiert?"

„Haben wir", sagte Gigi. „Wir können Ihnen Kopien der offiziellen Berichte über alles, was mit Jaycee und ihrer Mutter passiert ist, überlassen. Ich sollte hinzufügen, dass ich derzeit bis zur Anhörung bei der Abteilung Interne Ermittlungen nächste Woche vom Dienst freigestellt bin."

„Haben Sie einen Anwalt für die Anhörung?", erkundigte sich Andy.

„Bisher nicht. Ich hatte eigentlich vor, das allein durchzuziehen."

„Das würde ich nicht tun", riet Andy. „Solche Dinge können leicht aus dem Ruder laufen. Ich vertrete Sie gerne und helfe Ihnen, den Rechtsstreit aus der Welt zu schaffen. Da Sam mich empfohlen hat, kann ich Ihnen den Freunde-und-Familie-Preis anbieten."

„Vielen Dank", sagte Cameron. „Es ist eine große Erleichterung, dass uns jemand von Ihrem Kaliber zur Seite stehen wird."

„Ich werde tun, was ich kann."

„Dafür wären wir sehr dankbar", versicherte Gigi.

„Schicken Sie mir einen Scan der Klage, die von Ihnen erwähnten Berichte und die Kontaktdaten von Ihnen beiden, dann melde ich mich in ein, zwei Tagen." Er nannte Gigi seine E-Mail-Adresse. „Schreiben Sie mir auch, wann und wo Ihre AIE-Anhörung stattfindet."

Nachdem sie sich ausgiebig bedankt und das Gespräch beendet hatten, meinte Cameron: „Das ist eine verdammt große Erleichterung, was?"

„Ja. Genau wie der Freunde-und-Familie-Tarif."

„Gott sei Dank haben wir Freunde mit Beziehungen."

Gigi prostete ihm mit ihrem Weinglas zu. „Das kannst du laut sagen." Sie stellte das Glas ab und nahm seine Hand zwischen ihre beiden. „Können wir diesen Wahnsinn für den Augenblick vergessen und das Wochenende genießen?"

„Wir können es zumindest versuchen."

Lindsey bedeutete Gonzo und Freddie, ihr in den Konferenzraum zu folgen, wo sie mehrere Ausdrucke auf den Tisch legte. „Ich hatte anfangs auf einen natürlichen Tod getippt, auch wenn Rachel noch jung und laut ihren Freunden bei guter Gesundheit war. Ob Sie es glauben oder nicht, ein unerwarteter Tod kann in jedem Alter auftreten, sogar bei Menschen, die scheinbar kerngesund sind."

Gonzo hätte sie am liebsten aufgefordert, endlich zur Sache zu kommen, aber er verkniff es sich, das laut zu sagen. Lindsey war die Beste der Besten, und sie würde auf den Punkt kommen. Irgendwann.

„Ich musste wie eine Mörderin denken, um herauszufinden, was passiert ist." Sie zeigte auf eine vergrößerte Aufnahme. „Sehen Sie das leichte Hämatom an ihrem Hals?"

Sie beugten sich vor, um es besser erkennen zu können.

„Was hat es damit auf sich?", fragte Gonzo.

„Ich glaube, jemand hat ihr die Halsschlagader abgedrückt, was zu einem plötzlichen Abfall der Durchblutung des Gehirns und aufgrund von Sauerstoffmangel zum Hirntod geführt hat. Den Todeszeitpunkt schätze ich auf etwa zehn Uhr gestern Abend."

„Wer auch immer das war, wusste also genau, was er tat", sagte Gonzo. „Wir müssen Tori fragen, was ihr Hauptfach an der Uni ist."

„Ich habe das in ihren Social-Media-Profilen nachgeschaut: Sie studiert Krankenpflege", antwortete Freddie.

„Wie überaus interessant", meinte Gonzo. „Sonst noch etwas Ungewöhnliches, Lindsey?"

„Eine Sache ... Es gab einen Fingerabdruck auf dem Bluterguss, aber nirgendwo sonst auf ihrem Körper. Für den Abdruck gibt es keine Entsprechung in CODIS oder IAFIS."

„Danke für die gute Arbeit, Doc."

„Gern", entgegnete Lindsey. „Ich schicke Ihnen meinen vollständigen Bericht per E-Mail."

Nachdem die Gerichtsmedizinerin den Konferenzraum verlassen hatte, wandte sich Freddie an Gonzo: „Ich habe gerade das Ergebnis der Abfrage von Toris Finanztransaktionen erhalten, und die sind ebenfalls sehr interessant. Auf ihrem Girokonto sind mehr als fünfzigtausend Dollar, obwohl sie vor einer Woche einen Scheck über zehntausend Dollar ausgestellt hat."

„Wie zum Teufel kommt ein College-Kid zu so viel Geld?", wollte Gonzo wissen.

„Ich habe mich auch über ihre Familie informiert. Ihr Vater hat ein Vermögen in der Stahlbranche gemacht. Er ist Gründer und Geschäftsführer eines Unternehmens in der Gegend von Milwaukee."

„Wir müssen dringend herausfinden, für wen der Scheck war."

„Vielleicht hat sie jemanden beauftragt, die Rivalin aus dem Weg zu räumen", mutmaßte Freddie.

„Das ist durchaus möglich, zumal es ihr an den nötigen Mitteln ja nicht gemangelt hat."

„Ich werde noch ein paar Monate weiter zurückgehen, um herauszufinden, ob es weitere Zahlungen an jemanden gegeben hat. Vielleicht hat sie auch jemanden angeheuert, der sie darüber auf dem Laufenden hielt, was ihr Freund in Washington so getrieben hat, während sie in Georgia war. Wir brauchen außerdem einen Durchsuchungsbeschluss für ihren Computer. Der ist vermutlich noch in Gordons Wohnheimzimmer."

„Gute Idee", sagte Gonzo. „Während du das in die Wege

leitest, rufe ich die Eltern an, damit sie ihr einen Anwalt besorgen, und dann sollte ich endlich zu Stahls Haus fahren."

„Soll ich mitkommen?"

„Nein, das musst du nicht."

„Weiß ich. Aber ich biete es dir trotzdem an."

„Ich nehme jede Unterstützung, die ich kriegen kann."

„Lass mich kurz Elin Bescheid sagen, dass es später wird."

„Danke, Freddie", bemerkte Gonzo, während er in Sams Büro ging und die Tür schloss, um einem weiteren Elternpaar Neuigkeiten zu überbringen, die seine Welt erschüttern würden. In diesem Fall fragte er sich allerdings, ob sie ernten würden, was sie mit Toris Erziehung gesät hatten. „Mrs Stevens, hier spricht Detective Sergeant Tommy Gonzales vom Metro Police Department in Washington, D. C."

„Was ist passiert? Ist was mit Tori oder Gordon?"

„Nein, aber mit Gordons neuer Freundin, und wir untersuchen, was Ihre Tochter in den letzten vierundzwanzig Stunden getan hat. Außerdem muss sie sich wegen einer Tätlichkeit gegen einen Polizeibeamten verantworten."

Mrs Stevens keuchte entrüstet auf. „Wie bitte?"

„Sie haben richtig gehört, Ma'am. Rachel Fortier, Gordons Freundin an der GW, wurde heute Morgen leblos in ihrem Bett aufgefunden. Wir haben Ihre Tochter in Gewahrsam, und sie hat einen Rechtsanwalt verlangt. In dem Zusammenhang hat sie uns gebeten, Sie zu kontaktieren, damit Sie ihr einen besorgen."

„Gordon hat keine andere Freundin als Tori, und ich kenne keine Rechtsanwälte in Washington! Meine Tochter hat mit alldem nichts zu tun!"

„Ich kann Ihnen versichern, dass Gordon Reilly sehr wohl eine neue Freundin hatte. Ihre Tochter wusste davon und hat sie zudem seit Monaten per SMS belästigt. Außerdem war sie zu der Zeit in der Nähe, als Rachel Fortier gestorben ist. Ich bin sicher, dass Ihr Anwalt Ihnen jemanden empfehlen kann, der Ihnen helfen kann. Alternativ können Sie sich an die Anwaltskammer hier wenden, um eine Liste mit Strafverteidigern zu erhalten. Bis sie juristischen Beistand hat, wird Ihre Tochter in Untersuchungshaft bleiben."

„Sie können sie nicht einfach auf einen bloßen Verdacht hin festhalten."

„Wir halten sie fest, bis wir ihr die Anklage wegen Körperverletzung verlesen können. Derweil untersuchen wir weiter den Mord an Rachel Fortier und die mögliche Rolle Ihrer Tochter dabei. Je eher Sie jemanden schicken, der sie vertritt, desto eher können wir die nächsten Schritte einleiten."

„Ich will mit ihr reden."

„Das geht im Augenblick nicht. Wir werden sie bitten, Sie morgen anzurufen. Sie können mir unter dieser Nummer Bescheid geben, wenn ein Anwalt unterwegs ist." Gonzo nannte ihr seine Durchwahl.

„Ich weiß nicht, für wen Sie sich halten, doch ich werde Sie dafür belangen, dass Sie meiner Tochter eine so furchtbare Tat vorwerfen. Tori ist Studentin, keine Mörderin!"

„Melden Sie sich wegen des Anwalts." Er beendete das Gespräch, ehe sie weitere Drohungen aussprechen konnte. Wenigstens war ihm jetzt klar, wo Toris Anspruchsdenken herrührte. Er lehnte sich in Sams Schreibtischstuhl zurück und fuhr sich mit beiden Händen durchs Haar, erschöpft von dem langen Tag, der noch nicht zu Ende war.

Freddie klopfte an und kam herein. „Ich habe ein paar weitere Zahlungen von dem Konto gefunden – fünfhundert hier, tausend dort. Wir müssen sie dazu befragen und sehen, was sie sagt, wenn der Anwalt hier ist. Ich habe Malone gebeten, in der Zwischenzeit einen Durchsuchungsbeschluss für ihre einge-lösten Schecks und ihren Computer zu beantragen. Charles und O'Brien habe ich zu Gordons Wohnheim geschickt, damit sie die Laptops holen. Wir werden Gordon fragen, welcher Rechner ihm gehört und welcher ihr, immer vorausgesetzt, dass sie ihn überhaupt mitgebracht hat."

„Gute Arbeit. Danke dir."

„Wie ist es mit den Eltern gelaufen?"

„Das kleine Prinzesschen hat mit alldem nichts zu tun."

„Natürlich."

„Ich habe den Eltern empfohlen, so schnell wie möglich einen Anwalt einzuschalten." Gonzo blickte auf die Uhr. Fast halb acht, was bedeutete, dass er seinen Sohn Alex vor dem Schlafengehen nicht mehr sehen würde. Das stimmte ihn traurig, denn Alex war das Highlight seiner Tage. „Lass uns zu Stahls Haus fahren und schauen, was dort los ist, damit wir endlich nach Hause können.“

„Na, dann los, Sergeant.“

Als sie in Gonzos Charger auf dem Weg nach Brookside waren, bat er Freddie: „Schick Sam eine SMS mit den neuesten Informationen zum Fall Fortier, ja? Sie wollte, dass wir sie auf dem Laufenden halten.“

„Okay.“ Freddie tippte auf seinem iPhone herum. „Erledigt.“

„Vielen Dank.“

„Ich habe ihr geschrieben, dass wir zu Stahls Haus unterwegs sind. Aber ich war mir nicht sicher, ob sie das wissen möchte.“

„Doch, klar. Trotzdem bin ich froh, dass sie im Urlaub ist und nicht hier. Sie muss diesen Irrsinn nicht aus der Nähe miterleben.“

„Nein. Es hat mich erstaunt, dass man sie gebeten hat, in Delaware zwei der Familien zu informieren.“

„Ich denke, das war der Versuch, sie mit einzubeziehen, jedoch nur am Rande.“

„Möglich. Ich fühle jedenfalls mit ihr. Das Ganze muss viele Erinnerungen wachrufen.“

„Das kannst du laut sagen. Ich dachte, wir hätten im Fall Stahl schon alles gesehen, aber wie sich herausstellt, haben wir bislang bloß an der Oberfläche gekratzt. Wenigstens ist jetzt endlich die Davies-Anhörung angesetzt.“

„Dieser Fall macht mich ganz krank.“

„Mich auch.“

Obwohl es dunkel war, war die Gegend um die 15th Street Northeast taghell erleuchtet. Sie mussten einige Blocks vom Tatort entfernt parken, der von Autos der Polizei und der öffentlichen Sicherheit umgeben war.

„Mein Gott“, entfuhr es Gonzo, als sie den surreal erscheinenden Anblick des Hauses ihres ehemaligen Lieutenants auf sich wirken ließen.

„Ich hatte keine Ahnung, wo er wohnt“, sagte Freddie.

„Nein, ich auch nicht. Je weniger ich mit ihm zu tun hatte, desto besser."

„Richtig."

Detective Erica Lucas von der Sondereinheit für Sexualdelikte beriet sich gerade mit einem Streifenbeamten, als Gonzo und Freddie eintrafen. Aufgrund von Christinas Vorliebe für Heimwerker-Sendungen erkannte Gonzo das Gebäude als ein Haus im Craftsman-Stil mit einer großen Veranda und einer Dachgaube im ersten Stock. Es war gelb verputzt, hatte blaue Läden und farblich passende Blumenkästen unter den Fenstern im Erdgeschoss. Jemand hatte sich viel Zeit genommen, um es ansprechend zu gestalten. Gonzo war davon überzeugt, dass das nicht Stahls Verdienst war.

„Hey." Lucas sah so erschöpft aus, wie Gonzo sich fühlte, und klang auch so.

„Wie läuft's hier?"

„Ruhig und methodisch. Die Schwester und ihre Kinder haben das Erdgeschoss bewohnt, sodass dieser Teil des Hauses völlig kontaminiert ist. Interessanterweise gab es ein Schloss an der Kellertür, zu dem die Schwester keinen Schlüssel hatte."

Gonzo drehte sich der Magen um, als er das hörte. Was zum Teufel würden sie in Stahls Keller finden? „Ist Haggerty da?"

„Der Durchsuchungsbeschluss ist vor einer Stunde eingetroffen, und das Schloss wurde aufgebrochen."

„Haben Sie seitdem etwas von ihnen gehört?"

„Nein."

„Ich habe ziemliche Angst vor dem, was uns dort unten erwartet", gestand Gonzo.

„Geht mir genauso", antwortete Lucas. „Die Schwester dreht durch, weil wir sie gezwungen haben, das Haus zu verlassen. Sie droht mit allen möglichen juristischen Schritten und behauptet, ihr Bruder habe ihr alles überschrieben, bevor er ins Gefängnis gekommen ist. Wir überprüfen das, haben ihr jedoch erklärt, dass das Haus ein möglicher Tatort ist und sie es für einige Zeit nicht mehr betreten darf. Außerdem haben wir ihr geraten, sich für die Zwischenzeit eine andere Wohnung zu suchen. Das hat ihr nicht gepasst. Ich befürchte, sie wird es an die große Glocke hängen und sich an die Presse wenden, bevor wir die Chance haben, die Verbreitung zu steuern."

„Wo ist sie jetzt?"

„Wir haben sie in einem Hotel in der Nähe der Schule ihrer Kinder untergebracht."

„Wenn ich hier fertig bin, fahre ich dort vorbei und unterhalte mich mal mit ihr."

Lucas riss eine Seite aus ihrem Notizbuch, auf der die Adresse stand, und reichte sie Gonzo. „Ich wäre Ihnen ewig dankbar, wenn Sie sich darum kümmern würden. Es schockiert Sie vermutlich, das zu hören, aber sie ist nicht sehr nett."

„Das muss wohl in der Familie liegen", brummte Freddie.

„Ich erledige das." Gonzo warf einen Blick auf Stahls Haus. Er hatte absolut keine Lust, da hineinzugehen.

„Das hier kann auch ich übernehmen, wenn du zu der Schwester willst", sagte Freddie, der wahrscheinlich seinen Widerwillen spürte.

Gonzo hätte eine solche Aufgabe nie an jemanden delegiert, schon gar nicht an einen seiner besten Freunde. „Ist schon gut. Ich mache beides. Du kannst heimfahren, wenn du willst."

„Ich werde dich auf keinen Fall damit alleinlassen, Gonzo."

„Aber ich werde doch gar nicht allein sein. Detective Lucas ist ja hier."

Freddie starrte ihn an, ohne zu blinzeln. „Ich bleibe hier."

Gonzo hätte nie zugegeben, dass er erleichtert war. Er hätte es seinem Freund nicht verübelt, wenn er sich das erspart hätte.

„Erica, wenn Sie die Schwester fragen könnten, was sie und die Kinder aus dem Haus brauchen, bringen wir es ihr. Möglicherweise hilft das, die Wogen zu glätten und sie dazu zu bringen, die Füße still zu halten."

„Ich werde sie fragen und Ihnen eine SMS schicken."

Gonzo warf Freddie einen Blick zu. „Bringen wir's hinter uns."

Sie traten durch das Tor in dem weißen Lattenzaun.

„Das sieht aus wie aus einer Sitcom oder so", meinte Freddie.

„Genau mein Gedanke."

An der Eingangstür zeigten sie den Streifenbeamtinnen, zwei jungen Frauen, die er nicht kannte, ihre Dienstausweise.

„Sergeant Gonzales und Detective Cruz von der Mordkommission."

Eine der beiden hielt das Flatterband vor der Tür hoch, damit sie sich darunter hindurchducken konnten.

An einer Wand im Eingangsbereich hingen zwei Rucksäcke an Haken.

„Die sollten wir Stahls Schwester bringen", sagte Gonzo.

„Ich nehme sie auf dem Weg nach draußen mit."

Sie gingen in den Flur, wo die Kellertür offen stand. Von unten war leises Stimmengemurmel zu hören, und sie stiegen die Treppe hinab. Der muffige Geruch erinnerte Gonzo an den beklemmenden Keller im Haus seiner Großeltern in West Virginia. Er und seine Schwestern hatten dort unten einmal Verstecken gespielt. Er hatte dabei solche Angst bekommen, dass er sich nie wieder hinuntergetraut hatte.

Die Erinnerung an diesen Geruch verursachte Gonzo eine Gänsehaut, als sie auf einen Betonboden traten.

Es dauerte etwa zwei Sekunden, bis er den Drang bekämpfen musste, sich umzudrehen und wieder hochzulaufen. Normalerweise brauchte es viel, um ihn zu erschrecken. Der Gedanke an das, was hier unten passiert sein mochte, machte ihn nur noch nervöser.

„Was haben Sie?", fragte er Lieutenant Haggerty von der Spurensicherung.

„Nichts Ungewöhnliches. Zumindest noch nicht."

Das bedeutete wohl, dass der Lieutenant fest damit rechnete, etwas zu finden.

„Können wir irgendwie helfen?"

„Momentan nicht, doch man hat mir gesagt, ich soll Sie auf dem Laufenden halten. Ich werde Ihnen später ein Update schicken. Wir arbeiten rund um die Uhr, bis wir fertig sind."

„Melden Sie sich, wenn wir etwas tun können."

„Werd ich, danke. Ich habe gehört, PG County hilft uns bei der GW-Sache?"

„Ja."

„Ich werde auch ihnen meinen Dank übermitteln."

Gonzo sah auf sein Handy und fand eine Nachricht von Lucas mit einer Liste von Dingen, die Stahls Schwester und ihre Kinder aus dem Haus brauchten. Sie umfasste Kleidung, Medikamente und die Rucksäcke, die sie oben bemerkt hatten. Sie brauchten etwa eine Viertelstunde, um alles zusammenzusuchen und in Taschen zu packen, die sie unter der Spüle gefunden hatten. Einem Impuls folgend schnappte er sich ein paar Kuscheltiere aus den Kinderzimmern und packte sie ebenfalls ein. Was auch immer er von Stahl – und von der Schwester, die seinen Kollegen das Leben schwer gemacht hatte – hielt, die Kinder konnten nichts dafür.

KAPITEL 7

Gonzo fuhr sie zu dem Hotel in der Massachusetts Avenue, wo ein Streifenpolizist an den Aufzügen in der Lobby Wache hielt.

Sie zeigten ihm ihre Dienstausweise.

„Zimmer 413, Sergeant."

„Vielen Dank."

Sie nahmen die Treppe, weil das schneller ging, als auf den Aufzug zu warten.

Ein weiterer uniformierter Beamter stand vor der Tür zum Zimmer. Sie zeigten auch ihm ihre Ausweise.

„Sie ist sehr aufgebracht, Sergeant."

„Das haben wir schon gehört." Gonzo klopfte an. „Bitte machen Sie auf."

Die füllige Frau, die zur Tür kam, wies eine gewisse Familienähnlichkeit mit ihrem Bruder auf, mit dem gleichen vollen Gesicht und kleinen Augen, die irgendwie verschlagen wirkten.

„Könnten wir eine Minute ungestört sein?", fragte Gonzo den Streifenbeamten, der nickte und sich ein Stück entfernte.

Sie übergaben Stahls Schwester die Taschen mit den Sachen, die sie aus dem Haus mitgebracht hatten. „Ich bin Sergeant Gonzales, das ist mein Kollege Detective Cruz. Dürfen wir kurz mit Ihnen sprechen?"

Sie nahm ihnen die Taschen ab und stellte sie in das Hotelzimmer. „Ich habe den anderen Polizisten bereits gesagt, dass ich nichts darüber weiß, was Lenny in dem Haus getrieben hat."

„Wir würden trotzdem gerne mit Ihnen sprechen."

„Meine Kinder schlafen gerade."

„Können Sie vielleicht herauskommen?"

„Muss ich?"

„Wir können das entweder hier oder auf dem Revier machen. Ihre Entscheidung."

Die unwirsche Miene, mit der sie aus dem Zimmer trat, wobei sie die Tür offen ließ, erinnerte Gonzo an ihren Bruder. „Was wollen Sie wissen?"

Gonzo zückte sein Notizbuch. „Zunächst einmal Ihren vollständigen Namen."

„Cindy Stahl Brenner."

„Wie alt sind Sie?"

„Fünfundvierzig."

„Hat Ihr Bruder außer Ihnen noch weitere Geschwister?"

„Ich bin seine einzige lebende Halbschwester. Wir haben denselben Vater."

„Lebt Ihr Vater noch?"

Die Frau schüttelte den Kopf. „Er ist schon vor über zehn Jahren an Leberzirrhose gestorben."

„Sind Sie zusammen aufgewachsen?"

„Lenny ist zu uns gezogen, als er dreizehn war und ich noch ein Baby."

„Wo haben Sie damals gewohnt?"

„Direkt hier in Washington, etwa vier Blocks entfernt."

„Wo hat er vorher gelebt?"

„Auch irgendwo in der Nähe. Ich bin mir nicht sicher. Wir standen einander nicht sehr nahe. Er war aus dem Haus, bevor ich in den Kindergarten gekommen bin."

„Warum ist er zu Ihnen gezogen?"

„Mit seiner Mutter ist irgendwas passiert. Ich bin nicht sicher, was, aber die Polizei war involviert. Ich habe nie die ganze Geschichte erfahren."

„Sie sagten, Sie seien seine einzige lebende Halbschwester", bemerkte Freddie. „Es hat also weitere Geschwister gegeben?"

„Ich hatte noch einen Bruder, Michael. Er war vier Jahre älter als ich."

„Was ist mit ihm geschehen?", fragte Gonzo.

„Ich weiß es nicht. Er ist verschwunden, als er auf der Highschool war. Lenny hat immer behauptet, Michael sei der Grund, warum er zur Polizei gegangen ist. Er hat erklärt, er habe nie aufgehört, nach Michael zu suchen."

Oder, dachte Gonzo, *Lenny wusste genau, was mit Michael passiert war, und ist zur Polizei gegangen, um seine Verbrechen zu vertuschen.*

„Wie hat sich Ihre Beziehung zu Ihrem Bruder entwickelt, als Sie erwachsen waren?"

„Sie war nie besonders eng. Wir haben ein- oder zweimal im Jahr miteinander telefoniert. Nach dem Prozess erhielt ich einen Brief von einem Anwalt, in dem mir mitgeteilt wurde, er habe mir und den Kindern das Haus überschrieben."

„Hat Sie das überrascht?"

„Sehr sogar. Aber es kam mir gelegen. Ich hatte mich kurz davor scheiden lassen und hatte finanzielle Probleme."

„Enthielt dieser Brief irgendwelche Vorbehalte oder Anweisungen?"

„Nur dass seine Sachen im Keller seien, also müsse dieser verschlossen bleiben und sei für mich und die Kinder nicht zugänglich." Ihr Blick huschte zwischen den beiden Polizisten hin und her. „Werde ich das Haus verlieren?"

„Das kann ich Ihnen nicht sagen. Eventuell ist es der Tatort eines Schwerverbrechens."

„Was bedeutet das? Das ist unser Zuhause." Ihr Kinn bebte. „Ich weiß nicht, was ich tun soll, wenn wir nicht dorthin zurückkönnen."

„Haben Sie Ihren Bruder gesehen oder mit ihm gesprochen, seit er im Gefängnis ist?"

Die Frau schüttelte den Kopf. „Ich habe ihm geschrieben, um mich für das Haus zu bedanken und zu fragen, ob wir ihn besuchen sollen, aber ich habe keine Antwort erhalten. Das habe ich als Nein gewertet."

Ein junges Mädchen kam an die Tür. „Mommy?"

„Ich bin hier, Süße." Die Frau schaute Gonzo an. „Sonst noch was?"

„Momentan nicht. Wenn Sie mir Ihre Telefonnummer geben, melde ich mich wegen des Hauses."

Sie nahm Block und Stift, die er ihr hinhielt, und schrieb ihm ihre Nummer auf. „Was auch immer mein Bruder verbrochen hat, wir hatten nichts damit zu tun."

„Das wissen wir. Wir versuchen, Ihnen zu helfen."

Cindy nickte, führte ihr Kind zurück ins Zimmer und schloss die Tür.

„Ich glaube ihr, dass sie keine Ahnung hat, was er getrieben hat", bemerkte Cruz, während sie die Treppe hinuntergingen.

„Ich auch. Umgekehrt vermute ich jedoch, dass er ganz genau weiß, was mit dem Bruder passiert ist."

„O Gott, das hab ich auch gedacht."

„Ein weiteres potenzielles Opfer auf unserer Liste", seufzte Gonzo. „Verrückt, dass sie ihm irgendwie ähnlich sieht, was?"

„Ja, echt, oder?"

„Ich wüsste gern, was mit seiner Mutter passiert ist und warum die Polizei involviert war."

„Darum kümmere ich mich gleich morgen früh. Schauen wir mal, was ich herausfinden kann."

„Soll ich dich an der Metro absetzen?"

„Das wäre nett."

Auf der kurzen Fahrt zur Haltestelle Rhode Island Avenue-Brentwood schwiegen sie.

Gonzo hielt am Bordstein. „Bis morgen früh."

„Ja, bis dann." Freddie hatte die Hand am Türgriff, blieb aber noch sitzen. „Was auch immer in Sachen Stahl passiert, es hat nichts mit uns zu tun. Es ist wichtig, dass wir das nicht aus den Augen verlieren, damit wir weiter unseren Job machen können."

Ehe Gonzo antworten konnte, stieg Freddie aus und joggte zur Station, da er unbedingt nach Hause zu seiner Frau wollte.

Während Gonzo ebenfalls heimfuhr, dachte er über Freddies

Abschiedsworte nach. Er hatte recht. Das Ganze hatte nichts mit ihnen zu tun, auch wenn es sich so anfühlte.

Mittels Sprachbefehlen rief er über die Freisprechanlage Captain Malone an.

Der nahm nach dem dritten Klingeln ab. „Was gibt's?"

„Ich bin auf dem Heimweg, nachdem ich bei Stahls Haus war und dann mit seiner Schwester im Hotel gesprochen habe. Sie hat was Interessantes erwähnt. Er war dreizehn, als er zu seinem Vater gekommen ist, nachdem seiner Mutter etwas zugestoßen war, in das auch die Polizei verwickelt war. Die Schwester weiß nicht, was. Sie ist dreizehn Jahre jünger als er und kann sich kaum daran erinnern, dass er bei der Familie gelebt hat. Die Frau hatte nur sporadisch Kontakt zu ihm und war überrascht, dass er ihr nach seiner Verurteilung sein Haus überschrieben hat. Außer ihr und Stahl gab es noch einen weiteren Bruder, der allerdings spurlos verschwunden ist, als er auf der Highschool war. Die Schwester sagte, Stahl sei zur Polizei gegangen, weil er Gerechtigkeit für ihren gemeinsamen Bruder Michael wollte."

„Mein Gott. Dieser Michael ist ein weiteres potenzielles Opfer."

„Genau das haben wir auch gedacht. Wobei Cruz und ich nach dem Treffen beide der Meinung sind, dass die Schwester nichts mit den Taten von Stahl zu tun hat."

„Es ist gut, das zu wissen."

„Cruz wird untersuchen, was damals mit der Mutter passiert ist."

„Das wäre meine nächste Frage gewesen."

„Außerdem haben wir Tori Stevens wegen Angriffs auf einen Polizeibeamten und Behinderung einer Mordermittlung in Untersuchungshaft. Wir sind auf einige große Geldabflüsse per Scheck von ihrem Konto gestoßen."

„Ich habe wegen der eingelösten Schecks bereits eine Anfrage für einen Durchsuchungsbeschluss gestellt."

„Super, danke. Sie hat nach einem Anwalt verlangt, also habe ich die Eltern in Wisconsin benachrichtigt und musste mir anhören, was für ein gutes Kind sie ist, dass sie der neuen Freundin ihres ehemaligen Partners niemals etwas getan hätte und so weiter. Ich habe gesagt, sie sollen ihr einen Anwalt besorgen, und wir werden morgen früh erfahren, wie es damit aussieht."

„Gute Arbeit, Sergeant."

„Vielen Dank. Schönen Abend noch."

„Ihnen auch."

Gonzo gab auf dem Weg nach Hause ordentlich Gas. Manche Tage waren länger und schwieriger als andere. Der heutige war hart gewesen, da sie sich mit der Möglichkeit hatten auseinandersetzen müssen, dass jemand aus ihren eigenen Reihen wiederholt das schreckliche Verbrechen begangen hatte, mit dessen Aufklärung sie sich beruflich befassten.

Er würde nie verstehen, wie ein Mörder einem anderen Menschen das Leben nehmen konnte, manchmal ohne weiteren Gedanken. Sicher, er hatte auch Fälle gehabt, bei denen etwas furchtbar schiefgelaufen war, sodass jemand durch die Hand eines anderen Menschen sein Leben verloren hatte und der Mörder völlig am Boden zerstört war. Doch das geschah eher selten. Meist war es jemand wie Tori, der jemanden wie Rachel aus dem Weg räumen wollte und Mord für das beste Mittel hielt, um dieses Ziel zu erreichen.

Ein Menschenleben zu nehmen war etwas, das für ihn niemals Sinn ergeben konnte, und das war auch gut so. In dem Moment, in dem er es verstand, war es an der Zeit, die Dienstmarke abzugeben.

Er hielt vor dem Haus an, in dem er wohnte, und parkte am Straßenrand. Nach dem jüngsten Vorfall bei FBI-Agent Avery Hill und seiner Frau Shelby hatte Sam die Mitglieder ihres Teams aufgefordert, dafür zu sorgen, dass ihre Wohnungen so sicher wie möglich waren. Leute, die Agent Hill vor Jahren verhaftet hatte, waren auf der Suche nach ihm aufgetaucht und hatten seine schwangere Frau und seinen kleinen Sohn als Geiseln genommen. Der Vorfall war eine wichtige Mahnung daran gewesen, dass jedem von ihnen jederzeit etwas Ähnliches passieren könnte. Im Laufe ihrer Karriere hatten sie viele Personen verhaftet, die die Schuld an ihren Problemen lieber der Polizei als sich selbst zuwiesen.

Es war nicht ungewöhnlich, dass jemand aus dem Gefängnis entlassen wurde und beschloss, sich an den Leuten zu rächen, die ihn dorthin gebracht hatten. Avery und Shelby waren knapp mit dem Leben davongekommen, und das sollte für die anderen ein Weckruf sein.

Gonzo musste ein sichereres Zuhause für seine Familie finden. Der Gedanke, dass ihnen wegen seines Berufs etwas zustoßen könnte, war unerträglich. Er fühlte mit Hill, der plante, mit seiner Familie in eine festungsartig bewachte Wohnanlage im Nordwesten der Stadt zu ziehen. Da sie von seinem langen Aufenthalt in der Entzugsklinik noch Schulden hatten, konnten Gonzo und Christina sich das nicht leisten. Aber sie konnten etwas Besseres finden als ein Gebäude, in dem meist nicht mal die Überwachungskameras funktionierten.

Er eilte die Treppe hinauf zu den Menschen, die er am meisten liebte und die beide tief schliefen, als er nach ihnen sah. Alex lächelte im Schlaf, fiel Gonzo auf, als er seinem Sohn einen Kuss auf die schweißfeuchte Stirn gab. Niemand schwitzte im Schlaf so sehr wie dieser Junge, was sein Daddy amüsant fand. Alles, was Alex tat, war für Gonzo amüsant. Zumindest im Augenblick. Er wusste, dass es Zeiten geben würde, in denen sein Sohn die Geduld seines Vaters auf eine harte Probe stellen würde. Doch selbst das war etwas, worauf er sich freute.

Seit er wieder clean war, floss er fast über vor Dankbarkeit, insbesondere für die Frau, die ihm in seinen dunkelsten Tagen beigestanden hatte. Er setzte sich auf die Bettkante und strich ihr das Haar aus dem Gesicht. Die Schwangerschaft machte ihr zu schaffen, sodass sie am Ende eines jeden langen Tages als Mutter und Nicks Pressesprecherin im Weißen Haus restlos erschöpft war.

Gonzo beugte sich vor, um sie auf die Wange zu küssen, und stand dann auf, um zu duschen, denn er verspürte das dringende Bedürfnis, sich den Schmutz dieses Tages von Körper und Seele zu waschen. Manchmal war es einfach zu viel, und in letzter Zeit … Während sie immer mehr Verbrechen aufdeckten, die ihr ehemaliger Lieutenant zu verantworten hatte, hatte Gonzo ständig einen Knoten im Bauch. Er fragte sich, wie viel schlimmer es noch werden würde, bevor das ganze Bild sichtbar war, und was das für die Polizei insgesamt bedeuten würde, für Leute, die ihm wichtig waren und die er respektierte, wie Polizeichef Joe Farnsworth.

Ob es einem gefiel oder nicht, Farnsworth war lange Zeit, während Stahl seine Verbrechen begangen hatte, sein Vorgesetzter gewesen. Würde man ihren geliebten Chief dafür zur Rechenschaft ziehen, ihn gar zum Rücktritt zwingen? Und wenn ja, wer würde seinen Platz einnehmen, und was würde das für Änderungen mit sich bringen?

Die Fragen nagten an Gonzo, während er unter dem Wasserstrahl stand.

Er erschrak, als sich die Tür der Duschkabine öffnete, Christina hinter ihm eintrat und sich nackt und warm an ihn schmiegte. „Du solltest eigentlich schlafen", sagte er, während er ihre Hände mit seinen bedeckte.

„Ich bin, fünf Minuten nachdem ich Alex zugedeckt hatte, selbst weggedöst und deshalb bisher nicht zum Duschen gekommen." Sie lehnte den Kopf an seinen Rücken. „Harter Tag?"

„Härter als die meisten."

„Kann ich irgendwas für dich tun?"

Er drückte sich an sie. „Das hier zum Beispiel. Wie war denn dein Tag?"

„Sehr lang. Ich muss mich immer noch mit dem Mist im Zusammenhang mit Nicks Mutter und ihrer Verhaftung herumschlagen, und außerdem hat sich die Morgenübelkeit zu einem ganztägigen Phänomen entwickelt."

„Tut mir leid, Schatz. Das ist blöd."

„Ja, aber es soll sich lohnen. Hab ich zumindest gehört."

„Ich kann es wirklich kaum erwarten, sie kennenzulernen."

„Ich auch nicht."

Gonzo drehte sich vorsichtig zu Christina um und hob ihr Kinn an, um sie zu küssen. Sie hatte Ringe unter den Augen und war blasser als sonst, was ihn beunruhigte. „Solltest du wegen der Übelkeit vielleicht mal zum Arzt gehen?"

„Dagegen kann man nicht viel tun. Ich hoffe, ich hab es bald überstanden."

„Lass dich von mir verwöhnen." Er stellte sich so hin, dass sie unter dem Wasser stehen konnte, während er ihr das Haar wusch und ihr mit dem Conditioner die Kopfhaut massierte, was ihr einen wohligen Laut entlockte.

„Das fühlt sich gut an."

Er seifte sie ein, massierte ihr die Schultern und streichelte ihre Brüste, die größer und schwerer geworden waren, und die sanfte Wölbung ihres Bauches. „Die Schwangerschaft sieht heiß an dir aus."

Christina lachte. „Ich fühle mich wie ein gestrandeter Wal, und nichts passt mir mehr."

„Sprich nicht so über meine wunderschöne Frau, und wenn du neue Klamotten brauchst, besorg sie dir. Was immer du haben möchtest oder brauchst."

„Willst du eigentlich immer noch umziehen?" Sie runzelte die Stirn. „Der Gedanke daran scheint mir momentan ziemlich überwältigend."

„Ich möchte nach dem, was mit Shelby und Noah passiert ist, eine sichere Bleibe finden. Wir können Möbelpacker und eine Umzugsfirma anheuern. Ich kümmere mich darum. Das Einzige, was du tun musst, ist, mir bei der Suche nach einer geeigneten Wohnung zu helfen."

„Das krieg ich hin", sagte sie gähnend.

„Bringen wir die Mutter meiner Tochter ins Bett."

„Ja, bitte."

Gonzo beendete seinen Duschservice, indem er ihr die Haare föhnte, wobei sie fast im Stehen einzuschlafen schien. Dann brachte er sie ins Schlafzimmer, wo er ihr eins seiner übergroßen T-Shirts überstreifte und sie zudeckte, nachdem sie sich ins Bett gelegt hatte. Sie schlief praktisch schon, ehe ihr Kopf das Kissen berührte.

Nachdem er ein Sandwich gegessen und sich die Zähne geputzt hatte, streckte auch er sich im Bett aus und schlang von hinten einen Arm um sie.

Als er den reinen Duft ihres Haars einatmete, war er unfassbar dankbar für sie, für Alex, für ihr gemeinsames Leben und dafür, dass sie die Schwierigkeiten der

Vergangenheit hinter sich gelassen hatten, sodass er mit ihr und ihren Kindern glücklich bis ans Ende ihrer Tage leben konnte.

Er würde alles tun, was erforderlich war, um seine Familie zu beschützen und zu bewahren.

&

Am Samstagmorgen betrat Nicoletta das luxuriöse, in einem Hochhaus gelegene Apartment und blickte sich um. Im Kopf überschlug sie den Wert der einzelnen Objekte und kam zu dem Schluss, dass viele davon teure Kunstwerke waren. Sie drehte sich um, um Collins Worthy genauer zu betrachten, den Mann, der sie hergebracht hatte, nachdem sie endlich dem Haftrichter vorgeführt und danach auf Kaution freigelassen worden war. Das Geld musste er für sie gestellt haben, da ihr gesamtes Vermögen eingefroren war.

„Wo sind wir hier?"

„In meinem Zuhause."

„Ah. Verstehe. Sie hoffen, dass ich Sie mit sexuellen Gefälligkeiten belohne …"

Er lächelte und hob die Hände, um sie zu unterbrechen. „Ich versichere Ihnen, nichts könnte mir fernerliegen. Wir sind hier, weil Ihr Zuhause von Medienvertretern umlagert ist. Ich dachte, Sie würden sich hier sicherer und wohler fühlen."

„Oh. Okay. In diesem Fall: danke."

„Gern geschehen. Kann ich Ihnen etwas anbieten?"

„Ich würde gerne duschen." Sie befürchtete, der Dreck und der Gestank von ihrer Zeit im Gefängnis würden für immer an ihr haften.

„Hier entlang bitte."

Er führte sie weiter in die zweigeschossige Wohnung hinein, vorbei an einer schönen Gourmetküche und in einen Flur. „Dies ist das Gästezimmer. Ich habe meine Assistentin gebeten, ein paar Dinge für Sie zu besorgen, und sie hat sie für Sie aufs Bett gelegt. Fühlen Sie sich wie zu Hause."

Sie betrat das edel ausgestattete Schlafzimmer mit einem

angrenzenden Badezimmer ganz aus italienischem Marmor. „Warum tun Sie das für mich?"

„Sie benötigen Hilfe, Nicoletta. Ich biete meinen Klienten Hilfe an. Das ist mein Beruf."

„Sie nehmen sie mit zu sich nach Hause, lassen Ihre Assistentin Kleidung für sie kaufen und bringen sie auf aufwendigste Art und Weise unter?"

Zum ersten Mal wirkte er etwas unsicher. „Nun, das ist das erste Mal, doch ich freue mich, für Sie zu tun, was ich kann."

Worthy war viel zu attraktiv. Er hatte silbergraues Haar, ein braun gebranntes Gesicht und strahlend blaue Augen, die jeden Unsinn, den sie redete, sofort zu durchschauen schienen. Das war ehrlich gesagt beunruhigend. Er trug auch heute wieder einen Anzug, von dem sie vermutete, dass er maßgeschneidert war. Graue Nadelstreifen. Nicoletta hatte schon immer eine Schwäche für gut gekleidete Männer gehabt. Aber dieser war der erste, bei dessen Anblick ihr das Wasser im Munde zusammenlief, eine wirklich beunruhigende Entwicklung, die sie aus dem Konzept brachte und dafür sorgte, dass sie sich verletzlich fühlte. Sie hasste es, verletzlich zu sein, besonders in der Nähe von Männern.

„Warum?"

„Weil ich den Eindruck habe, Sie brauchen das. Oder liege ich da falsch? Haben Sie nicht einen Haufen Ärger und Medienrummel wegen des Amts, das Ihr Sohn bekleidet?"

„Doch, aber das ist ja nicht Ihr Problem."

„Ich denke, wir sind uns einig, dass dies eine einzigartige Situation darstellt, da Sie die Mutter des Präsidenten der Vereinigten Staaten sind. Die Presseberichterstattung war gelinde gesagt hysterisch."

„Davon habe ich gar nichts mitbekommen."

„Glauben Sie mir. Sie bleiben besser hier, denn niemand würde darauf verfallen, hier nach Ihnen zu suchen."

„So schlimm ist es?"

„Sie wissen ja, wie gerne sich die Presse in pikante Geschichten verbeißt. Die Verhaftung der Mutter des Präsidenten ist da ein gefundenes Fressen."

„Was hat mein Sohn eigentlich dazu gesagt?"

„Direkt gar nichts, doch seine Sprecherin hat behauptet, er habe keinerlei Beziehung zu Ihnen. Trifft das zu?"

„Ich bin mir sicher, dass er das so sieht", erwiderte sie mit einem Anflug von Bitterkeit.

„Wir sollten das eingehender besprechen, aber zuerst lasse ich Sie in Ruhe duschen. Wenn Sie fertig sind, kommen Sie etwas essen."

Nicoletta hatte schon früh gelernt, zu erkennen, wann ein Mann etwas von ihr wollte. Diesen hier konnte sie nicht einschätzen, und das, zusammen mit der enormen Anziehungskraft, die er auf sie ausübte, weckte in ihr Zweifel an ihrem Urteilsvermögen. „Vielen Dank."

„Gern geschehen", entgegnete er mit einem charmanten Lächeln, das ein weiteres nie da gewesenes Gefühl der Lust in ihr auslöste.

Was war für diese erschütternde Reaktion bei ihr verantwortlich? Sie war vierundfünfzig und hatte sich noch nie so unmittelbar und heftig zu einem Mann hingezogen gefühlt wie bei ihrer ersten Begegnung mit ihm. Es war spontan, echt und sehr machtvoll gewesen, etwas, worüber sie gelesen oder was sie in Filmen gesehen hatte, bisher jedoch nie selbst erlebt hatte.

Sie ging ins Badezimmer, das einfach herrlich war, mit einer Dampfdusche und hochwertigen Armaturen.

Jemand hatte die Ablagen mit Shampoo, Spülung, Duschgel und Körperlotion aus einem der besten Spas der Stadt bestückt. War das für sie oder für einen anderen Gast geschehen – und warum überhaupt? Schließlich würde sie nicht lange bleiben.

Nicoletta genoss die beste Dusche ihres Lebens und rieb sich den Dreck des Gefängnisses von der Haut und aus den Haaren. Sie würde es nie wieder für selbstverständlich halten, sauber zu sein. Lieber wollte sie tot sein, als in dieses Höllenloch zurückzukehren. Wenn Collins Worthy sie vor diesem Schicksal bewahren konnte, würde sie ihm alles erzählen, was er wissen wollte.

Aber würde sie ihm auch alles geben, was er wollte?

Er schwor ja Stein und Bein, dass er sie nicht deshalb hergebracht hatte, doch das zu glauben fiel ihr schwer. Sie verfügte über genug Erfahrung mit Männern, um all ihre Hintergedanken zu kennen.

Als sie sich mit einer nach Salbei duftenden Lotion eincremte, fühlte sie sich endlich wieder wie sie selbst. Eine Frau wie sie gehörte nicht ins Gefängnis. Sie gehörte zur Crème de la Crème der Gesellschaft, nicht unter den Abschaum. Wenn sie ihre Karten bei Worthy richtig ausspielte, konnte er ihr vielleicht helfen, an ihren angestammten Platz zurückzukehren.

Nicoletta hatte das Gerangel satt, den ständigen Kampf ums Überleben und Vorwärtskommen in einer Welt, in der Frauen wie sie keine faire Chance hatten. Obwohl sie Männer schamlos für ihre Zwecke ausnutzte, seit sie um ihre eigene Macht wusste, gewannen diese am Ende immer. Es war anstrengend, ständig stromaufwärts zu schwimmen und allem Strampeln zum Trotz stets als Verliererin dazustehen.

Sie betrachtete ihr Spiegelbild und bemerkte ein paar feine Fältchen um Augen und Mund, die vor ihrer Festnahme noch nicht da gewesen waren. Wenn ein paar Tage ohne ihre spezielle Gesichtscreme so verheerende Auswirkungen hatten, dann war es nur eine Frage der Zeit, bis sie die atemberaubende Schönheit verlor, die ihr Markenzeichen war.

Ihr lief die Zeit davon, und wenn sie nicht allein und finanziell ruiniert enden wollte, musste sie schnell handeln. Das Schicksal hatte den attraktiven, eleganten Collins Worthy aus einem bestimmten Grund in ihr Leben geführt. Als sie sich mit einer Haarbürste durch ihre vollen Locken fuhr, die dank monatlicher Besuche bei einem teuren Friseur so dunkel wie eh und je waren, wurde ihr klar, dass sie keine andere Wahl hatte.

Aufgrund der Untersuchung, die ihre Verhaftung nach sich ziehen würde, war ihr Imperium am Ende, und damit auch das lukrative Einkommen, das sie bis vor Kurzem genossen hatte. Wenn sie die Anklagen irgendwie abwenden und nicht im Gefängnis landen wollte, musste sie sich etwas Neues einfallen lassen. Ihr gesamtes Erwachsenenleben lang hatte sie sich dagegen gewehrt, auf einen Mann angewiesen zu sein.

Allein der Gedanke daran war ihr zuwider.

Obwohl sie bisher nur wenige Minuten in seiner Gegenwart verbracht hatte, ahnte sie bereits, dass sie bei Collins ihren Widerwillen auf eine Weise herunterschlucken konnte, wie es ihr bei keinem anderen Mann möglich gewesen war. Worthy war anders, und er mochte sich als ihr Fahrschein in die Zukunft erweisen, die sie verdiente.

Als sie gerade nach dem Föhn greifen wollte, der auf dem Waschtisch lag, hielt sie inne. Worthy sollte sie so sehen, wie sie wirklich war – ungeschminkt, natürlich, schmucklos. Entweder würde er diese Version von ihr wollen oder eben nicht.

Aber was, wenn nicht?, fragte sie sich mit einem ungewohnten Mangel an Selbstvertrauen.

„Er wird es wollen", sagte sie zu ihrem Spiegelbild. „Das tun sie alle."

Das war die unbestreitbare Wahrheit. Ja, er war vielleicht etwas anders, doch letzten Endes waren sie alle gleich, beherrscht von ihrer unstillbaren Lust auf Sex. Wenn sie etwas konnte, dann das, und wenn er mit ihr schlief, hatte sie ihn genau da, wo sie ihn am besten manipulieren konnte, damit er ihr half, all ihre Wünsche wahr werden zu lassen – vor Gericht und anderswo.

Sie lächelte ihrem Spiegelbild zuversichtlich zu. „Du hast ihn bereits am Haken. Jetzt hol ihn dir."

KAPITEL 8

Worthys Assistentin hatte Kleidung in ihrer Größe besorgt, einschließlich der Höschen mit dem hohen Beinausschnitt, die sie bevorzugte, und BHs mit Doppel-D-Körbchen. Woher hatte sie das gewusst? Nicoletta entschied sich für Leggings und ein weiches, langärmeliges Oberteil in einem hellen Grün, das ihre Augen betonte. Man hatte ihr schon oft gesagt, dass sie zu den Highlights ihrer Erscheinung gehörten. Ihre Beine, ihr Busen und ihr Hintern fanden sich auch auf dieser Liste, und sie holte alles aus dem Gesamtpaket heraus.

Sie verließ das Gästezimmer und begab sich in den Hauptbereich der Wohnung, ihre Füße steckten in nagelneuen Ugg-Hausschuhen und waren angenehm warm. Diese Assistentin hatte an alles gedacht.

Nicoletta war verblüfft, als sie Collins mit einer Pfanne Rühreier, die er offenbar selbst zubereitet hatte, am Herd stehen sah. Er hatte Jackett und Krawatte abgelegt und die Ärmel seines frischen weißen Hemds hochgekrempelt.

„Ich hoffe, Sie mögen Rührei. Das ist meine Spezialität, was Eier betrifft." Er ließ dieses entwaffnende Grinsen aufblitzen. „Nein, das stimmt nicht ganz. Ich habe eigentlich keine Spezialität per se. Es ist eher so etwas wie ein Leibgericht."

Er klang wie ein nervöser Junge, der zum ersten Mal eine

Frau zum Frühstück dahatte, obwohl das unmöglich stimmen konnte.

„Hört sich gut an." Ihr lief das Wasser im Mund zusammen, als ihr der Duft in die Nase stieg, nachdem sie sich tagelang von dem Fraß hatte ernähren müssen, den man ihr im Gefängnis vorgesetzt hatte.

„Toast dazu?"

„Ja, danke."

Er steckte vier Scheiben in den Toaster, goss ihr eine Tasse Kaffee ein und schob sie ihr über den Küchentresen zu, gefolgt von Sahne, Zucker und Süßstoff. „Ich war mir nicht sicher, wie Sie ihn trinken."

„Schwarz."

„Genau wie ich. Ich weiß nicht, warum manche Leute all diesen Unsinn reintun, wo er doch so, wie er ist, schon perfekt ist."

„Ganz genau." Sie setzte sich auf einen der dick gepolsterten Hocker, die den längsten Küchentresen säumten, den sie je gesehen hatte. Er war bestimmt sechs Meter lang.

„Haben Sie alles gefunden, was Sie brauchen?"

„Mehr als das. Woher kennen Sie meine Größen?"

„Meine Assistentin ist sehr gut in solchen Dingen, insofern gebührt das Lob ihr."

„Bitte richten Sie ihr meinen Dank aus."

„Das werde ich." Er servierte ihr Rührei und Toast mit Butter, Marmelade und einer Schale Obst.

„Das ist ganz wunderbar. Vielen Dank."

„War mir ein Vergnügen."

Er setzte sich mit seinem Teller neben sie.

Sie aßen in geselliger Stille, was Nicoletta zu schätzen wusste. Männer, die das Gefühl hatten, sie jede Minute, die sie mit ihr zusammen waren, unterhalten zu müssen, aus Angst, sie könnte das Interesse verlieren, hatte sie gründlich satt. Was diese Typen nicht begriffen hatten, war, dass sie von vornherein kein Interesse an ihnen gehabt hatte. Es hatte also nichts zu verlieren gegeben, außer ihrer Geduld mit ihrem endlosen Gequatsche über sich selbst.

Dieser Mann verstand es, die Stille zu nutzen, was ihn nur noch faszinierender machte.

Nachdem sie gegessen hatten, räumte er die Teller ab und bot ihr mehr Kaffee an.

Sie schob ihm ihre Tasse hin.

„Wir müssen über Ihren Fall sprechen", sagte er sanft, nachdem er ihnen beiden nachgefüllt hatte.

Bei diesen Worten zerplatzte ihre Seifenblase der Zufriedenheit. „Müssen wir das wirklich?"

„Ich fürchte schon. Der Staatsanwalt hat sich mit einem Angebot für einen Deal gemeldet, der Sie vor einer Haftstrafe bewahren würde."

„Was für ein Deal?"

„Einer, bei dem Sie Ihre Kundenkartei aushändigen müssten."

Sie keuchte auf. „Niemals."

„Ich verstehe Ihre Vorbehalte, aber die Sache ist die … Ihr Unternehmen ist tot. Ihre einzige Möglichkeit, sich zu retten, besteht darin, mit der Staatsanwaltschaft zu verhandeln. Die würde die Anklagen nach einem Jahr aus Ihrem Strafregister tilgen, vorausgesetzt, man klagt Sie nicht ein weiteres Mal wegen desselben Vergehens an, im Austausch für die Kundenliste. Das ist ein sehr faires Angebot."

„Wem gegenüber? Um meine eigene Haut zu retten, muss ich Tausende andere Menschen opfern?"

„Das fasst es ganz gut zusammen."

„Unmöglich. Das kann ich nicht, Collins."

„Dann müssten Sie den Prozess riskieren, was einen nationalen Medienrummel zur Folge hätte, den Sie sich nicht vorstellen können."

Der Gedanke daran war unerträglich, auch wenn sie es normalerweise genoss, im Mittelpunkt der Aufmerksamkeit zu stehen. Diese Art von Aufmerksamkeit gehörte allerdings nicht zu denen, die sie mochte.

„Was ist mit der Anklage auf Bundesebene?"

„Das ist schon ein bisschen schwieriger."

„Inwiefern?"

„Die Bundesbehörden haben angedeutet, dass sie bei der Geldwäsche hart durchgreifen wollen."

„Arbeitet das FBI nicht für meinen Sohn?"

„Nur indirekt. Das Justizministerium arbeitet eigentlich unabhängig vom Präsidenten."

„Könnte er denen nicht sagen, sie sollen sich zurückhalten?"

„Das könnte er, aber es wäre kein kluger Schritt von ihm. Man würde es ihm als Vorteilsnahme im Amt auslegen."

„Nick tut nie etwas Unangemessenes."

„Soweit ich das bisher überblicke, scheint er sich in der Tat stets an die Regeln zu halten."

„Das hat er von seinem Vater."

Collins lachte. „Wir können wohl davon ausgehen, dass von ihm keine Hilfe zu erwarten ist."

„Vermutlich. Wir haben ja auch nicht das beste Verhältnis zueinander."

„Es gäbe vielleicht noch eine andere Möglichkeit."

„Nämlich?"

„Wenn Sie sich bereit erklären, gemeinnützige Arbeit zu leisten und eine große Spende an eine Organisation zur Prävention von Jugendkriminalität zu leisten, können wir die Staatsanwaltschaft eventuell auf eine Bewährungsstrafe herunterhandeln."

„Wie hoch wäre diese Spende?"

„Eine Million Dollar?"

„So viel hab ich nicht!"

Er hob eine Braue.

„Wirklich nicht!"

„Nicht mal auf Ihren Offshore-Konten?"

Woher wusste er denn von denen? „Ich, äh ..."

„Sie haben das Geld dafür, sich freizukaufen, Nicoletta."

„Aber das ist mein Notgroschen. Meine eiserne Reserve."

„Was ist schlimmer? Arm zu sein oder eine Haftstrafe abzusitzen?"

„Ist das eine Entweder-oder-Frage?"

Bei seinem Lächeln wurden ihr die Knie weich. Gut, dass sie

saß, sonst würde sie womöglich in Ohnmacht fallen oder etwas ähnlich Beschämendes.

„Das ist alles die Schuld meiner Schwiegertochter, dieser blöden Schlampe. Die hat das FBI auf mich gehetzt."

Collins wirkte überrascht. „Sind Sie sicher?"

„Sie hat es bestimmt geschickt angestellt, doch ich weiß, dass sie es war. Sam hasst mich."

„Warum?"

„Ich kann nur vermuten, dass es mit gewissen … Versäumnissen zusammenhängt, wenn man so will … in meiner Rolle als Mutter meines Sohns."

„Haben Sie deshalb keinen Kontakt mehr zu ihm?"

„Ja, ich denke schon. Schließlich war ich erst sechzehn, als ich mit ihm schwanger wurde. Ich war also nicht gerade die Mutter des Jahres. Nick hatte aber immer alles, was er gebraucht hat."

„Haben Sie versucht, sich mit ihm auszusöhnen, seit er erwachsen ist?"

„Ja, doch er ist nicht darauf eingegangen."

„Wie haben Sie es denn angestellt?"

Nicoletta wand sich unter seinem durchdringenden Blick. Sie konnte nicht mit ihm über diese Dinge sprechen und hoffen, dass er sie danach immer noch anziehend finden würde.

„Haben Sie Kinder, Collins?"

„Ja, drei."

„Stehen Sie ihnen nahe?"

„Sie sind meine besten Freunde."

Na wunderbar. Wie sollte er da ihre Situation mit Nick verstehen? „Was ist mit der Mutter der drei?"

„Sie ist vor fünfzehn Jahren an Krebs gestorben."

„Oh. Das tut mir leid."

„Danke. Ihr Tod war ein furchtbarer Verlust für uns alle, hat mich aber meinen Kindern noch näher gebracht, als ich ohnehin schon war."

„Da haben Sie Glück gehabt, Collins. Das ist nicht immer so."

„Das stimmt."

„Hören Sie, ich habe Fehler gemacht. Eine Menge Fehler. Das

will ich gar nicht bestreiten. Ich habe versucht, meinem Sohn eine gute Mutter zu sein, doch was wusste ich schon darüber? Meine eigene Mutter war während meiner Kindheit immer wieder in der Psychiatrie."

Das stimmte so zwar nicht ganz, aber das brauchte er nicht zu wissen. Ihre Mutter hatte einen Zusammenbruch erlitten, nachdem Nicolettas Vater sie verlassen hatte, und davon hatte sie sich nie mehr richtig erholt. Das war das erste Mal gewesen, dass Nicoletta miterlebt hatte, wozu Männer fähig waren, und deshalb hatte sie sich niemals erlaubt, jemanden so sehr zu lieben, dass sie daran zerbrechen würde, wenn er sie verließ.

Es war einfacher, sich emotional nicht zu sehr zu binden. Diese Philosophie hatte sie auch auf ihren Sohn übertragen. Wer ihr nicht wichtig war, von dem konnte sie nicht verletzt werden.

Collins schien aufmerksam zuzuhören. Wenn er sie verurteilte, verbarg er es gut. „Ich denke, Sie sollten in Erwägung ziehen, die Anklage abzuwenden, indem Sie die Geldstrafe zahlen, die gemeinnützige Arbeit zu leisten und mit einer weißen Weste neu anzufangen."

„Gibt es irgendeine andere Möglichkeit für den Staat, an die gewünschten Informationen zu kommen, als dass ich sie persönlich aushändige?"

Er dachte einen Moment darüber nach. „Wo bewahren Sie sie denn auf?"

„Meine Geschäftsunterlagen befinden sich in einem Bankschließfach."

„Vielleicht gibt es eine Möglichkeit, die Ermittler in diese Richtung zu lenken, ohne dass Sie unzweifelhaft daran beteiligt sind. Ich werde mir überlegen, was sich da machen ließe. In der Zwischenzeit möchte ich, dass Sie darüber nachdenken, wie Sie Ihre Beziehung zu Ihrem Sohn kitten können."

Sie sah ihn schockiert an. „Warum?"

„Weil Sie eins der besten Dinge im Leben verpassen."

„Was kümmert Sie das?"

Er warf ihr wieder einen dieser durchdringenden Blicke zu, mit denen er sie restlos zu durchschauen schien. Wenn dem so war, würde ihm gefallen, was er da vorfand?

„Ich bin mir noch nicht sicher, doch ich gebe Ihnen sofort Bescheid, sobald ich dahintergekommen bin."

Nicoletta wusste nicht, wie sie das verstehen sollte, aber da sie auf ihn und seine Hilfe angewiesen war, beschloss sie, Geduld zu haben.

Zumindest für den Moment.

Nach dem Frühstück trafen mehrere Mitglieder von Nicks Sicherheitsteam für sein tägliches Briefing ein. Während er sich mit ihnen in einem gesicherten Raum nebenan aufhielt, holte Sam ihren Laptop heraus, um die neuesten E-Mails zur Stahl-Untersuchung zu lesen.

Eine Mitteilung, die Captain Malone an alle Mitarbeiter geschickt hatte, hatte als Anhang ein Foto von Stahls Haus im Nordosten von Washington. Das Grundstück war mit gelbem Flatterband abgesperrt, und vor dem Gebäude stand ein Zelt. Auf dem von einer Drohne aufgenommenen Bild war eine Menschenmenge zu sehen, die sich vor der Absperrung eingefunden hatte. Schaulustige. Es lag wohl in der menschlichen Natur, wissen zu wollen, was vor sich ging. Bis es einen selbst betraf, dann baten alle um Privatsphäre.

Sam las Malones E-Mail-Update. *Als die Ermittler am Haus von Stahl ankamen, stellten sie fest, dass seine Schwester Cindy und ihre beiden Kinder dort wohnen. Die Schwester weigerte sich, das Haus zu verlassen, und die Kollegen mussten ihr androhen, sie in Gewahrsam zu nehmen, falls sie nicht unverzüglich mit ihren Kindern das Haus verließe. Sie hat die Beamten beschimpft und behauptet, sie hätten kein Recht, ihre Wohnung zu betreten (obwohl man ihr den Durchsuchungsbeschluss vorgelegt hatte), und zeigte sich generell unkooperativ. Lieutenant Haggerty hat ihr daraufhin eine Frist von zehn Minuten gesetzt, damit sie das Nötigste packen konnte, und sie des Hauses verwiesen.*

Sam war nicht überrascht davon, dass Stahls Schwester unangenehm war, aber sie hatte Mitleid mit ihr, weil sie dank ihres Taugenichts von einem Bruder aus ihrem eigenen Haus geflogen war.

Die Schwester verlangte zu erfahren, was die Polizei in dem Haus wolle, woraufhin ihr mitgeteilt wurde, dass die Ermittler nicht verpflichtet seien, ihr Auskunft zu geben, da sie nicht Gegenstand der Ermittlungen sei. Sie sagte, ihr Anwalt werde sich mit uns in Verbindung setzen, da Stahl ihr das Haus überschrieben habe, als er ins Gefängnis musste. Nachdem die Frau mit den Kindern das Haus verlassen hatte, begannen Haggerty und sein Team im Keller mit einer umfassenden Untersuchung, wozu auch das Aufbrechen des Betonbodens und das Ausheben des Gartens gehören wird. Wir gehen davon aus, dass diese Arbeit mehrere Wochen in Anspruch nehmen wird.

Die Ermittler haben den Auftrag, alle Vermisstenfälle, die mit Stahl in Verbindung stehen könnten, wieder aufzunehmen. Weitere Informationen werden wir Ihnen zukommen lassen, sobald sie verfügbar sind. Natürlich halten wir uns mit der Weitergabe von Neuigkeiten an die Medien zurück, bis wir konkretere Beweise für die Beteiligung des ehemaligen Lieutenants an diesen Fällen haben oder sie ausschließen können. Gonzo und Cruz haben gestern Abend mit der Schwester gesprochen und erfahren, dass es außer ihr und Stahl einen weiteren Bruder gab, der während seiner Zeit auf der Highschool verschwunden ist. Wir fügen deshalb den Namen Michael Stahl der Liste der möglichen Opfer hinzu. Außerdem hat Cindy, die dreizehn Jahre jünger ist als Stahl und denselben Vater hat wie er, uns erzählt, dass Stahl im Alter von dreizehn Jahren in ihre Familie kam, weil irgendwas mit seiner Mutter passiert war, bei dem auch die Polizei eingeschaltet worden sei. Wir werden heute nach weiteren Informationen dazu suchen.

Sam mailte zurück, um ihn darüber in Kenntnis zu setzen, dass Reporter, die mit ihnen in Delaware unterwegs waren, nach Stahls Verbindung zu vermissten Frauen gefragt hatten.

Er antwortete sofort darauf. *Na toll.*

In einer separaten E-Mail hatte Malone ihr die Akten von zweien der vermissten Frauen übermittelt, die beide aus Delaware stammten.

Brittany Carter war in einer Familie in der Gegend von

Wilmington als drittes von sechs Kindern aufgewachsen. Ihr Vater war im Finanzwesen beschäftigt gewesen, ihre Mutter als Schulbibliothekarin. Nach der Highschool war Brittany nach Washington gezogen, um in einer Bank zu arbeiten, doch dort war sie aufgefallen, da sie mehrmals wegen Trunkenheit in der Öffentlichkeit und ungebührlichen Verhaltens verhaftet worden war.

Dem Bericht zufolge hatte die Bank sie irgendwann entlassen, und sie hatte sich als Callgirl verdingt. Ihre Familie hatte das erst viel später erfahren. Es hatte der Verdacht im Raum gestanden, dass sie Drogen konsumierte und möglicherweise auch damit handelte, dies ließ sich allerdings nicht belegen. Trotz aller Schwierigkeiten hatten ihre Eltern sich bemüht, mit ihr in Kontakt zu bleiben, und hatten ihr Hilfe angeboten, die sie jedoch abgelehnt hatte.

Dann hatte sie auf ihre Anrufe nicht mehr reagiert.

Ihre Eltern waren nach D. C. gekommen, um nach ihrer Tochter zu suchen, und hatten die Polizei eingeschaltet, als sie keine Spur von ihr finden konnten.

Detective Leonard Stahl hatte die Vermisstenmeldung aufgenommen.

Sam seufzte, als sie die knappen Notizen durchsah, die Stahl in der Akte gemacht hatte: Kontaktaufnahme mit ihren Freunden und Bekannten, Gespräche mit ihren damaligen Mitbewohnern und das frustrierende Ergebnis, dass sie dafür bekannt gewesen war, tagelang zu verschwinden und dann wieder aufzutauchen, als sei nichts geschehen. Sam fand keinen Hinweis darauf, dass er der Sache ernsthaft nachgegangen war.

Während sie das Foto der jungen Frau mit der blassen Haut, den großen grünen Augen und dem hellbraunen Haar betrachtete, erfasste sie Erbitterung, weil er so wenig getan hatte, um in dem Fall zu ermitteln.

Nun musste Sam den Eltern der Frau gegenübertreten, die Wunde wieder aufreißen und sie erneut daran erinnern, dass die Polizei bei der Suche nach ihrer Tochter versagt hatte. Wenn sich der ungeheuerliche Verdacht bewahrheitete, hatte der

Beamte, der ihr Verschwinden untersucht hatte, sie sogar selbst umgebracht.

Sam war erstaunt, dass es sie immer noch schockieren konnte, was Stahl getan – oder nicht getan – hatte. Das Ausmaß seiner Verbrechen war ungeheuerlich.

Caren Hans stammte aus Newark, Delaware. Sie hatte ein Semester an der Howard University studiert, ehe sie ihr Studium abgebrochen hatte, um in einem Restaurant in Washington zu jobben. Ein paar Monate später hatte sie gekündigt und war kurz darauf verschwunden, wobei das zunächst von niemandem gemeldet worden war. Es waren einige Monate verstrichen, bis sich ihre Großmutter an die Polizei gewandt hatte. Wieder hatte Detective Stahl den Fall übernommen und bestenfalls rudimentäre Ermittlungen durchgeführt.

Der Gedanke, dass er Verbrechen untersucht haben könnte, die er selbst begangen hatte, ohne dass jemand ahnte, dass ein Mörder in ihrer Mitte sein Unwesen trieb, machte Sam krank.

Sie recherchierte kurz im Internet und fand heraus, dass Carens Großmutter vor fünf Jahren gestorben war, ohne je zu erfahren, was aus ihrer Enkelin geworden war. In der Folge hatte eine Schwester bei der Polizei nachgefragt, aber es hatte keine neuen Informationen gegeben.

Sam notierte sich den Namen der Schwester – Cristen Hans Reid – und ihre Adresse in der Umgebung von Newark. Dann prüfte sie, wie weit Wilmington und Newark von Dewey entfernt waren. In beiden Fällen etwa zwei Stunden. Wenigstens lagen die Städte nahe beieinander, sodass sie die Gespräche in einem Aufwasch erledigen konnte.

Das Letzte, was sie wollte, war, einen kostbaren Urlaubstag damit zu vergeuden, einem ungeklärten Fall nachzugehen, der mit diesem Mistkerl Stahl zusammenhing. Doch in dieser Situation mussten alle mit anfassen, und sie war entschlossen, den Familien, die schon viel zu lange auf Antworten warteten, behilflich zu sein. Das Zweitletzte, was sie wollte, war, dass jemand, mit dem sie zusammenarbeitete, dachte, sie sei etwas Besonderes, weil sie die Frau des Präsidenten war. Sie nahm in ihrem Job keine Sonderstellung ein, und sie war entschlossen, es dabei zu belassen.

Also schnappte sie sich ihr Handy und rief Brittanys Mutter Theodora Carter an.

„Hier ist Lieutenant Samantha Holland vom Metro Police Department von D. C."

Wie in diesen Tagen üblich, rief die Nennung ihres Namens Schweigen hervor.

„Mrs Carter?"

„Ja. Sie haben mich komplett auf dem falschen Fuß erwischt. Das Letzte, was ich heute erwartet habe, war ein Anruf vom MPD oder von der First Lady."

„Im Dienst bin ich nur Lieutenant des MPD, Ma'am, und ich wollte Sie darüber in Kenntnis setzen, dass wir uns den Fall Ihrer Tochter noch einmal ansehen. Kann ich vielleicht morgen Nachmittag vorbeikommen, um ein paar Dinge mit Ihnen durchzugehen?"

„Sie wollen hierherkommen?"

„Genau, Ma'am. Wäre Ihnen das recht?"

„Ähm, sicher, warum nicht? Haben Sie Brittany gefunden?"

„Nein, aber wir folgen einer neuen Spur."

„Woher dieses plötzliche Interesse an meiner Tochter nach all der Zeit?"

„Das erkläre ich Ihnen persönlich, wenn das in Ordnung ist. Wann passt es Ihnen denn?"

„Wann immer Sie möchten."

„Wäre vierzehn Uhr in Ordnung?"

„Sicher."

„Darf ich Sie bitten, niemandem zu sagen, dass ich Sie aufsuche? Ich möchte nicht, dass sich unser Treffen in einen Medienzirkus verwandelt. Das verstehen Sie sicher."

„Ich werde es nur meinem Mann erzählen."

„Vielen Dank."

Nachdem Sam sich vergewissert hatte, dass die Adresse noch stimmte, verabschiedete sie sich bis zum nächsten Tag. Als Nächstes wählte sie die Nummer von Cristen Hans Reid und stieß auf das gleiche verblüffte Schweigen, nachdem sie sich gemeldet hatte.

„Wir nehmen uns den Fall Ihrer Schwester noch einmal vor, und ich würde gern morgen Nachmittag zu Ihnen kommen, um einige Details mit Ihnen zu besprechen."

„Sie wollen nach all der Zeit zu mir nach Hause kommen, um den Fall meiner Schwester mit mir zu besprechen?"

Sam fand die Bitterkeit im Tonfall der Frau mehr als verständlich.

„Richtig."

„Warum ausgerechnet jetzt?"

„Wir sind auf neue Informationen gestoßen, denen wir aktiv nachgehen. Ich wollte Sie auf den neuesten Stand bringen und ein paar Lücken in der ursprünglichen Ermittlung füllen."

„Welche Ermittlung? Der Typ, der mit dem Fall befasst war, hat nichts getan, um sie zu finden. Seitdem haben wir einen Privatdetektiv beauftragt, doch der hat auch nichts herausgefunden."

„Es tut mir sehr leid, dass der Beamte, der damals mit dem Fall Ihrer Schwester betraut war, seine Pflicht nicht mit der gebotenen Sorgfalt erfüllt hat. Wir versuchen, das zu korrigieren."

„Er ist in Haft, richtig? Weil er versucht hat, Sie zu töten?"

„Das ist korrekt. Darf ich Sie morgen zwischen fünfzehn und sechzehn Uhr aufsuchen?"

„Warum nicht?"

Sam ließ sich auch diese Adresse bestätigen. „Vielen Dank für Ihre Zeit, Mrs Hans Reid."

„Ich hoffe, dass wir diesmal Antworten erhalten werden."

„Das hoffe ich ebenfalls."

Sam hatte Magenschmerzen, wenn sie daran dachte, wie diese Antworten ausfallen mochten. Nachdem sie sich mit beiden Angehörigen verabredet hatte, rief sie Vernon an, der zu den Sicherheitsleuten gehörte, die sie nach Dewey begleitet hatten.

„Guten Morgen, Ma'am."

„Das heißt ‚Sam'."

„Hier sind noch weitere Personenschützer anwesend.“

„Ah, verstehe. Dann will ich dieses Mal nicht so sein.“

Sie freute sich über sein leises Lachen und den humorvollen Umgangston, den sie gefunden hatten.

„Also, was kann ich für Sie tun?“

„Ich muss morgen einen dienstlichen Termin in Newark und Wilmington wahrnehmen. Das sind zwei Stunden pro Strecke.“

„Um wie viel Uhr möchten Sie aufbrechen?“

„Gegen halb zwölf vielleicht? Dann haben wir etwas Puffer. Mein erster Termin ist um vierzehn Uhr.“

„Wir werden Sie rechtzeitig hinbringen. Ich nehme an, nur Sie, nicht auch den Präsidenten?“

„Genau. Nur mich.“

„Gut. Wir werden den Wagen um halb zwölf abfahrbereit haben.“

„Danke.“

„Gern.“

Sam klappte ihr Handy zu und stand auf, um sich zu strecken. Sie ging zu den Fenstern auf der Rückseite des Hauses, um auf den Strand hinauszuschauen.

Dort fand Nick sie, als er von der Besprechung nebenan kam.

Er schlang ihr einen Arm um die Taille und legte das Kinn auf ihre Schulter. „Stress?“

„Vielleicht ein bisschen.“

„Nicht unbedingt die friedliche Auszeit, die wir uns erhofft hatten, was?“

„Nein, aber ich nehme an, das war von vornherein eine Illusion. Was gibt's Neues in La Casa Blanca?“

„Leider nichts Gutes. Offenbar tut sich General Wilson mit dem ehemaligen Außenminister Ruskin zusammen, um in allen Sendungen, in die sie eingeladen sind, über meine mangelnde Eignung für das Amt des Präsidenten zu lästern.“

„Ach, Nick. Also wirklich. Ich kann nicht glauben, dass die Sender denen überhaupt eine Bühne dafür bieten.“

„Warum sollten sie nicht? Kontroversen bringen Quote.“

„Es tut mir echt leid, dass du dich zu allem Überfluss auch noch damit herumärgern musst."

„Das gehört dazu, hat man mir erklärt. Mein Team kümmert sich darum."

„Was können deine Leute dagegen tun?"

„Sie können die Menschen daran erinnern, dass die beiden Personen, die sich da über mich auslassen, unter wenig ehrenhaften Umständen ihre Posten verloren haben, was man von mir nicht behaupten kann."

„Das ist wahr und ein sehr guter Punkt, den man so häufig wie möglich betonen sollte."

„Genau das ist der Plan. Doch genug von diesem Unsinn. Was hast du in der Zwischenzeit so getrieben?"

„Mich um meinen eigenen Mist gekümmert. Ich hab morgen Termine mit Familien, die die Polizei hassen, weil vor Jahren in den Vermisstenfällen ihrer Angehörigen so erbärmlich ermittelt wurde."

„Autsch."

„Ja, die anfängliche Reaktion war etwas kühl, aber das war wohl zu erwarten. Stahl und damit auch die Polizei haben diese Leute wie Dreck behandelt." Sie verschränkte die Arme und wandte sich zu ihm um. „Ich vermisse meinen Vater ohnehin ständig, doch in Zeiten wie diesen sehne ich mich nach fünf Minuten mit ihm, um ihn zu fragen, wie Stahl mit dem ganzen Mist, den er allem Anschein nach getan hat, so lange durchkommen konnte. Es ist unfassbar."

„Ich bin mir sicher, so empfinden all deine Kollegen, die nach den Regeln spielen."

„Ganz bestimmt", meinte Sam. „Ich frage mich vor allem, wie er das alles tun konnte, ohne dass jemand Verdacht geschöpft und ihm auf die Finger geschaut hat."

„Nach dem, was ich über Stahl weiß, scheint er ein einsamer Wolf gewesen zu sein. Die Leute mochten ihn nicht, also haben sie einen großen Bogen um ihn gemacht, und das war seine Chance."

„Stimmt", sagte Sam. „Ich kann mich noch erinnern, wie

mein Vater, als ich klein war, darüber geschimpft hat, was für ein Mistkerl er sei."

Nick zog sie an sich. „Ich hasse den Gedanken, dass du unter seinem Kommando arbeiten und dir seinen Scheiß gefallen lassen musstest."

Sam erschauerte, als sie Nicks vertrauten Duft einatmete, den Duft von Zuhause. „Das waren einige der schwersten Jahre meines Lebens. Er bei der Arbeit und daheim Peter – ich war total unglücklich." Manchmal konnte sie immer noch nicht glauben, dass sie Peter Gibson geheiratet hatte, obwohl Nick Cappuano irgendwo da draußen gewesen war.

„Ich wünschte, ich hätte damals für dich da sein können."

„Das wünschte ich auch. Ich wäre lange nicht so unglücklich gewesen, wenn du zu Hause auf mich gewartet hättest."

„Genug von diesem traurigen Kram", wechselte er das Thema. „Wir sind hier, um die ersten zwei Jahre der besten Ehe der Geschichte zu feiern, also was hältst du davon, wenn wir uns dem jetzt wieder zuwenden?"

„Das findet meine uneingeschränkte Billigung."

„Wie wäre es mit einem weiteren Strandspaziergang? Ich brauche dringend etwas Bewegung."

„Worauf warten wir noch?"

Lächelnd küsste Nick sie auf die Wange. „Du weißt, dass es so einfach nicht ist. Lass mich kurz mit Brant reden."

Während sie ihm hinterherschaute, wurde ihr klar, dass sie beide keineswegs so entspannt waren, wie sie es sich für diesen Urlaub erhofft hatte. Es schien, als hätte sich die ganze Welt verschworen, um sie daran zu hindern, ihre Auszeit zu genießen. Dass Leonard Stahl und seine bösen Taten schon wieder ihr hässliches Haupt erhoben hatten, war nicht gerade hilfreich, ebenso wenig wie Nicks Sorge wegen der Leute, die es ständig auf ihn abgesehen hatten. Ganz zu schweigen von der Frage, wie seine Mutter plötzlich auf Kaution freigekommen war und wo sie sich gerade aufhielt.

Wenn das so weiterging, würde es ein Bundesgesetz brauchen, um diesen Urlaub zu retten.

KAPITEL 9

Nick musste die Informationen erst noch verarbeiten, die er während des letzten Briefings erhalten hatte. In Niger fand ein Militärputsch statt, russische und chinesische Schiffe gingen vor der Küste Alaskas in Stellung, für den Mittleren Westen waren heftige Stürme vorhergesagt, und an der südlichen Grenze gab es einen Zusammenstoß von Einheiten der Border Patrol mit bewaffneten Banditen. Jedes für sich wäre schon heftig genug gewesen, aber alles zusammen machte ihn ganz schön nervös, während er über die Auswirkungen der einzelnen Entwicklungen nachdachte.

Dankenswerterweise hatte er ein hervorragendes Team, das sich mit jedem dieser Probleme sowie einer Vielzahl anderer befasste, während es gleichzeitig ein Galadiner für den kanadischen Premierminister und seine Ehefrau plante, das in der übernächsten Woche stattfinden sollte.

Es geschah enorm viel auf einmal. Nick schwirrte der Kopf, während er versuchte, mit allem Schritt zu halten und gleichzeitig wichtige Entscheidungen zu treffen, deren Folgen Menschen auf der ganzen Welt betrafen. Egal wohin er ging oder was er tat, er konnte sich der erdrückenden Last dieser Verantwortung nicht entziehen. Jetzt verstand er, warum US-Präsidenten während ihrer Amtszeit dramatisch alterten. Die Last war schwer und unausweichlich.

Er öffnete die Eingangstür des Ferienhauses und fand den Leiter seiner Personenschützer genau dort, wo er ihn erwartet hatte. Brant war der Inbegriff von Zuverlässigkeit.

„Was kann ich für Sie tun, Mr President?"

„Wir würden gern einen Strandspaziergang unternehmen."

„Ich werde das sofort in die Wege leiten."

„Vielen Dank."

„Keine Ursache, Sir."

Dass er die Erlaubnis von jemandem einholen musste, um das Haus zu verlassen, erinnerte Nick an seine Kindheit in der winzigen Wohnung, in der er mit einer Großmutter aufgewachsen war, die keine besondere Lust gehabt hatte, das Kind ihres Sohnes großzuziehen. Trotzdem hatte sie jede Sekunde des Tages wissen wollen, wo er war, was ihn immer mehr in den Wahnsinn getrieben hatte, je älter er geworden war. Seit der Festnahme seiner Mutter waren die Erinnerungen an diese Jahre wieder an die Oberfläche gespült worden und hatten Gefühle in ihm wachgerufen, die er lieber vergessen hätte. Warum waren es ausgerechnet die bittersten Ereignisse im Leben, die nie zu verblassen schienen? Wenn überhaupt, waren sie im Laufe der Jahre nur immer lebendiger geworden.

Über sein privates Handy schrieb er eine SMS an Avery Hill, der für das FBI arbeitete, und bat ihn um den aktuellen Stand im Fall seiner Mutter. Bei jeder Nachricht galt es, die Folgen einer möglichen späteren Veröffentlichung sorgfältig abzuwägen. Trotz des holprigen Starts ihrer Freundschaft, weil Avery es nicht geschafft hatte, seine romantischen Gefühle für Sam zu verbergen, hatte sich Nick mit ihm angefreundet, vor allem seit der FBI-Agent ihre enge Freundin Shelby geheiratet hatte.

Die Liste der Menschen, denen Nick uneingeschränkt vertraute, war kurz. Avery gehörte dazu, so unwahrscheinlich das zu Beginn ihrer Bekanntschaft auch gewesen sein mochte. Damals hatte Nick einzig darüber nachgedacht, wie er den lästigen Kerl loswerden könnte, weil der es gewagt hatte, seine Frau mit etwas anderem als professionellem Respekt anzusehen.

Das schien lange her zu sein, und die Welt hatte sich weitergedreht. Wenn jemand wusste, was im Fall seiner Mutter vor sich ging, dann Avery. Er war der Grund für ihre Verhaftung. In einem Anfall von Wut über ein schreckliches Interview, das seine Mutter gegeben und in dem sie alle möglichen falschen Informationen über Nick verbreitet hatte, hatte Sam den FBI-Agenten gebeten, sie genauer unter die Lupe zu nehmen, da sie davon überzeugt gewesen war, dass Nicoletta wie immer nichts Gutes im Schilde führte.

Als Sam Nick schließlich von den Ermittlungen erzählt hatte, hatte die Verhaftung seiner Mutter kurz bevorgestanden. Ihr waren Prostitution und Geldwäsche vorgeworfen worden. Genau das, was er gebraucht hatte, nachdem er monatelang versucht hatte, das amerikanische Volk davon zu überzeugen, ihn als seinen Präsidenten zu akzeptieren.

Er war kurz wütend auf Sam gewesen, weil sie ihm die Ermittlungen vorenthalten hatte, hatte ihr jedoch verziehen, nachdem er sich klargemacht hatte, dass sie in bester Absicht gehandelt hatte und ihn nur vor weiteren emotionalen Verletzungen durch seine Mutter hatte bewahren wollen.

Sam kam in der langen Daunenjacke, die er ihr für Besuche bei Scottys Eishockeyspielen gekauft hatte, aus dem Schlafzimmer. Sie nannte sie den „Deckenmantel". Da sie ihr Haar zum Pferdeschwanz zusammengebunden hatte, konnte er ihr schönes Gesicht ungehindert betrachten. Er würde es nie müde werden, die Frau anzuschauen, die er von ganzem Herzen liebte.

Sam ertappte ihn dabei, wie er sie intensiv musterte. „Hab ich Zahnpasta im Gesicht oder so was?"

„Oder so was", sagte er lächelnd. Seine Sorgen schmolzen dahin, wann immer sie den Raum betrat. Sie war die Einzige, die die schwere Last auf seinen Schultern ein wenig verringern konnte, und er war ihr jede Minute des Tages dankbar dafür.

„Was denn?"

Er ging zu ihr, legte ihr die Hände auf die Hüften und bedeckte ihr Gesicht mit zärtlichen Küssen. „Du hast überall Schönheit."

„Ich wette, dafür gibt es irgendein Peeling."

Lachend erwiderte er: „Wage es ja nicht, dir die Schönheit

aus dem Gesicht zu schrubben. Das ist mein Lieblingsgesicht auf der ganzen Welt."

Sie sah ihn an. Aus ihren atemberaubenden Augen strahlte Liebe. „Ich habe wirklich das große Los gezogen."

„*Wir* haben das große Los gezogen."

Ein Klopfen an der Tür beendete den romantischen Moment. Nick küsste sie auf den Mund und ging die Tür öffnen.

Das Erste, was er erblickte, war ein riesengroßer Blumenstrauß.

„Die sind gerade aus dem Weißen Haus eingetroffen", informierte ihn Brant. „Zusammen mit den Mahlzeiten für morgen."

„Treten Sie ein", forderte Nick ihn auf und machte einen Schritt zur Seite, damit Brant und Eric die Sachen hereinbringen konnten.

„An den Blumen war eine Karte", fuhr Brant fort und reichte sie Nick.

Auf der Karte stand: *Alles Gute zum zweiten Hochzeitstag für die besten Eltern auf der ganzen Welt. Danke für unsere fabelhafte Familie. Wir lieben euch für immer und ewig – Scotty, Alden, Aubrey, Eli, Candace und Skippy.*

„Dem Vernehmen nach hat Scotty die Lieferung mit den Floristen des Weißen Hauses arrangiert", sagte Brant.

„Sehr beeindruckend", antwortete Nick und reichte Sam die Karte.

„Oh", seufzte sie, nachdem sie sie gelesen hatte. „Wie wunderbar. Was für ein großartiges Kind."

„Wir brauchen noch zehn Minuten", informierte Brant die beiden.

„Das ist genug Zeit, um zu Hause anzurufen und uns für die Blumen zu bedanken", stellte Nick fest.

„Dann mal los." Sam wählte und schaltete ihr Handy auf Lautsprecher. „Sag mir nicht, dass du noch schläfst", begann sie, als Scotty abnahm.

„Okay, dann eben nicht."

„Es ist fast Mittag!", rief Sam.

„Ich bin vierzehn, und es ist Samstag, Mom. Ich brauche meine Erholungsphasen."

Sam schaute Nick an und fächelte sich das Gesicht, wie sie es oft tat, wenn Scotty ihre Lieblingsanrede benutzte. „Danke für die Blumen, Scotty. Sie sind wunderschön – und die Karte hat mich zu Tränen gerührt."

„Super, dass sie euch gefallen. Es ist praktisch, einen hauseigenen Floristen zu haben, der auch außerhalb des eigenen Staates ausliefert."

„Gewöhn dich nicht zu sehr an das ganze Drumherum, mein Sohn", warf Nick mahnend ein und grinste. „Das ist alles nur vorübergehend."

„Ist mir bewusst, aber ich genieße es, solange es andauert. Wie ist der Urlaub? Und erzählt mir nichts, was mich noch traumatisierter zurücklässt, als ich es ohnehin schon bin."

„Wir verbringen hier eine sehr schöne Zeit", entgegnete Sam. „Gleich machen wir einen Spaziergang am Strand."

„Ist es nicht zu kalt?", fragte Scotty.

„Nein, höchstens ein bisschen frisch."

„War Skippy schon Gassi?", erkundigte sich Nick. Ihm grauste bei dem Gedanken an Hundepfützen in der ganzen Wohnung.

„Alden war vorhin mit ihr draußen."

„Wie nett von ihm."

„Er nimmt Rücksicht auf mein Bedürfnis, in Ruhe auszuschlafen, im Gegensatz zu anderen Leuten, die ich an dieser Stelle nicht namentlich erwähnen möchte."

„Du hast einen halben Tag vergeudet, den du nie wieder zurückkriegst", sagte Nick, während Sam die Augen verdrehte.

„Hör zu, Dad, wir können nicht alle Streber sein, wie du es schon dein ganzes Leben lang bist. Schalt mal einen Gang zurück, ja?"

Nick biss sich auf die Lippe, um nicht laut aufzulachen.

„Ich stimme dir da völlig zu", meinte Sam. „Schlaf aus, solange du es noch kannst."

„Sam, bitte!" Nick tat, als wäre er empört. „Wir sollten ihm mit gutem Beispiel vorangehen."

Scottys Lachen war ansteckend. „Ihr zwei seid echt eine Katastrophe. Wisst ihr nicht, dass Eltern auf derselben Seite stehen sollten, damit das Kind keine widersprüchlichen Botschaften erhält?“

„Woher hat er dieses Zeug?“, fragte Sam.

„Ich weiß eben Bescheid.“

„Also gut, du Klugscheißer“, übernahm Nick wieder die Gesprächsführung. „Schwing deinen Hintern aus dem Bett, und mach etwas Produktives aus deinem Tag.“

„Ich habe um fünf Eishockeytraining. Ist das produktiv genug?“

„Immerhin etwas“, räumte Nick ein. „Was ist mit dem Sozialkundeaufsatz, den du am Dienstag abgeben musst?“

„Verdirb mir bitte nicht das Wochenende, indem du heute schon über Dienstag redest.“

„Ich will einen ersten Entwurf sehen, ehe du morgen ins Bett gehst, verstanden?“

„Wie kannst du so eine Spaßbremse sein, wo du nicht mal hier bist?“

„Das ist mein Job.“

„Na gut. Von mir aus. Ich schicke dir einen Entwurf.“

„Der sollte besser gut sein.“ Grinsend zwinkerte er Sam zu. „Ich bin mit meiner Lieblingsfreundin im Urlaub und habe keine Zeit, ihn groß zu korrigieren.“

„Igitt.“

„Was denn?“

„Das war bewusst eklig.“

Skippy begann zu bellen.

„Ich muss mich um Ihre Königliche Hoheit kümmern, Leute. Alles Gute zum zweiten Hochzeitstag. Spaß beiseite, ihr seid wirklich großartig, selbst wenn ihr widersprüchliche Botschaften sendet.“

„Wir lieben dich wie verrückt“, erwiderte Sam.

„Ich euch auch.“

„Hab dich lieb, Kumpel“, versicherte ihm Nick ebenfalls. „Schick mir nach dem Training eine SMS.“

„Mach ich. Ich hab dich auch lieb.“

„Was für ein Kind“, seufzte Nick, nachdem Sam ihr Handy zugeklappt hatte, um das Gespräch zu beenden.

„Der beste Sohn aller Zeiten."

„Gott sei Dank hat Alden Skippy gerettet", bemerkte Nick.

„Ich bin sicher, das war Celias Idee."

„Dann Gott sei Dank, dass wir sie haben."

Die Tatsache, dass Sams Stiefmutter bei ihnen im Weißen Haus wohnte, ermöglichte es ihnen, ihre vielen Verpflichtungen unter einen Hut zu bringen und in dieser Woche dem Alltag zu entfliehen. Denn sie konnten sich darauf verlassen, dass Celia da sein würde, um die Kinder zu versorgen.

„Sie zu bitten, mit uns ins Weiße Haus zu ziehen, war die beste Idee, die Freddie je hatte", lobte Sam.

„Auf jeden Fall. Und es ist auch für sie gut. Ich freue mich, dass sie wieder lächelt."

„Da hast du recht. Kaum zu glauben, dass mein Dad nächsten Monat ein halbes Jahr tot ist."

„Ja wirklich, oder? Es kommt mir vor, als wäre er schon ewig nicht mehr bei uns."

„Er fehlt mir schrecklich. Nach der gestrigen Lagebesprechung hätte ich ihn so gern angerufen, um ihm von den neuesten Entwicklungen im Fall Stahl zu erzählen und ihn zu fragen, wie es möglich war, dass der diesen ganzen Mist verbockt hat, während er gleichzeitig so getan hat, als sei er ein aufrechter Polizist."

„Was meinst du, was er dazu sagen würde?"

„Er wäre genauso schockiert wie wir und würde mich daran erinnern, dass sie in den späten Neunzigerjahren und bis in die Nullerjahre hinein einige sehr knappe Haushalte hatten. Es gab einen Einstellungsstopp, und man war gezwungen, mit den vorhandenen Ressourcen zu arbeiten, während die Kriminalität explodiert ist. Da die Polizei so spärlich besetzt war, haben viele Ermittler ohne Partner gearbeitet. Die Vorgesetzten waren komplett überlastet. Niemand hatte Zeit, ständig seine Untergebenen zu überprüfen. Es war die perfekte Gelegenheit für Stahl."

„Vermutlich hast du recht."

„Es ist alles so unglaublich, und doch auch wieder nicht."

„Absolut."

Brant klopfte, ehe er den Kopf hereinsteckte, um ihnen mitzuteilen, dass alles für den Strandspaziergang bereit war. „Tut mir leid, dass es so lange gedauert hat, Mr President. Wir mussten erst ein paar Touristen weglotsen."

„Ich bin sicher, die waren begeistert", scherzte Nick.

„Sie waren sehr kooperationsbereit."

Als sie Brant aus dem Haus folgten, sagte Nick: „Gut zu wissen, dass ich zumindest noch ein paar Unterstützer habe."

„Sie haben mehr als nur ein paar, also konzentrieren Sie sich nicht auf die Gegner."

„Das ist schwierig, solange sie Putschversuche und Aufstände anzetteln."

Sam schlang die Hände um seinen Arm. „Lass mal gut sein. Das hat alles Zeit bis nach dem Urlaub."

„Ja, vermutlich. Danke für die Erinnerung."

„Dafür bin ich ja da. Wann immer du es hören willst."

Sam hatte recht. Der Wahnsinn würde so schnell nicht enden. Aber heute ging es darum, ihren zweiten Hochzeitstag zu feiern, der tatsächlich eigentlich morgen war, und er hatte vor, jede Minute mit seiner Frau in vollen Zügen zu genießen.

Als sie von ihrem Strandspaziergang zurückkamen, war Sam wild entschlossen, Nick für den Rest des Tages von den Sorgen zu befreien, die wie tonnenschwere Felsbrocken auf seinen Schultern lasteten.

Sie genossen die Mahlzeit aus dem Weißen Haus, zu der der beste Hühnersalat gehörte, den Sam je gegessen hatte.

„Ich brauche das Rezept für diesen Hühnersalat, wenn wir ausziehen", sagte sie. „Nach dem bin ich regelrecht süchtig."

„Ich wette, Mario würde sich freuen, ihn für dich zuzubereiten, auch wenn wir nicht mehr im Amt sind. Er hat sich in meine Gemahlin verknallt."

„Hat er nicht! Ihm gefällt es nur, dass ich gerne esse."

„Das ist nicht alles, was ihm an dir gefällt."

„Er ist siebzig."

„Aber seine Augen funktionieren immer noch einwandfrei."

„Ich hatte keine Ahnung, dass du auf unseren Küchenchef eifersüchtig bist."

„Tja, jetzt weißt du es."

Solche Albernheiten waren genau das, was er brauchte. „Ich könnte dich für ihn und seinen Hühnersalat verlassen."

Er schob sich einen Kartoffelchip in den Mund. „Du würdest die Dinge vermissen, die ich zu bieten habe."

„Zum Beispiel?"

„Ach, du weißt schon."

„Ich habe nicht die geringste Ahnung, worauf du anspielst."

„Natürlich nicht. Soll ich dein Gedächtnis auffrischen?"

„Warum nicht?"

Er stürzte sich so schnell auf sie, dass sie keine Zeit hatte, sich vorzubereiten, ehe er sie sich über die Schulter warf und ins Schlafzimmer trug. Sie verzichteten darauf, tagsüber irgendwo anders im Haus intim zu werden, aus Angst vor Teleobjektiven am Strand.

„Was hab ich dir darüber gesagt, mich so herumzuschleppen wie eine Rinderhälfte?"

„Du hast angedeutet, dass es dir gefällt."

„Hab ich nicht! Wenn du mich nicht runterlässt, muss ich mich gleich übergeben."

„Wie sexy, Babe."

Nick hielt vor dem extragroßen Doppelbett an und ließ sie vorne an sich heruntergleiten. Er strich ihr die Haare aus dem Gesicht und küsste sie, ehe sie ihren Protest dagegen, wie er sie behandelt hatte, fortsetzen konnte.

Um der Wahrheit die Ehre zu geben, seine Stärke hatte eine höchst erregende Wirkung auf sie – nicht, dass sie ihm das jemals verraten würde. Sie war beileibe kein Leichtgewicht, aber er gab ihr das Gefühl, schwerelos zu sein, als er sie mit dem wilden Verlangen küsste, das zu einem so wichtigen Teil ihres täglichen Lebens geworden war. Wie hatte sie nur ohne ihn und die Gefühle, die er in ihr wachrief, leben können? Seine Liebe war für sie so wichtig geworden wie Sauerstoff, Nahrung und Wasser. Die alte Sam, die Sam vor Nick, hätte über einen solchen Gedanken gelacht. Doch während er sie beide ungeduldig von ihrer Kleidung befreite, war sie überwältigt von Dankbarkeit für ihn, für sie, für ihre Familie und ihr chaotisches, absurdes Leben.

Er ließ sie aufs Bett sinken und folgte ihr, stützte sich über ihr auf, während er sie mit seinen sexy haselnussbraunen Augen voller Liebe ansah. „Zwei ganze Jahre."

„Und so viel wie zehn Leben."

Sein Lächeln war unwiderstehlich. „Weißt du noch, wie du einem einfachen Senator aus Virginia das Jawort gegeben hast?"

„Da konnte ich leider noch nicht ahnen, was auf mich zukommt."

Lachend beugte er den Kopf, um ihr einen Kuss zwischen die Brüste zu drücken. „Stimmt ja gar nicht."

„Aber sicher doch."

„Es war der absolut beste Tag meines Lebens."

„Von meinem auch."

„Wenn mich etwas überfordert, was in letzter Zeit häufig der Fall ist, lasse ich meine Gedanken zu diesem Tag zurückwandern. Dann fühle ich mich sofort besser, egal, womit ich gerade zu tun habe."

„Wie wunderbar."

„Es war perfekt, von Anfang bis Ende."

„Nun, nicht ganz …"

Er wusste, dass sie sich auf den Versuch seiner Mutter bezog, uneingeladen auf der Hochzeit aufzutauchen. „Es war in jeder Hinsicht perfekt, denn am Ende des Tages warst du meine Frau, und die Zukunft gehörte uns."

Ehe sie etwas erwidern konnte, hatte er eine ihrer Brustspitzen zwischen die Lippen genommen und raubte Sam jeden Gedanken, der sich nicht um ihn und das hier drehte.

„Erinnerst du dich jetzt wieder, warum du mich nicht für den Hühnersalatmann verlassen kannst?"

„Noch nicht ganz."

Er biss ganz leicht zu, was sie zum Lachen brachte, dann stöhnte sie auf, als er in sie eindrang und sie ganz ausfüllte. „Und jetzt?"

„So langsam vielleicht", stieß sie atemlos hervor.

„Dann sollte ich besser sehr gründlich sein, damit du es nie wieder vergisst."

„Das wäre vermutlich gut. Der Geflügelsalat ist *super*."

„Mein Filet mignon ist besser."

Sam schüttete sich aus vor Lachen, und trotz dieses Heiterkeitsausbruchs brachte er sie so schnell an den Rand eines Orgasmus, dass sich ihr der Kopf drehte vor Liebe, Glück und von einem Verlangen, wie sie es noch nie erlebt hatte.

Niemand war mit ihm vergleichbar, und das wusste er.

Danach blieben sie ineinander verschlungen liegen, während sich ihre Körper abkühlten und ihre Atmung sich normalisierte.

Nick hob den Arm und griff nach etwas auf dem Nachttisch. „Alles Gute zum Hochzeitstag." Er legte ihr ein kleines Päckchen auf die Schulter.

„Du erwartest, dass ich jetzt noch funktioniere?"

„Mhm."

Sie stöhnte, griff nach dem Geschenk und drehte sich auf den Rücken. „Du hast mich ausgepowert."

„Ich musste schließlich dafür sorgen, dass du nicht von dem Hühnersalat-Typen fantasierst."

„Du weißt, dass es außer dir niemanden gibt und niemals jemanden geben wird."

„Das gilt umgekehrt genauso, Liebste."

„Was ist das?", fragte sie und zerrte an dem roten Geschenkband, das eine Schleife am oberen Rand einer in silbernes Folienpapier eingewickelten Schachtel bildete.

„Wie du vielleicht weißt, ist das traditionelle Geschenk zum zweiten Hochzeitstag Baumwolle. Ich habe mir das Hirn zermartert, um mir was Tolles für meine Frau einfallen zu lassen, aber Baumwolle war einfach nicht das Richtige. Also habe ich etwas Fabelhaftes in Baumwolle eingewickelt."

„Ich liebe fabelhafte Dinge." Sie riss das Papier auf, öffnete das Kästchen des Juweliers und schob das weiche Tuch beiseite, unter dem eine Platinuhr zum Vorschein kam. „Die ist wunderschön." Das Zifferblatt war mit kleinen Diamanten verziert.

„Lies die Gravur auf der Rückseite."

Sam nahm die Uhr heraus und hielt sie in das schwindende Licht, das durch die Jalousien fiel. DANKE FÜR DIE BEIDEN BESTEN JAHRE MEINES LEBENS. N. D. C.

Ihre Augen füllten sich mit Tränen. „O mein Gott. Vielen, vielen Dank."

„*Ich* danke *dir*." Er stützte sich auf einen Ellbogen, um sie zu küssen. „Du hast mir etwas gegeben, was ich nie zuvor hatte – eine Familie, die ich mein Eigen nennen kann, und trotz all der unvorhergesehenen Hürden …"

Sam blickte ihn mit hochgezogenen Brauen an. „Damit also vergleichst du die Präsidentschaft? Hürden?"

„Sehr *vorübergehende* Hürden."

Sam lachte.

„Wie gesagt, trotz der *vielen* Hürden war ich noch nie so glücklich und zufrieden wie jetzt, da ihr in mein Leben getreten seid, du und die Kinder. Solange es euch gibt, habe ich alles, was ich je brauchen werde – und mehr."

„Ich finde, du bist ein großartiger Vater. Nie liebe ich dich mehr, als wenn du mit den Kindern zusammen bist. Wie du Scotty behandelst, ist einfach fabelhaft. Wie süß du mit den Zwillingen spielst und wie du Elijah mit Rat und Tat zur Seite stehst … das ist alles ganz toll."

„Genauso wie dich in der Mutterrolle zu beobachten."

„Ich bin nicht so gut in dieser Elternsache wie du. Ich sage Scotty, er soll ausschlafen und sich keine Gedanken wegen Mathe machen."

„Du bist hervorragend darin. Die Kinder wissen ganz genau, wie sehr du sie liebst. Eine meiner Lieblingsszenen war, als du Scotty in der Schule abholen musstest. Als du den Leuten im Sekretariat erzählt hast, dass du seine Mutter seist, hast du geweint."

„Das war großartig. Ich war endlich Mutter. Nicht so, wie ich es mir vorgestellt hatte, doch ich könnte ihn nicht mehr lieben, wenn ich ihn selbst zur Welt gebracht hätte. Das gilt auch für die Zwillinge und Eli."

„Geht mir genauso. Es ist erstaunlich, wenn man bedenkt,

dass wir die drei vor einem Jahr noch gar nicht gekannt haben, und jetzt sind sie so sehr ein Teil von uns."

„Das Leben ist bizarr und wunderbar." Sam beugte sich vor, um die Tüte, die sie mitgebracht hatte, unter dem Bett hervorzuholen. „Ich habe mich gefragt: Was kauft man dem Oberhaupt der freien Welt? Die Baumwolle war auch für mich eine Herausforderung."

„Was könnte das bloß sein?" Er lächelte, als er das Seidenpapier aus der Tüte zog und das himmelblaue Baumwoll-T-Shirt herausnahm, das sie online gekauft hatte.

Auf der Vorderseite stand: ICH LIEBE DICH MEHR. ENDE. ICH GEWINNE.

Sie liebte ihn immer, aber besonders, wenn er lachte. Er hatte es mit seiner verkorksten Familie so schwer gehabt, dass sie überglücklich war, wenn sie ihn so unbeschwert sah.

„Das ist großartig, Babe. Ich werde es ständig tragen, damit du die Nachricht von mir an dich lesen kannst."

„Nein, so läuft das nicht. Die Nachricht ist von *mir* für *dich*. Ich bin die Siegerin in diesem Kampf."

„Einem Kampf, den ich für den Rest unseres Lebens jeden Tag ausfechten möchte."

„Solange du zugibst, dass ich gewinne."

„Ich gebe alles zu, was du willst, solange ich dich, das hier und alles andere für immer und ewig haben kann."

„Heißt das, ich habe tatsächlich gewonnen?"

Lachend küsste er sie und zog sie an sich. „Nein, das heißt, dass wir beide gewonnen haben."

KAPITEL 10

Um halb elf Uhr abends schalteten sie den Fernseher im Schlafzimmer ein, um sich den neuesten Schrecken von *Saturday Night Live* zu stellen. Sam konnte kaum hinsehen. Sie wusste, dass es in der Comedy-Show Tradition war, die aktuellen Bewohner des Weißen Hauses durch den Kakao zu ziehen, aber das war weit weniger lustig, seit sie und ihr Mann selbst diese Bewohner waren.

„Es geht los", sagte Nick.

Wieder waren sie Thema der Eröffnungssequenz.

Sam warf einen Blick auf den Bildschirm und schrie auf, als da dieselbe Schauspielerin erschien, von der sie schon einmal parodiert worden war. Diesmal war sie als vollbusige Blondine mit dunkler Sprühbräune zurechtgemacht und hatte so strahlend weiße Zähne, dass sie wahrscheinlich im Dunkeln leuchteten. Sie trug einen pinken Bikini sowie einen Polizeigürtel um die Taille und eine goldene Dienstmarke, die an der rechten Seite des kaum vorhandenen Oberteils befestigt war.

„Idiot", murmelte sie, während Nick sich vor Lachen fast ausschüttete.

Dann kam der Darsteller, der ihn spielte, ins Bild. Er trug eine Badehose mit einem Print aus Bananen in Hängematten und mit einer riesigen Ausbuchtung, hatte eine ebenso dunkle

Spray-Bräune und die gleichen grellweißen Zähne, die noch aus dem Weltraum zu erkennen sein mussten.

Sie nahmen gemeinsam auf einem Liegestuhl im Sand Platz, auf einem Tisch neben ihnen standen Schirmchen-Cocktails.

„Jetzt findest du es nicht mehr so lustig, was?", fragte Sam.

Auf Nicks Miene spiegelte sich Bestürzung wider. „Es ist, äh …"

Dann begannen die Schauspieler zu reden, und es wurde nur schlimmer.

Die Sam-Darstellerin rieb den Nick-Darsteller mit Sonnenöl ein, während sie ihn quasi von hinten anrammelte. „Unser Strandurlaub ist so unglaublich anregend."

Er stöhnte übertrieben, während sie das Öl in seine Schultern einmassierte.

„Diese fiesen alten Generalstabschefs können sich ins Knie ficken." Sie biss ihm spielerisch in den Nacken. „Sie wünschten wohl, sie wären so sexy wie du."

„Dafür werde ich dich umbringen", drohte Sam der Frau auf dem Bildschirm.

„Wer braucht schon Generalstabschefs?", tönte der Nick-Darsteller und trommelte sich auf die Brust. „Ich bin der Oberbefehlshaber."

„Genau, Baby. Du bist der große Boss, der Obermacker, der *wichtigste Mann*."

„Du wirst deinen Tod herbeisehnen", murmelte Sam, während ihr Telefon wie verrückt eine eingehende SMS nach der anderen meldete. Sie konnte sich lebhaft ausmalen, wie alle, die sie kannten, sich vor Lachen die Seiten hielten.

„Wie sollen wir unseren zweiten Hochzeitstag feiern?", fragte der Nick-Darsteller mit einem Glitzern in den Augen.

Er wandte sich der Kamera zu, um zu zeigen, dass die Beule in seiner winzigen Badehose noch größer geworden war.

„O mein Gott", flüsterte Nick.

„Ich habe da ein paar Ideen", sagte die Sam-Darstellerin, während sie sich in einer leidenschaftlichen Umarmung an ihn schmiegte, von der Regie mit „Why Don't We Get Drunk and

Screw" von Jimmy Buffett unterlegt. Das Paar tanzte im Takt und knutschte, ihre Hände schienen überall zugleich zu sein.

Die beiden lösten sich aus dem abstoßenden Kuss und zeigten ihr strahlend weißes Lächeln bei den Worten: „Live aus New York, es ist Samstagabend!"

„Ich will die Scheidung", verkündete Sam.

Nick schaltete den Fernseher aus. „O nein."

„O doch."

„Du würdest mich schrecklich vermissen."

Sam verschränkte die Arme. „Ich glaube nicht."

Nick zog sie an sich, küsste sie auf den Hals, was sie leider beinahe zum Dahinschmelzen brachte. „Aber so was von."

„Nein."

„Du würdest die Ausbuchtung in meiner Bananenhängematte vermissen."

„Das ist der einzige Grund, warum ich noch nicht weg bin."

Sie spürte ihn vor Lachen beben.

„Ich hasse dich trotzdem."

„Ich mich auch."

„Dann ist es ja gut."

Auf ihren Handys überschlugen sich die eintreffenden Nachrichten.

„Wir werden uns nie wieder irgendwo blicken lassen können", stöhnte Sam.

„Ach was, das war lustig."

„Nein, war es nicht! Es war demütigend."

„Es ist wirklich beunruhigend, wie gut die uns offenbar kennen."

„Kannst du nicht ein Gesetz oder so dagegen erlassen, das sich *SNL* über den Präsidenten und die First Lady lustig macht?"

„Ich wünschte, ich könnte das, Babe. Doch da ist diese lästige Sache mit dem ersten Verfassungszusatz, der das ausschließt."

„Sei nicht so präsidial. Das ist lästig."

Er tippte ihre verschränkten Arme an. „Lass mich mal da rein. Es ist kalt so allein hier draußen."

Und weil sie ihn in Wahrheit eben mehr liebte als hasste, gab sie nach und ließ die Umarmung zu.

„Viel besser."

„Das wirst du für den Rest deines Lebens büßen."

„Ist mir klar."

„Wirklich? Jedes Mal, wenn ich sage, du sollst springen, darfst du lediglich fragen: ‚Wie hoch, meine Kriegerprinzessin?'"

„So weit ist es also gekommen?"

„So weit ist es schon seit letztem Thanksgiving. Jetzt ist es geradezu nuklear geworden."

„Benutz dieses Wort nicht. Du könntest einen internationalen Zwischenfall auslösen."

„Lenk nicht ab. Du wirst mir für den Rest unseres Lebens und darüber hinaus auf Abruf zur Verfügung stehen. Verstanden?"

„Verstanden, Babe, und ich werde meine Kriegerprinzessin nie wieder loslassen."

Urlaubmachen war auch nicht mehr das, was es mal gewesen war, so viel war sicher. Nick war seit kurz nach acht mit einer Reihe von Sicherheitsbriefings über die Situation vor der Küste Alaskas und den Aufstand in Niger beschäftigt.

Sam hatte den Morgen damit verbracht, mit Blick aufs Meer Kaffee zu trinken, während sie ihre Textnachrichten durchging, deren Absender sich alle über den neuesten Sketch der Show amüsierten. Sie war froh, dass wenigstens sie belustigt waren. Sam fand das Ganze einfach unendlich peinlich.

Sie hatte gehofft, Nick zu sehen, ehe sie zu ihren beiden Terminen aufbrechen musste, aber er war nicht rechtzeitig zurück.

Wenn es so schien, als wäre alles, was auf der Welt geschah, irgendwie seine Angelegenheit, dann weil dem tatsächlich so war. Sam konnte sich nicht vorstellen, derart viel Verantwortung zu tragen wie er oder Entscheidungen zu fällen, die potenziell Millionen von Menschen betrafen. Es war besser, wenn sie nicht darüber nachdachte, womit ihr Mann sich herumschlug, während sie auf dem Rücksitz eines Secret-

Service-SUV zum ersten ihrer Termine im Norden von Delaware gefahren wurde.

Trotz der Unbeschwertheit des gestrigen Abends hatte sie heute eigene Sorgen – sie fürchtete sich davor, mit Familien zu tun zu haben, denen jemand, der ihnen eigentlich hätte helfen sollen, noch schlimmeren Schaden zugefügt hatte.

Sie bekam eine Gänsehaut, wenn sie daran dachte, dass Stahl Vermisstenanzeigen von den verzweifelten Angehörigen der Frauen entgegengenommen hatte, die er möglicherweise selbst getötet hatte.

„Ich war überrascht, zu hören, dass Sie heute arbeiten", sagte Vernon und schaute sie im Rückspiegel an.

„Ich helfe bei einer Ermittlung, bei der alle benötigt werden."

„Klingt ernst."

„Ist es auch, auf eine ganz schlimme Art. Einer aus unseren eigenen Reihen steht unter dem Verdacht, ein Serienkiller zu sein."

„Der Typ, der uns damals angefahren hat?"

Er meinte Sergeant Ramsey. „Nein, der, der versucht hat, mich zu ermorden."

„Ich habe von diesem Mistkerl gelesen."

Sam mochte es, dass Vernon kein Blatt vor den Mund nahm. „Wie kann es sein, dass einige Menschen, die eine Marke tragen und den Eid schwören, alles andere tun, als das Gesetz zu hüten?"

„Beamte wie wir werden so ein Verhalten nie begreifen."

„Das stimmt wohl. Ich hab jahrelang mit ihm zusammengearbeitet, unsere Abneigung war gegenseitig. Trotzdem hätte ich es nie für möglich gehalten, dass er zu den Dingen fähig ist, von denen wir sicher wissen, dass er sie getan hat, geschweige denn zu dem, was wir jetzt untersuchen. Wir haben ihn einfach für einen miesen Kollegen gehalten, nicht für einen Psychopathen."

„Man zweifelt an seinen Instinkten, weil man es nicht bemerkt hat."

„Ja, irgendwie schon."

„Tun Sie das nicht. Psychopathen verstecken sich vor aller Augen. Zu Beginn meiner beruflichen Laufbahn habe ich beim

FBI in einer Einheit gearbeitet, die einen Serienmörder im Mittleren Westen gejagt hat. Unser Team hatte sich Expertise erworben und war bei einer Reihe ähnlicher Fälle beratend tätig."

„Wow. Davon hab ich ja gar nichts gewusst."

„Ich bin nicht einfach aus dem Nichts bei Ihnen gelandet."

Sam lächelte. „Das stimmt natürlich."

„Er hatte eine echt coole Karriere bei FBI und ATF, bevor er zum Secret Service gewechselt ist", sagte Jimmy.

„Verrat nicht all meine Geheimnisse auf einmal, Jimmy", wies ihn Vernon zurecht. „Ich muss meinen Nimbus von Geheimnis und Intrige bewahren."

Sam und Jimmy lachten.

„Also gut, Mr Geheimnis-und-Intrige … Erzählen Sie mir, was Sie über Psychopathen wissen."

„Sie lassen sich in vier Kategorien einteilen: Narzissten, Borderliner, Sadisten und Antisoziale."

„Stahl gehört in die beiden letzten – sadistisch und antisozial. Er schien großes Vergnügen daran zu haben, seine Untergebenen zu quälen, und niemand hat ihn gemocht."

„Ganz zu schweigen davon, was er Ihnen beim zweiten Mal angetan hat", erinnerte Vernon sie.

„Ja, ganz zu schweigen davon."

„Jeder, der einem anderen Menschen so etwas antun kann, ist ein Psychopath wie aus dem Lehrbuch", erklärte Vernon. „Ihnen fehlt es an Mitgefühl und Empathie, sie können jedoch beides bei Bedarf simulieren, wie beispielsweise ein Polizist, der bei der Arbeit nur das Nötigste tut und nebenbei seine psychopathischen Neigungen befriedigt. Ich denke, wenn Sie seine Kindheit und sein Leben vor seinem Eintritt in die Polizei untersuchen, werden Sie die Warnzeichen finden."

Sam notierte sich, dass jemand Leonard Stahls Vorgeschichte untersuchen sollte. „Wäre das nicht in der Eignungsprüfung aufgefallen, die die Polizei bei seiner Einstellung durchgeführt hat?"

„Wenn die denn stattgefunden hat", schränkte Vernon ein. „Das war ja vor dreißig Jahren, oder?"

„Ja."

„Wer weiß, wie gründlich die Leute damals unter die Lupe genommen wurden, vor allem wenn verzweifelt nach Beamten gesucht wurde? Das passiert in der Regel nach Unruhen, wenn die Schattenseiten der Polizeiarbeit in den Fokus geraten, oder bei Fehlverhalten von Polizisten, was potenzielle Bewerber dann davon abhält, diesen Beruf zu ergreifen."

Vermutlich sollte sie mit Dr. Trulo darüber sprechen, wie die psychologischen Tests zur Zeit von Stahls Einstellung ausgesehen hatten. Sam erinnerte sich an eine strenge Überprüfung, nachdem sie sich beworben hatte, aber wer wusste schon, wie das vor dreißig Jahren gelaufen war?

Ihr Vater hätte es gewusst, und sie wünschte sich mehr als alles andere, ihn anrufen und fragen zu können. Da das nicht möglich war, schickte sie Captain Malone eine SMS. *Frage: Welchen psychologischen Tests haben Sie und Ihre Mitanwärter sich unterziehen müssen, ehe man Sie in den Polizeidienst aufgenommen hat?*

Er antwortete wenige Minuten später. *Keinen besonderen. Damals war das keine große Sache. Die Polizei war nach einem Einstellungsstopp, der zu einem erheblichen Personalmangel geführt hatte, gerade dabei, im großen Stil Leute zu rekrutieren, als wir dazugekommen sind.*

Wir müssen uns mit Stahls Vergangenheit, seiner Jugend usw. befassen. Vor allem in Anbetracht dessen, was Gonzo und Cruz gestern erfahren haben.

Ich werde jemanden bitten, sich darum zu kümmern und Bericht zu erstatten.

Vielen Dank.

Dann schrieb sie Dr. Trulo. *Angesichts der neuen Informationen über Stahl frage ich mich, ob es Erkenntnisse von Ihrer Seite gibt, die uns helfen könnten, zu verstehen, wie es möglich ist, dass ein Serienkiller unerkannt mitten unter uns sein Unwesen getrieben hat.*

Sollten Sie nicht im Urlaub sein?

Ich bin auf dem Weg nach Wilmington und Newark in Delaware, um die Familien zweier der vermissten Frauen zu informieren.

Oh, wow. Okay ... Nun, ich habe nicht viel über ihn, was Sie nicht schon wissen. *Er ist mir immer ein Rätsel gewesen. Keiner stand ihm besonders nahe (soweit ich weiß).*

Hatten Sie je den Verdacht, dass er unter einer Persönlichkeitsstörung leiden könnte?

Ich hatte den Verdacht, dass etwas nicht stimmte, doch ohne ihn umfassend beurteilen zu können, war das alles, was ich hatte. Verdachtsmomente. Bis er sie bestätigt hat.

Das hilft mir sehr. Danke. Es fällt mir schwer, zu begreifen, wie es möglich war, dass er all diese Dinge direkt unter der Nase all der guten Polizisten getan hat, mit denen wir zusammenarbeiten.

Ich bin sicher, das war für ihn Teil des Reizes. Dass er seine Kollegen so gründlich über sein kriminelles Verhalten täuschte und ihnen vorspielte, er wäre ein aufrechter Beamter. Wir denken nicht daran, in unseren eigenen Reihen nach Verbrechern Ausschau zu halten. Stattdessen glauben wir gerne, wir stünden alle auf der gleichen Seite und verfolgten die gleichen Ziele, aber wie man sieht, stimmt das nicht unbedingt.

Das ist entmutigend.

Ja, und das ist etwas, das ich demnächst dem gesamten Team gegenüber ansprechen möchte. Es ist wichtig, nicht das große Ganze aus den Augen zu verlieren, während wir uns mit den Übertretungen einiger weniger befassen.

Richtig.

Wir werden dieses Thema in den kommenden Wochen in kleinen Gruppen weiter diskutieren. Ich möchte allen die Möglichkeit bieten, ihren Gefühlen in einem positiven Umfeld Ausdruck zu verleihen, damit da nichts anfängt zu schwären.

Eine ausgezeichnete Idee, Doc. Wirklich. Hätten Sie mich gefragt, ob ich glaube, dass Seelenklempner etwas für mich sind, bevor Sie mir mehr als einmal Leben und Karriere gerettet haben …

Haha. Vielen Dank für die freundlichen Worte. Es hat lange gedauert, das Vertrauen der Kollegen zu gewinnen. Eine skeptische Gruppe, um es mal vorsichtig auszudrücken. Ich bin stolz auf die Schritte, die wir gemeinsam unternommen haben, um die psychischen Belastungen zu verarbeiten, die mit einem derart stressigen Job einhergehen. Es gibt allerdings noch viel zu tun.

Danke, dass Sie diese harte Arbeit leisten, Doc. Sie ist dringend nötig.

Versuchen Sie, Ihren Urlaub zu genießen.

Mach ich. Bis nächste Woche.

Er antwortete mit einem Daumen-nach-oben-Emoji.

Da noch eine Stunde Zeit war, sichtete sie die Notizen in der Akte Carter und die Aktualisierungen, die Freddie ihr per Mail geschickt hatte. Er hatte geschrieben:

Wilmington ist mit etwas über 70.000 Einwohnern die größte Stadt in Delaware. Die Carters leben in einem westlichen Außenbezirk namens Elsmere, der etwa 7.000 Einwohner hat. Es handelt sich um ein reines Arbeiterviertel mit einem durchschnittlichen Immobilienwert von etwa 184.000 Dollar und einer durchschnittlichen Miete von 1.100 Dollar. Bart Carter hat bei Merrill Lynch gearbeitet und Theodora Carter als Schulbibliothekarin und ist jetzt nach fünfundzwanzig Jahren im Ruhestand. Ich habe eine Meldung aus einer Lokalzeitung anlässlich ihrer Pensionierung angehängt. Des Weiteren habe ich mich in den sozialen Medien umgeschaut und Folgendes erfahren: Ihre fünf erwachsenen Kinder leben in der Nähe und haben ihrerseits insgesamt mindestens sechs Kinder. Es gibt viele Fotos der beiden mit ihren Enkeln und ein Gruppenfoto von einem Familientreffen im letzten Sommer (s. Anhang). Sie veröffentlichen jedes Jahr an Brittanys Geburtstag Bilder von ihr und haben vor zwei Jahren ein künstlich gealtertes Foto von ihr anfertigen lassen, wie sie jetzt aussehen könnte (ebenfalls beigefügt). Soweit ich es beurteilen kann, haben sie nie aufgehört, nach ihr zu suchen oder auf neue Erkenntnisse in ihrem Fall zu hoffen.

Dieser letzte Satz brach Sam fast das Herz. Wie konnten Menschen jahrzehntelang leben, ohne zu wissen, was mit ihrem verschwundenen Kind geschehen war? Sie würde innerhalb weniger Tage durchdrehen.

Dann studierte sie den Bericht, den Freddie ihr über die Familie Hans geschickt hatte. Caren und ihre Schwester Cristen waren bei ihrer unterdessen verstorbenen Großmutter in Brookside bei Newark aufgewachsen, nachdem ihre Eltern bei einem Unfall ums Leben gekommen waren, als die Mädchen noch sehr klein gewesen waren. Beide hatten die Christiana High School abgeschlossen.

Über Caren ist nach ihrem Abschluss nicht viel zu erfahren, aber Cristen hat an der Uni Delaware einen Abschluss in BWL gemacht und ist mit Paul Reid, einem Feuerwehrmann aus Newark, verheiratet. Sie haben zwei kleine Kinder, einen Jungen und ein Mädchen im Alter von vier und einem Jahr (wie aus einem aktuellen Facebook-Post hervorgeht). Sie betreibt von zu Hause aus einen Online-Versand für Mannschaftskleidung für Sportvereine, Schulen und andere Organisationen aus der Region. Caren und Paul leben in Brookside, etwa sechs Blocks von dem Haus entfernt, in dem die Schwestern aufgewachsen sind. Ich habe ihre Posts der letzten Jahre überprüft und keine einzige Erwähnung ihrer vermissten Schwester gefunden.

Sams Handy vermeldete eine SMS von Freddie. *Die Leichenspürhunde haben im Keller und im Garten von Stahl ange-schlagen. Wir holen Grabegeräte.*

Bei dieser Nachricht rutschte Sam das Herz in die Hose. „Leichenspürhunde haben im Garten und im Keller von Stahls Haus was gefunden", teilte sie Vernon und Jimmy mit.

Bei dieser Nachricht hatte sie sehr gemischte Gefühle. Einerseits wünschte sie sich Antworten für die Familien der vermissten Frauen. Andererseits fürchtete sie sich vor den Folgen dieses Falls für die Polizei, deren Leitung und ihre Kolleginnen und Kollegen.

Ihr wurde ganz flau im Magen.

„Lassen Sie sich nicht von Ihrem Weg abbringen, Sam." Vernon erwiderte ihren Blick eine Sekunde lang im Spiegel, bevor er seine Aufmerksamkeit wieder auf die Straße richtete. „Sie stehen auf der Seite des Rechts. So war das immer, und so wird es immer sein. Konzentrieren Sie sich auf das, was Sie kontrollieren können."

Vernons Worte trösteten sie. Das war genau das, was ihr Vater unter diesen Umständen vermutlich auch gesagt hätte. „Danke."

„Wann immer Sie das hören wollen, wissen Sie, wo Sie mich finden."

„Ja, und dafür bin ich echt dankbar."

„Ich weiß Sie auch zu schätzen."

Einige Minuten später erreichten sie das Haus der Carters, ein gepflegtes Gebäude im Ranch-Stil. In der Einfahrt parkten zwei Hondas, und der Briefkasten signalisierte mit seinem hochstehenden Klappfähnchen abholbereite Post. Aus irgendeinem Grund erregte das Fähnchen Sams Aufmerksamkeit, brachte sie dazu, sich über die alltäglichen Details des Lebens zu wundern, das einfach weiterging, obwohl jemand, den man liebte, verschwunden war. Selbst wenn das Schlimmste passierte, musste man weiter Rechnungen bezahlen, Menschen versorgen und den Rasen mähen, als hätte sich nichts geändert, obwohl sich *alles* geändert hatte.

Vernon öffnete ihr die hintere Tür.

„Danke."

„Gern. Ich nehme an, Sie möchten nicht, dass wir vor Ihnen eintreten."

„Richtig."

„Ich habe es geahnt."

Sam bedachte ihn mit einem warmen Lächeln und begab sich zur Haustür.

Theodora Carter öffnete ihr. „Kommen Sie bitte herein."

Sam sparte sich die Mühe, ihren Dienstausweis zu zeigen oder sich wie üblich vorzustellen. „Danke, dass Sie Zeit für mich gefunden haben."

„Ich würde ja sagen, gern geschehen", entgegnete die Frau. „Doch wir leiden jedes Mal, wenn das Interesse an Brittanys Fall wieder aufflammt, vor allem wenn nichts dabei herauskommt." Sie wirkte wie eine typische Bibliothekarin, mit kurzem grauen Haar, einer Brille und einer Aura von Effizienz.

„Das tut mir leid. Ich werde alles tun, was ich kann, um Ihnen Antworten zu liefern."

Theodora deutete auf den Küchentisch, an dem ihr Mann saß.

„Wir wissen Ihre guten Absichten zu schätzen", erklärte sie dabei. „Sie werden aber verstehen, dass wir uns keine großen Hoffnungen machen."

„Durchaus." Sam setzte sich. „Mir ist bewusst, dass Sie seit

Jahren von der Polizei enttäuscht worden sind und keinen Grund haben, zu glauben, dass es dieses Mal anders sein wird."

„Es geht nicht um die Polizei", widersprach Bart. „Es geht um *einen* Polizisten. Leonard Stahl hat uns auf Schritt und Tritt belogen und getäuscht. Wir wissen, dass Sie selbst Probleme mit ihm hatten und dass er sitzt, weil er Sie ermorden wollte."

„Das stimmt."

„Trotzdem arbeiten Sie immer noch an Fällen, die ihn betreffen?", fragte Theodora.

„Ja, weil ich die Dinge für die anderen Menschen, denen er geschadet hat, in Ordnung bringen will – zumindest soweit das möglich ist."

„Wie wollen Sie das in Ordnung bringen?", wollte Bart wissen. „Brittany ist seit zwölf Jahren verschwunden. Was ist jetzt anders?"

„Ich bin hier, um Ihnen mitzuteilen, dass wir glaubwürdige Informationen erhalten haben, die den ehemaligen Lieutenant Leonard Stahl mit Brittanys Verschwinden und dem mehrerer anderer junger Frauen in Verbindung bringen."

Nach diesen Worten starrten sie sie für lange Zeit schockiert an.

„Der Mann, der ihr Verschwinden untersuchen sollte, könnte derjenige sein, der sie entführt hat?", vergewisserte sich Bart, wobei jedes seiner Worte von Empörung nur so triefte.

„Wir halten es für möglich. Während wir hier sprechen, ist die Spurensicherung in seinem ehemaligen Haus und untersucht dort alles bis ins kleinste Detail."

„Wie kann es sein, dass man ihn angesichts seiner Verbrechen an jemandem wie Ihnen nicht schon früher genauestens unter die Lupe genommen hat?" Barts Gesicht war jetzt sehr rot, und auf seiner Stirn pulsierte eine Ader.

Theodora legte eine Hand auf seine. „Immer mit der Ruhe. Denk an deinen Blutdruck."

„Mein Blutdruck ist mir egal, Teddy. Hast du gehört, was die Frau gesagt hat?"

„Ja."

„Das ist ein Skandal!", stotterte Bart. „Die ganze Zeit warten wir darauf, etwas zu erfahren, *irgendetwas* darüber, was mit unserer Tochter passiert ist, und jetzt soll er es selbst gewesen sein? Warum hat nach seiner Verhaftung niemand anders die Ermittlungen übernommen? Warum kümmert es niemanden, dass er unsere Tochter entführt und wahrscheinlich ermordet hat, nachdem sie Gott weiß was erleiden musste?"

Es war schon eine Weile her, dass jemand Sam so angebrüllt hatte. Nicht dass sie es nicht für gerechtfertigt hielt. Trotzdem war seine aufbrausende Reaktion schwer auszuhalten.

Bart stand so schnell auf, dass sein Stuhl umfiel.

Bei dem lauten Geräusch schraken Sam und Theodora zusammen.

Er stellte den Stuhl wieder hin und entfernte sich.

„Tut mir leid", sagte Theodora.

„Das muss es nicht. Er hat jedes Recht, so zu fühlen. Es ist wirklich ein Skandal. Sie sollten wissen, dass dies keine Entschuldigung für das Unentschuldbare sein soll. Das schwöre ich. Aber es gibt so viele Fälle … Es ist uns nicht mal möglich, uns um alles zu kümmern, was wir aktuell auf dem Tisch haben, ganz zu schweigen von den ungeklärten Fällen, die definitiv mehr Aufmerksamkeit bekommen sollten, als es gerade geschieht. Es tut mir unendlich leid, dass im Fall Ihrer Tochter nicht mit dem Engagement gearbeitet wurde, das nötig gewesen wäre. Ich verspreche Ihnen, dass ich mich so lange darum kümmern werde, bis Sie Antworten haben. Wie lange das auch dauern mag."

„Ich habe mich schon längst damit abgefunden, dass sie wahrscheinlich tot ist und dass wir vielleicht nie erfahren werden, was mit ihr geschehen ist." Theodora sprach leise, doch mit Nachdruck. „Ich musste das akzeptieren, sonst hätte ich es nie hinter mir lassen können. Schließlich konnte ich nicht für den Rest meines Lebens in dieser Trauer und Wut verharren. Es hätte mich umgebracht. Aber Bart … Er weigert sich, irgendetwas zu akzeptieren, bevor er nicht Gewissheit hat. Er hofft weiter …" Sie schüttelte den Kopf. „Es hat unser Leben zerstört, Lieutenant. Es hat unsere Ehe zerstört. Es hat alles zerstört."

„Das tut mir so leid." Sam war den Tränen nahe, als sie den

tiefen Schmerz in Theodoras Stimme hörte. „Ich wünschte, ich könnte die Zeit zurückdrehen und ändern, was geschehen ist. Wir haben daran gearbeitet, alle möglichen Fehler zu korrigieren, was Stahl betrifft, aber das Ausmaß seiner Verbrechen wird uns erst jetzt klar. Ich sage das nicht als Entschuldigung, denn es gibt keine."

„Es hilft mir, zu sehen, dass eine gute Polizistin wie Sie auch darunter leidet."

„Ja, das tue ich", bestätigte Sam. „Das tun wir alle. Es ist für uns unbegreiflich, dass wir an der Seite eines Mannes gearbeitet haben, der zu solchen Taten fähig war. Dass es immer schlimmer wird …"

„Es bedeutet mir viel, dass Sie heute hierhergekommen sind. Dass Sie uns die Wahrheit gesagt haben, obwohl das nicht einfach gewesen sein kann und wahrscheinlich eine große Demütigung war. Das hätten Sie nicht tun müssen."

„Doch, das musste ich, und ich meine es ernst, wenn ich erkläre, dass ich so lange an diesem Fall dranbleiben werde, bis wir Antworten für Sie haben."

„Ich sage das mit allem gebührenden Respekt vor Ihnen und den anderen guten Beamten, mit denen Sie zusammenarbeiten, aber Antworten werden für uns jetzt nichts mehr ändern. Brittany kommt dadurch nicht zurück, und unser Leben wird wegen der Art und Weise, wie wir sie verloren haben, für immer zerrüttet sein."

„Das verstehe ich."

„Ich hoffe, Sie werden diesen Schmerz nie wirklich verstehen, Lieutenant. Das wünsche ich niemandem."

Sam schluckte den gewaltigen Kloß runter, den sie plötzlich im Hals hatte, als sie sich vorstellte, eins ihrer geliebten Kinder könnte spurlos verschwinden oder gar einem Monster wie Stahl zum Opfer fallen. „Danke, dass ich herkommen durfte." Sie warf einen Blick auf die Tür, durch die Bart verschwunden war. „Wenn Sie ihm meinen Dank ausrichten würden … Ich finde selbst hinaus."

„Ich richte es ihm aus."

„Wir bleiben in Kontakt."

Theodora nickte. Ihre Haltung und ihr Gesichtsausdruck waren von grimmiger Akzeptanz der Tatsache geprägt, dass sie vielleicht Antworten bekommen würde, die ihren zerbrechlichen Pakt mit der Trauer gefährden konnten.

Sam verließ das Haus und atmete tief die kühle Luft ein, während sie zum Wagen ging, wo Vernon ihr die Tür aufhielt.

Der Personenschützer runzelte besorgt die Stirn. „Alles gut?"

„Das war heftig", flüsterte Sam. „Absolut brutal."

Als sie auf dem Rücksitz Platz genommen hatte, blieb er noch einen Moment stehen, nachdem er ihr eine Flasche kaltes Mineralwasser gereicht hatte. „Kann ich irgendetwas für Sie tun?"

Sie schüttelte den Kopf, während sie einen Schluck Wasser trank. „Bringen wir den nächsten Termin hinter uns."

KAPITEL 11

Die Reids wohnten in einer Sackgasse, in der Kinder unter der Aufsicht von Eltern, die zusammen in einer der Einfahrten standen, Fahrrad fuhren.

Als der SUV des Secret Service in die Straße einbog, kam alles zum Stillstand.

Die Kinder stellten sich mit ihren Fahrrädern an den Straßenrand, und die Eltern schauten zu, wie das Fahrzeug vor dem Haus der Reids parkte. Es war weiß verputzt, und hölzerne Akzente verliehen ihm ein frisches, modernes Aussehen. Passende Blumenkästen an den Fenstern standen für Frühlingsblüher bereit.

Eine Frau mit schulterlangem Haar, gebräunter Haut und einer schlanken Figur löste sich aus der Gruppe der Eltern. Sie wartete auf dem Bürgersteig auf Sam, während diese aus dem SUV stieg.

„Cristen Reid.“

Sam schüttelte ihr die Hand. „Danke, dass Sie Zeit für mich haben.“

Die Frau nickte und wies Sam den Weg zum Haus.

Die warf einen Blick über die Schulter und stellte fest, dass die anderen Erwachsenen sie anstarrten, während sie Cristen in ihr makelloses, hübsch eingerichtetes Zuhause folgte.

„Ihr Haus ist sehr schön.“

„Vielen Dank. Kann ich Ihnen etwas anbieten?“

„Nein, danke.“

Sie nahmen am Küchentisch Platz.

Sam vermutete, dass die Nachbarn auf Cristens Kinder aufpassten oder dass sie bei ihrem Vater waren.

„Ich bin hier, um Sie über eine wichtige Entwicklung im Fall Ihrer Schwester zu informieren.“

„Was für eine Entwicklung?“

„Wir haben Informationen erhalten, denen zufolge der Beamte, der im Fall Ihrer Schwester ermittelt hat, selbst für ihr Verschwinden verantwortlich sein könnte. Diesen neuen Hinweisen gehen wir aktiv nach und hoffen, dass wir bald mehr Informationen für Sie haben werden.“

Cristen lehnte sich zurück. Sie wirkte erschüttert und hatte den Blick auf einige gerahmte Schwarz-Weiß-Fotos ihrer Familie gerichtet. „Sonst noch etwas?“

„Nein.“

„Gut, Sie haben es mir mitgeteilt. Jetzt können Sie gehen.“

„Ich möchte mich bei Ihnen entschuldigen …“

„Bitte.“ Ihr flammender Blick traf Sam. „Sparen Sie sich das. Nichts, was Sie sagen könnten, ist imstande, irgendwas daran wiedergutzumachen.“

Sam erhob sich und begab sich zur Tür. „Danke für Ihre Zeit“, verabschiedete sie sich, ehe sie das Haus keine fünf Minuten nach ihrer Ankunft wieder verließ.

Die Leute auf der anderen Straßenseite starrten sie erneut an, während sie auf den SUV zuhielt. „Fahren wir zurück zum Strand, Vernon.“

„Alles klar.“

Nachdem er die Fondtür hinter ihr geschlossen hatte, schaute Sam zum Haus zurück, wo Cristen in der Tür stand und den Wagen wütend musterte.

Sams Handy klingelte, und sie nahm ab, um mit Malone zu sprechen.

„Wie lief es mit den Carters und Hans’ Schwester?“

„Sie sind sehr, sehr verärgert, und das aus gutem Grund.“

Malones tiefer Seufzer sprach Bände. „Sie haben von den Funden bei Stahl gehört?"

„Ja. Wie lange, bis wir mehr wissen?"

„Es wird eine Weile dauern, die Leichen zu bergen und zu untersuchen. Vermutlich ein paar Wochen."

„Es war furchtbar, das diesen armen Leuten erzählen zu müssen."

„Die Kolleginnen und Kollegen erleben die gleiche Reaktion, wenn sie die anderen Familien auf den neuesten Stand bringen."

„Ich fürchte, das wird alle unsere früheren Skandale in den Schatten stellen."

„Da haben Sie wohl leider recht." Er hielt kurz inne, ehe er fortfuhr. „Ich gehe es in Gedanken immer wieder durch. Was habe ich getan, als er auf diesem mörderischen Amoklauf war?"

„Sie haben Ihren Job erledigt, während er sich einen lauen Lenz gemacht und nicht die geringste Achtung vor dem Gesetz gezeigt hat."

„Joe und ich sind ziemlich aufgewühlt deswegen. Wir fragen uns immer noch, wie er das geschafft hat."

„Glauben Sie, er hatte außer Gibbons noch weitere Hilfe?" Sam bezog sich auf den ehemaligen IT-Lieutenant, dem sie unlängst nachgewiesen hatten, dass er einige von Stahls kriminellen Aktivitäten gedeckt hatte. Stahl hatte herausgefunden, dass Gibbons eine außereheliche Affäre mit einer seiner Untergebenen gehabt hatte. Daraufhin hatte er ihn mit der Drohung erpresst, diese auffliegen zu lassen, wenn Gibbons nicht einige von Stahls schmutzigen Machenschaften in den Tiefen des IT-Archivs vergrub.

Nun musste sich Gibbons vor Gericht dafür verantworten.

„Durchaus möglich", erwiderte Malone. „Aber hören Sie: Das alles ist diese Woche nicht Ihr Problem. Wir wissen es zu schätzen, dass Sie die Familien in Delaware informiert haben. Genießen Sie jetzt den Rest Ihres Urlaubs."

„Halten Sie mich auf dem Laufenden. Ich will wissen, wo wir stehen."

„Werde ich."

Sam klappte ihr Handy zu, lehnte den Kopf zurück, schloss

die Augen und versuchte, sich zu entspannen. Sie machte den beiden Familien keinen Vorwurf wegen ihrer Wut auf sie, die Behörde, Stahl und die Polizei im Allgemeinen. Sie hatten gute Gründe, so zu empfinden, wie sie es taten. Es hatte sie nicht überrascht, zu hören, dass die Kolleginnen und Kollegen, die den anderen Familien diese Nachricht überbringen mussten, ganz ähnlich empfangen worden waren.

Es war nur ein weiterer Grund, Stahl für die vielen, vielen Dinge zu hassen, die er sich hatte zuschulden kommen lassen und die sie alle nun wiedergutmachen mussten, obwohl sie wussten, dass das in den meisten Fällen gar nicht möglich war.

Eingelullt von der Bewegung des Wagens, schlief Sam ein und war wieder in Marissa Springers Keller, wo Stahl sie mit Klingendraht umwickelt und gedroht hatte, sie in Brand zu setzen. Sie spürte, wie der scharfe Draht in ihr Fleisch schnitt, während Stahl sie mit Benzin bespritzte und Streichhölzer anzündete, um sie zu quälen.

Sam konnte sich nicht regen, weil sie Angst hatte, sich an den Klingen zu schneiden, was ihm offensichtlich große Genugtuung bereitete. Seine Augen glitzerten boshaft, weil er sie genau da hatte, wo er sie haben wollte. Alles, woran sie denken konnte, waren Nick und Scotty und wie sehr sie sie liebte und zu ihnen nach Hause wollte.

Sie hatte damals die Augen geschlossen und sich auf ihre Gesichter konzentriert, die schönen, perfekten Gesichter der beiden Menschen, die sie am meisten liebte. Sam hatte auch an ihren Vater und ihre Schwestern gedacht, an ihre Nichten und Neffen und an die Freunde und Kollegen, die wie eine Familie für sie waren. Doch es waren Nick und Scotty, die sie durch die Tortur getragen hatten. Der Gedanke an sie hatte ihr in den qualvollsten Stunden ihres Lebens Kraft gegeben.

Der Schwefelgestank brannte ihr in der Nase.

Wenn Stahl eins der brennenden Streichhölzer fallen lassen würde, würde sie verbrennen, unfähig, den Flammen zu entkommen, ohne sich die Haut zu zerfetzen. Sie blutete bereits an zahlreichen Stellen, an denen der Klingendraht sie verletzt hatte, und musste außerdem dringend aufs Klo.

Stahl hatte die Folter minutiös geplant. Er wollte, dass sie auf möglichst schmerzhafte Weise starb.

Sie trieb ihn in den Wahnsinn, indem sie ihn ignorierte, indem sie keinen Laut von sich gab, während er seinen teuflischen Plan methodisch in die Tat umsetzte.

Im nächsten Moment schüttelte sie jemand und rief ihren Namen.

„Sam, wachen Sie auf. Sam!"

Sie öffnete die Augen und sah Vernon an der offenen Hintertür des SUV stehen, während Jimmy sie vom Vordersitz aus besorgt musterte.

„Sie haben geträumt", erklärte Vernon.

„Wie peinlich." Sam wischte sich über den Mundwinkel. „Was habe ich gesagt?"

„Nichts Verständliches, aber Sie klangen gequält."

„Es tut mir sehr leid."

„Das muss es nicht. Geht es Ihnen gut?"

„Ja." Die Bilder aus dem Traum waren in ihrem Kopf präsent, doch sie spielte das um der Personenschützer willen herunter, die sie mittlerweile als Freunde betrachtete.

„Passen Sie auf Ihre Finger und Zehen auf", warnte Vernon, als er sich anschickte, die Tür wieder zu schließen.

„Alles drin."

Nachdem er die Fondtür zugeschlagen hatte, schwang er sich auf den Fahrersitz und fuhr auf die Autobahn.

„Wie lange noch bis Dewey?", fragte Sam.

„Etwa eine halbe Stunde."

Nach diesem schrecklichen Tag konnte Sam es kaum erwarten, zu Nick zu kommen.

Nick schaute auf die Uhr und fragte sich, wann Sam zurück sein würde. Er befand sich in der vorletzten Besprechung des Tages, mit seinem Stabschef Terry O'Connor, der per Hubschrauber in Dewey eingetroffen war.

„In deiner Abwesenheit", erzählte ihm Terry gerade, „setze

ich mich mit jedem Kabinettsmitglied zusammen, um das Konzept der Loyalität dir und der Verfassung gegenüber zu diskutieren. Bislang hatte ich produktive Gespräche mit den Ministern für Inneres, Veteranenangelegenheiten und Bildung. Morgen sind die für Landwirtschaft, Wirtschaft und Energie dran."

„Danke, dass du das übernimmst."

„Einer muss es ja tun. Ich frage sie, was sie von der Situation mit den Generalstabschefs halten, um ihre wahre Einstellung zu ergründen. Wenn ich auch nur den geringsten Hinweis darauf finde, dass sie nicht mit dir und deiner Regierungslinie übereinstimmen, werde ich ihren Rücktritt fordern."

„Zeig's ihnen, Tiger."

„Nein, wirklich. Ich habe die Nase voll von dem Mist. Entweder sind die Leute für uns, oder sie sind es nicht. Im letzteren Fall werden wir sie vor die Tür setzen. Wir müssen diesen Unsinn mit der Unrechtmäßigkeit hinter uns lassen und endlich mit der echten Arbeit beginnen. Ich bin dieses Klein-Klein leid. Wir stehen wahrlich vor größeren Aufgaben."

„Ja, das stimmt. Und ich bin dir dankbar, dass du dich um diese Gespräche kümmerst. Ich hätte mich damit nur ungern befassen müssen."

„Lass das meine Sorge sein."

„Das bedeutet mir viel. Das weißt du, oder?"

„Ja, und es ist mir eine Freude, dein Stabschef zu sein. Wenn ich daran denke, wo ich vor ein paar Jahren war und wo ich jetzt bin …"

Nick hatte Terry ermutigt, eine Entziehungskur zu machen, während der als stellvertretender Stabschef in seinem Senatsbüro tätig gewesen war, nachdem Nick selbst den Platz von Terrys verstorbenem Bruder John O'Connor eingenommen hatte. Seitdem hatten sie gemeinsam einen wilden Ritt bis ins Weiße Haus hinter sich gebracht, und es gab niemanden, den Nick lieber an seiner Seite gehabt hätte als den Bruder seines toten besten Freundes.

„Ich verdanke dir alles", fügte Terry hinzu.

„Das stimmt nicht."

„Doch, wirklich, Nick. Du hast mir einen Grund gegeben, mit dem Trinken aufzuhören und dauerhaft die Finger vom Alkohol zu lassen. Das werde ich dir nie vergessen."

Nick fragte lächelnd: „Was würde John wohl sagen, wenn er uns jetzt sehen könnte?"

„Er fände es toll. Daran habe ich nicht den geringsten Zweifel."

„Ja."

„Ich lasse dich mal weiter Urlaub machen, so gut das denn möglich ist."

„Sam erinnert mich immer wieder daran, dass dies alles hier zeitlich begrenzt ist. Was sind schon ein paar verpatzte Urlaube gegen den Zustand der Welt?"

„Ich werde versuchen, das Chaos diese Woche auf ein Minimum zu beschränken."

„Das wäre schön. Habt ihr immer noch vor, am Wochenende herzukommen, du und Lindsey?"

„Am Samstag, hoffe ich, es sei denn, irgendwas schießt quer."

„Dann drücken wir die Daumen."

„Wir sprechen uns spätestens morgen."

Nick lachte über die Art, wie Terry das sagte. Es war gut möglich, dass sie sich bis dahin noch mehrmals unterhalten würden. „Hört sich gut an."

Nachdem Terry wieder weg war, schickte Nick eine Nachricht an seine enge Freundin und Privatsekretärin im Weißen Haus, Shelby Faircloth Hill. Sie lautete: *Ich habe ab jetzt Zeit. Ruf an, wann immer es bei dir passt.* Sie hatte Nick um ein paar Minuten seiner Zeit gebeten.

Fünf Minuten später tat sie es.

„Hallo", meldete er sich.

„Wie ist euer Urlaub?"

„Ein bisschen weniger entspannend, als wir es gerne hätten, aber wir genießen die Aussicht und die Auszeit, so gut wir können."

„Das freut mich. Alles Gute zum zweiten Hochzeitstag euch beiden. Eure Hochzeit habe ich von allen am liebsten geplant."

„Oh, welche Ehre."

„Die Feier war wirklich toll.“

„Ja, war sie. Wie geht es dir, Shelby?“

„Jeden Tag ein bisschen besser. Meine Hände haben endlich aufgehört zu zittern, das ist ein großer Fortschritt. Wir sind froh, dass wir in der Festung bleiben können, während wir nach einer neuen Wohnung suchen.“

„Es ist schön, euch bei uns zu haben. Scotty und die Zwillinge lieben es, mit Noah spielen zu können.“

„Sie waren gestern Abend mit Noah im Pool. Er hatte einen Riesenspaß und hat danach zehn Stunden durchgeschlafen.“

„Wow!“

„Das war ein neuer Rekord.“

„Diese Wirkung hat das Schwimmbad auch auf die Zwillinge.“

„Eli und Candace sind gestern Abend angekommen, sie haben jetzt Semesterferien. Die Zwillinge freuen sich sehr, dass Eli hier ist.“

„Wir freuen uns auch schon darauf, sie dieses Wochenende zu sehen. Seid ihr auch nach wie vor mit dabei?“

„Nur am Samstag. Am Sonntag schauen wir uns Häuser an.“

„Immerhin.“

„Wir müssen über das Staatsbankett am Dienstag danach reden.“

„Bist du sicher, dass du schon wieder arbeiten kannst?“

„Es hilft mir, wenn ich etwas zu tun habe. Dann bleibt mir weniger Zeit, mich mit Gedanken daran zu quälen, was alles hätte passieren können.“

„Wenn du Hilfe benötigst, sag es bitte.“

„Auf jeden Fall. Lieb, dass du dir Sorgen machst, aber mir geht es gut, solange diese Widerlinge eingesperrt sind. Avery meint, die beiden hätten keine Chance, vor der Verhandlung über diese neuen Anklagen auf Kaution oder so rausgelassen zu werden.“

„Das ist beruhigend.“

„Wegen dieses Staatsbanketts: Ich wollte dir einen Überblick darüber geben, wie der Abend ablaufen wird und was dich und Sam erwartet.“

„Du hast meine volle Aufmerksamkeit."

„Der Premierminister und seine Frau werden um fünfzehn Uhr am Weißen Haus ankommen, um sich mit dir und Sam zu treffen."

Nick musste Sam daran erinnern, dass sie rechtzeitig vorher wieder im Weißen Haus sein musste. Zwar war er sich sicher, dass ihre Stabschefin Lilia das auch tun würde, doch es konnte nicht schaden, es ihr seinerseits ins Gedächtnis zu rufen.

„Nach den Gesprächen werden du und der Premierminister um sechzehn Uhr dreißig eine gemeinsame Pressekonferenz geben. Dann werden er und seine Frau ins Blair House zurückkehren, um sich für das Abendessen umzuziehen, während du und Sam das ebenfalls tut. Danach trefft ihr euch um achtzehn Uhr mit ihnen zu einem Empfang im East Room mit dem Kongress, bevor ihr die Prozession in den State Dining Room anführt."

Sie besprachen eine Reihe weiterer protokollarischer Punkte, und Shelby sagte zu, ihm eine Kopie der endgültigen Gästeliste zu senden, damit er sie durchsehen und sich auf die Begegnung mit Persönlichkeiten aus der Unterhaltungsbranche, Medien und Politik vorbereiten konnte.

„Sams Mitarbeiter werden ihr die Liste auch vorlegen. Ich habe heute mit Lilia geredet, und sie steht mit Marcus, Sams Lieblingsdesigner, in Kontakt, damit die First Lady wie immer perfekt gekleidet ist."

„Hervorragend. Danke für deine wunderbare Arbeit."

„Keine Ursache. Die Vorbereitungen haben mir viel Spaß gemacht. Ich muss mich immer wieder kneifen, weil das jetzt mein Job ist. Wie du dich fühlen musst, kann ich nur ahnen."

„An den meisten Tagen möchte ich mich selbst treten – und Sam möchte das auch –, weil ich damals das Amt des Vizepräsidenten angenommen habe, besonders nachdem *SNL* uns gerade wieder einmal durch den Kakao gezogen hat."

Sie lachten beide.

„Das war unfassbar lustig", sagte Shelby.

„Nein, war es nicht."

„Wie Sie meinen, Mr President. Hoffentlich wird das Bankett

ein Ausgleich für den ganzen Hohn und Spott. Ihr werdet strahlen, du und Sam."

„Ich habe ihr bei einem Staatsbankett einen Heiratsantrag gemacht, die Zeichen stehen also gut."

„Ah, daran erinnere ich mich. Ich hoffe, dieses wird genauso unvergesslich."

„Mit dir als Verantwortlicher ganz sicher. Bis Samstag."

„Ja, bis dann."

Nick legte auf und erhob sich, um sich nach den stundenlangen Besprechungen zu strecken. Da Sam an diesem Nachmittag arbeiten musste, hatte er erklärt, er werde zur Verfügung stehen, sodass er einiges erledigen konnte. Er hoffte, dadurch für den Rest der Woche etwas Ruhe zu haben. Schon komisch, dass die Wochenenden in seinem Job, der ihn rund um die Uhr beanspruchte, oft auch nur zwei Arbeitstage waren.

Er begab sich zur Vordertür, um Brant nach Sams erwarteter Ankunftszeit zu fragen.

„Sie ist in zehn Minuten da", sagte der.

„Vielen Dank."

„Gern, Sir. Bleiben Sie heute Abend hier, oder möchten Sie ausgehen?"

„Wir verbringen den heutigen Abend zu Hause und gehen dann morgen essen. Ich gebe Ihnen rechtzeitig Bescheid, was wir vorhaben."

„Vielen Dank, Mr President."

Nick sprang noch schnell unter die Dusche, ehe Sam nach Hause kam, sodass er sie in Basketball-Shorts und dem T-Shirt empfing, das sie ihm am Vorabend geschenkt hatte.

Sie trat durch die Tür und warf sich ihm direkt in die Arme.

Er drückte sie an sich und atmete den Duft von frischer Luft, Lavendel und Vanille ein, der sie umgab. „Was ist denn los, Liebste?"

„Ein sehr harter Tag."

„Was kann ich für dich tun?"

„Das", sagte sie mit einem tiefen Seufzen. „Genau das."

„Zum Glück ist das meine Spezialität."

Sie standen eine ganze Weile so da, bevor er ihr aus dem

Mantel half und sich aufs Sofa setzte, sie auf den Schoß nahm und in seine Liebe einhüllte. In solchen Momenten wünschte er, sie würde den Job aufgeben, der ihr so viel abverlangte, auch wenn er wusste, dass sie ohne diese Tätigkeit nicht mehr sie selbst sein würde.

Es war ein echtes Dilemma.

Wenn er den Namen Stahl nie wieder hören müsste, wäre das für ihn mehr als in Ordnung.

„Möchtest du darüber reden?"

„Es ist mehr oder weniger wie erwartet gelaufen. Es ist einfach furchtbar, dass wir so viele Familien über unsere großen Versäumnisse als Behörde informieren müssen."

„Aber das sind nicht deine Fehler."

„Die Schuld trifft uns alle, die wir mit ihm gearbeitet und nicht bemerkt haben, was er da trieb."

„Wie hättest du das merken sollen? Stahl war dein Vorgesetzter. Es war nicht deine Aufgabe, gegen ihn zu ermitteln. Du konntest nur deinen eigenen Job erledigen, während du ihm so gut wie möglich aus dem Weg gegangen bist."

„Es ist schwer zu erklären, warum sich das für uns alle wie ein Versagen anfühlt. Wir sind Polizisten. Unsere Aufgabe ist es, für Sicherheit und Ordnung in der Stadt zu sorgen, und dann passiert so was direkt vor unserer Nase. Er könnte ein Serienmörder sein, ohne dass wir davon was mitgekriegt haben. Wir hatten keine Ahnung, dass Conklin jahrelang auf Informationen saß, die den Fall meines Vaters gelöst hätten. Wir haben nie Verdacht geschöpft, dass Hernandez von Conklins Beteiligung wusste und es niemandem erzählt hat, oder dass Ramsey geistig verwirrt war. Das Ganze lässt uns extrem inkompetent erscheinen, um es mal milde auszudrücken."

„Nein, auf keinen Fall. Nicht den Rest von euch, die ihr da draußen die Arbeit macht und Tag für Tag Fälle löst. Ihr sorgt dafür, dass wir alle sicher sind. Die Menschen sollten das zu schätzen wissen."

„Ja, und viele tun das auch. Trotzdem überwiegen die negativen Aspekte die positiven schon eine ganze Weile bei Weitem."

„Das stimmt doch gar nicht. Ihr tut, was ihr könnt, um das

Unrecht der Vergangenheit wiedergutzumachen, und viele
Menschen würdigen das auch. Marcel Blanchets Mutter ist
dankbar dafür, wie schnell dein Team die Morde an ihrem Sohn
und seiner Familie aufgeklärt hat. Ich habe die Nachricht, die sie
dir geschickt hat, zu Hause auf dem Schreibtisch gesehen. Diese
Dinge – und diese Menschen – sind wichtig, Sam. Man muss die
kleinen Siege feiern, während man den Krieg weiterführt."

„Du solltest Politiker werden, wenn du groß bist. Im Umgang
mit Worten bist du unschlagbar."

Sie brachte ihn immer zum Lachen, selbst wenn sie eine exis-
tenzielle Krise hatte.

Dann schaute sie ihn auf diese Weise an, mit diesem Blick
voller Verletzlichkeit, die seine knallharte Superpolizistin nur
ihm gegenüber zeigte. „Es stimmt. Du weißt immer genau, was
du sagen musst, damit ich mich besser fühle."

„Das ist ja auch meine wichtigste Aufgabe." Nick hob ihr
Kinn für einen Kuss an. „Du, meine Liebe, bist die beste
Polizistin auf der ganzen Welt. Die Opfer von Verbrechen, ihre
Familien, dein Umfeld, die Menschen, mit denen und für die du
arbeitest … sie sind dir wirklich wichtig. Niemand könnte sich
mehr wünschen als das, was du in deinem undankbaren Job leistest. Du solltest dich nie durch die Sünden anderer infrage
gestellt fühlen."

Darüber schien sie einen Moment nachzudenken. „Danke.
Genau das musste ich hören. Ja, sie sind mir wichtig.
Wahrscheinlich wichtiger, als sie sein sollten."

„Nein, sie sind dir im genau richtigen Maße wichtig, und das
überträgt sich auf alle, mit denen du in deinem Job zu tun hast.
Na ja, vielleicht nicht auf Empfangsdamen, Leute mit unange-
nehmen Türklingeln oder bestimmte Beamte, deren Namen wir
nicht nennen wollen."

Wieder lachte sie, und das machte ihn so froh. Er liebte es, sie
zum Lachen zu bringen, besonders wenn sie niedergeschlagen
war.

„Die, deren Namen wir nicht nennen wollen, sind
Kriminelle", sagte er. „Ist es bedauerlich und enttäuschend, dass
sie inmitten der ehrenwerten Männer und Frauen des MPD

gearbeitet haben? Ganz sicher. Aber der Rest von euch muss sich dafür nicht schämen."

„Bist du dir da sicher? Sie sind mit Mord davongekommen – das gilt zumindest für Stahl –, und das, während er von genau den Leuten umgeben war, die solche Dinge verhindern sollten."

„Ja, ich bin mir sicher. Vergiss nicht, dass er – und die anderen – nur zu gut wusste, wie das System funktioniert, und so vermeiden konnte, dass man ihn erwischt."

„Wahrscheinlich hast du recht."

„Weißt du, was du jetzt brauchst?"

„Was denn?"

„Ein schönes Schaumbad, ein Glas Wein, ein paar Streicheleinheiten von deinem Lieblingsehemann, ein Kaminfeuer, ein Abendessen, einen Film, ein bisschen episches Kuscheln. Wie klingt das?"

„Ja, einmal das alles bitte."

„Ich möchte mit Ihnen über Ihren Sohn sprechen", erklärte Collins bei einem Abendessen, das aus zartem Schweinefilet, Risotto, Salat und knusprigem Brot frisch aus dem Ofen bestand.

Nicoletta trank einen Schluck von dem Rosé, den er für sie geholt hatte, nachdem sie ihm mitgeteilt hatte, es sei ihr Lieblingswein. „Was ist mit ihm?"

„Er ist der Präsident der Vereinigten Staaten."

„Ja, das ist mir bewusst."

„Ich finde das überaus faszinierend. Besonders in Anbetracht Ihrer derzeitigen … speziellen Lage."

„Sie fragen sich, wie eine Kriminelle wie ich einen Sohn wie ihn haben kann?"

„Das haben *Sie* gesagt."

„Aber Sie haben es gemeint." Sie trank einen weiteren Schluck Wein. „Wenn Sie die Wahrheit wissen wollen …"

„Das wäre gut."

Was hatte dieser Mann an sich, dass sie sich für ihren Hang zum Lügen schämte? „Ich war ihm keine gute Mutter, das gebe ich zu. Wie bereits erwähnt, ich war erst sechzehn, als ich ihn bekam. Seine Großmutter väterlicherseits hat ihn aufgezogen. Ich habe sehr wenig damit zu tun, dass er da ist, wo er sich heute bcfindet."

„Ist das der Grund, warum er immer wieder betont, dass Sie in seinem Leben keine Rolle spielen?"

„Einer von mehreren." Sie wollte, dass Collins sie mochte und bewunderte, so wie sie es mit ihm tat, doch wenn sie ihm den Rest erzählte, wäre es damit vorbei.

Er legte seine Hand über den Tisch hinweg auf ihre. „Ich verurteile Sie nicht, Nicoletta. Das schwöre ich. Ich wäre auch nicht bereit gewesen, mit sechzehn Vater zu werden."

„Ich habe ihn enttäuscht", seufzte sie. „Oft. Allerdings nie mit Absicht. Irgendwie konnte ich nicht anders. Ich war so … so egoistisch. Kein Kind sollte meine Hoffnungen und Träume durchkreuzen, selbst wenn er der goldigste kleine Kerl der Welt war." Sie lächelte, als sie an den jungen Nick dachte. „Er war so still und ernsthaft. Und natürlich gleich von Anfang an ein guter Schüler. Nick war alles, was ich nie war. Irgendwie habe ich ihm das übel genommen, wissen Sie?"

„Ich verstehe, wie schwer das für Sie gewesen sein muss."

„Dabei wollte ich das Richtige für ihn tun. Wirklich. Ich liebe meinen Sohn. Immer schon. Ich war nur so eine Versagerin, und Nick … Er war einfach in allem so gut, im Sport, in der Schule, in einfach allem, was er tat. Er hat in der Highschool Eishockey gespielt und darüber ein Vollstipendium bekommen … natürlich für Harvard. Mein Sohn durfte nach *Harvard*. Ich habe das jedem erzählt, den ich getroffen habe, als hätte ich etwas damit zu tun gehabt. Dabei war das ganz allein sein Verdienst. Er hat vor Ehrgeiz und Tatendrang gebrannt. Irgendwann begann ich, mich in seiner Nähe zu schämen. Ich habe am Rand des Existenzminimums gelebt, während mein Sohn akademische Höchstleistungen an einer der renommiertesten Universitäten der Welt erbrachte. Neben ihm habe ich mich so schmutzig gefühlt."

Das hatte sie noch nie jemandem gegenüber laut ausgesprochen.

„Es tut mir leid, dass Sie so empfunden haben."

Nicoletta zuckte die Achseln. „Im Vergleich zu ihm bin ich immer ein Niemand gewesen. Sie dürfen ruhig wissen, dass ich seine Gutherzigkeit mehr als einmal ausgenutzt und ihn um

Geld angegangen habe. Ich habe mich auch dafür bezahlen lassen, Interviews voller Lügen über ihn zu geben. Kein Wunder, dass er keinen Kontakt mehr zu mir haben möchte."

Sie hatte beinahe Angst, ihn anzuschauen, nachdem sie ihm ihre schlimmsten Geheimnisse gestanden hatte.

„Wir alle machen Fehler."

„Es gibt Fehler, und es gibt Sünden, Collins. Das ist ein Riesenunterschied."

„Tut es Ihnen leid, wie Sie Nick behandelt haben?"

„Es hat mir immer leidgetan. Da ist ein Schmerz in meinem Herzen, der seinen Namen trägt. Ich wünschte, die Dinge wären anders, doch dafür ist es jetzt zu spät."

„Es ist nie zu spät dafür, sich mit den Menschen, die man liebt, zu versöhnen."

„In diesem Fall vermutlich schon. Er würde mich nicht empfangen oder anhören."

„Würde er auf mich als Ihren Anwalt hören?"

„Was wollen Sie damit sagen, Collins?"

„Dass ich mich in Ihrem Namen an ihn wenden und ihm Ihren Wunsch nach Versöhnung und einem Neuanfang mit ihm und seiner Familie ausrichten könnte."

„Seine Schlampe von Frau würde das niemals zulassen. Sie ist der Grund, warum das FBI überhaupt gegen mich ermittelt hat. Dessen bin ich mir sicher."

„Wenn Sie sich wirklich mit ihm aussöhnen wollen, Nicoletta, müssen Sie aufhören, seine Frau als Schlampe zu bezeichnen und ihr die Schuld an Ihren Problemen zu geben."

Nicoletta fühlte sich fast so zurechtgewiesen wie damals, als ihre Mutter ihr gesagt hatte, sie solle aufhören, eine so freche Lippe zu riskieren, und außerdem nicht gleich mit jedem Mann ins Bett steigen. Sie hätte auf sie hören sollen.

„Ich will nicht zu streng mit Ihnen sein", fügte Collins hinzu. „Aber die innige Zuneigung zwischen dem Präsidenten und seiner Frau ist selbst für den flüchtigen Beobachter offensichtlich. Wenn Sie sich mit ihm versöhnen wollen, geht das nicht ohne sie."

Nicoletta hasste die Frau, die ihr Sohn geheiratet hatte, mit

Inbrunst, auch wegen der Art und Weise, wie sie sie behandelt hatte, als sie uneingeladen zu ihrer Hochzeit erschienen war. Beim bloßen Gedanken an diesen Tag schäumte sie vor Wut.

„Nicoletta?"

„Ich bin nicht sicher, ob ich das schaffe – ich kann diese Frau nicht ausstehen."

„Warum nicht? Liegt es daran, dass sie alles getan hat, um ihren Mann vor einem Menschen zu schützen, der ihm wiederholt wehgetan hat?"

Seine Worte trafen sie und ließen sie innerlich bluten. Am liebsten hätte sie sich zusammengerollt und wäre im Erdboden versunken. Das Sprichwort „Die Wahrheit tut weh" war noch nie so zutreffend gewesen wie in diesem Moment. „Ja, vermutlich."

„Können Sie ihr das verübeln? Nach dem, was Sie mir erzählt haben, überrascht es mich nicht, dass sie versucht hat, ihn vor Ihnen zu schützen."

Nicoletta stellte ihr Weinglas ab und stand auf. „Ich sollte jetzt besser gehen."

„Wohin?"

„Egal. Hauptsache, weg von hier."

„Habe ich etwas gesagt, das nicht den Tatsachen entspricht?"

Sie trat von einem Fuß auf den anderen, Scham stieg in ihr auf und ließ sie erröten. „Ich möchte nicht mehr hier sein."

Collins stand auf und kam um den Tisch herum zu ihr. „Sie können nirgendwo anders hin, Nicoletta. Ihr Haus gilt als Tatort. Es ist von der Presse umlagert, die nur darauf wartet, dass Sie sich dort zeigen. Außerdem ist Ihr Vermögen auf unbestimmte Zeit eingefroren, bis der Ausgang des Prozesses feststeht."

„Ich habe Freunde", antwortete sie trotzig.

„Sie meinen ‚nicht angeklagte Komplizen'?"

„Was soll das heißen?"

„Das bedeutet, meine Liebe, dass man Ihre sogenannten Freunde ermutigt hat, gegen Sie auszusagen, um sich selbst vor dem Gefängnis zu bewahren."

„Das würden sie niemals tun!"

„Sie wären überrascht, wozu die Leute bereit sind, wenn ihnen Jahrzehnte im Strafvollzug drohen."

Dass ihre Freunde sich gegen sie gewandt hatten, war niederschmetternd. Sie hatte ihnen geholfen, sehr viel Geld zu verdienen. „Soll ich mich mit meinem Sohn versöhnen, damit er mir aus der Patsche hilft? Denn ich bezweifle, dass das im Bereich des Möglichen liegt."

„Keineswegs. Ich schlage vor, dass Sie sich mit ihm versöhnen, um Frieden zu finden – Sie selbst genauso wie er."

Nicoletta warf ihm einen skeptischen Blick zu. „Warum habe ich das Gefühl, dass Sie mir etwas vormachen? Sie tun so hilfreich und ermutigend, aber tatsächlich lauern Sie bloß darauf, mir den Teppich unter den Füßen wegzuziehen."

„Ich sage es nur ungern so direkt, doch da ist kein Teppich, Nicoletta. Ich bin Ihre beste Chance, mit diesen Anschuldigungen fertigzuwerden. Ich möchte, dass Sie darüber nachdenken, wie Sie die Beziehung zu Ihrem Sohn kitten können, damit Sie etwas haben, worauf Sie sich freuen können, wenn all das hinter Ihnen liegt."

„Wann wird das sein? Wenn ich Sie so reden höre, werde ich im Gefängnis sterben."

„Nicht wenn Sie bereit sind, sich auf einen Deal einzulassen."

„Sie meinen den Deal, bei dem ich das Leben anderer Menschen ruinieren muss, um mein eigenes zu retten?"

„Ja. Ich hätte dazu eine Idee. Wenn wir die Staatsanwaltschaft auf das Schließfach aufmerksam machen, ließe sich ein Durchsuchungsbeschluss für den Inhalt erwirken, sodass Sie die Informationen nicht persönlich herausgeben müssten."

„Würde man die Personen auf diesen Listen anklagen?"

„Höchstens wegen Anstiftung zur Prostitution."

„Das wird ihr Leben zerstören."

„Diese Leute wussten, dass es mit einem gewissen Risiko verbunden ist, wenn sie sich Sex kaufen."

„Ich möchte noch klarstellen, dass nie jemand mich für Sex bezahlt hat. Ich war stets nur die Vermittlerin."

„Gut zu wissen."

Wieder trat sie von einem Fuß auf den anderen und fühlte

sich unangenehm erhitzt, als er einen erotisch aufgeladenen Blick in ihre Richtung warf. Ihr ganzer Körper kribbelte, als er ihr seine volle Aufmerksamkeit schenkte. Sie durfte ihn niemals wissen lassen, dass er diese Art von Macht über sie besaß. „Was springt für Sie dabei heraus?"

„Abgesehen davon, dass ich Ihnen helfe, eine lange Haftstrafe zu vermeiden?"

„Ja. Hoffen Sie, dass ich so dankbar bin, dass ich mit Ihnen schlafe?"

Sein Lachen verstärkte das Kribbeln an ihren empfindlichsten Stellen nur.

„Was ist bitte so amüsant?", fragte sie entrüstet.

„Sie. Wenn ich mit Ihnen schlafe, dann weil wir das beide wollen. Ich habe noch nie für Sex bezahlt und werde jetzt nicht damit anfangen."

„Keine Sorge", erwiderte sie mit einem bitteren Unterton. „Wenn Sie mich aus diesem Schlamassel herausholen, würde ich Ihnen nichts berechnen."

„Kein Quidproquo, Nicoletta."

„Was ist das?"

„Ich habe Ihnen doch bereits erklärt, dass ich für meine Anwaltstätigkeit keine sexuellen Gefälligkeiten erwarte."

„Aber Sie sagen, ich habe kein Geld. Wie soll ich Sie also sonst bezahlen?"

„Das Vergnügen Ihrer Gesellschaft ist Lohn genug."

Sie warf ihm einen misstrauischen Blick zu. „Was genau heißt das?"

„Ich mag Sie, Nicoletta. Sie sind nicht nur auffallend attraktiv, sondern auch interessant und amüsant. Ich bin fasziniert von Ihnen."

„Soso, fasziniert. Verstehe."

„Tatsächlich? Ich möchte Ihnen helfen, und im Gegenzug für diese Hilfe möchte ich Zeit mit Ihnen verbringen."

„Wo ist der Haken?"

„Es gibt keinen."

„Irgendeinen Haken gibt es immer."

„Diesmal nicht."

„Verzeihen Sie, wenn ich an Ihren Motiven zweifle."

„Ich weiß, Sie erwarten stets das Schlimmste von Menschen. Doch ich versichere Ihnen, dass Sie von mir nichts zu befürchten haben. Ich möchte Sie bloß besser kennenlernen und sehen, wie es weitergeht – und dabei verhindern, dass Sie im Gefängnis landen, und Ihnen zudem vielleicht helfen, einen Weg zurück zu Ihrem Sohn zu finden." Nach einer Pause fragte er: „Was meinen Sie?"

„Hat die Sache wirklich keinen Haken?"

„Absolut keinen."

„Sie wollen doch nicht nur Kontakt zum Präsidenten herstellen, oder? Denn das wird über mich nicht geschehen."

„Natürlich wäre es interessant, ihn zu treffen, aber ich kann auch ohne diese Begegnung leben."

„Ich verstehe trotzdem nicht, warum Sie das alles für eine völlig Fremde tun wollen."

„Sie sind keine Fremde mehr." Er trat näher an sie heran, sodass sie nur noch ein Schritt trennte. „Oder?"

Sie hielt den Atem an, hin- und hergerissen zwischen dem Wunsch, dass er sie berührte, und der Angst davor, was geschehen würde, wenn er das tatsächlich tat. Sein ansprechender, verführerischer Duft lockte sie, ihm näher zu kommen, doch sie blieb standhaft, weiter misstrauisch gegenüber Entwicklungen, die zu schön erschienen, um wahr zu sein.

„Ich glaube nicht", antwortete sie.

„Wenn Sie meinem Rat folgen, kann ich wahrscheinlich erreichen, dass der Richter die Strafe zur Bewährung aussetzt und Sie lediglich Sozialstunden leisten müssen."

Sie verzog die Lippen, um ihm mitzuteilen, was sie von Sozialstunden hielt.

„Besser als Gefängnis, oder?"

„Wirklich?"

Er lachte, und wieder lief Nicoletta das Wasser im Mund zusammen. Dieser Mann war gefährlich attraktiv, allem Anschein nach freundlich und aufmerksam, mit einer schnellen Auffassungsgabe und einem messerscharfen Verstand gesegnet.

Eine beinah unwiderstehliche Kombination, um es vorsichtig auszudrücken.

„Was sagen Sie, Nicoletta? Wollen wir gemeinsam versuchen, Sie aus diesem Schlamassel herauszuholen, damit wir herausfinden können, was die Zukunft sonst noch für uns bereithält?"

Selten hatte sie so wenige Alternativen gehabt. Sie war stolz darauf, immer einen Plan B zu haben. Aber das hier war eine Nummer zu groß für sie. Sie konnte sich aus diesen Schwierigkeiten nicht mit Charme oder Schmeicheleien herauswinden. Hier war ein Mann – ein umwerfend gut aussehender Mann –, der ihr einen Ausweg anbot, wenn sie ihm die Freude ihrer Gesellschaft schenkte. Sie war immer noch nicht davon überzeugt, dass er nicht auf mehr als Bezahlung aus war. Andererseits war es ja nicht so, als würde Sex mit ihm ein Problem darstellen.

Wenn überhaupt, dann würde er ihr Leben vielleicht auf eine Art und Weise verändern, die sie sich nie hatte träumen lassen.

Sie war ihr ganzes Erwachsenenleben lang auf sich allein gestellt gewesen und hatte sich alles erkämpfen müssen, um sich in dieser Männerwelt zu behaupten. Nicoletta war erschöpft und hatte keine Ideen mehr, wie sie das aktuelle Problem lösen sollte. Sie brauchte das, was er ihr anbot, und wenn sie ehrlich war, faszinierte er sie auch.

„Nicoletta?"

„Ja, Collins. Ich nehme Ihr freundliches Angebot dankend an."

„Wunderbar. Ich mache mich morgen früh an die Arbeit und schaue, was für einen Deal ich aushandeln kann. Und dann überlegen wir uns, was wir in Bezug auf Ihren Sohn unternehmen."

Sam schlief wie eine Tote und wachte am nächsten Morgen um neun Uhr ausgeruht und frisch auf. Es schien klar, dass Schaumbäder, Wein, Sex und Kuscheln mit dem Lieblingsmann viel dazu beitragen konnten, dass sich eine Frau nach einem harten Tag besser fühlte. Wenn Nick eine besondere Gabe hatte, dann war es seine Fähigkeit, alles besser zu machen. Sie war süchtig nach ihm und genau dieser Gabe und wäre ohne ihn verloren.

Ihre Gedanken drehten sich um ihre Schwester Angela, die mit dem Verlust ihres geliebten Mannes Spencer durch eine unbeabsichtigte Überdosis Fentanyl fertigwerden musste. Obwohl sie ihre Schwester, ihre Nichte und ihren Neffen in jeder erdenklichen Weise unterstützen wollte, empfand sie es als beinahe unerträglich, in Angelas Nähe zu sein, während diese Sams schlimmsten Albtraum durchlebte.

Es ging nicht um sie. Das sagte sie sich jeden Tag, während sie sich um Angela, Jack und Ella kümmerte und ihrer Schwester half, mit ihrer Schwangerschaft zurechtzukommen – sie erwartete im Juni ihr drittes Kind. Sam hatte alles getan und würde auch weiterhin alles tun, was sie konnte, um Angela diese Zeit zu erleichtern, doch der Tod ihres Schwagers zwang sie, sich ihrer eigenen größten Angst zu stellen.

Früher hätte sie gedacht, dass ihr Vater starb, wäre das Schlimmste, was ihr passieren könnte, und es war dann auch kaum zu verkraften gewesen. Das war immer noch so. Sie vermisste Skip jeden Tag und sehnte sich nach seinem klugen Rat und seiner Einsicht in allen Dingen. Aber nichts war vergleichbar mit der Vorstellung, dass Nick etwas zustoßen könnte. Außerdem hatte sie jetzt vier Kinder, um die sie sich sorgen musste.

Manchmal war ihr das alles zu viel.

Nick kam ins Schlafzimmer, ein Tablett in den Händen und nur mit engen Boxershorts bekleidet, was seinen muskulösen Körper wunderbar zur Geltung brachte. Wie sie ihn kannte, hatte er bereits ein Sicherheitsbriefing und sein morgendliches Fitnesstraining hinter sich, während sie noch geschlafen hatte.

„Frühstück im Bett für meine Frau zu Beginn unseres dritten Ehejahres." Er stellte ihr das Tablett auf den Schoß und beugte sich über sie, um sie zu küssen. „Guten Morgen, Babe."

„Du bist schrecklich munter."

„Das liegt daran, dass ich diesen schönen Montag mit

meinem Lieblingsmenschen verbringen darf." Er setzte sich neben ihr aufs Bett und schnappte sich eine der beiden Tassen mit dampfendem Kaffee. „Es gibt gute Nachrichten. Heute sollen es sechzehn Grad werden. Wir können draußen sitzen, und später können wir ein Lagerfeuer anzünden."

„Klingt gut." Sam probierte das Gemüse-Omelett. „Hast du das selbst zubereitet?"

„Nein. Das Weiße Haus hat es heute Morgen geliefert, zusammen mit einem Imbiss für mittags. Heute Abend gehen wir aus."

„Die verwöhnen uns echt mit diesen Lieferungen."

„Das gefällt mir auch am besten daran, Präsident zu sein: die fantastischen Mitarbeiter des Weißen Hauses und wie sehr sie uns das Leben vereinfachen."

„Das stimmt. Hattest du schon dein Briefing?"

„Ja."

„Wie war es?"

„Das übliche Gruselkabinett. Immerhin scheint es so, als hätten China und Russland ihre Schiffe von der Küste Alaskas abgezogen. Das ist die gute Nachricht."

„Was hatten die dort zu suchen?"

„Eine berechtigte Frage. Mein Team für die nationale Sicherheit arbeitet hart daran, herauszufinden, was es damit auf sich hat. Ich habe beschlossen, dass das heute nicht mein Problem ist."

„Jedes Mal, wenn du das sagst, wird etwas anderes zu deinem Problem."

Darüber dachte er kurz nach, während er sich eine Weintraube in den Mund steckte. „Stimmt. Ich muss ein Gesetz erlassen, das es mir verbietet, das je wieder zu sagen."

Sam liebte es, wenn er so unbeschwert war.

Sie teilten sich das Omelett und die Schokocroissants, die das Weiße Haus ebenfalls geschickt hatte, und ließen sich die Schale frisches Obst schmecken.

„Worüber hast du nachgegrübelt, als ich reingekommen bin?", fragte er, während sie sich bei ihrem Kaffee entspannten.

„Nichts Besonderes."

„Du denkst nie über nichts Besonderes nach. Du hast immer etwas Großes im Kopf. Also was war es diesmal?"

„Nur du und ich und wir und wie glücklich ich bin, dass ich dich wiedergefunden habe, nachdem ich mich all die Jahre gefragt habe, was wohl aus dir geworden ist."

Nick verzog das Gesicht. „Ich hasse es, daran zu denken. Noch heute bin ich furchtbar wütend auf mich, weil ich nicht einfach ins Polizeihauptquartier gestiefelt bin, um dich aufzuspüren. Dass ich es nicht getan habe, ist das größte Versäumnis in meinem Leben."

„Manchmal glaube ich, es ist alles so gekommen, wie es kommen sollte. Ich musste das, was ich mit Peter erlebt habe, durchmachen, um unsere wunderbare Beziehung überhaupt richtig wertschätzen zu können."

„So ein Quatsch. Du hast ihn und seinen Blödsinn nicht gebraucht, um zu erkennen, dass das zwischen uns was Gutes war. Das wussten wir beide schon in der Nacht, als wir uns kennengelernt haben."

„Ja, aber ich war damals so unreif. Ich hätte es vermutlich in den Sand gesetzt."

„Das behauptest du immer, und ich versichere dir jedes Mal, dass ich das nicht zugelassen hätte."

„Gehört es zum Verheiratetsein dazu, immer wieder die gleichen Gespräche zu führen?"

„Ich mag es, über die Vergangenheit zu sprechen."

„Auch über die schlechten Sachen?"

„Über alles. Ich spreche über alles gerne, was zu unserer einmaligen Geschichte gehört. Warum befasst du dich mit den negativen Dingen?"

„Ich habe vorhin über Angela und Spence nachgedacht und darüber, was ich tun würde, wenn ich das erleben würde."

„Lass das bitte. Ich bin hier, und mir wird nichts passieren."

Sam lachte. „Du sagst das, als wärst du nicht das begehrteste Anschlagsziel der Welt."

„Das von den besten Sicherheitsleuten umgeben ist, die man für Geld kaufen kann. Mach dir keine Sorgen um mich."

„Ich kann aber nicht anders. Ich bin darauf konditioniert, mir Sorgen zu machen."

„Hör damit auf." Er nahm ihr die Tasse aus der Hand, stellte sie aufs Tablett und verfrachtete alles auf den Boden. Dann drehte er sich auf die Seite und schaute Sam an. „Ich mag es nicht, wenn du dir Sorgen um mich machst."

„Mir geht es umgekehrt genauso."

„Vielleicht sollten wir uns einen gepolsterten Raum besorgen, in dem wir jederzeit sicher und geborgen sind."

„Wir würden verrückt werden, genau wie die Kinder auch, die wir ja mitnehmen müssten."

„Das stimmt." Er schürzte die Lippen, schien über etwas nachzudenken. „Ich nehme an, die einzige Alternative zur Gummizelle ist, einfach unser Leben zu leben und das Beste zu hoffen."

„Diese Alternative gefällt mir auch nicht."

„Eine andere haben wir nicht, Babe." Er beugte sich vor, um sie zu küssen. „Mein Ziel ist es, hundertzehn zu werden und dich immer noch pausenlos zum Sex zu drängen."

Sam lächelte. „Wirst du das bis dahin nicht satthaben?"

„Sex mit meiner Liebsten werde ich niemals satthaben. Außerdem wirst du dann erst hundertacht sein. Ein junger Hüpfer im Vergleich zu mir."

Sie musste über das Bild, das er da zeichnete, lachen. „Die Leute werden uns dafür bezahlen, in diesem Alter keinen Sex mehr zu haben."

„Sie könnten mir alles Geld der Welt anbieten, und ich würde dankend ablehnen, wenn ich dann nicht mehr mit meiner Frau schlafen könnte."

„Du alter Charmeur. Wirst du dann noch alle Zähne haben?"

„Wie sieht es bei dir aus?"

„Wo sollten die denn sonst hin, wenn sie nicht mehr in meinem Mund wären?"

„Keine Ahnung."

Sie verschränkte ihre Finger mit seinen. „Ich finde es lustig, mir auszumalen, wie wir gemeinsam richtig, richtig alt werden und die Kinder mit unseren Mätzchen in den Wahnsinn treiben."

„Genau so wird es kommen. Ich bin mir ganz sicher. Wir sind für die Langstrecke gemacht. Wir werden so lange verheiratet sein, dass die Leute Mitleid mit uns haben, weil wir so lange mit ein und derselben Person zusammen sind."

„Ich bin total glücklich, dass ich mit dir zusammen bin", entgegnete sie lächelnd.

„Ich umgekehrt auch, Babe. Wie wär's, wenn wir uns jetzt nach draußen begeben, um ein bisschen Sonne zu genießen?"

„Auf geht's."

Nach einem entspannten Tag mit wenigen beruflichen Unterbrechungen zogen sie sich um, bevor sie zum Restaurant aufbrachen.

„Wird das wieder so ein Schaulaufen?", fragte Sam, während sie sich mit einer Bürste durch die Haare fuhr, die sie zur Feier des Tages geglättet hatte.

„Vermutlich schon, aber was kümmert uns das? Dieser Abend gehört uns beiden. Alles andere interessiert uns nicht. Die gute Nachricht ist, dass es hier um diese Jahreszeit ruhig ist, also sollte es keine Schaulustigen geben."

„,Sollte' ist vermutlich das entscheidende Wort."

Er schenkte ihr ein schiefes Lächeln. „Hoffen wir einfach das Beste."

„Lass uns mit den Kindern sprechen, ehe wir aufbrechen."

Nick kontaktierte Scotty per FaceTime über sein iPhone.

„Kann ich gefahrlos hingucken?", wollte der wissen, als er den Anruf entgegennahm.

„Natürlich", erwiderte Nick. „Wofür hältst du uns?"

„Willst du das wirklich wissen?"

Nick grinste Sam an. „Nein, ich glaube nicht."

„Wie läuft der Urlaub?"

„Super. Entspannend. Größtenteils zumindest. Die Arbeit kommt uns immer mal wieder dazwischen."

„Das hat man davon, wenn man Präsident der Vereinigten Staaten ist."

„Ja, das hab ich gehört. Wie läuft's mit deinem Sozialkundeaufsatz?"

„Wir sollten ein so schönes Gespräch nicht mit diesem Thema ruinieren."

Sam biss sich auf die Lippe, um nicht laut loszulachen, während Nick sie finster ansah.

„Mom fand das lustig, oder?"

„Ich kann das weder bestätigen noch dementieren", warf Sam ein.

„Das hast du damit getan, und ich schicke ihn dir in Kürze zu." Scotty grinste, als Skippys Schnauze auf dem Bildschirm erschien. „Skipster lässt grüßen. Sie vermisst euch."

„Wir sie auch", antwortete Nick. „Genau wie euch alle."

„Ihr vermisst uns nicht. Dafür seid ihr viel zu sehr mit Knutschen und anderen ekligen Sachen beschäftigt."

Sam musste noch heftiger lachen.

„Wir vermissen euch wirklich!", beteuerte Nick. „Wo sind die Zwillinge gerade?"

„Sie amüsieren sich mit Eli. Ich hole sie. Los, Skip."

Sam und Nick konnten zuschauen, wie Scotty sein Zimmer verließ und nach den Zwillingen rief, die aus dem dritten Obergeschoss die Treppe herunterkamen.

Ihre süßen Gesichter füllten den Bildschirm.

„Wie geht es unseren beiden liebsten Sechsjährigen?", fragte Nick.

„Gut", meinte Aubrey. „Wir haben mit Celia Eis gegessen. Sie hat gesagt, wir dürfen eine halbe Stunde länger aufbleiben, weil wir alle Hausaufgaben ganz ohne Hilfe erledigt haben."

„Das klingt nach einem fairen Deal."

„Wann fahren wir zu euch?", erkundigte sich Alden.

„Gleich nach der Schule am Freitag", antwortete Sam.

„Können wir an den Strand?", fragte er.

„Klar", entgegnete Nick. „Es ist zwar noch zu kalt zum Schwimmen, aber wir können ein Lagerfeuer anzünden."

„Was ist ein Lagerfeuer?"

„Ein großes Feuer am Strand", erklärte Scotty. „Dann können wir S'mores machen."

„Oh, ich liebe S'mores", rief Alden erfreut.

„Ich kann keine Marshmallows rösten", warf Aubrey ein.

„Dann werde ich das für dich übernehmen", tröstete Scotty. „Keine Sorge."

„Du bist ein Schatz", stellte Sam fest.

„Ach, sei still", verwahrte sich Scotty. „Das tun große Brüder für ihre kleinen Schwestern."

„Ich wiederhole: Du bist ein Schatz."

„Du bist der beste große Bruder aller Zeiten", bestätigte Nick. „Wir können es kaum erwarten, euch am Freitag alle zu sehen."

„Wir auch nicht", versicherte ihm Aubrey. „Lijah kommt auch mit!"

„Ja."

„Bringt er *sie* mit?", wollte Alden wissen.

Sam war überrascht über seinen Tonfall. „Candace? Ja. Sie ist seine Frau."

„Ich mag sie nicht."

„Was?", rief Sam und blickte Nick an, der ebenso verwirrt schien. „Warum denn?"

„Lijah ist komisch, wenn sie in der Nähe ist."

„Du musst ihr eine Chance geben, Kumpel", meinte Nick. „Eli hat euch alle lieb."

„Wir wollen ihn nicht mit ihr teilen", erklärte Aubrey.

„Leute …" Sam war wirklich erstaunt, so etwas zu hören. „Es war doch klar, dass Eli irgendwann heiratet. Ihr müsst nett zu seiner Frau sein. Das bedeutet eurem Bruder viel."

„Na gut", lenkte Alden ein. „Kriegen wir jetzt noch mal Eis?"

„Sicher", antwortete Nick. „Bis bald. Ich hab euch lieb."

„Wir euch auch", tönte es im Chor, ehe sie davonliefen.

Scotty jonglierte mit dem Handy und tauchte dann wieder auf dem Bildschirm auf. „Ich wollte euch das eigentlich erst erzählen, wenn wir bei euch sind, aber sie sind sehr kühl zu Candace, seit sie und Eli hier sind."

„Ach herrje", seufzte Nick.

„Wir haben gestern Abend lange darüber gesprochen, nachdem ich ihnen vorgelesen hatte. Sie haben gefragt, warum er sie heiraten musste, und behauptet, er sei dumm, wenn sie in der Nähe ist. Ich glaube, sie sind vor allem sauer, dass sie ihn mit jemandem teilen müssen."

„Hat Eli das bemerkt?"

„Ich glaube, er spürt, dass etwas nicht stimmt, doch nicht unbedingt, dass es mit ihr zu tun hat."

„Sollten wir ihn warnen?"

„Ich bin dagegen", erwiderte Scotty. „Wir sollten bei den Zwillingen ansetzen und ihnen helfen, Candace zu akzeptieren. Für die beiden hat sich in kurzer Zeit sehr viel geändert. Es überrascht mich nicht, dass sie Probleme damit haben, dass er geheiratet hat, denn jetzt stehen für ihn nicht mehr ausschließlich sie im Mittelpunkt."

„Seit wann bist du eigentlich so weise?", fragte Sam, beeindruckt und erstaunt über seine Einsicht.

„Das war ich schon immer. Du merkst es nur erst jetzt."

„Wie du meinst, Kumpel. Aber danke für deinen Rat, den wir annehmen werden." Sam warf Nick einen Blick zu, und er nickte. „Zumindest für den Moment."

„Schauen wir mal, wie das Wochenende läuft", fügte ihr Mann hinzu.

„Ich kann es kaum erwarten. Wir befinden uns jetzt in dem Teil des Schuljahrs, der sich endlos anfühlt."

„Das ist schneller vorbei, als man denkt", meinte Nick. „Halt die Füße still, und konzentrier dich auf die Belohnung am Ende: die Sommerferien."

„Na schön, wenn's sein muss."

„Muss es. Du willst doch nach Harvard, oder?"

Scottys lautes Lachen war ansteckend. „Das klappt nur, weil du der Präsident bist."

„Du schaffst das schon allein", widersprach Nick. „Daran habe ich nicht den geringsten Zweifel."

„Dafür hab ich genug für uns beide."

„Das wird, Kumpel", beharrte Nick. „Und jetzt muss ich

meine beste Freundin auf ein sehr romantisches Date entführen."

Scotty verzog das Gesicht, um klarzumachen, was er davon hielt.

„Dein Tag wird kommen, mein Freund", versicherte ihm Sam. „Erledige jetzt deine Hausaufgaben, und schlaf gut. Wir haben dich sehr lieb."

„Ich euch auch. Viel Spaß heute Abend."

„Den werden wir haben", entgegnete Nick. „Hab dich lieb."

„Was für ein Kind", seufzte Sam, nachdem er das Gespräch beendet hatte.

„Er ist der Beste. Wie konnten wir nur so viel Glück haben? Was er über die Zwillinge und Candace gesagt hat, war messerscharf analysiert."

„Ja. Scotty hat großes Einfühlungsvermögen. Er achtet auf das, was um ihn herum passiert, im Gegensatz zu den meisten Kindern in seinem Alter, die wenig mitkriegen."

„Das liegt sicher an dem, was er durchgemacht hat, nachdem er seine Mutter und seinen Großvater verloren hatte. Ich wünschte, ich hätte ihn früher gefunden", meinte Nick, „und ihm das erspart."

„Das tue ich auch, doch seine Vergangenheit ist dafür verantwortlich, wer er ist, und genau so lieben wir ihn."

„Stimmt auch wieder."

Sams Handy klingelte. Es war Freddie. „Hey, was liegt an?"

„Entschuldige, dass ich dich im Urlaub störe. Ich dachte, es würde dich interessieren, dass Haggerty und sein Team in Stahls Garten Knochen gefunden haben. Sie schicken ein spezielles Forensik-Team, das den Garten und den Keller untersuchen soll."

Sam ließ sich auf die Bettkante sinken und seufzte tief. „Ich hatte so gehofft, dass es nicht wahr ist."

„Ja, ich auch."

„Was wissen wir eigentlich über die Person, die Malone den Tipp gegeben hat? Woher hat er oder sie diese Information überhaupt gehabt?"

„Wir überprüfen das gerade. Malone will kein Porzellan zerschlagen, aber wenn der Betreffende die ganze Zeit davon gewusst und kein Wort gesagt hat, ist das ein Problem."

„Das stimmt. Wie ist die Order für den Umgang mit den Medien?"

„Die Presseabteilung hat eine Erklärung vorbereitet, die sie demnächst veröffentlichen will. Bis dahin halten die Verantwortlichen die Sache unter Verschluss."

„Das wird einschlagen wie eine Bombe." Sam fragte sich, wie viel Joe Farnsworth noch einstecken konnte, ehe die Bürgermeisterin oder der Stadtrat eine neue Führung für das MPD forderte. Sie konnte nicht einmal daran denken, dass er vielleicht würde gehen müssen, ohne dass sie in Tränen ausbrechen wollte. Er war eine großartige Führungspersönlichkeit und ein loyaler Chef, ganz zu schweigen davon, dass er ihr geliebter Onkel Joe war.

„Die Menschen sind in Sorge. Es ist ohnehin schon so viel los."

„Ach, ist das nicht immer so?"

„Das ist es ja, was sie beunruhigt. Dieses ständige Chaos in den Reihen der Polizei. Wir stehen nicht gut da."

„Nein. Allerdings ist das ja nicht das Einzige, was passiert. Es gibt auch viel Gutes. Nick hat mich an den Brief erinnert, den wir von Graciela erhalten haben und in dem sie uns für die schnelle Lösung des Falls der Familie Blanchet dankt. Sie hat geschrieben, dass nichts sie zurückbringen kann, es jedoch ein gewisser Trost ist, zu wissen, dass die Leute, die sie ihr genommen haben, ihre gerechte Strafe erhalten. Wir müssen uns auf unsere Erfolge konzentrieren, während um uns herum das Chaos tobt."

„Du hast recht, und Nick auch, trotzdem ist das einfach …"

„Verheerend."

„Ja, genau. Jedenfalls dachte ich, du würdest die Neuigkeiten hören wollen."

„Du hattest völlig recht, und ich danke dir für deinen Anruf. Halt durch, okay? In Zeiten wie diesen hat mein Vater immer gesagt: ‚Auch das geht vorbei.' So schlimm es jetzt auch ist, es wird nicht immer so sein."

„Das ist wahr. Es ist nur schwer zu begreifen, wie etwas so Böses direkt unter unseren Augen passieren konnte."

„Wenn du mit Dr. Trulo reden willst, Freddie, dann tu es. Es ist keine Schande, in einer solchen Situation um Hilfe zu bitten. Du hast eine Menge zu verarbeiten."

„Ja, ich weiß. Ich überleg's mir."

„Denk auch daran, dass Menschen wie du und ich nie verstehen werden, was jemanden wie Stahl oder Ramsey antreibt. Mach dich also nicht verrückt damit, es krampfhaft begreifen zu wollen. Das schaffst du ohnehin nicht."

„Du hast absolut recht."

„Wichtig ist, dass wir da sind und unseren Job so lange erledigen, wie alles für uns Sinn ergibt. Wir sind gut in dem, was wir tun. Wir bewirken etwas. Daran sollten wir nie zweifeln."

„Es hilft, wenn du mich von Zeit zu Zeit daran erinnerst. Danke dir."

„Jederzeit, mein junger Padawan. Genieß einen schönen Abend mit deiner Frau, und vergiss das Ganze bis morgen."

„Okay. Wie läuft der Urlaub?"

„Super. Wir gehen heute Abend essen. Die Berichterstattung kannst du dann in den Dreiundzwanzig-Uhr-Nachrichten verfolgen."

Freddie lachte laut. „Ich schau's mir an. Möge die Macht mit dir sein, Sam."

„Mit dir auch. Bis bald."

„Ja. Bis dann."

„Hat dein junger Padawan ein Problem?", fragte Nick, während er einen Pullover überzog, der zu der ausgewaschenen Jeans passte, die sich ansprechend an seinen Hintern schmiegte. „Sam?"

„Sorry, ich habe gerade darüber nachgedacht, wie sexy du in diesen Jeans aussiehst."

„Hör auf damit, und beantworte die Frage."

Sie lachte, wie immer, wenn er sich über einen ihrer

Kommentare zu seiner erotischen Ausstrahlung aufregte, die in der Tat beträchtlich war. „Das Ganze nimmt ihn sehr mit. Sie haben Knochen in Stahls Garten entdeckt und ziehen ein spezielles Forensik-Team hinzu."

„Mein Gott."

„Das bringt es auf den Punkt."

„Tut mir echt leid, Sam. Ich weiß, wie furchtbar das für euch alle ist."

„Es ist niederschmetternd. Obwohl wir wussten, dass er ein elender Mistkerl ist, hätten wir nie gedacht, dass er zu solchen Dingen fähig ist." Sie seufzte tief. „Es wird ein Albtraum sein, wenn das an die Öffentlichkeit dringt."

„Darüber musst du dir jetzt noch keine Gedanken machen."

„Nein, das stimmt. Lass uns aufbrechen."

„Nur wenn du dich dazu in der Lage fühlst."

„Ich würde um nichts in der Welt einen Abend der Zweisamkeit mit dir verpassen wollen. Komm."

Nick küsste seine Frau auf die Wange. „Ich sage Brant Bescheid."

Nick beobachtete, wie Sam sich bemühte, ihre Sorgen beiseitezuschieben, aber er erkannte an der tiefen Falte zwischen ihren Brauen, wie beunruhigt sie war, und das aus gutem Grund. Selbst aus dem Gefängnis heraus war dieser Mistkerl Stahl immer noch wie ein Krebsgeschwür in einer Abteilung hart arbeitender, engagierter Beamter.

Menschen wie Sam und Freddie, die mit Leib und Seele bei der Sache waren, würde dieser jüngste Schlag härter treffen als die meisten anderen.

Nick hatte ein Steakhaus ausgewählt, das im Internet gute Bewertungen hatte. Der Secret Service war bereits am Vortag dort gewesen, um einen privaten Raum für das Präsidentenpaar zu reservieren. Als Gegenleistung dafür, dass das Personal den Besuch geheim hielt, würden Sam und Nick für Fotos mit ihnen posieren. Er konnte nur hoffen, dass sich alle an die Abmachung gehalten hatten.

Zu seiner Erleichterung stellte er fest, dass sich vor dem Ferienhaus keine Pressemeute versammelt hatte. Zweifellos würden sie ihnen unterwegs auflauern, denn etliche Reporter aus dem Weißen Haus waren nach Dewey gereist, um über ihre Woche dort zu berichten. Nick würde sich nie daran gewöhnen, dass alles, was er tat, in den Medien kommentiert wurde, doch das gehörte zu seinem Amt. Die Menschen interessierten sich für den Präsidenten und seine Familie. Selbst ein freier Abend mit seiner Ehefrau war eine Nachricht wert.

In ein paar Jahren würde er seine Pflicht erfüllt haben und in ein halbprivates Leben zurückkehren können. Nichts würde mehr so sein wie vor seiner Zeit als Präsident, aber sie würden weniger auf dem Präsentierteller leben. Er konnte es kaum erwarten.

Nick folgte Sam aus dem SUV und legte ihr eine Hand auf den Rücken, während sie ins Restaurant gingen.

Die Besitzer Jim und Andrea erwarteten sie sichtlich aufgeregt vor dem Eingang.

„Es ist uns eine große Ehre, Sie bei uns begrüßen zu dürfen", sagte Jim. „Wir haben einen besonderen Platz für Sie reserviert. Folgen Sie mir bitte."

Alles im Restaurant kam zum Stillstand, als Sam und Nick eintraten. Mindestens fünfzig Handykameras waren auf sie gerichtet.

Sie nickten den anderen Gästen zu und schüttelten der Bedienung die Hand, als sie sich auf den Weg in den hinteren Teil des Restaurants machten, wo sie in einem Nebenzimmer allein speisen würden. Nick war dankbar für dieses Arrangement, das verhinderte, dass sie beim Essen angestarrt wurden. In seinem alten Leben hätte er einen privaten Raum vielleicht ein bisschen angeberisch gefunden. Jetzt war es unerlässlich, wenn sie auch nur einen Hauch von Privatsphäre haben wollten.

Nick schob seiner Frau den Stuhl zurecht und beugte sich vor, um ihr unvermittelt einen Kuss auf den Nacken zu hauchen.

Er liebte es, wie sie zusammenzuckte und dann lachte. Nick genoss es, sie zu überraschen, und vor allem freute er sich über ihr Lachen, zumal sie zuvor so niedergeschlagen gewesen war.

Als er ihr gegenübersaß, bedachte sie ihn mit einem verschmitzten Grinsen. „Das war ein schmutziger Trick, Freundchen."

Nick erwiderte ihr Grinsen und bedankte sich bei Andrea, der Restaurantbesitzerin, für die Stoffserviette, die sie ihm reichte.

„Es ist schön, zu sehen, dass Sie im wahren Leben genauso unverfälscht sind, wie Sie im Fernsehen wirken", erklärte sie. „Mein Mann und ich sind große Fans."

„Vielen Dank", antwortete Nick. „Das freut mich."

„Weiter so, Mr President", pflichtete Jim seiner Frau bei. „Wir drücken Ihnen alle Daumen."

„Danke, das ist sehr nett von Ihnen."

Andrea reichte jedem von ihnen eine gedruckte Karte, auf der oben das Siegel des Präsidenten prangte. „Wir haben uns erlaubt, ein spezielles Fünf-Gänge-Menü für Sie zusammenzustellen, das auf Informationen basiert, die wir vom Küchenteam des Weißen Hauses erhalten haben. Wir hoffen, es schmeckt Ihnen."

„Das sieht ganz wunderbar aus", entgegnete Sam, nachdem sie einen Blick auf die Karte geworfen hatte. „Mir fällt nichts ein, was ich würde ändern wollen."

„Geht mir genauso", sagte Nick. „Vielen Dank."

„Außerdem haben wir für jeden Gang eine passende Weinbegleitung ausgewählt."

„Ich liebe dieses Restaurant", meinte Sam mit einem strahlenden Lächeln.

„Das hatten wir gehofft", erwiderte Andrea, die ebenfalls strahlte. „Wir sind sofort mit dem Wein und dem ersten Gang zurück."

„Mit Hummer gefüllte Pilze", bemerkte Nick mit einem amüsierten Funkeln in den Augen. „Das hört sich ja überhaupt nicht gut an."

„Ich fang gleich an zu sabbern."

„Bitte nicht. Es schickt sich nicht für die Gattin des Präsidenten, in der Öffentlichkeit zu sabbern."

„Ha! Ich werde es so diskret wie möglich halten." Sam trank einen Schluck von ihrem Eiswasser. „Ich mag es sehr, wenn die Leute sagen, dass sie dich gut finden. Wir müssen häufiger ausgehen, damit du direkt von den Leuten, für die du arbeitest, hörst, dass sie deine Arbeit zu schätzen wissen."

„Wir werden auch von denen hören, die das nicht tun."

Sam winkte ab. „Das ist völlig in Ordnung. Die haben genauso ein Recht auf ihre Meinung. Aber du musst echte Menschen außerhalb des goldenen Käfigs treffen, damit du die Art von positiver Bestärkung erhalten kannst, die Jim und Andrea dir gerade gegeben haben."

„Du hast recht. Ich würde außerdem gerne die Schulbesuche wieder aufnehmen. Das war eine meiner liebsten Pflichten als Vizepräsident."

„Dann tu es doch. Du bist der mächtigste Mann der Welt."

„Nicht ganz, aber ich verstehe, was du meinst."

„Auf dem Weg hierher waren viele Handys auf uns gerichtet. Glaubst du, dass es auf dem Weg nach draußen einen Menschenauflauf geben wird?"

Er war sich sicher, dass Brant und die anderen Personenschützer die Menge unter Kontrolle halten würden. „Nein, das kann ich mir nicht vorstellen. Daher lass uns den Abend nach Kräften genießen."

Sie prostete ihm zu. „Das werde ich."

Andrea brachte die mit Hummerfarce gefüllten Pilze, die köstlich schmeckten.

Nick spießte mit seiner Gabel einen Bissen auf und reichte ihn Sam.

„So lecker."

Als Nächstes gab es einen am Tisch zubereiteten Caesar-Salad, gefolgt von Filet mignon, gegrillten Garnelen, überbackenen Kartoffeln und einem köstlichen Gemüsegericht aus Zucchini, Kürbis, Brokkoli und Zuckerschoten.

Auch passender Wein wurde immer wieder serviert, bis Sam

ihr Glas abdecken musste, damit man ihr nicht nachschenkte. „Ich bin wie betrunken von Essen und Wein."

„Vergiss die Liebe nicht", sagte Nick.

„Von der vor allem." Sam sah zu Andrea. „Das war ein ausgezeichnetes Menü. Herzlichen Dank."

„Es war uns ein großes Vergnügen. Das Dessert bringen wir in ein paar Minuten. Möchten Sie vielleicht in der Zwischenzeit einen Kaffee?"

„Ja, bitte", erwiderte Nick.

„Koffeinfrei für mich", bat Sam.

„Sehr gern."

Sie aßen noch ein Schokoladensoufflé und tranken dazu den Kaffee.

„Ich platze gleich", stöhnte Sam, nachdem sie den größten Teil des reichhaltigen Desserts verzehrt hatten.

„Hoffentlich nicht." Nick bat um die Rechnung.

Jim trat an den Tisch. „Es ist uns ein Vergnügen, Sie bei uns zu haben, Mr President, Mrs Cappuano. Das Abendessen geht aufs Haus."

„Auf keinen Fall", widersprach Nick. „Natürlich werden wir für dieses exzellente Essen und Ihren Service bezahlen."

Sie erkannten, dass der Mann überlegte, was er tun sollte.

„Bitte, Jim." Nick reichte dem Restaurantbesitzer seine Kreditkarte. „Wir bestehen darauf."

Jim nahm die Karte entgegen. „Wie Sie wünschen. Ich bin gleich wieder da."

Nick ergriff über den Tisch hinweg Sams Hand. „Meine Frau sieht im Kerzenlicht besonders bezaubernd aus."

„Ich habe gerade dasselbe über meinen Mann gedacht."

Jim kam mit einer schwarzen Ledermappe zurück, die er Nick reichte. „Es war uns eine Ehre, dass Sie bei uns zu Gast waren. Wir hoffen, Sie beehren uns wieder."

„Das werden wir auf jeden Fall", versprach Nick.

Als er ein großzügiges Trinkgeld gab, die Rechnung quittierte und die Kreditkarte in seine Brieftasche zurücksteckte, fühlte er sich zum ersten Mal seit Monaten normal. Für ein paar

Stunden waren sie nur ein Ehepaar wie jedes andere, ein Mann, der seine Frau am Hochzeitstag schick zum Essen ausführte.

Bevor sie das Privatzimmer verließen, posierten sie für Fotos mit Jim, Andrea, ihrem Koch und dem gesamten Personal. Sie schüttelten allen die Hand und gaben ein paar Autogramme.

„Wir werden diesen Abend für den Rest unseres Lebens in Erinnerung behalten", sagte Andrea, als sie die beiden umarmte.

„Wir auch", antwortete Sam. „Vielen Dank noch mal."

KAPITEL 14

Brant wartete, zusammen mit mehreren weiteren Mitgliedern ihres Personenschutzteams, vor dem privaten Speiseraum auf sie. „Vor der Tür hat sich eine Menschenmenge versammelt." Nicks oberster Bodyguard klang gestresst. „Wir bringen Sie durch die Hintertür raus."

„Das halte ich für keine gute Idee", widersprach Nick. „Die Leute wollen das Präsidentenpaar aus der Nähe sehen. Wir können ihnen wenigstens zuwinken."

„Es sind sehr viele, Sir."

„Ein Grund mehr, freundlich zu sein. Wenn es dir nichts ausmacht, Sam."

„Nein, natürlich nicht."

Das Gefühl der Normalität, das er kurzzeitig genossen hatte, verflüchtigte sich, als sie in die kühle Abendluft traten und Hunderte von Menschen vorfanden, die sich in der Hoffnung, einen Blick auf sie zu erhaschen, vor der Absperrung des Secret Service versammelt hatten.

Als Sam und Nick sich der Gruppe links vom Restaurant zuwandten, riefen ihnen Leute zu: „Mr President, ich liebe Sie!"

Aus dem Augenwinkel entdeckte Nick über den Köpfen der Menge ein Schild mit der Aufschrift „NICHT MEIN PRÄSIDENT". Kaum hatte er registriert, was dort stand, flogen auch schon die ersten Wurfgeschosse. Plötzlich hatte Sam etwas

Rotes im Gesicht, und eine schreckliche Sekunde lang dachte Nick, sie sei von einer Kugel getroffen worden.

Dann ging alles sehr schnell: Sam schrie auf, und die Personenschützer umringten sie und beförderten sie mit einer Präzision in den Wagen, die Nick bisher noch nicht erlebt hatte.

Brant und Vernon waren praktisch über ihnen, als sie auf dem Rücksitz des Beast landeten.

„Was zum Teufel …?", fragte Sam, während sie sich über das Gesicht wischte, wo ein roter Fleck zu sehen war.

Brant starrte sie eindringlich an. „Alles okay?"

„Sam wurde getroffen, aber sie ist unverletzt." Nick war sehr erleichtert, das festzustellen.

„Es tut mir sehr leid, Ma'am", entschuldigte sich Brant. „Unsere Beamten werden ermitteln, wer das geworfen hat."

Das Auto setzte sich bereits in Bewegung, um sie aus der Gefahrenzone zu bringen, als etwas mit einem lauten Knall an der Windschutzscheibe zerplatzte.

„Das war eine Tomate, glaube ich", sagte Sam.

„Brauchen Sie ärztliche Hilfe, Ma'am?"

„Nein, nein, alles in Ordnung. Ich hab mich nur ziemlich erschreckt."

„Tut mir leid, Babe. Brant hatte recht. Wir hätten durch die Hintertür rausgehen sollen." Wenn Nick daran dachte, was hätte geschehen können, wurde ihm übel.

„Ihr hattet beide recht", antwortete Sam. „Die Menschenmenge war größer als gedacht, und man kann sich nicht vor den Leuten verstecken, die man vertritt."

Nick legte einen Arm um sie und zog sie an sich, während ihre Personenschützer ihnen gegenübersaßen und aufgewühlt aussahen. „Tut mir leid, dass man dich beworfen hat."

„Mir ist ja nichts passiert."

Was wäre gewesen, wenn der Angreifer eine Waffe gehabt hätte und nicht bloß ein paar Tomaten? Nick bemerkte, dass seine Hände zitterten. Wenn Leute spontan auftauchten, gab es keine Metalldetektoren.

Er sagte sich, dass dieses Mal alles gut gegangen war.

Trotzdem würde er mit Brant über eine Verschärfung der

Sicherheitsvorkehrungen sprechen, bevor er Sam zu einem weiteren Auftritt in der Öffentlichkeit mitnahm.

Das Chaos vor dem Restaurant hatte Secret-Service-Agent John Brantley junior ernsthaft aus dem Konzept gebracht. Kaum hatte er das Präsidentenpaar sicher im Ferienhaus abgeliefert, begab er sich ins Haus nebenan und rief seinen Vorgesetzten an.

„Was war vor diesem Restaurant los?", fuhr sein Chef ihn an.

Brant war nicht überrascht, dass die Nachricht bereits die Runde gemacht hatte. „Aus dem hinteren Teil der Menge wurde etwas geworfen, das die First Lady im Gesicht getroffen hat. Nachdem kurz darauf ein weiteres Wurfgeschoss an der Windschutzscheibe zerplatzt ist, glaubt sie, es sei eine Tomate gewesen."

„Was zum Teufel …? Haben Sie denn die Menge nicht gesichert?"

„Natürlich haben wir das, Sir. Doch sie ist rasend schnell angewachsen, während das Präsidentenpaar im Restaurant war."

„Warum haben Sie sie nicht über einen zweiten Ausgang da rausgeschafft?"

„Der Präsident hat darauf bestanden, sich den Leuten zu zeigen, die extra gekommen waren, um ihn und seine Frau zu sehen."

„Er hat in einer solchen Situation nicht das Sagen, sondern Sie. *Sie* entscheiden, was er tun darf und was nicht."

„Jawohl, Sir. Das ist mir bewusst. Der Plan war, dass sie auf dem Weg zum Auto kurz winken, was sie auch getan haben, bis plötzlich aus dem hinteren Teil der Versammlung Gegenstände geworfen wurden."

„Ich brauche einen schriftlichen Bericht über diesen Vorfall."

„Jawohl, Sir. Ich werde mich sofort darum kümmern."

„Ich habe bereits ein Telefongespräch mit dem Direktor hinter mir. Er ist nicht entzückt."

„Das sind wir auch nicht, Sir. Mehrere Beamte ermitteln

zurzeit, wer für die Würfe verantwortlich ist, und wir werden den oder die Täter entsprechend zur Rechenschaft ziehen."

„Halten Sie mich auf dem Laufenden."

Ehe Brant antworten konnte, war das Telefonat beendet. Na großartig. Das erste Mal seit Monaten, dass der Präsident und seine Gattin in der Öffentlichkeit unterwegs waren, hatte sich in ein Fiasko verwandelt, und es war alles seine Schuld. Da hatte sein Chef recht. Er hätte darauf bestehen sollen, dass sie die Hintertür benutzten. Er konnte auf die Wünsche des Präsidenten keine Rücksicht nehmen, nicht auf Kosten von dessen Sicherheit oder der der First Lady.

„Es war nicht deine Schuld, Brant", erklärte Eric, einer der anderen Personenschützer. „Niemand konnte das angesichts einer allem Anschein nach freundlich gesinnten Menge ahnen."

„Wenn es nicht meine Schuld ist, wessen dann? Keine Menschenmenge ist komplett freundlich. Das hätte niemals passieren dürfen."

„Ich verstehe, dass du dir die Schuld gibst. An deiner Stelle würde es mir vermutlich genauso gehen. Du sollst nur wissen, dass du meiner Meinung nach fantastische Arbeit leistest. Das finden wir alle."

„Nun, danke. Aber ich fühle mich heute Abend nicht besonders fantastisch."

„Nächstes Mal machen wir es besser."

„Ja."

Der Gedanke, dass dem POTUS oder der FLOTUS unter seiner Aufsicht etwas zustoßen könnte, war unerträglich. Sie waren von der ersten Minute an so freundlich zu ihm gewesen, als er im Team des Vizepräsidenten angefangen hatte, und der Präsident hatte sich persönlich dafür eingesetzt, dass Brant sein leitender Bodyguard blieb, auch nachdem er ins Amt des Präsidenten aufgestiegen war.

Brant würde bereitwillig sein eigenes Leben geben, um sie zu schützen, wenn es sein müsste.

Er betete allerdings jeden Tag darum, dass es nicht so weit kommen möge.

~

Im Haus nebenan presste Nick eine kalte Kompresse gegen Sams Gesicht, wo die Tomate sie getroffen hatte.

„Das brauche ich wirklich nicht", beharrte sie.

„Ich aber, also lass mich bitte."

Sie lag an seine Brust geschmiegt auf dem Sofa.

Ihr glücklicher kleiner Schwips war mittlerweile komplett verflogen.

„Wenn ich daran denke, was alles hätte passieren können …"

„Tu's nicht", bat sie. „Es ist alles in Ordnung. Das war nur eine Tomate."

„Als ich mich umgedreht und etwas Rotes in deinem Gesicht gesehen habe, hab ich gedacht, man hätte dich erschossen. Ich wäre beinahe in Ohnmacht gefallen."

„Ach, Nick. Das tut mir leid."

Er küsste sie auf den Scheitel und drückte weiter die Kompresse an ihre Wange. „Das muss es nicht. Es war ja nicht deine Schuld."

„Ich will nicht, dass dich das von weiteren Ausflügen abhält. Wir haben uns so gut amüsiert, bis irgendein Idiot alles ruiniert hat."

„Genau das jagt mir solche Angst ein", gestand er. „Dass eine einzige dumme, geistesgestörte Person alles ruinieren kann – und nicht nur einen Abend."

„Wie du zu sagen pflegst: Wir sind von den besten Bodyguards der Welt umgeben. Sie haben alles richtig gemacht, indem sie die Massen zurückgedrängt und uns schnell in Sicherheit gebracht haben."

„Ich hoffe, es wird deswegen keinen großen Aufstand geben."

„Lass uns nicht mehr darüber nachdenken. Es geht uns gut. Den Personenschützern geht es gut. Man wird herausfinden, wer das getan hat, und ihn unter eine Anklage stellen, die ihn bereuen lassen wird, heute Morgen überhaupt aufgestanden zu sein. Lass uns lieber den Abend weiter genießen." Sam nahm vorsichtig seine Hand und die Kompresse von ihrem Gesicht. „Ich bekomme langsam Frostbeulen."

„Oh, entschuldige."

„Schon gut. Danke, dass du dich um mich gekümmert hast."

„Immer gerne."

Nicks Handy klingelte. „Das ist Scotty."

„Er hat vermutlich schon gehört, was geschehen ist."

Nick drückte die grüne Taste, um den Anruf entgegenzunehmen. „Hey, Kumpel."

„Alles in Ordnung bei euch? Sie berichten überall, dass jemand vor dem Restaurant etwas nach euch geworfen hat."

„Ja, es ist alles gut. Eine Tomate hat deine Mom im Gesicht getroffen, aber sie ist okay."

„O Gott! Was ist nur los mit den Leuten?"

„Woher sollen wir das wissen?", fragte Sam.

„Ich meine, mal im Ernst. Wer wirft denn bitte Tomaten auf das Präsidentenpaar?"

Nick musste sich angesichts von Scottys heftiger Empörung ein Lachen verbeißen. „Menschen, die uns nicht mögen?"

„Tut mir leid, aber das ist totaler Quatsch. Man kann ja wohl unterschiedlicher Meinung sein, ohne gleich gewalttätig zu werden."

„Du hast recht."

„Ich bin nur froh, dass euch nichts passiert ist. Es hat mir Angst gemacht, als ich das in den Nachrichten gesehen habe."

„Tut mir leid. Wir hätten dich gleich anrufen sollen."

„Mir geht es gut, solange es euch gut geht."

„Das tut es."

„Na, Gott sei Dank."

„Ich hab übrigens deinen Aufsatz gelesen. Er ist super."

„Ehrlich?"

„Ehrlich."

„Keine Tippfehler?"

„Mir sind keine aufgefallen. Du hast ein überzeugendes Plädoyer dafür geliefert, wie wichtig der Zugang zum Wahlrecht für alle Bürger ist. Vielleicht solltest du in Erwägung ziehen, es in den sozialen Medien zu veröffentlichen."

„Auf gar keinen Fall."

„Doch, wirklich! Du könntest eine Stimme dafür sein, dass sich junge Menschen in der Politik engagieren."

„Wow. Ich kann nicht glauben, dass er dir so gut gefällt."

„Das tut er wirklich."

„Vielen Dank, Dad."

„Keine Ursache. Jetzt ab ins Bett, damit du morgen früh fit für die Schule bist."

„Natürlich musstest du es am Ende noch ruinieren."

Sam und Nick lachten beide.

„Bis dann."

„Ja, bis dann." Kaum war das Gespräch beendet, wurde Nicks Miene ernst. „Ich hasse es, dass er in Sorge war. Das macht mich sauer."

„Mich auch. Was könnten wir denn wohl tun, um dich auf andere Gedanken zu bringen?"

„Da fällt mir absolut nichts ein."

Sam lächelte, während sie sich ihm zuwandte.

Er fuhr mit einem Finger behutsam über die Stelle an ihrer Wange, die gar nicht mehr wehtat. Am Anfang hatte es gebrannt, aber jetzt war alles wieder in Ordnung. „Dass es jemand wagt, mein liebstes Gesicht auf der ganzen Welt zu verletzen …"

„Das war nichts im Vergleich zu manch anderen Dingen, die es hinter sich hat."

Nick beugte sich vor und hauchte einen zärtlichen Kuss auf die Stelle, wo das Eis seine Wirkung getan hatte. „Kalt."

Da er seinen Pulli bereits ausgezogen hatte, knöpfte sie ihm das Hemd auf und drückte die kalte Wange an seine Brust.

Er keuchte und vergrub die Finger in ihrem Haar.

„Ich hab was schickes Neues für diese Reise gekauft. Möchtest du es sehen?"

„Äh, ja?"

Sam lachte.

„Du hast es mir bisher vorenthalten?"

„Ich wollte nicht gleich am ersten oder zweiten Tag all meine Trümpfe ausspielen." Sie küsste Nick auf die Brust. „Bin gleich wieder da."

„Ich warte genau hier."

Sie ging ins Schlafzimmer, um das durchsichtige Negligé anzuziehen, das sie online gekauft und zu Tracy hatte schicken lassen. Zum Glück nahm ihre Schwester die Pakete an, die Sam bei ihr zustellen ließ, ohne Fragen zu stellen. Sie hätte es nicht gewagt, etwas so Aufreizendes ins Weiße Haus schicken zu lassen. Allein der Gedanke, dass die Poststelle dieses Paket öffnete, brachte sie zum Lachen.

Nachdem sie sich das verführerische Teil übergestreift hatte, machte sie einen Abstecher ins Bad, trug knallroten Lippenstift auf, richtete sich das Haar und beschwor ihre innere Sirene – ein weiterer Gedanke, der sie zum Lachen brachte. Hatte sie so was überhaupt?

„Finden wir es heraus, ja?"

Sie trat in einen dunklen Raum, erhellt lediglich vom Kaminfeuer, das einen warmen, gemütlichen Schein verbreitete.

Nick saß vor dem Kamin auf dem Boden und telefonierte mit ernstem Gesichtsausdruck. Er war bis auf seine Boxershorts nackt. Als sie ihn im Schein der Flammen betrachtete, fand sie, dass er einem griechischen Gott ähnelte. Wenn der Rest der Welt ihn jetzt sehen könnte …

„Alles in Ordnung?"

„Brant ist sehr aufgebracht über das, was vorhin passiert ist."

„Es tut mir wirklich leid für ihn. Er ist so gewissenhaft."

„Ja, er …" Nick schaute zu ihr hoch, und was immer er hatte sagen wollen, erstarb ihm auf den Lippen. Sein Handy fiel ihm aus der Hand und landete mit einem dumpfen Laut auf dem Boden. „Wow."

Sam gefiel seine Reaktion. Sie hatte gewollt, dass er für eine Weile ausschließlich an sie dachte. Mission erfüllt.

Er streckte eine Hand aus. „Komm her."

Sie nahm seine Hand und ließ sich von ihm auf den weichen Teppich vor dem Kamin ziehen. „Hier bin ich, Mr President. Was nun?"

„Ich möchte mir diese Göttin, die mir erschienen ist, genau ansehen."

„Meinst du etwa mich?", fragte sie mit einem gespielt schüchternen Blick.

Lächelnd zog er sie näher zu sich. „Niemand sonst kann mich so bezaubern wie du." Er küsste sie auf den Hals, und sie erbebte. „Aber ich wüsste gerne, wie meine First Lady ein solch skandalöses Kleidungsstück erwerben kann, ohne einen internationalen Zwischenfall in der Poststelle des Weißen Hauses auszulösen."

„Ich lasse es zu Tracy liefern."

„Sehr clever."

„Ich dachte, du hättest auch ohne einen Skandal in der Poststelle schon genug Probleme."

„Da hast du richtig gedacht, und lass dir von mir sagen, dass der Erwerb ein Volltreffer war, egal wo du dieses sexy Ding herhast." Er strich mit seiner Hand über Haut und Seide. „Manchmal schaue ich dich an und frage mich, wie ich das Glück haben konnte, dich zweimal zu finden."

„Geht mir genauso. Nach der ersten Nacht, die wir zusammen verbracht haben, habe ich andauernd von dir geträumt. Immer wenn es mit Stahl und Peter und dann mit der furchtbaren Verletzung meines Vaters zu schlimm wurde, habe ich die Augen geschlossen und dich im Geiste besucht. Dann habe ich mich immer besser gefühlt."

„So ähnlich war es bei mir auch, Babe. Ich hab an dich und diese eine perfekte Nacht gedacht und mich gefragt, wo du gerade bist, was du wohl tust und warum du mich nie zurückgerufen hast."

„O Mann. Das macht mich immer noch so wütend. Ich hätte Peter selbst umbringen sollen."

„Nein, Orange steht dir nicht."

Sam lächelte. „Ich werde es nie leid, an jene erste Nacht zu denken, in der wir einander kennengelernt haben, und auch wenn unser zweites Treffen nicht unter den besten Umständen stattgefunden hat, hab ich vom ersten Augenblick an, als ich dich in Johns Wohnung gesehen hab, gewusst, dass sich auch nach sechs Jahren nichts geändert hatte."

„Das hast du mir noch nie erzählt."

„Doch."

„Ich glaube nicht."

„Nun, jetzt weißt du es jedenfalls."

Nick knabberte wieder an ihrem Hals. „Wenn das wirklich stimmt, hast du mich ziemlich hart dafür arbeiten lassen."

„Weil ich Angst hatte, meine Karriere zu ruinieren, indem ich mit einem Zeugen schlafe, und das auch noch direkt nachdem bei einem meiner Einsätze ein Kind gestorben war."

„So was von meiner Samantha."

Sam setzte sich ihm rittlings auf den Schoß.

Er legte ihr die Hände auf den Hintern und zog sie eng an sich heran.

„Ich will dir noch etwas anderes gestehen, das ich dir bisher noch nicht gesagt habe."

„Nämlich?"

Sie konnte kaum einen klaren Gedanken fassen, als er seine Lippen über ihren Hals gleiten ließ. Er wusste genau, dass das ihr Kryptonit war. „Wenn ich mich hätte entscheiden müssen – du oder die Karriere –, hätte ich dich gewählt."

Er wich zurück, um ihr ins Gesicht sehen zu können. „Nicht im Ernst!"

„Natürlich. Einen anderen Job hätte ich finden können, aber mir war klar, dass es keinen zweiten Mann wie dich gibt. Ich hätte dich nicht wieder gehen lassen. Nie im Leben." Diesmal küsste sie ihn auf den Hals und setzte ein wenig die Zähne ein, was ihm ein Stöhnen entlockte. „Was wir haben, die Familie, die wir zusammen geschaffen haben, wäre jedes Opfer wert gewesen."

„Ich bin froh, dass das nicht nötig war."

„Ich auch. Doch wenn es je dazu kommen sollte, werde ich nicht zögern, mich für dich zu entscheiden."

„Das macht mich zum glücklichsten Mann der Welt."

„Tja, und mich zum glücklichsten Mädchen."

„Du bist ganz Frau, Babe – und ganz mein."

Als ihre Lippen sich trafen, war Sam erleichtert, dass es ihnen gelungen war, die Magie wiederzufinden, die sie früher am Abend umgeben hatte, ehe die Dinge vor dem Restaurant aus dem Ruder gelaufen waren.

Irgendwie schaffte er es, sie beide so zu drehen, dass sie plötzlich unter ihm auf dem dicken, weichen Teppich lag.

„Hey, du." Er küsste die Stelle, wo sie von der Tomate getroffen worden war. „Wie geht's dir?"

Sie schlang Arme und Beine um ihn. „Ganz gut, danke."

Was sie empfand, als er ihre Körper vereinte, ließ sich nicht in Worte fassen. Es war spirituell, magisch, das einzig Perfekte in ihrem Leben – und in seinem. All seine Gefühle für sie strahlten ihm aus den Augen, und sie dankte dem lieben Gott, dass er ihn zweimal in einem Leben zu ihr geführt hatte.

Das Klingeln des Telefons, an das er immer gehen musste, riss sie aus ihrem glückseligen Zustand.

„Nein", stöhnte er. „Ignorier es einfach."

„Das kannst du nicht tun."

„Es kann noch eine Minute warten. Schau mich an."

Sam versuchte, das klingelnde Handy und den Adrenalinstoß zu ignorieren, der sie durchfuhr, als ihr klar wurde, dass man ihn für etwas Dringendes brauchte.

„Sam. Bleib bei mir. Das kann warten."

„Ich versuch's ja."

„Verdammt." Als er merkte, dass der Moment vorbei war, zog er sich aus ihr zurück und marschierte zu dem klingelnden Handy. „Ja?"

Über die knappe Art, mit der er sich meldete, musste sie lächeln, während sie seinen Anblick genoss, nackt, erregt und wütend über die Unterbrechung.

„Wie bitte? Wann?"

Sam setzte sich auf, griff nach der Decke auf der Couch und wickelte sie um sich.

„Ich bin sofort da." Er legte auf. „Das war Terry. Es hat eine Schießerei in Fort Liberty gegeben. Zwei Soldaten sind tot und sechzehn verwundet, einige davon schwer."

„O nein."

„Es tut mir leid. Ich muss nach nebenan, ins mobile Lagezentrum."

„Alles klar. Kein Problem."

„Doch, und wir holen das nach."

„Das ist wirklich kein Problem, Nick. Die armen Familien, die gleich diese furchtbare Nachricht bekommen. Sie brauchen dich."

„Irgendwann werde ich eine Erklärung abgeben müssen. Es wäre schön, dich dabeizuhaben, wenn du dazu bereit bist."

„Natürlich. Gib mir einfach Bescheid, wann. Ich werde da sein."

Er beugte sich zu ihr herab, um sie zu küssen. „Ich nominiere dich für die Wahl zur Frau des Jahres."

„Ha! Das wird eine katastrophale Niederlage."

„Die einzige Stimme, die zählt, ist meine, und so gewinnst du jedes Mal. Ich werde es wiedergutmachen."

„Darauf kannst du wetten. Und jetzt los. Die Menschen brauchen dich."

Er stöhnte, als er sich losriss und ins Schlafzimmer ging, um sich anzuziehen.

Sam wickelte die Decke enger um sich und starrte ins Feuer, ihr Körper vibrierte noch immer vor unerfüllter Begierde. Wie oft hatte eine erotische Begegnung mit Nick sie bisher unbefriedigt zurückgelassen? Niemals.

„Ich bin so schnell wie möglich zurück", versicherte ihr Nick, als er in Jeans und Pulli aus dem Schlafzimmer trat.

„Du findest mich hier."

„Das hoffe ich doch sehr."

KAPITEL 15

Als Nick die Haustür öffnete, hörte Sam ihn mit Brant reden. Schlief der Personenschützer eigentlich nie?

Jetzt, da sie allein war, überprüfte sie die Nachrichten auf ihrem Handy. Eine war von Avery Hill, der sie bat, ihn anzurufen, sobald sie Gelegenheit dazu hätte. Sie schickte ihm eine SMS, um zu sehen, ob er noch wach war.

Da er das bejahte, rief sie ihn an.

„Hi", meldete sie sich. „Was gibt's, Avery?"

„Ich habe gerade das mit Fort Liberty gehört. Um solche Dinge beneide ich ihn nicht."

„Ja, ich auch nicht."

„Ich wollte dich darüber informieren, dass Nicolettas neuer Anwalt Collins Worthy mit den Staats- und Bundesstaatsanwälten in Kontakt getreten ist, um Verhandlungen über einen Deal aufzunehmen."

„Wird es ihr gelingen, den Kopf noch mal aus der Schlinge zu ziehen?"

„Ich bin mir nicht sicher. Die Anklage wegen Geldwäsche ist alles andere als eine Lappalie."

„Wenn sie irgendeine Vereinbarung mit ihr treffen", sagte Sam, „werden die Leute denken, Nick hätte sich für sie eingesetzt."

„Das fürchte ich auch."

„Obwohl ihm nichts fernerläge."

„Nach allem, was man hört, ist der Anwalt sehr renommiert. Sein Ziel ist es, dass sie mit Bewährung, Geldstrafe und gemeinnütziger Arbeit davonkommt."

„Ich will, dass man sie einsperrt und den Schlüssel wegwirft."

„Das verstehe ich, und du hast jedes Recht, so zu empfinden, aber – und das sage ich jetzt als Freund und nicht als FBI-Agent – es ist möglicherweise besser für alle Beteiligten, wenn die Sache schnell erledigt ist. Wenn die Mutter des Präsidenten vor Gericht steht oder gar im Gefängnis sitzt, sieht das nicht gut für ihn aus, selbst wenn er keine Beziehung zu ihr hat."

„Ich gebe es nur ungern zu, doch das stimmt vermutlich."

„Gut. Ich halte dich weiter auf dem Laufenden."

„Das würde ich sehr zu schätzen wissen. Wie geht es Shelby?"

„Jeden Tag etwas besser. Ich hab ein Haus gefunden, das für uns infrage kommen könnte, mit hervorragenden Sicherheitsvorkehrungen. Am Sonntag zeige ich es ihr."

„Das ist eine wunderbare Nachricht. Wobei du ja weißt, dass ihr so lange bei uns wohnen könnt, wie ihr wollt."

„Und dafür sind wir sehr dankbar. Dennoch ist für es uns alle besser, wenn ich mit meiner Familie so schnell wie möglich aus dem Weißen Haus verschwinde."

„Weshalb?"

„Das Justizministerium und seine vielen Abteilungen geben sich große Mühe, die Unabhängigkeit vom Weißen Haus zu wahren. Es ist beruflich nicht gut für mich, mit dem Präsidenten auf Kuschelkurs zu sein."

„Auch wenn du schon einer seiner engsten Freunde warst, bevor er Präsident geworden ist?"

„Selbst dann."

„Manchmal hasse ich diese Stadt."

„Nur manchmal?", fragte Avery lachend.

„Haha! Na gut, meistens. Trotzdem ist sie nun mal mein Zuhause, ungeachtet ihrer vielen Mängel."

„Stimmt. Aber ich will dich nicht länger aufhalten. Eigentlich wollte ich dir bloß mitteilen, was ich gehört habe."

„Das ist sehr nett, Avery. Und danke, dass du dich so gut um Shelby kümmerst."

„Nichts, was ich lieber täte. Ihre Kraft und Stärke erstaunen mich immer wieder."

„Sie ist eine Magnolie aus Stahl."

„Ja. Wäre ich doch nur ein bisschen mehr wie sie! Ich kann immer noch nicht daran denken, was passiert ist – und was hätte passieren können –, ohne dass mir angst und bange wird."

„Das verstehe ich. Deinetwegen und wegen deiner Arbeit wurden die Menschen, die du am meisten liebst, bedroht und in Gefahr gebracht."

„Ganz genau. Und die Täter sind der letzte Abschaum. Der Gedanke daran, dass sie auch nur in Shelbys und Noahs Nähe waren, treibt mich fast in den Wahnsinn. Ich glaube, ich könnte sie umbringen, wenn ich die Chance dazu erhielte."

„Tu das nicht. Sie sind da, wo sie hingehören, und werden so schnell nicht wieder rauskommen."

„Aber wie viele andere wie sie sind noch da draußen und geben uns ebenfalls die Schuld an ihren Problemen?"

„Ich bin sicher, es sind zu viele, um sie zu zählen, doch sie werden uns nicht davon abhalten, unsere Arbeit zu erledigen und unser Leben zu leben."

„Nicht?"

„Was willst du damit sagen, Avery?"

„Dieser Vorfall hat mich wirklich aus der Bahn geworfen. Ich bin noch nicht sicher, was das bedeutet, aber es könnte sein, dass ich meinen Job an den Nagel hänge."

„Ach, komm schon. Was willst du denn sonst mit dir anfangen?"

„Ehemann und Vater sein. Meine Familie beschützen."

„Selbst wenn du nicht mehr arbeitest, kannst du nicht ununterbrochen bei ihnen sein. Shelby wird weiter im Weißen Haus arbeiten. Ehe du dichs versiehst, wird Noah eingeschult, genau wie das neue Baby auch. Triff keine überstürzten Entscheidungen, die du später möglicherweise bereust."

„Ich versuche, es nicht zu tun, obwohl es mir sehr schwerfällt."

„Vielleicht solltest du mal mit einem Therapeuten sprechen?"

„Daran habe ich auch schon gedacht."

„Du musst einen Weg finden, damit fertigzuwerden, ohne dass du deine überaus erfolgreiche Karriere aufgeben musst."

„Ich hasse diese Karriere im Augenblick. Hast du je so empfunden?"

Sam schnaubte. „War das eine rhetorische Frage? Natürlich! Vor allem in letzter Zeit, mit diesem ganzen Mist mit Stahl."

„Wir hatten ein Briefing über die neuesten Entwicklungen, weil wir in die Erstuntersuchung mehrerer der Vermisstenfälle involviert waren. Es ist ungeheuerlich."

„Hast du gehört, dass man in seinem Garten menschliche Überreste gefunden hat?"

„O Gott. Nein, das hatte ich noch nicht gehört."

„Behalt es bitte für dich, bis es über die offiziellen Kanäle läuft."

„Natürlich. Aber ihr müsst ganz schön durch den Wind sein."

„Und das ist noch vorsichtig ausgedrückt."

„Es ist surreal. Ehrlich."

„Ja, und peinlich. Dass er diesen Mist abgezogen hat, während er so getan hat, als sei er ein aufrechter Polizist, ist für den Rest von uns schwer zu ertragen."

„Klar. Wir vom FBI kennen das ebenfalls. Es schmerzt mehr, als man denkt."

„Absolut."

„Apropos Drecksäcke: Was treibt eigentlich dein alter Freund Ramsey?"

„Ich habe in letzter Zeit nicht viel dazu gehört. Er ist auf Kaution raus und wartet auf sein Gerichtsverfahren, nachdem er mit seinem Auto in meinen Secret-Service-SUV gerast ist. Wusstest du, dass versuchter Mord an einem Bundesagenten eine große Sache ist?"

Avery lachte. „Das habe ich gerüchteweise schon gehört. Ganz zu schweigen von dem Versuch, die Frau des Präsidenten aus dem Weg zu räumen."

„Ja, ganz zu schweigen davon. Als ob es all seine Probleme lösen würde, mich loszuwerden."

„Genau. Er wäre trotzdem noch ein Vollidiot."

„Ich befürchte, dass er die Polizei wegen der Erschießung seines Sohnes verklagen wird. Das Letzte, was wir jetzt brauchen, ist mehr negative Publicity durch einen Kriminellen aus unseren eigenen Reihen."

„Das stimmt allerdings. Ich mache mir Sorgen, ob Joe das alles durchhält."

„Die mache ich mir auch. Ich kann mir die Arbeit ohne ihn nicht vorstellen. Ab und zu reden er und Malone über ihren Ruhestand. Dann krieg ich sofort Schweißausbrüche."

„Irgendwann wird es aber so weit sein."

„Sei still. Wird es nicht."

„Hier laufen die Nachrichten. Sie sagen, dass es in Fort Liberty drei Tote gibt. Dazu sind über zwanzig Personen verletzt worden, viele davon schwer."

„O mein Gott."

„Verdammte Schusswaffen. Das ist totaler Wahnsinn."

„Neulich habe ich bei der Arbeit gehört, dass wir zum ersten Mal seit Jahrzehnten Probleme haben, neue Beamte zu finden. Das muss daran liegen, dass alle auf der Straße bewaffnet und wütend sind, und an Leuten wie Stahl und Ramsey, die den ganzen Berufsstand in ein schlechtes Licht rücken."

„Nicks Taskforce zur Waffenkontrolle ist genau das, was wir brauchen. Doch die wird nicht rechtzeitig etwas bewirken können, um das, was heute Abend in Fort Liberty passiert ist, oder die nächste Massenschießerei zu verhindern."

„Mir ist schlecht."

„Ja, mir auch. Na gut, mit dieser frohen Botschaft beschließen wir unser Gespräch. Ich melde mich, wenn ich was Neues über deine Schwiegermutter höre."

„Danke."

„Gern."

Sam klappte das Handy zu und griff nach der Fernbedienung, um den Fernseher einzuschalten. Die Gesichter der Moderatoren von Capitol News Network waren ernst, als sie das Neueste aus Fort Liberty berichteten. „Mein Gott", flüsterte Sam.

Nick schrieb ihr eine SMS über den sicheren BlackBerry.
Besprechung in dreißig Minuten. Kannst du rüberkommen?
Ich werde da sein. Das tut mir so leid, Schatz. Es ist furchtbar.
Du hast ja keine Ahnung.

Sam drehte sich der Magen um, als sie diese Worte las. Was war nun wieder los?

Die Meldungen wurden von Minute zu Minute schlimmer. Mehr als fünfundsiebzig Verwundete und mittlerweile vier bestätigte Tote, darunter der Schütze, den die Militärpolizei ausgeschaltet hatte. Aber nicht, bevor er das Leben von Hunderten seiner Kameraden dramatisch verändert hatte, die sich zu einer Comedy-Show in der Aula des Stützpunktes versammelt hatten.

Bei der Waffe handelte es sich um ein M16, ein Gewehr, das darauf ausgelegt war, möglichst schnell möglichst viele Menschen zu töten.

„Nick", sagte Terry.

Nick riss seinen Blick vom Fernseher los, wo er die Nachrichten verfolgte.

„Wir haben ein Update." Sein Stabschef war nach Bekanntwerden der Nachricht aus Fort Liberty im Hubschrauber nach Delaware zurückgekehrt.

Nick folgte Terry ins mobile Lagezentrum, das der Secret Service vor seiner Ankunft am Strand abhörgesichert und mit der notwendigen Kommunikationstechnik ausgestattet hatte. Er fühlte sich schuldig, weil man Geld der Steuerzahler ausgab, damit er Urlaub vom Weißen Haus machen konnte. Doch ab und zu musste er mal raus, sonst würde er durchdrehen.

Er setzte sich ans Kopfende des Konferenztisches.

Terry drückte ein paar Knöpfe, was Vizepräsidentin Gretchen Henderson, Verteidigungsminister Tobias Jennings, die Ministerin für Innere Sicherheit Madeleine Brill, den amtierenden Generalstabschef der Armee, General Roger Kaull, und

General Hilary Stern, die Befehlshaberin von Fort Liberty, auf den Bildschirmen an der Wand erscheinen ließ.

„Danke, dass Sie da sind", begrüßte Terry sie und stellte Nick Kaull und Stern vor.

„Mr President, es tut mir so leid, diese schreckliche Nachricht zu hören", begann Gretchen.

„Mir auch. Was wissen wir bislang, Tobias?"

„Wir haben Corporal Tyson Briggs, seit fünf Jahren bei der Armee, als Schützen identifiziert."

„General Stern, was können Sie uns über den Mann erzählen?"

„Mr President, er war heute in eine Auseinandersetzung am Arbeitsplatz verwickelt, nachdem er die E-Mail von Minister Jennings bekommen hatte, in der er Mitgliedern der Streitkräfte eine unehrenhafte Entlassung anbot, wenn sie sich nicht in der Lage sähen, dem Oberbefehlshaber loyal zu dienen. Wie ich von Briggs' vorgesetzten Offizieren erfahren habe, war er empört, dass die Entlassung unehrenhaft sein würde, nur weil er sich weigert, für einen nicht gewählten Präsidenten in den Krieg zu ziehen."

O Gott, dachte Nick. *O mein Gott.*

„Offenbar haben andere Kameraden ihm widersprochen und ihn Verräter genannt. Es fielen auch noch andere Bezeichnungen, die Briggs nur wütender gemacht haben. Sein befehlshabender Offizier hat ihn aufgefordert, an die frische Luft zu gehen, um sich zu sammeln. Daraufhin ist er aus dem Haus gestürmt, und man hat bis zu den Schüssen in der Aula nichts mehr von ihm gehört. Der befehlshabende Offizier hatte bei Briggs bisher nie Anzeichen von Zorn oder Aggressivität bemerkt. Er hat sich zwar über Tagespolitik geäußert, allerdings nie in einem Stil, der in irgendeiner Form auf die Ereignisse von heute Abend hätte hindeuten können. Wir haben Briggs' Kameraden und Vorgesetzten sowie anderen Personen, die sich in der Aula aufhielten, Notfallseelsorger zur Verfügung gestellt, Sir."

„Danke für die Zusammenfassung, General Stern", sagte Terry. „Wie sieht es mit den Opfern aus?"

„Vier Tote, fünfundsiebzig Verletzte, zwei davon mit lebensbedrohlichen Wunden."

„Danke für das Update. Wir bitten Sie alle, sich bereitzuhalten, falls wir Sie heute Abend noch einmal benötigen", schloss Terry das Briefing.

„Ich danke Ihnen allen", fügte Nick hinzu. Mehr brachte er wegen des riesigen Kloßes in seinem Hals nicht heraus. Vier Menschen waren tot und zahllose andere schwer verletzt, nur weil ein Soldat nicht für ihn arbeiten wollte.

„Danke, Mr President", antworteten die anderen, als sie sich vorerst verabschiedeten.

Als die Bildschirme dunkel waren, starrte Nick auf die gegenüberliegende Wand.

„Ich merke, dass du dir die Schuld gibst, obwohl es nicht deine Schuld ist", meinte Terry. „Corporal Briggs hat sich entschieden, seine Ansichten auf brutalste Art und Weise zum Ausdruck zu bringen. Das hat nichts mit dir zu tun."

Natürlich hat es das, dachte Nick, sprach es aber nicht aus. Terry versuchte ja bloß, dafür zu sorgen, dass er sich angesichts der unfassbaren Tat besser fühlte. „Wir müssen eine Erklärung abgeben."

„Trevor hat etwas geschickt, das du durchsehen kannst." Terry schob ihm ein Blatt Papier über den Tisch zu.

Nick überflog den Text, während er sich innerlich wie tot fühlte. „Hier steht nichts über den Zusammenhang mit der E-Mail von Jennings."

„Das müssen wir noch nicht veröffentlichen."

„Doch. Es wissen genug Leute über Briggs' Motive Bescheid. Ich möchte lieber kontrollieren, wie das an die Öffentlichkeit gelangt, als später darauf reagieren zu müssen."

„Ja, da hast du wohl recht. Ich werde Trevor bitten, es in den Text aufzunehmen. Gibt es sonst etwas, das du ändern möchtest, ehe wir es auf den Teleprompter bringen?"

„Nein. Der Rest ist okay."

„Ich kümmere mich darum. Wird Sam dazukommen?"

„Ja."

„Sehr gut."

Nichts ist gut, hätte Nick am liebsten erwidert. Er trauerte um die Soldaten, die sich freiwillig gemeldet hatten, um ihr Land zu verteidigen, und dann von einem Kameraden erschossen worden waren, weil der nicht damit einverstanden gewesen war, wie der Präsident ins Amt gelangt war.

Er musste die Familien der Getöteten oder Verletzten anrufen, und sie würden wissen, dass er der Grund für den Tod ihres Angehörigen war.

Sam trat ein, und sofort hellte sich seine Stimmung auf. Sie kam zu ihm, setzte sich auf seinen Schoß und schlang die Arme um ihn.

Er atmete ihren Vanille-und-Lavendel-Duft ein und bezog daraus und aus ihrer Nähe Trost.

„Es tut mir so unglaublich leid. Wie kann ich helfen?"

Er drückte sie fester an sich und sagte: „Für den Moment nur damit."

„Hast du schon irgendwelche Details gehört?"

„Ja, und es ist schlimm."

„Inwiefern?"

„Ich bin der Grund."

Sie hob den Kopf von seiner Schulter, um ihm ins Gesicht sehen zu können. „Was? Wieso?"

Er erklärte es ihr. „Terry meint, es sei nicht meine Schuld, aber ich fühle mich trotzdem verantwortlich."

„Terry hat recht. Sag mir, dass du das weißt."

„Rein verstandesmäßig schon. Ich habe nicht abgedrückt und diese Menschen getötet oder verletzt. Doch er hat es getan, weil er gegen mich war und sich über das Angebot einer unehrenhaften Entlassung für jeden, der mir als Oberbefehlshaber nicht unterstellt sein will, aufgeregt hat."

„Wenn du jemanden suchst, dem du die Schuld geben kannst, dann sind es die ehemaligen Generalstabschefs, ohne deren Gerede vom Sturz deiner Regierung diese E-Mail überhaupt nicht notwendig gewesen wäre."

Er zwang sich für sie zu einem Lächeln. „Ich liebe dich, wenn du meine Partei ergreifst."

„Dann musst du mich oft lieben, denn seit du diesen Job hast, bin ich häufig um deinetwillen wütend. Menschen sind furchtbar. Das ist nicht deine Schuld, sondern ihre. Du gibst dir solche Mühe, das Richtige zu tun, damit das amerikanische Volk weiter in Sicherheit, Gesundheit und Wohlstand leben kann. Ich bin überzeugt, dass die Zahl der Menschen, die dich schätzen, die derer, die es nicht tun, bei Weitem übertrifft."

„Das wäre toll."

„Das ist so. Mach einfach weiter wie bisher. Führ mit deinem Herzen. Zeig den Menschen, wie du wirklich bist und dass dir die gleichen Dinge am Herzen liegen wie ihnen. Aber was immer du tust, lad dir bitte nicht die Verantwortung für die Handlungen anderer auf. Was andere Menschen tun, entzieht sich deiner Kontrolle. Das Einzige, was du kontrollieren kannst, ist, wie du darauf reagierst. Du musst dich zeigen und Entschlossenheit und innere Stärke ausstrahlen. Das brauchen die Menschen im Moment von dir."

„Danke für die Ermahnung und die aufmunternden Worte."

Sam küsste ihn. „Wann immer du sie hören musst."

Ein Klopfen an der Tür kündigte Terrys Rückkehr an. „Entschuldige die Störung. Hier ist die überarbeitete Version."

Sam stand von Nicks Schoß auf und trat hinter ihn, um die Erklärung über seine Schulter zu lesen.

Nick blickte sie an. „Ist das so okay?"

„Ja."

„Danke, Terry. Das ist schon mal gut."

„In zehn Minuten sind wir so weit. Trevor und sein Team haben am Ende des Flurs ein Zimmer eingerichtet."

Als er weg war, wandte sich Sam an Nick. „Möchtest du dich umziehen?"

„Das werde ich jetzt tun."

„Hast du überhaupt einen Anzug dabei?"

„Ich glaube, Hank hat ein paar eingepackt", erwiderte er. Hank war sein persönlicher Kammerdiener. Wobei er immer noch nicht glauben konnte, dass er einen persönlichen Kammerdiener hatte, doch Hank sorgte praktischerweise dafür, dass er immer hatte, was er brauchte, egal wo er war. „Er hat gesagt, auch unterwegs müsse man auf alles gefasst sein."

„Tja, dieser Abend ist der Beweis dafür", meinte sie, während er sich umkleidete.

„Eigentlich hatte ich auf jede Menge Entspannung gehofft."

„Wir sollten wohl für die nächsten rund drei Jahre auf jeden Gedanken an Entspannung verzichten. Vielleicht auch für die nächsten sieben …"

„Nein, drei."

„Schließ nichts aus."

„Drei."

Sam grinste. „Das werden wir ja sehen."

Terry kehrte in den Raum zurück. „Mr President, Mrs Cappuano, wir wären so weit."

KAPITEL 16

Sam fand es befremdlich, dass Terry, einer ihrer engsten
Freunde, so förmlich mit ihnen umging, auch wenn sie wusste,
dass er einfach nur seinen Job erledigte.

Sie ergriff die Hand, die Nick ihr hinstreckte, und folgte ihm
den Flur entlang in ein Schlafzimmer, aus dem Trevor und sein
Team alle Möbel entfernt und in dem sie ein Pult mit dem Siegel
des Präsidenten daran sowie amerikanischen Flaggen auf beiden
Seiten aufgebaut hatten. Vor dem Pult stand eine
Fernsehkamera, und Kabel schlängelten sich durch den Raum,
über die sie vorsichtig hinwegstiegen.

Ein junger, ganz in Schwarz gekleideter Techniker stattete
Nick mit einem Mikrofon aus, das er ihm ans Revers heftete.
Die Art, wie er sich Nick mit dem Mikrofon näherte und ihm
half, es anzubringen, verriet, dass sie das nicht zum ersten Mal
machten.

„Das ist unglaublich", flüsterte Sam Nick zu, nachdem der
Techniker weg war. „Es sieht aus, als befänden wir uns im
Weißen Haus."

„Ich würde sagen, genau das ist beabsichtigt."

Sam konnte sich nicht vorstellen, was alles notwendig war,
um dafür zu sorgen, dass diese Dinge im Bedarfsfall zur
Verfügung standen, während Nick im Urlaub war. Sie war froh,
dass sie nicht für die Logistik dahinter verantwortlich war.

Nick trat hinter das Pult und las den Text noch einmal durch, bevor er Terry mit einem leichten Nicken zu verstehen gab, dass er bereit war.

„Wir brauchen die First Lady dichter beim Präsidenten", erklärte der Kameramann.

Da sie sich nirgendwo lieber aufhielt als in der Nähe des Präsidenten, stellte Sam sich direkt neben ihn und legte ihm eine Hand auf den Rücken, in der Hoffnung, er würde sich von ihrer Nähe trösten lassen.

„Das ist hervorragend so. Vielen Dank, Ma'am."

Man tut, was man kann, dachte sie wie so häufig, was sie trotz der düsteren Realität dessen, was Nick – wieder einmal – der amerikanischen Öffentlichkeit mitteilen musste, bei Laune hielt.

Über der Kamera leuchtete ein Licht auf, und Nick bekam das Zeichen, anzufangen.

„Meine amerikanischen Mitbürger, heute um zwanzig Uhr dreißig Ostküstenzeit eröffnete ein Schütze das Feuer auf eine Versammlung von Soldaten in Fort Liberty in North Carolina, tötete drei Personen und verletzte mehr als fünfundsiebzig, zwei davon lebensgefährlich. Bei dem Täter handelte es sich um Corporal Tyson Briggs, einen Armeeangehörigen mit fünfjähriger Dienstzeit, der sich zuvor mit anderen Kameraden gestritten hatte. Sein Vorgesetzter forderte ihn daraufhin auf, den Raum zu verlassen und sich zu beruhigen. Zunächst leistete er dieser Anweisung Folge, doch eine Weile später erschien er in einer Aula voller Soldaten, die sich zum Ansehen einer Comedy-Show versammelt hatten. Mit seinem Dienst-M16 richtete Corporal Briggs ein Blutbad unter seinen Kameraden an, ehe es der Militärpolizei gelang, ihn mit einem finalen Rettungsschuss zu stoppen. Meine Regierung wird Fort Liberty in dieser schwierigen Zeit auf jede erdenkliche Weise unterstützen. Ich habe Verteidigungsminister Tobias Jennings und General Roger Kaull, den amtierenden Generalstabschef der Armee, gebeten, zusammen mit General Hilary Stern, der kommandierenden Offizierin von Fort Liberty, alle erforderlichen Ressourcen der Bundesregierung für die betroffenen Soldaten und ihre Familien bereitzuhalten.

Darüber hinaus hat General Stern die Seelsorger der Militärbasis angewiesen, allen Hilfe angedeihen zu lassen, die das benötigen. Wir werden unseren Männern und Frauen in Uniform immer beistehen, aber besonders nach einer solchen Tragödie.

Minister Jennings hatte heute eine E-Mail an alle Angehörigen der Streitkräfte geschickt, um in der Situation mit den ehemaligen Generalstabschefs Klarheit zu schaffen. Darin hat er allen Angehörigen der Streitkräfte angeboten, mit einer unehrenhaften Entlassung aus dem Militär auszuscheiden, falls sie sich nicht in der Lage fühlen, unter meinem Kommando zu dienen. Wie wir von seinen Kollegen erfahren haben, war Corporal Briggs wütend über das Angebot einer unehrenhaften Entlassung. Das war auch der Grund für die erwähnte Aufforderung, seinen Posten zu verlassen, um sich zu sammeln. Es versteht sich von selbst, dass ich darüber schockiert bin, dass mich Corporal Briggs in irgendeiner Weise mit seinen abscheulichen Handlungen in Verbindung gebracht hat.

Meine Gattin und ich sind von diesen Ereignissen erschüttert und fühlen mit den Familien, die von dieser schrecklichen Tragödie betroffen sind. In den nächsten Tagen werden wir Fort Liberty einen Besuch abstatten, um ihnen persönlich unser Beileid auszusprechen. Bis dahin bitten wir unsere Mitbürgerinnen und Mitbürger um ihr Gebet für die tapferen Soldaten und Soldatinnen, die ihr Leben verloren oder schwere Verletzungen davongetragen haben, sowie für deren Familien, die Menschen von Fort Liberty und all unsere Soldaten und Soldatinnen, die heute Nacht auf der ganzen Welt im Einsatz sind. Wir sind in Gedanken bei all jenen, die heute gestorben sind, und bei denen, die noch um ihr Leben kämpfen. Gute Nacht."

„Wir sind raus."

Nick nahm das Mikrofon und den Sender ab, der an seinem Gürtel befestigt war, und reichte beides dem Techniker. „Vielen Dank, Josh."

„Gern, Mr President."

Natürlich wusste Nick, wie er hieß, und dem Lächeln des

jungen Mannes nach zu urteilen, freute es ihn, dass der Präsident ihn erkannte.

„Wir haben getan, was wir konnten", erklärte Nick und legte Sam eine Hand auf den Rücken. „Lass uns rübergehen."

„Da bin ich dabei."

„Gott sei Dank."

In der Nacht klingelte mehrmals das Telefon, weil die Zahl der Toten in Fort Liberty auf sechs anstieg. Es waren vier Männer und zwei Frauen zwischen neunzehn und siebenundzwanzig Jahren, die insgesamt fünf Kinder gehabt hatten. Einer von ihnen war verlobt gewesen und hatte in drei Wochen heiraten wollen. Ein anderer war gerade in den Dienst zurückgekehrt, nachdem er ein Jahr lang wegen einer Krebsdiagnose krankgeschrieben gewesen war.

Sie alle hatten eine einzigartige Geschichte, eine Familie, die sie liebte, und hätten noch so viel mehr zu geben gehabt.

Jedes Mal, wenn das Telefon klingelte und ein neuer Todesfall gemeldet wurde, brach Nick erneut das Herz.

„Woran denkst du?", fragte Sam nach dem dritten Anruf.

„Vielleicht sollte ich wirklich zurücktreten, wenn sie mich so sehr hassen, dass sie Menschen töten."

„Was würde das ändern? Gretchen würde Präsidentin werden, und die Leute hätten mit ihr das gleiche Problem wie mit dir. Und wer weiß, wie sie als Präsidentin wäre? Bei dir wissen wir wenigstens, was wir haben."

„Ja, *wir* wissen das. Aber andere offenbar nicht. Genau das ist das Problem."

„Dann sollten wir daran arbeiten. Wir sollten öfter Interviews geben, damit die Leute die Chance haben, uns besser kennenzulernen, Gespräche, die mehr in die Tiefe gehen, zu denen wir den Reporter einladen, damit er ein Gefühl für uns und unsere Familie bekommt und weiß, welche Themen uns besonders am Herzen liegen."

Nick legte ihr eine Hand auf die Stirn.

„Was tust du da?"

„Überprüfen, ob du Fieber hast."

Sam schlug seine Hand weg. „Hör auf. Das war mein Ernst."

„Meiner auch. Wer sind Sie, und was haben Sie mit meiner Frau gemacht?"

„Ich bin deine Frau, die Person, die dich mehr als alles und jeden liebt, und ich habe die Nase voll von dieser hirnrissigen Behauptung, du wärst kein rechtmäßiger Präsident. Du bist der einzige Präsident, den sie in den nächsten drei Jahren haben werden, also lass uns dafür sorgen, dass sie genau wissen, wer du bist und wofür du stehst. Sie können mich sogar bei der Arbeit begleiten."

„Jetzt krieg ich Angst."

Sam lächelte. „Ich meine das völlig ernst!"

„Ja, ich weiß. Das ist ja das Erschreckende. Dass du einen Reporter empfängst, der unser Leben seziert und dir bei der Arbeit folgt, ist das Letzte, was ich von dir erwarten würde."

„Ich lebe dafür, dich zu überraschen."

„Das ist dir gelungen."

„Wir brauchen jemanden, der uns interviewt", verkündete Sam. „Jemanden wie Oprah."

„Meinst du, sie würde das tun?"

Sam lachte. „Ja, Nick, ich glaube, sie wäre an einem ausführlichen Interview mit dem Präsidenten und seiner Frau interessiert, und ich würde sie gerne kennenlernen. Auf dem College haben wir jeden Tag ihre Sendung gesehen. Ich war regelrecht süchtig danach. Sprich mit deinen Leuten darüber, und lass es uns durchziehen. Je eher, desto besser."

Er rollte sich auf die Seite und legte den Arm um sie. „Meine Frau geht ja voll ab."

„Nimm dich bloß vor ihr in Acht. Sie ist ein Tiger mit einem rostigen Steakmesser, wenn Leute gemeine Dinge über ihren Mann sagen oder abscheuliche Dinge tun, weil sie nichts über ihren Oberbefehlshaber wissen."

Nick lachte laut auf. „Ruhig, Tiger. Messerstechereien sind nicht erlaubt."

„Aber darüber nachdenken darf ich, oder?"

„Klar.“

Sam legte ihm eine Hand ans Gesicht. „Ich weiß, das ist entsetzlich und furchtbar und alles Mögliche andere. Doch es ist nicht deine Schuld.“

„Das weiß ich.“

„Wirklich?“

„Na ja, ich arbeite daran. Es ist schwer zu verdauen, dass es etwas mit mir zu tun hatte, und sei es nur indirekt.“

„Versuch, es so zu sehen: Es hat etwas mit deinem Amt zu tun. Nicht mit dir. Mit der Verfassung und damit, wie der Machtwechsel geregelt ist. Nicht mit dir. Es hat etwas mit den verräterischen Handlungen hochrangiger Militärs zu tun, die es besser wissen und besser hätten handeln müssen. Nicht mit dir.“

Während er ihr zuhörte, spürte er, wie seine beinahe unerträgliche Spannung etwas nachließ. „Du hast recht.“

„Ich weiß.“

„Jetzt klingst du wie Scotty.“

„Nein, Scotty klingt manchmal wie ich.“

„Der Himmel steh uns bei.“

„Alles, was ich gesagt habe, ist die Wahrheit. Was in Fort Liberty passiert ist, so tragisch und entsetzlich es auch ist, ist nicht deine Schuld.“

„Als Oberbefehlshaber fühle ich mich für diese Soldaten verantwortlich.“

„Es ist in Ordnung, sich für sie verantwortlich zu fühlen. Das solltest du auch. Es ist nicht in Ordnung, dir die Schuld an dem zu geben, was passiert ist.“

„Danke für die Klarstellung.“

„Wann immer du eine brauchst. Jetzt komm her, und lass dich festhalten, damit du schlafen kannst.“

Er legte den Kopf auf ihre Brust, und sie strich ihm mit den Fingern einer Hand durchs Haar, während sie mit der anderen in beruhigenden Kreisen über seinen Rücken rieb. „Deine Streicheleinheiten bewirken das Gegenteil von dem, was du beabsichtigst.“

„Ruf ihn zur Ordnung. Es ist Schlafenszeit.“

„Er weiß nur, wie man aufsteht. Hinlegen kann er sich nicht.“

„Schließ die Augen, und denk an nichts, damit du dich erholen kannst."

„Zwei meiner drei Augen sind bereits geschlossen."

Sam lachte schnaubend. „Das ist so ekelhaft."

„Daran ist nichts Ekelhaftes, meine Liebe."

Sie boxte ihm in die Schulter.

„Ich sage nur die Wahrheit", beharrte er, während er seine Erektion gegen ihr Bein drückte.

„Lass mich mal ran."

„Bitte?"

Sie drückte gegen seine Schulter, um Platz für ihre Hand zu schaffen, damit sie an seiner Vorderseite hinabstreichen und seine Erektion umschließen konnte.

Nick keuchte unter einem unmittelbaren Ansturm der Begierde auf. „Was wird das?"

„Du musst jetzt schlafen, und er *steht* dem im Weg. Ich weiß, wie ich ihn dazu bringen kann, sich hinzulegen."

„Oh, das klingt spannend. Erzähl mir mehr."

„Wie wäre es, wenn ich es dir zeige?"

„Das wäre sogar noch besser."

Er schloss die Augen und versuchte, ihrem Rat zu folgen und an nichts zu denken, während sie ihn langsam und bedächtig streichelte, was ihn in den Wahnsinn trieb, während sie ihm weiter mit den Fingern der anderen Hand durchs Haar strich.

„Sam."

„Hmm?"

„Ich liebe dich."

„Ich dich auch."

Er rollte sich über sie und stützte sich auf die Unterarme, sodass genug Platz zwischen ihnen blieb, dass sie ihn weiter streicheln konnte. „Ich weiß nicht, was ich ohne dich täte – und ohne das hier."

„Ich bin für dich da, Schatz. Immer."

Er küsste sie, als er kam, und stöhnte an ihren Lippen. Nach dem Kuss blickte er im Schein der Nachttischlampe auf ihr süßes Gesicht hinunter. „Ich muss dich säubern."

„Lass, ich mach das schon. Ruh dich aus."

Sie rutschte unter ihm heraus, während er sich auf den Rücken drehte und sein Körper von der Erfüllung pulsierte. In den schlimmsten Zeiten konnte nur sie ihn die allgegenwärtigen Sorgen für ein paar Minuten der Glückseligkeit vergessen lassen.

Als sie zurück ins Bett glitt, streckte er die Arme nach ihr aus, und sie legte den Kopf auf seine Brust.

„Versuch zu schlafen", sagte sie. „Du hast getan, was du konntest. Morgen ist ein neuer Tag."

Er schlang die Arme um sie und seufzte. Das Geschehen in Fort Liberty lag ihm immer noch auf der Seele, aber Sam hatte recht. Er hatte getan, was er konnte, und am nächsten Morgen würde er sich erneut darum kümmern.

Freddie saß um fünf Uhr morgens an seinem Schreibtisch, fest entschlossen, so viel wie möglich über den Mann herauszufinden, der früher ihre Einheit befehligt hatte. Er begann mit einer gewöhnlichen Google-Suche und arbeitete sich durch die umfangreiche Berichterstattung über Stahls Mordversuche an Sam, den Prozess und die Verurteilung.

Schon vor den neueren Artikeln hatten Journalisten Stahl im Rahmen von Ermittlungen und anderen MPD-Angelegenheiten immer wieder zitiert. Zu wissen, dass das meiste, was er gesagt hatte, wahrscheinlich gelogen war, war selbst Tage nach Bekanntwerden der neuen Informationen schwer zu schlucken.

Freddie ging noch weiter zurück und fand einen Hinweis auf Stahls Abschluss an der McKinley High School vor über dreißig Jahren. Das war der einzige Hinweis auf sein Leben vor der Polizei.

Dann suchte er in den Datenbanken der Stadt nach Stahls Geburtsurkunde, in der Richard und Donna Stahl als Eltern eingetragen waren.

Er führte eine behördeninterne Suche nach Donna Stahl durch und stieß auf Berichte über Anschuldigungen wegen häuslicher Gewalt, die sie gegen ihren Mann Richard vorgebracht hatte, und später auf eine Anklage wegen Misshandlung ihres Sohnes Leonard. Ihm wurde übel, als er die Liste der Verletzungen las, die der dreizehnjährige Leonard durch seine Mutter erlitten hatte – eine schwere Gehirnerschütterung, ein gebrochener Kiefer, eine Wunde am Unterarm, die die Ärzte mit vierzig Stichen hatten nähen müssen, blaue Flecken am ganzen Körper und mehrere unerklärliche Verbrennungen.

Freddie hatte das Gefühl, herausgefunden zu haben, warum Stahl so ein sadistisches Monster war. Er war von einem aufgezogen worden.

Es gab Berichte des Jugendamts, in denen eine Entfernung aus dem Elternhaus empfohlen wurde, lange bevor der letzte Vorfall dazu geführt hatte, dass Stahl zu seinem Vater zog.

Donna Stahl hatte wegen mehrerer Delikte fünfzehn Jahre lang in demselben Gefängnis verbracht, in dem ihr Sohn jetzt einsaß.

In der nächsten Stunde setzte Freddie alle ihm zur Verfügung stehenden Mittel ein, um ihren gegenwärtigen Aufenthaltsort in Erfahrung zu bringen. Als er nicht fündig wurde, beschloss er, Sams Lieblingsbewährungshelfer Brendan Sullivan anzurufen, um zu sehen, ob der noch Tipps für ihn hatte, die ihm bei der Suche nach Donna helfen könnten. Da es so früh war, hinterließ er Brendan eine Nachricht.

„Was ist los?", fragte Gonzo.

Freddie war so in die Arbeit vertieft gewesen, dass er seinen Freund nicht hatte kommen hören. „Ich recherchiere zu Stahl und bin auf den Grund dafür gestoßen, dass er mit dreizehn zu seinem Vater gezogen ist." Er reichte Gonzo einen Ausdruck des Reports über den Vorfall, wegen dem Stahl ins Krankenhaus gebracht worden war. „Seine Mutter hat ihn windelweich geprügelt."

Gonzo las den Bericht mit ungerührter Miene. „Das erklärt vieles."

„Ja."

„Aber es entschuldigt nichts von dem, was er getan hat."

„Sehe ich auch so."

„Gute Arbeit."

„Vielen Dank. Jetzt bin ich dabei, den Verbleib der Mutter zu ermitteln, und werde mich über den Bruder kundig machen, der verschwunden ist."

„Lass mich wissen, was du herausfindest."

Nachdem Gonzo gegangen war, suchte Freddie nach Informationen über Michael Stahl, Leonards Halbbruder. Der Fünfzehnjährige war auf dem Heimweg von der Schule verschwunden. Es gab keine Zeugen, nichts, womit die Polizei hätte arbeiten können. Seine Eltern und Freunde hatten berichtet, er sei ein fröhlicher Junge mit vielen Freunden und Interessen gewesen, allseits beliebt, soweit sie wussten, und ein guter Schüler.

Freddie fragte sich, ob Stahl Michael gehasst hatte, weil er glücklich und ausgeglichen gewesen war.

Es war eine Theorie, die eine nähere Untersuchung verdiente.

Nach den Artikeln über das Verschwinden des Teenagers, die er gelesen hatte, hatten Michaels Eltern alles getan, um ihren Sohn zu finden, einschließlich jährlicher Veranstaltungen, um seinen Namen in den Nachrichten zu halten, und regelmäßiger Kontakte zur Polizei. Sie hatten altersangepasste Fotos anfertigen lassen und die Nachbarschaft mit Flugblättern zugepflastert.

Die Bemühungen der Familie hatten mit dem Tod von Stahls Vater und dessen Frau Karen ein paar Jahre später geendet.

Gonzo kam aus dem Büro. „Ich habe gerade mit Malones Informant gesprochen, um zu erfahren, woher er wusste, dass Stahl etwas mit den vermissten Frauen zu tun hat. Er sagte, er habe zufällig ein Gespräch mitgehört, in dem es darum ging, dass die Bullen einen in ihren Reihen hätten, der die Schwester seines Freundes misshandelt hatte, genau wie wahrscheinlich auch einen Haufen anderer. Der Typ hätte ein echtes Problem mit Frauen, und jeder wüsste das. Malones Informant, der mir seinen Namen nicht nennen wollte, behauptet, er habe sich in das Gespräch eingemischt, um zu fragen, von welchem Cop die Rede sei. Die Antwort lautete: ‚Von dem, der versucht hat, die Frau des Präsidenten umzubringen.' Malones Informant hat gefragt, woher der andere das wisse, und der hat entgegnet: ‚Die Leute reden. Das hat sich auf der Straße schon lange rumgesprochen.'"

„Wow", meinte Freddie. „Die Leute wussten also von Stahl und haben nichts unternommen?"

„Sie dachten wahrscheinlich, wir würden uns selbst um unsere Leute kümmern."

„Verstehe. Dennoch hätten sie die Hotline anrufen und es anonym melden können."

„Sicher, doch vielleicht haben sie befürchtet, wir könnten erfahren, wer sie sind, und sie verfolgen. Vielleicht hatten sie auch eigene Leichen im Keller und waren nicht bereit, ihren Hals zu riskieren, um ihn anzuzeigen."

„Möglich." Freddie erzählte, was er über das Verschwinden von Michael Stahl herausgefunden hatte. „Seit mehr als fünfundzwanzig Jahren gibt es keine Spur von ihm."

„Wie kann das nichts mit Stahl zu tun haben?", fragte Gonzo.

„Er muss da die Finger drinhaben."

~

Am Morgen, während Nick sich nebenan unter anderem mit der Schießerei in Fort Liberty, Waldbränden in Südkalifornien und Überschwemmungen in Kentucky auseinandersetzte, meldete sich Sam bei Freddie.

„Hey", sagte der. „Ich wollte dir gerade eine SMS schicken, um zu fragen, wie es euch geht. Ich kann das mit den Tomaten und das, was in North Carolina passiert ist, einfach nicht glauben."

„Ja. Es ist furchtbar, und Nick macht sich Vorwürfe, weil es mit der Sache mit den Generalstabschefs zusammenhängt."

„Ich habe davon gehört. Alle Nachrichtensendungen konzentrieren sich auf die Tirade des Schützen gegenüber seinen Kollegen vor der Schießerei."

Sam hatte den Fernseher absichtlich nicht eingeschaltet. „Natürlich."

„Viele Experten sind der Meinung, die Sache sei den in

Ungnade gefallenen ehemaligen Generalstabschefs zuzuschreiben, deren Aktion Wasser auf die Mühlen dieses Kerls war."

„Ich bin froh, dass das mal jemand ausspricht."

„Das denken viele Menschen. Wenn sie nicht den Putschversuch unternommen hätten, hätte dieser Typ auch nicht gedacht, es sei in Ordnung, seine Kameraden zu erschießen."

„Es ist alles so sinnlos", seufzte Sam. „Ich muss immerzu an die Eltern denken, die diese Nachricht erhalten, nachdem sie geglaubt haben, ihre Kinder wären auf einem sicheren Militärstützpunkt, weit weg von jeglichem Konflikt. Es ist furchtbar."

„Genau. Es tut mir leid, dass das passiert ist und dass Nick sich verantwortlich fühlt. Aber das zeigt doch gerade, was für ein mitfühlender Präsident er ist."

„Versuch mal, das den Leuten nahezubringen, die die ganze Zeit Öl ins Feuer gießen. Gestern Abend meinte er, vielleicht solle er einfach zurücktreten, und ich habe ihn daran erinnert, dass ihn eine ebenfalls nicht gewählte Präsidentin ersetzen würde, was das Problem nicht lösen würde. Es würde das Land nur noch instabiler machen."

„Na, schau mal einer an, zu was für einer gewieften Politikergattin du wirst!"

„Ein großes Wort für einen so jungen Padawan."

„Welches meinst du? ‚Politikergattin'?"

„‚Gewieft'", erwiderte sie lachend. „Ich bin nicht einmal sicher, ob ich weiß, was das genau bedeutet."

„Clever."

„Ah, okay. Stimmt, das bin ich."

„Mist, das war eine Steilvorlage."

„Ja, und ich habe sie direkt verwandelt."

„Wenn du meinst. Müsst ihr hinfliegen?"

„Ja", antwortete sie seufzend. „Nick überlegt noch, wann."

„Darum beneide ich euch nicht. Aber warum rufst du überhaupt an?"

„Weil ich dich und deinen Scharfsinn vermisse."

„Netter Versuch."

„Ich habe mich gefragt, wie die Durchsuchung von Stahls Haus gelaufen ist."

Er unterrichtete sie über alles, was er im Laufe des Tages über Stahls Vorgeschichte und das Verschwinden seines Halbbruders Michael herausgefunden hatte.

„Um was wollen wir wetten, dass er etwas damit zu tun hatte?"

„Wir haben keinen Zweifel daran. Brendan Sullivan hatte keine Informationen darüber, wo Stahls Mutter zurzeit lebt, und ich kann sie einfach nicht finden."

„Vielleicht hat sie nach ihrem Gefängnisaufenthalt ihren Namen geändert."

„Das wäre möglich. Was empfindest du, nachdem du jetzt gehört hast, was er als Kind durchgemacht hat?"

„Ich habe Mitleid mit dem Mann, der versucht hat, mich zu töten."

„Mir ging es vorhin genauso. Das entschuldigt zwar nicht das, was er getan hat, doch zumindest erklärt es die Sache ansatzweise. Weitere Neuigkeiten: Die Kollegen haben in seinen Unterlagen einen Mietvertrag für einen Lagerraum entdeckt. Wir warten auf den Durchsuchungsbeschluss dafür, obwohl uns jetzt schon davor graut, was wir finden könnten."

„Gott, das möchte ich mir gar nicht vorstellen."

„Die Ausgrabungsteams sind eingetroffen, um sich seinen Garten vorzunehmen. Haggerty und sein Team arbeiten momentan rund um die Uhr."

„Hat die Presse inzwischen Wind davon bekommen?"

„Nicht dass ich wüsste, aber die Abteilung für Öffentlichkeitsarbeit trifft sich ständig mit der Chefetage, um den Zeitplan für die Medienkampagne festzulegen. Du könntest Jeannie fragen, was da los ist."

„Das werde ich tun. Danke für das Update. So unschön es auch war."

„Warte, einen hab ich noch: Stahls Schwester droht mit einer Klage, weil wir sie und ihre Kinder aus dem Haus geworfen haben. Als ich sie gestern getroffen habe, hat sie mir irgendwie leidgetan. Sie hat genauso unter seinem Mist gelitten wie wir."

„Das stimmt wohl. Nichts davon ist ihre Schuld, soweit wir wissen. Danke, dass du mich auf dem Laufenden hältst. Gibt es sonst noch was?"

„Morgen Nachmittag ist Gigis Anhörung."

„Ja, ich werde sie gleich im Anschluss anrufen. Was für einen Eindruck macht sie auf dich?"

„Entschlossen, es hinter sich zu bringen und wieder an die Arbeit zu gehen."

„Das freut mich. Und Cameron?"

„Ich habe ihn noch nie so unter Strom gesehen. Er hasst es, dass Gigi wegen seiner Ex so viel Ärger hat."

„Genau wie Nick muss Cam begreifen, dass es nicht seine Schuld ist. Jaycee konnte einfach nicht damit klarkommen, dass er ihre Beziehung beendet hat."

„Wir haben versucht, ihm das zu sagen. Ich weiß nicht, wie er reagieren wird, wenn die Anhörung der Abteilung Interne Ermittlungen nicht wie erhofft verläuft."

„Welche Kollegen sind damit befasst?"

„Jeannie, Captain Andrews und Officer Offenbach, der bei der AIE ist, seit er bei falschen Behauptungen erwischt wurde."

Sams rutschte das Herz in die Hose, als sie Offenbachs Namen hörte. Er gab ihr die Schuld am Niedergang seiner Karriere und seiner Ehe, weil sie herausgefunden hatte, dass er eine Affäre gehabt hatte, während er angeblich auf einer Konferenz gewesen war. Es würde ihm große Freude bereiten, das Leben einer ihrer Ermittlerinnen zu ruinieren. „Dann hängt alles von Andrews ab." Der Sprengstoffexperte war dafür bekannt, hart, aber fair zu sein. Er ließ sich nicht in die Karten schauen und pflegte wenig Umgang mit Kollegen.

„Er scheint unvoreingenommen zu sein."

„Zumindest soweit wir wissen. Was ist, wenn er einer der Leute ist, die im Stillen über mich, meine neue Situation und die ganze Aufmerksamkeit, die mir deswegen zuteilwird, sauer sind? Wenn das der Fall ist, würde er es möglicherweise genießen, seine Frustration an einer meiner Untergebenen auszulassen."

„Ich glaube, die meisten Leute interessiert es nicht, dass du die Frau des Präsidenten bist."

„Viele Menschen finde es sicher blöd, dass ich versuche, beide Jobs zu erledigen, und halten mich für kcamerageil und Publicity-süchtig oder was auch immer sie sich ausgedacht haben."

„Ich würde nicht sagen, dass das so viele sind."

„Sicher mehr, als wir denken. Egal, ich rufe Gigi an und mache ihr Mut."

„Das wird ihr bestimmt guttun."

„Sonst noch was?"

„Wir haben nächste Woche einen Gerichtstermin für die erste Anhörung im Fall Blanchet. Am Tag darauf ist eine weitere Anhörung im Fall Spencer."

„Habt ihr Angela und die anderen Familien benachrichtigt?"

„Malone hat heute mit allen gesprochen."

Sam setzte einen Anruf bei ihrer Schwester auf ihre To-do-Liste. „Wie geht es Elin?" Sie sorgte sich um Freddies Frau, die vor Kurzem eine Fehlgeburt erlitten hatte.

„Besser. Langsam kehrt etwas von ihrem Strahlen zurück."

„Das höre ich gern. So was dauert eine Weile."

„Denkst du immer noch an das Kind, das du verloren hast?"

„Man vergisst sie nie, doch nach einer Weile denkt man nicht mehr jeden Tag daran. Es wird eher zu einem dumpfen Schmerz statt dem akuten."

„Gut zu wissen. Ich freue mich auf den dumpfen Schmerz."

„Ihr seid jung und gesund und könnt es bald wieder versuchen. Konzentriert euch auf die Gewissheit, dass Elin schwanger werden kann, was eine sehr gute Sache ist. Das wird euch helfen."

„Danke. Ich weiß deine weisen Worte zu schätzen."

„Weise Worte von mir sind für dich jederzeit kostenlos."

Freddies Schnauben brachte sie zum Lachen. Sie hasste es, wenn ihr junger Partner niedergeschlagen war.

„Ich melde mich, wenn es was Neues zu berichten gibt", erwiderte er. „Und ich hoffe, du kannst den Urlaub trotz des Chaos ein wenig genießen."

„Ich habe Angst, dass wir uns ohne das Chaos langweilen würden."

„Wäre es nicht wundervoll, das zu überprüfen?"

„Ja", bestätigte Sam und lachte. „Das wäre es."

„Wir sehen uns am Strand. Elin und ich können es kaum erwarten."

„Wir freuen uns auch darauf."

KAPITEL 17

Sam rief Gigi an, weil sie ihren Verpflichtungen gegenüber anderen nachkommen wollte, damit sie danach wieder ihre Auszeit genießen konnte.

„Hey, Sam. Du solltest doch im Urlaub sein."

„Das bin ich technisch gesehen auch."

„Diese Schießerei ist eine Tragödie. Wir denken alle an euch."

„Danke. Ich rufe an, um mich vor der Anhörung nach dir zu erkundigen."

„Mir geht's ganz gut. Cam ist allerdings völlig fertig. Ich versuche, ihm zu helfen, wo ich kann."

„Tut mir leid, das zu hören. Ich wünschte, ich hätte einen Zauberstab, um das für euch in Ordnung zu bringen."

„Das wünschten wir auch, aber wir schaffen das. Ich werde einfach wahrheitsgemäß erzählen, was passiert ist, und erklären, dass ich davon überzeugt war, keine andere Wahl zu haben, als sie zu töten, um mein Leben zu retten. Mehr kann ich nicht tun. Wenn mich das den Job kostet, dann soll es eben so sein. Wenigstens bin ich noch am Leben."

„Deine Stärke ist bewunderungswürdig."

„Was soll ich denn sonst tun? Ich bin in letzter Zeit mehrmals knapp am Tod vorbeigeschrammt, weshalb ich das Leben noch mehr zu schätzen weiß, als ich es ohnehin schon getan habe. Ich habe meine Gesundheit, meine Familie, meine

Beziehung mit Cam und Freunde wie dich, die mir viel bedeuten. Was zählt denn sonst noch?"

„Das ist alles, was zählt."

„Wir sind so in unseren Job eingebunden, dass wir ab und zu vergessen, dass es bloß ein Beruf ist. Einer von vielen, die wir ausüben könnten. Das sage ich auch Cam immer wieder. Es ist nur ein Job."

„Du hast recht, das vergessen wir ständig."

„Auch wenn es ein besonderer ist", fügte Gigi hinzu. „Er erfordert eine Stärke, die nicht viele Menschen haben."

„Auch das stimmt, und du hast sie in Hülle und Fülle. Ich würde es hassen, dich in meinem Team zu verlieren, aber ich bin froh, zu wissen, dass du klarkommst, egal wie es ausgeht."

„Ich habe die Wahrheit auf meiner Seite, Sam. Man hat mich in meinem eigenen Haus überfallen und angegriffen. Für mich bestand kein Zweifel daran, dass sie mich töten würde, wenn ich ihr nicht zuvorkäme. Ich wünsche mir mehr als alles andere, dass es anders gelaufen wäre, doch hauptsächlich bin ich froh, dass ich noch lebe."

„Dafür sind wir alle dankbar." Sam hörte eine Männerstimme im Hintergrund. „Ist das Cameron?"

„Ja."

„Kann ich ihn kurz sprechen?"

„Klar. Ich reich ihm das Handy weiter."

„Viel Glück, Gigi. Lass mich hinterher wissen, wie es gelaufen ist."

„Klar. Vielen Dank, dass du dich gemeldet hast."

„Gern geschehen."

„Cam ist jetzt da."

„Hey", meldete er sich.

„Hallo. Du bist also derart angespannt, dass die Leute Angst haben, du könntest implodieren?"

„Ja, ich bin ein ernsthaftes Implosionsrisiko."

„Hast du gehört, was Gigi gesagt hat? Dass dies nur ein Job ist und wie dankbar sie ist, am Leben zu sein, geliebt zu werden und von Menschen umgeben zu sein, die sie mögen?"

„Ja, sie ist fantastisch. Aber das wussten wir ja bereits."

„Mir ist klar, dass du dir die Schuld an der ganzen Sache gibst, doch das hilft Gigi nicht. Sie braucht dich, du musst jetzt stark für sie sein und sie unterstützen, egal wie das Ergebnis aussieht. Wenn es im Job schlecht für sie läuft, muss sie darauf vertrauen können, dass du trotzdem da sein und einen Weg finden wirst, damit fertigzuwerden."

„Ich versuche es. Wirklich. Aber der Gedanke, dass sie wegen meiner Ex ihren Job verlieren könnte …" Sein tiefer Seufzer sagte alles. „Ich nehme an, du hast gehört, dass Offenbach einer der drei Beamten im Anhörungsgremium ist."

„Ja, und es tut mir leid, dass meine Vergangenheit mit ihm das Ergebnis für Gigi beeinflussen könnte. Doch ihr habt Jeannie auf eurer Seite, und Andrews steht in dem Ruf, hart, aber fair zu sein."

„Ich hoffe, das stimmt."

„Cam, ich mach mir Sorgen um dich. Du musst dich zusammenreißen, um deiner selbst und auch um Gigis willen."

„Weiß ich, trotzdem danke für die Erinnerung. Ich dachte, ich hätte nach all den Jahren in diesem Job schon alles gesehen, doch das …"

„Ich verstehe dich. Es ist einfach zu viel."

„Ja. Wenn meinetwegen mit ihrer Karriere Schluss ist …"

„Es wäre nicht deinetwegen, Cam."

„Schon, wenn auch indirekt."

„Was Jaycee getan hat, ist nicht deine Schuld. Wenn du deswegen allerdings ausrastest oder etwas Dummes anstellst, dann geht das durchaus auf deine Kappe."

„Das ist ein guter Rat, und ich werde versuchen, ihn zu beherzigen."

„Konzentrier dich ganz auf Gigi und auf das, was sie im Moment braucht. Wir müssen ihr da durchhelfen und sie zurück zur Arbeit bringen, wo sie hingehört."

„Genau das ist das Ziel, und ich weiß die aufmunternden Worte zu schätzen."

„Haltet durch, und meldet euch, wenn ihr mehr wisst."

„Werden wir. Danke dir, Sam."

„Gerne."

Sie beendete das Gespräch mit dem Gefühl, alles in ihrer Macht Stehende getan zu haben, um Cam und Gigi an einem schwierigen Tag zu unterstützen. Ehe sie Angela anrief, wollte sie sich noch kurz mit Captain Malone kurzschließen.

„Hey, Sie haben Urlaub. Warum rufen Sie mich an, Sam?"

„Wie unhöflich."

„Kleiner Scherz. Was gibt's?"

„Ich mache mir Sorgen um Dominguez und die AIE-Anhörung."

„Da sind Sie nicht allein."

Es half nicht, zu hören, dass er sich ebenfalls sorgte. „Offenbach wird versuchen, ihr an den Karren zu fahren, um sich an mir zu rächen."

„Das fürchte ich auch, doch Andrews und McBride werden ihn überstimmen."

„Wird Andrews denn auf Gigis Seite sein?"

„Das können wir nur hoffen. Ich bin vor dem Ausschuss ihr Beistand und werde alles für sie tun, was ich kann."

„Danke, dass Sie auf sie aufpassen."

„Sie ist eine ausgezeichnete Ermittlerin und eine engagierte Beamtin, woran ich in meiner Eröffnungsrede erinnern werde."

„Ich fühle mich besser, weil ich weiß, dass Sie dabei sind."

„Ihr Freund Andy, der Rechtsanwalt, wird ebenfalls anwesend sein. Machen Sie sich keine Sorgen. So einfach lasse ich mir gute Leute nicht durch die Finger schlüpfen. Wie kommt Nick mit der Sache in Fort Liberty zurecht?"

„Er ist aufgewühlt und tut, was er kann. Heute muss er mit den Familien telefonieren. Darum beneide ich ihn nicht."

„Warum genau wollen die Leute diesen Job so unbedingt?"

„Keine Ahnung."

„Und wegen der Tomaten … Haben Sie irgendwelche Verletzungen davongetragen?"

„Nur einen kleinen blauen Fleck, wo mich eine im Gesicht getroffen hat, sonst geht es mir gut."

„Das hat mich erschreckt. Und für den Secret Service kann es auch nicht leicht sein."

„Absolut. Man hat mich übrigens in Bezug auf die Funde in Stahls Haus informiert."

„Es wird immer schlimmer. Wir warten auf den Durchsuchungsbeschluss für seinen Lagerraum. Was uns darin erwarten mag, beschert mir Albträume."

„Wie hält sich Haggerty?"

„Er macht einen tollen Job, aber er arbeitet wie ein Verrückter."

„Ich schreib ihm mal eine SMS."

„Er wird Ihre moralische Unterstützung sicher zu schätzen wissen."

„Dann lasse ich Sie mal weiterarbeiten."

„Versuchen Sie trotzdem, Ihre Auszeit zu genießen, Sam. Sie haben sie verdient."

„Leichter gesagt als getan, wenn der eigene Mann der Präsident und ein Ex-Kollege ein potenzieller Serienmörder ist."

„Ein Wahnsinnssatz."

„Es ist ein Wahnsinnsleben. Passen Sie auf sich auf!"

„Danke, gleichfalls."

Sam schickte Lieutenant Haggerty eine SMS. *Ich habe gehört, Sie und Ihr Team vollbringen Heldentaten. Ich denke an Sie und schicke Ihnen auf diesem Weg moralische Unterstützung. Lassen Sie es mich wissen, wenn Sie etwas brauchen.*

Danach rief sie Angela an.

„Hey, ich würde dich ja fragen, wie es läuft, doch ihr seid überall in den Nachrichten."

„Ja, super."

„Geht's dir gut, Schwesterherz?"

„Klar. Diese Schießerei ist viel schlimmer als ein paar Tomaten."

„Trotzdem, das muss erschütternd gewesen sein."

„Es ist alles erschütternd, und Nick ist außer sich, weil der Schütze vor der Tat davon sprach, dass er für einen unrechtmäßigen Präsidenten arbeiten müsse."

„Das muss furchtbar für ihn sein."

„Ja, aber ich sage ihm immer wieder, dass er nur getan hat, was sein Land von ihm verlangt hat, und wenn es den Leuten nicht gefällt, ist das nicht seine Schuld. Er hat es intellektuell auch verstanden. Emotional ist das eine andere Geschichte."

„Ich hasse es, wenn Leute ihn so bezeichnen. Sein Aufstieg zur Präsidentschaft geschah genau so, wie es in der Verfassung vorgesehen ist."

„Du klingst wie eine Sozialkundelehrerin."

„Das habe ich vor ein paar Wochen im Leitartikel des *Washington Star* gelesen."

„Ah, verstehe. Der Grund für meinen Anruf ist, dass ich gehört habe, dass es nächste Woche eine Anhörung in Spencers Fall gibt, und mich bei dir melden wollte."

„Ja, Captain Malone hat mich gestern kontaktiert und mir Bescheid gesagt. Er ist ein netter Kerl."

„Er ist der Beste. Wie kommst du damit klar?"

„Ganz gut. Ich weiß, das gehört alles dazu, und ich will Gerechtigkeit für Spencer und die anderen Familien."

„Du musst nicht zu jeder Anhörung gehen. Trace und ich können das genauso machen."

„Vielleicht nehme ich dich beim Wort."

„Ja, bitte. Tu nichts, was dich möglicherweise überfordert. Wir sind immer für dich da."

„Ich weiß, und das hilft mir, das alles durchzustehen."

„Wie geht es meinem speziellen Freund Jack?", fragte Sam nach ihrem kleinen Neffen, der seinem verstorbenen Vater so nahegestanden hatte.

„Okay. Er hat gute Tage und schlechte und stellt vor allem zur Schlafenszeit viele Fragen."

„Der Arme. Ich kann es kaum erwarten, ihn am Freitag in die Arme zu schließen."

„Wir freuen uns darauf. Das wird ein schöner Tapetenwechsel für uns sein."

„Ihr fahrt mit Tracy und Mike, richtig?"

„Genau. Sie holen uns um halb fünf ab."

„Ich freu mich schon darauf, euch alle hierzuhaben."

„Entspannt ihr euch auch ein bisschen?"

„Keine Sorge, Angela. Bei uns ist alles im Lot." Sam würde auf keinen Fall mehr als unbedingt notwendig mit ihrer frisch verwitweten Schwester über ihre eigene wunderbare Ehe sprechen.

„Freut mich."

„Bis bald. Ich hab dich lieb."

„Ich dich auch. Danke, dass du dich gemeldet hast."

Sam klappte ihr Handy zu und lief zur Eingangstür, um mit dem diensthabenden Beamten zu sprechen, den sie noch nie zuvor gesehen hatte. „Hallo. Würden Sie Vernon bitten, vorbeizukommen, wenn es bei ihm passt?"

„Natürlich, Ma'am."

„Vielen Dank. Wie war Ihr Name?"

„Oliver, Ma'am."

„Schön, Sie kennenzulernen, Oliver. Willkommen im Team."

„Danke. Es ist mir eine Ehre, für Sie zu arbeiten."

„Das sagen Sie jetzt …"

Der junge Mann mit dem dunkelblonden Haar und den haselnussbraunen Augen lachte. „Jeder, den ich kenne, ist neidisch auf meinen coolen Job."

„Schön für Sie. Herzlichen Glückwunsch."

„Danke. Vernon wird gleich da sein."

„Vielen Dank."

Genau zwei Minuten nachdem Sam die Tür geschlossen hatte, klopfte es. Sie öffnete, und Vernon stand vor ihr. „Danke, dass Sie meiner Bitte so schnell gefolgt sind. Treten Sie ein."

Er tat es. „Ist alles in Ordnung?"

„Warum tragen Sie sogar am Strand einen Anzug?"

Vernon verdrehte die Augen. „Weil ich im Dienst bin. War es das, was Sie von mir wollten? Mich fragen, warum ich einen Anzug trage?"

„Nein, aber die Frage drängte sich mir spontan auf, als ich Sie eben gesehen habe. Sie könnten wenigstens die Krawatte ablegen."

„Was kann ich an diesem schönen Morgen für Sie tun, Ma'am?"

Sie warf ihm einen Blick zu, um ihm zu zeigen, dass sie ihm das „Ma'am" verübelte. „Ich habe mich gefragt, was mit den Tomaten passiert ist und ob es deswegen Ärger für Sie gibt."

„Die Chefetage ist unglücklich, um es vorsichtig auszudrücken. Brant nimmt es sehr schwer. Wir hatten überall vor dem Restaurant Leute, doch das hatten wir nicht auf dem Schirm – und das hätten wir haben müssen. Es tut uns leid."

„Sie müssen sich nicht entschuldigen. Unser gesamtes Personenschutzteam macht einen tollen Job. Ich schätze, man kann einfach nicht alles vorhersehen."

„Dass die First Lady von einer geworfenen Tomate im Gesicht getroffen werden kann, ist ein schweres Versagen unsererseits. Das hätte nicht passieren dürfen."

„Haben Sie den Täter denn gefasst?"

„Ja, und man legt ihm mehrere Straftaten zur Last, unter anderem Angriff auf einen Amtsträger."

„Bin ich das? Ein Amtsträger?"

Er ließ sein typisches Lächeln aufblitzen. „Exakt."

„Hm. Interessant. Haben Sie herausgefunden, warum er das getan hat?"

„Sie wissen, warum."

„Weil mein Mann nicht gewählt ist."

„Ganz genau."

Sam nahm auf einem Küchenhocker Platz. „Ich möchte diese Einstellung gern verstehen. Aber für mich ist da nur ein Mann, der sich in den Dienst seines Landes stellt, erst als Vizepräsident und dann als Präsident. Der Senat hat ihn als Vizepräsident bestätigt – in dem Wissen, welche Rolle ihm damit zufällt, nämlich im Notfall das Amt des Präsidenten zu übernehmen."

„Stimmt. Trotzdem werden Menschen, die mit seiner Politik nicht einverstanden sind, alles tun, um ihm das Leben schwer zu machen. Das liegt in der Natur unseres Systems."

„Glauben Sie, es besteht ernsthaft Gefahr für ihn? Könnte ihn etwas viel Schlimmeres als eine Tomate treffen?"

„Wir tun, was wir können, um Ihre Sicherheit und die Ihrer Familie zu gewährleisten. Der Aufgabe widmen wir den Großteil unserer wachen Stunden."

„Ja, und dafür sind wir sehr dankbar. Bitte sagen Sie mir die Wahrheit, Vernon. Gibt es viele Drohungen gegen ihn?"

Sein Zögern verriet ihr alles, was sie wissen musste. „Ich möchte Ihre Sorgen nicht verstärken."

„Zu spät", antwortete sie mit einem kleinen Lächeln. „Sein Job ist echt heftig." Sam lachte. „Wenn das nicht die Untertreibung des Jahrhunderts ist. Ich beobachte, wie Nick sein Bestes gibt, wissen Sie? Ich sehe sein Einfühlungsvermögen und sein Mitgefühl und wie er unter Ereignissen wie denen in Fort Liberty leidet, und zu wissen, dass es da draußen Leute gibt, die ihm den Tod wünschen … Das ist fast unerträglich."

„Das ist mir klar, und ich möchte nicht, dass Sie mit dieser Art von Angst leben müssen. Trotz der Ereignisse von gestern Abend sind Sie von den besten Bodyguards der Welt umgeben. Zweifeln Sie nie an unserer Entschlossenheit, Sie alle zu beschützen."

„Das tue ich nicht. Keine Sekunde lang. Es sind die Irren, die mich nervös machen. Leute, die die First Lady mit Tomaten bewerfen, weil sie mit der Politik des Präsidenten oder seinem Werdegang nicht einverstanden sind oder worüber auch immer sie sich aufregen. Gestern waren es Tomaten. Morgen sind es vielleicht Kugeln."

„Wir diskutieren mit dem gesamten Team darüber, was getan werden muss, um die Sicherheitslücken zu schließen, die den Tomatenvorfall ermöglicht haben. Ich versichere Ihnen, wir nehmen das sehr ernst."

„Gut zu wissen. Danke für die Info."

„Ich bin jederzeit für Sie da, wenn Sie Fragen oder Sorgen haben."

„Jetzt fühle ich mich schon viel besser. Wir sind so froh, dass es Sie und Ihre Kollegen gibt."

„Das wissen wir. Die Präsidentenfamilie ist für uns wie unsere eigene. Es ist eine Ehre, mit Ihnen und für Sie zu arbeiten."

„Danke."

„Gern, Sam."

Nachdem er gegangen war, setzte sie sich auf die Couch und starrte hinaus auf das Meer, das heute aufgewühlt war. Sie dachte an die enorme Last, die auf den Schultern der Secret-

Service-Mitarbeiter lastete, die für die Sicherheit des Präsidenten und seiner Familie verantwortlich waren. Das war ein Job, den sie nicht machen könnte. Sie wäre ständig gestresst, weil sie vielleicht etwas übersehen hatte, was einen anderen das Leben kosten und das Land ins Chaos stürzen könnte.

Was für eine gewaltige Verantwortung – und es brauchte besondere Menschen, um die Last zu tragen.

Im Nebenhaus tätigte Nick die schlimmsten Anrufe, die man sich nur vorstellen konnte. Die ersten beiden hatten ihn bereits tief getroffen, als er schluchzenden Eltern zugehört hatte, die versuchten, dem Unvorstellbaren einen Sinn abzuringen.

„Bist du bereit für den Nächsten?", fragte Terry.

„So bereit, wie das möglich ist."

Terry tippte die Telefonnummer der Familie von Specialist Jessica Olinger ein. „Mrs Olinger? Hier ist Terry O'Connor, der Stabschef von Präsident Cappuano. Er möchte Ihnen persönlich sein Beileid zum Tod Ihrer Tochter aussprechen."

„Ich will weder mit ihm noch mit sonst jemandem von der Regierung reden."

Sie legte auf.

Nick atmete tief durch.

Terry wählte die nächste Nummer.

Bei den Gesprächen, die Nick mit den Familienangehörigen der Getöteten und Verwundeten führte, freuten sich einige mehr als andere, von ihm zu hören. Insgesamt vier entschieden, seinen Anruf nicht entgegenzunehmen.

„So was möchte ich nicht noch mal machen müssen", meinte er, als sie nach drei Stunden endlich fertig waren.

„Geht mir genauso", pflichtete ihm Terry bei. „Das war echt heftig."

„Wann reisen wir nach Fort Liberty?"

„Vermutlich am Montag. Ich gebe dir Bescheid, wenn die Planung steht. Wird Sam dich begleiten können?"

„Sie wird es sicher versuchen, aber eigentlich muss sie an dem Tag wieder zur Arbeit."

„Ich brauche dir nicht eigens zu sagen, dass es Kritik für sie hageln wird – und für dich –, wenn sie nicht dabei ist."

„Nein, musst du nicht. Ich werde tun, was ich kann, genau wie sie auch. War's das?"

„Für den Moment."

„Fliegst du zurück nach Washington?"

„Heute Nachmittag."

„Kannst du am Wochenende mit Lindsey zurückkommen?"

„Ich geb dir Bescheid. Lindsey fühlt sich schon die ganze Woche nicht gut. Vielleicht möchte sie lieber zu Hause bleiben."

„Hoffentlich nichts Ernstes?"

„Ich glaube nicht. Ich melde mich."

„Okay. Grüß sie von uns."

„Na klar."

„Danke, dass du gestern Abend so schnell hier warst."

„Gern." An der Tür drehte sich Terry noch einmal um. „Ich weiß, dass du den Tod der Soldaten – und den Grund dafür – sehr schwernimmst. Doch du bist ein großartiger Präsident, und du stehst gerade erst am Anfang. Mit der Zeit werden die Leute begreifen, wie glücklich sie sich schätzen können, dich zu haben, und kein Hahn kräht mehr nach diesem Unsinn, dass du unrechtmäßig im Amt wärst. Mach einfach so weiter wie bisher. Okay?"

Nick hatte seinen Stabschef noch nie so emotional erlebt. „Vielen Dank, Terry. Genau das musste ich jetzt hören."

Terry nickte. „Wir sprechen uns morgen wieder, hoffentlich nicht vorher."

Mit einem humorlosen Lachen sagte Nick: „Ja, hoffentlich nicht vorher."

„Genieß den Abend mit deiner Frau. Du hast für die Familien und das Land getan, was du konntest."

„Ich geb mir Mühe."

Nachdem Terry gegangen war, blieb Nick noch einige Minuten hinter dem Schreibtisch sitzen, an dem er vorhin mehrere Fernsehinterviews gegeben hatte. Er drehte seinen Stuhl so, dass er den Blick auf den Strand richten konnte. Fast vier Monate nach seiner Vereidigung war er immer noch erstaunt, wie viel an einem Tag in Amerika passieren konnte und wie viel davon ihn persönlich betraf.

Die Waldbrände im Westen, die Überschwemmungen in Kentucky, die Schießerei in Fort Liberty … Jede Krise erforderte eine entschlossene Reaktion der Bundesregierung und seiner Verwaltung. Kaum hatte er eine Sache im Griff, verlangte eine andere dringend seine Aufmerksamkeit. Das rasante Tempo bereitete ihm Kopfzerbrechen, und er hatte sich noch nicht an die Unerbittlichkeit dahinter gewöhnt.

Was ihn manchmal insgeheim amüsierte, war, dass dieselben Leute, die für die Regierung, ihn, die Art und Weise, wie er Präsident geworden war, nur Verachtung übrig hatten, nach einer Krise vor der Kamera standen und sich fragten, warum es so lange dauerte, bis die Regierung vor Ort war und alles in Ordnung brachte. Es war ihm nicht entgangen, wie hier mit zweierlei Maß gemessen wurde. Manche Leute hassten die Regierung, wählten aber bei Problemen trotzdem den Notruf und waren verdammt froh, dass jemand kam, um ihnen zu helfen.

Er musste raus aus dem Weißen Haus und mehr Zeit mit normalen Menschen verbringen, um sich ihre Sorgen anzu-hören und ihnen zu versichern, dass in den USA ein Erwachsener das Sagen hatte. Allein das Widerstreben, auch nur eine Nacht von Sam und den Kindern getrennt zu sein, hatte ihn bisher davon abgehalten.

Ehe er es sich anders überlegen konnte, rief er Terry an.

„Haben wir nicht gerade noch miteinander gesprochen?"

„Schon, doch ich habe nachgedacht, nachdem du weg warst. Ich muss unter Leute, wenn ich erwarte, dass sich die Meinung über mich ändert. Im Moment bin ich nicht mehr als der Typ, der im Fernsehen redet. Ich muss mich direkt mit ihnen und ihren Problemen auseinandersetzen. Wir haben nie einen Wahlkampf geführt, und ich schlage auch nichts dergleichen vor, aber ich möchte einige Veranstaltungen an verschiedenen Orten im Land abhalten, bei denen die Menschen Zeit mit mir verbringen, mir ihre Fragen stellen und mich als Person und nicht als Gesicht auf einem Fernsehbildschirm kennenlernen können."

„Zusätzlich zu einem Auftritt bei Oprah?"

„Ja. Und ich möchte, dass Gretchen das Gleiche tut."

„Wir steigen umgehend in die Planung ein."

„Ich möchte nicht mehr als ein oder zwei Nächte am Stück aus Washington weg sein."

„Natürlich."

„Vielen Dank, Terry."

„Und jetzt zurück in den Urlaub."

„Jawohl, Sir."

Lachend beendeten sie das Gespräch, und Nick stand auf, um zu seinem bereits begonnenen Urlaub nebenan zurückzukehren.

Vor der Tür des Behelfsbüros wartete Brant auf ihn. „Haben Sie einen Moment Zeit für mich, Sir?"

„Klar." Nick trat zurück ins Büro.

Brant folgte ihm und schloss die Tür hinter sich. „Ich möchte mich noch einmal persönlich für den Vorfall von gestern Abend entschuldigen. Das war absolut inakzeptabel, und es wird nicht wieder vorkommen." Der jüngere Mann trug sein blondes Haar sehr kurz geschnitten. Seine blauen Augen hatten einen durchdringenden Blick. Heute zuckte an seinem kantigen Kinn ein Muskel, und er sah aus, als hätte er seit Tagen nicht geschlafen.

„Danke für die Entschuldigung, Brant, doch wir geben weder Ihnen noch den anderen Bodyguards die Schuld. Uns ist klar, dass Sie alles Menschenmögliche tun, um uns zu schützen."

„Die Sache macht mich ganz krank, Sir. Wenn ich daran denke, was hätte passieren können …"

„Ich will nicht, dass Sie sich deswegen mit Vorwürfen über-

häufen. Sie werden bestimmt jeden Aspekt des Vorfalls überprüfen und Wege finden, Vergleichbares in Zukunft zu
verhindern."

„Natürlich. Das ist aktuell unser einziges Ziel, zusätzlich zu
den üblichen Sicherheitsaufgaben. Wir haben die Person, die die
Tomaten geworfen hat, verhaftet und wegen mehrerer
Straftaten angeklagt. Um Nachahmungstäter abzuschrecken,
wollen wir an dem Schuldigen ein Exempel statuieren."

„Ich habe volles Vertrauen zu Ihnen, den anderen
Personenschützern und der Behörde insgesamt. Daran ändert
auch das, was gestern Abend passiert ist, nichts."

„Das ist sehr freundlich von Ihnen, Sir. Geht es Ihrer Gattin
gut?"

„Ja. Sie hat lediglich einen kleinen blauen Fleck im Gesicht."

„Das tut mir sehr leid, Sir." Brant wirkte bestürzt.

Nick trat zu ihm und legte dem jüngeren Mann die Hände
auf die Schultern. „Wann hatten Sie das letzte Mal einen freien
Tag?"

Brant schüttelte den Kopf. „Das ist jetzt nicht der richtige
Zeitpunkt dafür."

„Vielleicht ist dies im Gegenteil genau der richtige
Zeitpunkt. Sie sind ein hervorragender, engagierter Profi, aber
jeder braucht hin und wieder eine Pause, um Energie zu tanken.
Ich möchte, dass Sie sich eine Auszeit nehmen."

Brants Kiefer mahlte, als er zu Boden sah. „Ich fürchte, man
wird mich als Ihren leitenden Personenschützer ersetzen."

„Das werde ich nicht zulassen. Sie sind der Einzige, den ich
auf diesem wilden Ritt an meiner Seite haben möchte, und ich
werde alles in meiner Macht Stehende tun, damit Sie bleiben,
wo Sie hingehören."

„Danke, Sir. Das ist sehr freundlich von Ihnen."

Nick nahm die Hände von Brants Schultern. „Wir laufen
gemeinsam einen Marathon. Sie müssen auf sich aufpassen,
damit Sie auf mich aufpassen können. Ist das klar?"

„Jawohl, Sir. Ich werde mit meinem Vorgesetzten sprechen,
wenn wir wieder in Washington sind."

„Ich werde Sie daran erinnern."

Brant straffte die Schultern und schien etwas von seiner gewohnten Haltung zurückzugewinnen. „Ich weiß Ihre Zeit und Ihre Loyalität sehr zu schätzen, Sir."

„Gut, und ich weiß Ihre harte Arbeit zu schätzen. Ich wäre dann jetzt bereit, nach nebenan zu gehen."

„Jawohl, Sir. Geben Sie mir eine Minute, um das vorzubereiten."

Selbst für den Weg ins Haus nebenan brauchte der Secret Service eine Minute. Manchmal verspürte Nick den Wunsch, sich durch eine beliebige Tür aus dem Staub zu machen, nur um zu sehen, was passieren würde. Aber weil er das am Ende mit dem Leben bezahlen könnte, widerstand er diesem Drang. Doch er verspürte ihn immer häufiger, während er versuchte, sich an das Leben im goldenen Käfig zu gewöhnen.

Man hätte meinen können, dass es kaum einen Unterschied zwischen der Vizepräsidentschaft und der Präsidentschaft selbst gab. Aber dem war nicht so. Die Situation jetzt war viel einengender, und der Verlust der Freiheit, einfach zu kommen und zu gehen, wie es ihm gefiel – und das für den Rest seines Lebens –, war etwas, das zu akzeptieren ihm schwerfiel.

Ein Klopfen an der Tür kündigte Brants Rückkehr an. „Wir sind bereit, Mr President."

Er folgte Brant und zwei weiteren Personenschützern. Ein weiteres Bodyguard-Paar bildete die Nachhut. Damit begleiteten ihn doppelt so viele Agenten wie am Vortag auf derselben Strecke.

Der Vorfall mit der Tomate würde dazu führen, dass sich der Käfig noch enger um ihn schloss, was das Letzte war, was er wollte.

Am nächsten Morgen fing Malone Gonzo auf dem Weg ins Großraumbüro ab. „Die Ermittler von PG County haben Ihren Pizzakarton in einem Müllcontainer etwa drei Blocks vom

Wohnheim entfernt gefunden. Da lag ein sauberer Karton zwischen drei fettigen."

„Wir suchen hier also nicht gerade nach einem Genie."

„Korrekt. Sie haben alle vier Schachteln zur Analyse in unser Labor gebracht. Ich habe außerdem den Durchsuchungsbeschluss für das Girokonto von Tori Stevens vorliegen und habe eine Auflistung der eingelösten Schecks für die letzten vier Monate angefordert."

„Haben Sie letzte Nacht überhaupt geschlafen, Captain?"

„Wenig. Das mit Stahl hält mich wach."

„Wie ist da der Stand der Dinge?"

„Ich habe heute noch nichts Neues gehört. Die Spurensicherung arbeitet unter Haggertys Aufsicht weiter am Tatort."

„Wann wird die Behörde die Erklärung abgeben?", fragte Gonzo.

„Heute. Wir wollten zunächst auf weitere Informationen warten, doch uns erreichen jede Menge Fragen dazu, was in dem Haus passiert ist. Es wird ein paar Wochen dauern, bis die gefundenen Knochen identifiziert sind und wir die nächsten Schritte festgelegt haben. Der Chief prüft gerade den endgültigen Entwurf der Erklärung."

„Ich will mir gar nicht vorstellen, was für ein Albtraum das wird, wenn die Leute davon erfahren."

„Wir bereiten uns auf den schlimmstmöglichen Fall vor."

„Nämlich?"

„Dass die Bürgermeisterin oder der Stadtrat den sofortigen Rücktritt des Chiefs fordert."

„Glauben Sie, dazu könnte es kommen?"

„Würden Sie es nicht tun? An deren Stelle?"

Gonzo seufzte tief. „Wir tun wirklich alles, was wir können, um Antworten für diese Familien zu erhalten. Ich hoffe, dass sie nicht direkt die schwersten Geschütze auffahren."

„Das hoffe ich auch, aber wir bereiten uns trotzdem auf das Schlimmste vor."

„Wird der Chief zurücktreten?"

„Er hat noch nichts dazu gesagt. Im Moment versucht er erst mal, sich auf die Ermittlungen zu konzentrieren."

„Je schneller wir Antworten für die Familien haben, desto schneller wird sich der Medienrummel legen. Die Menschen wissen ja schon, wozu Stahl fähig ist, also werden sie vielleicht gar nicht so überrascht sein, wenn sie erfahren, dass da mehr ist."

„Stimmt auch wieder."

„Halten Sie durch. Wir haben als Team schon viel durchgemacht, wir werden auch das hier überstehen."

Malone drückte Gonzo die Schulter. „Vielen Dank, Sergeant. Ich lasse es Sie wissen, wenn wir die Daten von dem Konto haben."

„In der Zwischenzeit rufe ich die Eltern von Tori Stevens an, um zu erfahren, wie weit sie mit ihrem Anwalt sind."

„Das können Sie sich sparen", ertönte eine Stimme hinter ihm. „Ich bin bereits hier."

Gonzo drehte sich um und sah einen Mann mit zurückgekämmtem Haar und einem Gesicht, das die meisten Menschen als attraktiv bezeichnen würden, in einem Anzug, der gut und gerne fünftausend Dollar gekostet hatte. Nicht dass Gonzo viel über Maßanzüge wusste, doch selbst sein ungeschultes Auge war imstande, Qualität zu erkennen.

„Miles Kerr." Der Mann streckte den beiden Ermittlern die Hand hin. „Wo finde ich Sergeant Gonzales?"

„Das bin ich."

„Wunderbar. Wann kann ich mit meiner Mandantin sprechen?"

„Wir holen sie gleich hoch."

„Ausgezeichnet. Wenn Sie mir jetzt noch sagen könnten, warum sie hier ist, wäre ich Ihnen dankbar. Ihre Mutter war verständlicherweise sehr aufgeregt, sodass es schwer war, zu verstehen, was überhaupt passiert ist."

„Nachdem sie einen unserer Beamten getreten hat, befindet sie sich wegen Angriffs auf einen Polizisten in Untersuchungshaft."

„Hmm, okay. Was noch?"

„Wir untersuchen ihre Verwicklung in den Tod einer gewissen Rachel Fortier, die mit einem Mann namens Gordon Reilly zusammen war."

„Was hat das mit meiner Mandantin zu tun?"

Gonzo hätte am liebsten die Augen verdreht, weil der Typ so unvorbereitet war, doch er widerstand dem Drang. „Tori Stevens war daheim in Wisconsin jahrelang mit Gordon Reilly zusammen, bis sie in verschiedenen Staaten aufs College kamen. Danach haben sie sich auf eine offene Beziehung geeinigt, oder zumindest hat Gordon Reilly das vorgeschlagen. Tori hat uns erklärt, sie habe das anders gesehen, obwohl er der Meinung war, sie hätten eine Absprache."

Kerr musterte ihn zweifelnd. „Sie halten es also für möglich, dass meine Mandantin, eine College-Studentin in Georgia, etwas mit dem Tod einer College-Studentin hier in Washington zu tun hat?"

Gonzo erwiderte den Blick des Anwalts direkt. „Ja."

„Hm, also … Das scheint ein bisschen weit hergeholt, finden Sie nicht?"

„Nein."

„Was für Beweise haben Sie, um sie mit diesem Verbrechen in Verbindung zu bringen?"

„Sind Sie darüber informiert, dass Ihre Mandantin Rachel monatelang per SMS belästigt hat? So sehr, dass das spätere Mordopfer sich eine neue Handynummer besorgt hat, die Tori Stevens aber ebenfalls herausbekommen hat, sodass alles wieder von vorn anfing?"

„Davon weiß ich nichts."

„Dachte ich mir. Wir arbeiten daran, die Mosaiksteinchen zusammenzusetzen, und werden im Laufe des Tages mehr Informationen haben."

„Sie halten meine Mandantin bereits länger fest als erlaubt."

„Wir haben auf Sie gewartet, Herr Rechtsanwalt."

Kerr passte diese Antwort nicht, doch Gonzo blieb unbeeindruckt, als er ihn anstarrte. Schließlich wandte der Anwalt den Blick ab.

„Ich würde jetzt gerne meine Mandantin sehen."

„Hier entlang, bitte."

Er führte ihn in einen der Vernehmungsräume, schaltete das Licht ein und sagte ihm, er solle warten. Normalerweise hätte er jemand anderen gebeten, die Verdächtige aus ihrer Arrestzelle im Keller zu holen, aber er war gespannt darauf, ob ein paar Nächte in Haft die junge Frau weichgeklopft hatten.

Als er vor der Zelle erschien, die sie mit sechs anderen Frauen teilte, schaute sie ihn mit großen Augen an.

„Sie müssen mich hier sofort rausholen."

„Der Anwalt, den Ihre Eltern geschickt haben, ist oben."

Er nickte dem Sergeant zu, der den Arrestbereich leitete, damit der die Tür öffnete.

„Bitte strecken Sie die Arme aus", sagte Gonzo.

„Warum?"

„Damit ich Ihnen Handschellen anlegen kann."

„Warum behandeln Sie mich wie eine Kriminelle? Ich gehöre nicht hierher, in eine Zelle mit …", sie warf einen Blick über die Schulter, „denen da."

Nein, dachte Gonzo. *Die Zeit in Untersuchungshaft hat sie keine Demut gelehrt.* Er fragte sich, wie sie die Jahre im Gefängnis aufnehmen würde, denn er war sich sicher, dass sie etwas mit Rachels Tod zu tun hatte. Jetzt musste er es nur noch beweisen.

„Ihre Arme."

Sie streckte sie aus.

Gonzo legte ihr die Handschellen an und führte sie zur Treppe.

„Wann kann ich nach Hause? Ich muss noch Hausaufgaben machen."

„Sie sind jetzt erst mal unser Gast."

„Wie bitte? Habe ich denn gar keine Rechte?"

„Doch. Deshalb bringe ich Sie jetzt zu Ihrem Anwalt. Sie haben das Recht auf einen Rechtsbeistand."

„Ich habe auch das Recht auf meine Freiheit."

„Die wird Ihnen gewährt, sobald ein Richter es für richtig hält. Bis dahin bleiben Sie bei uns." Gonzo öffnete die Tür zum Verhörraum. „Darf ich vorstellen, Ihr Rechtsanwalt Miles Kerr. Mr Kerr, dies ist Ihre Mandantin Tori Stevens. Ich lasse Sie jetzt allein, damit Sie sich mit ihr besprechen können. Bitte informieren Sie mich, wenn Sie bereit sind, unser Gespräch fortzusetzen."

„Sie müssen mich sofort hier rausholen", sagte Tori zu Kerr.

„Setzen Sie sich bitte."

„Ich will mich aber nicht setzen!"

Gonzo schloss die Tür des Verhörraums.

Vorerst war die junge Frau Kerrs Problem.

Während sie auf Nicks Rückkehr wartete, nahm Sam einen Anruf seines Vaters Leo entgegen. „Hallo."

„Hi, Sam. Entschuldige die Störung."

„Du bist nicht der Erste, der sich heute meldet", beruhigte sie ihn lachend.

„Tut mir leid, dass euer Urlaub bisher nicht so erholsam war. Die Schlagzeilen sind beängstigend."

„Das stimmt."

„Deshalb rufe ich auch an – um mich zu vergewissern, ob ihr die Jungs dieses Wochenende nach wie vor bei euch haben wollt. Es ist kein Problem, wenn ihr voll ausgelastet seid."

Brayden und Brock Cappuano, Nicks sechsjährige Brüder, sollten am Freitagnachmittag mit Scotty und den anderen Kindern zu ihnen stoßen. Leo und seine Frau Stacy mussten übers Wochenende arbeiten und konnten daher nicht mitkommen.

„Wir freuen uns schon auf die beiden", versicherte ihm Sam.

„Wirklich? Sie können nämlich manchmal tatsächlich etwas anstrengend sein."

Sam lachte. „Sie werden unsere Kinder beschäftigen, damit denen nicht langweilig wird, und wir haben den Strand, der bietet genug Spaß für alle. Wir können es wirklich kaum erwarten."

„Ihr seid zu freundlich. Die Jungs sind schon ganz aus dem Häuschen vor Aufregung über ein Wochenende ohne Mom und Dad."

„Das ist so goldig. Wir werden dafür sorgen, dass sie sich prächtig amüsieren."

„Noch mal vielen Dank, dass sie euch besuchen dürfen. Wir treffen die Personenschützer wie besprochen um vier Uhr in New Carrollton."

„Ich gebe den Agenten Bescheid. Wir schicken Fotos und sorgen dafür, dass sie euch an beiden Abenden vor dem Schlafengehen anrufen."

„Danke, Sam."

„Gern."

Als sie aufgelegt hatte, fand sie eine SMS von Lieutenant Haggerty vor. *Können Sie gerade reden?*

Mit wem hatte sie an diesem Tag eigentlich noch nicht gesprochen? Sie rief Haggerty an. „Hey", meldete sie sich. „Wie ist die Lage?"

„O Mann, Sam. Es ist ungeheuerlich. Menschliche Überreste im Garten, Gefängniszellen aus Beton hinter den Mauern, die wir eingerissen haben, und überall im Keller sind menschliches Gewebe und DNA-Spuren zu finden … Ein nicht so kleiner Horrorladen."

„Gott." Sie seufzte tief. „Wie hält sich Ihr Team?"

„Wir sind erschöpft und erst zur Hälfte mit der Bearbeitung des Tatorts fertig, und dann ist da noch der Lagerraum."

„Ja, ich habe davon gehört."

„Ich will mir gar nicht vorstellen, was sich darin verbergen könnte."

„Was kann ich für Sie tun?"

„Ach, ich musste einfach mal Dampf ablassen. Ich weiß, Sie sind im Urlaub …"

„Ich werde Anfang nächster Woche zurück sein, und bis dahin steht mein Team bereit, um Sie in jeder Hinsicht zu unterstützen. Sprechen Sie einfach mit Gonzo."

„Er hat uns schon geholfen. Wir gehen mittlerweile auf dem

Zahnfleisch, und allein der Papierkram wird mich vorzeitig ins Grab bringen."

„Bitten Sie um Hilfe, Max, und ermutigen Sie Ihr Team, Termine mit Dr. Trulo zu vereinbaren, wenn Sie dort fertig sind."

„Darüber habe ich schon mit ihm gesprochen."

„Sehr gut."

„Es ist einfach so unfassbar, wissen Sie? Dass jemand, mit dem wir eng zusammengearbeitet haben … Aber das muss ich Ihnen ja nicht sagen."

„Nein, müssen Sie nicht."

„Es wird schlimm werden, wenn das an die Öffentlichkeit kommt."

„Ja, ich weiß. Ich habe schon Magenschmerzen deswegen."

„Ich auch. Tja, ich gehe besser wieder an die Arbeit. Danke, dass Sie sich so schnell zurückgemeldet haben."

„Sie können mich jederzeit anrufen, Max. Ehrlich."

„Alles klar. Vielen Dank."

Kaum hatte Sam ihr Handy zugeklappt, surrte es wegen einer Nachricht von Freddie. *Cristen Hans Reid ist mit der Tatsache an die Öffentlichkeit gegangen, dass wir Stahl der Morde an ihrer Schwester und mehreren anderen Frauen verdächtigen.*

„Oh, verdammt", fluchte Sam, als sie das las.

„Was ist?", fragte Nick, der sich gerade dem Sofa näherte, auf dem sie saß.

„Eine der Frauen, die ich neulich besucht habe, hat sich an die Presse gewandt – bevor wir so weit waren."

Sie schildert, dass die Polizei Informationen hatte, mit denen sich der Fall ihrer Schwester schon vor Jahren hätte aufklären lassen, und dass der Mörder weiter im Polizeidienst tätig war, während ihre Familie in unerträglicher Ungewissheit leben musste.

Dieser SMS folgte kurz darauf eine von Helen, der Sekretärin des Chiefs. *Besprechung aller leitenden Beamten um Punkt fünfzehn Uhr. Alle werden dringend gebeten, daran teil-zunehmen.*

Sam warf einen Blick auf die Uhr auf dem Kaminsims. Die Besprechung begann in fünfzehn Minuten. „Besprechung um drei", teilte sie Nick mit. „Ich weiß, wir haben eigentlich Urlaub, aber da muss ich dabei sein."

„Kein Problem. Ich habe schließlich auch gerade den halben Tag mit meinem Job verbracht."

„Wir sind ganz schöne Versager beim Urlaubmachen."

Schalte die Nachrichten ein, schrieb Freddie.

Sam griff widerstrebend nach der Fernbedienung und schaltete den Fernseher ein, wo die Frau, bei der sie erst vor wenigen Tagen gewesen war, zu sehen war, wie sie vor einem Rednerpult stand.

„Es ist durchaus möglich, dass der Mann, der uns meine Schwester genommen hat", sagte Cristen gerade, „die ganze Zeit über als Polizeibeamter in Washington, D. C., gearbeitet hat. Früher hat er sogar die Mordkommission geleitet. Was für eine Ironie des Schicksals. Ich möchte dringend erfahren, was das MPD gewusst hat und seit wann. Dieser Mann sitzt momentan im Gefängnis, weil er zweimal versucht hat, die Frau zu töten, die jetzt unsere First Lady ist. Vor Kurzem hat sie mich in ihrer Eigenschaft als Lieutenant der Mordkommission aufgesucht, um mir mitzuteilen, es seien neue Informationen ans Licht gekommen, die Leonard Stahl mit dem Verschwinden und dem mutmaßlichen Mord an meiner Schwester in Verbindung bringen könnten. Hat sie die ganze Zeit gewusst, dass sie nicht die Einzige ist, die Stahl im Visier hatte? Ich weiß, ich spreche für all die anderen Familien, deren Angehörige zur gleichen Zeit wie meine Schwester in der Hauptstadt verschwunden sind. Wir wollen Antworten, und zwar *jetzt*."

„Drecksmistscheißkack", flüsterte Sam.

Reporter bombardierten Cristen mit Fragen, von denen die meisten Sam, ihren Besuch und ihre Äußerungen über Stahl betrafen.

„Ich mache ihr keine Vorwürfe", erklärte Cristen. „Sie hat ihren Job erledigt, indem sie mich über die Entwicklung informiert hat, und ich bin ihr dafür dankbar. Doch seit sie bei mir war, habe ich nichts als Fragen, und ich weiß, dass ich damit nicht allein bin. Wie andere Familien auch haben wir jahrelang auf Neuigkeiten zu unseren vermissten Angehörigen gewartet.

Eltern und Großeltern sind gestorben, ohne je zu erfahren, was aus ihren Töchtern und Enkelinnen geworden ist. Wenn das MPD Stahl dieser Morde schon länger verdächtigt hat und es uns erst jetzt mitteilt, wäre das ein Hohn."

„Wow", meinte Sam. „Wir haben das gerade erst herausgefunden, und das habe ich ihr auch unmissverständlich gesagt. So eine blöde Kuh."

Nick legte eine Hand auf ihre. „Ich bin sicher, die Polizei wird eine Erklärung zu den Anschuldigungen abgeben."

„Wir hätten schon früher an die Öffentlichkeit gehen sollen", entgegnete Sam. „Aber wir haben gewartet, bis wir mehr darüber wussten, was in dem Haus war. Dadurch haben wir jetzt die Kontrolle über die Geschichte verloren."

Ihr Telefon klingelte. Es war Malone.

„Hey."

„Haben Sie es schon gehört?"

„Ich schaue es mir gerade an."

„Sind Sie bei dem Treffen um drei Uhr dabei?"

„Natürlich."

„Vielen Dank."

Er legte auf, bevor sie noch etwas hinzufügen konnte.

Sam benutzte ihren Laptop, um sich über einen Link, den Malone ihr gemailt hatte, in die Online-Sitzung einzuloggen.

„Danke, dass Sie dabei sind, Lieutenant Holland", begrüßte sie Chief Farnsworth.

„Gern."

„Es sind jetzt alle hier, außer Lieutenant Haggerty, der entschuldigt ist. Ich danke Ihnen, dass Sie gekommen sind, sodass ich Sie über den aktuellen Stand der Ermittlungen im Fall Stahl informieren kann. Wie Sie wissen, haben Teams der Spurensicherung in seinem Haus menschliche Überreste freigelegt. Nach dem Einreißen einer Wand, die neu zu sein schien, haben Haggerty und seine Ermittler zwei Räume gefunden, bei denen es sich offenbar um Zellen handelt.

Heute ist die Schwester einer der vermissten Frauen mit unserem Verdacht an die Öffentlichkeit gegangen, dass Stahl für den Tod zahlreicher Frauen verantwortlich ist. Wir haben eine Erklärung verfasst, die beschreibt, was wir bisher wissen und was wir tun, um die Ermittlungen zu beschleunigen. Die Erklärung enthält auch ein Zitat von mir, das zum Ausdruck bringt, dass wir verstehen und anerkennen, dass die betroffenen Familien schon zu lange auf Gerechtigkeit für ihre vermissten und vermutlich ermordeten Angehörigen warten, aber dass dies eine mühsame Arbeit ist, die Zeit braucht. Ich lege weiterhin dar, dass wir erst vor Kurzem von Stahls möglicher Verwicklung in diese ungeklärten Fälle erfahren haben, dass wir über diese Verbrechen empört sind und uns für eine vollständige Aufklärung aller Taten von Leonard Stahl einsetzen.

Die Stadtverwaltung wird vermutlich Druck auf mich ausüben, damit ich meinen Rücktritt einreiche. Das werde ich nicht tun. Ich habe die Absicht, jeden Aspekt von Stahls Schlamassel zu bereinigen, ehe ich auch nur an Rücktritt denke. Wenn die mich loswerden wollen, werden sie mich feuern müssen. Seine Verbrechen sind zum Teil unter meiner Aufsicht geschehen, und ich werde das hier bis zum bitteren Ende durchziehen. Ich habe mich mit dem ehemaligen Chief Williams beraten, der ebenso bestürzt und empört ist wie wir alle."

Sam war erleichtert, als der Chief sagte, er wolle den Kampf nicht aufgeben. Die Erwähnung von Don Williams weckte Kindheitserinnerungen an ihren Vater, der eng mit dem ehemaligen Chief befreundet gewesen war. Soweit sie wusste, lebte Williams in Phoenix, wohin er nach seiner Pensionierung gezogen war, um näher bei seinen Kindern und Enkeln zu sein.

Williams war nicht zur Beerdigung ihres Vaters gekommen, weil er zu der Zeit krank gewesen war. Er hatte eine Kondolenzkarte geschickt, auf der er sein tiefes Bedauern über den Verlust seines engen Freundes und Kollegen zum Ausdruck gebracht hatte.

„Ich werde das Gesicht der Polizei bei dieser Geschichte sein", verkündete Farnsworth weiter. „Niemand sonst spricht mit den Medien. Bitte sorgen Sie dafür, dass Ihre Teams diese

Anweisung kennen, da ich keinen Zweifel daran habe, dass jeder einzelne Beamte gebeten werden wird, sich dazu zu äußern, und dem potenziellen Interesse der Reporter ausgesetzt sein wird. Ich bin der Einzige, der öffentlich darüber redet. Punktum.

Ich danke Ihnen für Ihre Aufmerksamkeit in dieser Angelegenheit und für Ihre Unterstützung in dieser für uns alle schwierigen Woche. Sie bedeutet mir, Deputy Chief McBride, Captain Malone, Lieutenant Haggerty und seinem Team sehr viel. Ich möchte außerdem alle daran erinnern, dass Dr. Trulo jedem zur Verfügung steht, der ihn braucht. Wir verstehen, dass unsere Beamtinnen und Beamten gerade eine Menge zu verkraften haben. Es ist immer besonders schlimm, wenn wir erfahren, dass einer der Unseren nicht im selben Team spielt wie der Rest. Davon hatten wir in letzter Zeit mehr als genug, aber ich versichere Ihnen, dass ich mich dafür einsetze, dieses Krebsgeschwür im Fleisch der Polizei auszubrennen. Das wäre alles."

„Danke, Chief", übernahm McBride. „Ich möchte mich dem anschließen, was der Chief ausgeführt hat. Wir sind hier, um unser Team auf jede erdenkliche Weise zu unterstützen, und wir werden diese Sache gemeinsam durchstehen."

„Das wäre alles", wiederholte Malone die Worte des Chiefs. „Wir werden ein Memo an alle Kolleginnen und Kollegen herausgeben, das die Informationen von diesem Treffen zusammenfasst. Lassen Sie es uns wissen, wenn Ihre Leute Fragen oder Bedenken haben."

Sam verließ die Online-Konferenz und schickte eine SMS an Joe Farnsworths privates Handy. *Ich wollte dir nur versichern, dass ich an dich denke und dass du wie immer meine volle Unterstützung hast. Meine Hochachtung für deinen Entschluss, den Kampf nicht aufzugeben. Wir brauchen dich jetzt, doch bitte pass bei alldem auf dich auf.* Sie fügte ein Herz-Emoji hinzu und schickte die Nachricht ab.

Dann ging sie nach unten und schaltete den Fernseher ein, um die Berichterstattung über die Pressekonferenz des Chiefs zu verfolgen.

Capital News Network war live vor Ort. Der Polizeichef

verlas die Erklärung, die die Abteilung für Öffentlichkeitsarbeit verfasst hatte, und fügte seine eigenen Gedanken hinzu, die vieles von dem enthielten, was er in der Sitzung der leitenden Beamten gesagt hatte.

„Welche Botschaft haben Sie für die Schwester von Caren Hans und die anderen Familien?", fragte ein Reporter.

„Meine tief empfundene Anteilnahme gilt allen Familien, die von den Taten dieses Mannes betroffen sind. Meine eigene Familie, alle meine Mitarbeiter hier in diesem Gebäude sind davon betroffen. Lieutenant Holland und ihre Schwestern waren als Kinder wie Nichten für meine Frau und mich. Ihr Vater war mein bester Freund. Als Stahl sich gegen ihn gewandt hat, hat er damit meine Familie angegriffen."

Sam zuckte innerlich zusammen, auch wenn seine Worte sie tief berührten. Das Letzte, was sie gebrauchen konnte, war, dass er die gesamte Polizei daran erinnerte, wie nah die Hollands dem Chief und seiner Frau immer gestanden hatten. Diese Nähe hatte bei einigen ihrer Kollegen zu Gerede von Vetternwirtschaft geführt. Obwohl ihr Vater gestorben war, war ihr „Onkel Joe" immer noch der Chief. Aber das kümmerte sie nicht. Sie riss sich in ihrem Job den Hintern auf, hatte das schon immer getan. Manchmal hatte sie tatsächlich das Gefühl, dass sie härter arbeitete als die meisten anderen, um nicht der Bevorzugung bezichtigt zu werden.

Ihrer Meinung nach hatte ihr Nachname ihr mehr Ärger als Nutzen gebracht. Stahl hasste sie, weil er ihren Vater gehasst hatte. Andere hatten ihr unlautere Vorteilsnahme vorgeworfen, und sie war zudem immer wieder mit der Herausforderung konfrontiert, eine Frau in einem Männerberuf zu sein.

„Die Polizei nimmt diese neuen Anschuldigungen gegen Stahl sehr ernst. Wir werden an dem Fall dranbleiben, bis für jedes Opfer die Gerechtigkeit erreicht ist, die es verdient."

„Was sagen Sie den Leuten, die Ihre Abteilung für inkompetent halten?"

„Das MPD besteht aus viertausend hart arbeitenden Männern und Frauen. In jeder Organisation dieser Größe gibt es eine Handvoll Leute, die die Regeln missachten. Wir werden jeden strafrechtlich verfolgen, der gegen das Gesetz verstößt, obwohl er geschworen hat, es einzuhalten. Die kürzliche Verhaftung des früheren IT-Lieutenants Bill Gibbons ist ein Beispiel dafür. Ich hab ihn für einen Freund gehalten, bis ich erfahren musste, dass er Stahl bei einigen seiner kriminellen Aktivitäten unterstützt hat. Wir haben eine Null-Toleranz-Politik für Kriminelle in unseren eigenen Reihen, und ich versichere der Öffentlichkeit, dass der Rest von uns jeden Tag hart daran arbeitet, diese Stadt und ihre Bürger zu schützen. Sie alle sind angewidert und empört wegen dieser neuen Anschuldigungen, doch glauben Sie mir, wir sind es noch mehr.“

Farnsworth machte eine Pause und stützte die Hände aufs Pult. „Ich habe meine gesamte berufliche Laufbahn Washington und seinen Bewohnern gewidmet. Es ist die größte Ehre meines Lebens, diese Uniform und diese Dienstmarke in unserer Hauptstadt tragen zu dürfen. Die meisten, die wie ich bei der Polizei arbeiten, empfinden genauso und kommen jeden Tag hierher, um einen schwierigen, oft undankbaren Job zu erledigen. Unterlaufen uns manchmal Fehler? Sicher. Vermutlich sogar häufiger, als uns lieb ist, aber die meisten von uns erscheinen jedes Mal wieder mit den besten Absichten und dem Vorsatz, das Richtige zu tun, zur Arbeit.

Zwölf unserer Beamten haben im Dienst das höchste Opfer gebracht. Andere haben schwere Verletzungen davongetragen, ihr Leben hat sich durch eine Kugel, ein Messer oder durch ein Auto, mit dem jemand sie absichtlich anfuhr, für immer verändert. Viele sind durch das, was sie im Dienst gesehen und erlebt haben, traumatisiert. Wir werden jeden Tag Zeuge von Dingen, die uns für immer verändern.

Ich höre schon, wie sich die Leute in Stellung bringen, die meine Entlassung fordern und mir die Schuld für jeden nicht gesetzestreuen Polizisten anlasten wollen, der je durch diese Türen gekommen ist. Natürlich verstehe ich den Wunsch, mich für die Missetaten derer, die mir unterstellt sind, verantwortlich zu machen. Ich übernehme die Verantwortung für das Gute, das Schlechte, das Schreckliche, das Bittere und alles dazwischen, was unter meiner Aufsicht geschieht. Sie können mich absetzen, doch ich verspreche Ihnen, dass es die Leute nicht aufhalten wird, die entschlossen sind, das Gesetz zu brechen, während wir anderen uns seiner Wahrung widmen. Solche Leute wird es immer geben.

Ein neuer Polizeichef wird nicht die gleiche Entschlossenheit an den Tag legen wie ich, das Unrecht der Vergangenheit zu korrigieren. Das ist für mich eine persönliche Angelegenheit, und zwar in einem Maß, wie es das für keinen anderen sein könnte. Glauben Sie mir, ich verwende meine gesamte Energie und Kraft darauf, jedem Opfer von Leonard Stahl – genau wie ihren Familien – die Gerechtigkeit widerfahren zu lassen, auf die sie so lange gewartet haben. Mehr habe ich zum gegenwärtigen Zeitpunkt nicht zu sagen. Ich werde Sie unterrichten, sobald uns neue Informationen vorliegen."

Sam wischte sich die Tränen von den Wangen, während sie ihn durch den Haupteingang ins Polizeigebäude treten sah.

„Wir haben gerade Polizeichef Joseph Farnsworth gehört", erklärte der Moderator im Studio, „der seine Entschlossenheit zum Ausdruck gebracht hat, im Amt zu bleiben, obwohl die Forderungen nach seinem Rücktritt oder seiner Entlassung immer lauter werden, während das ganze Ausmaß der Verbrechen des inhaftierten ehemaligen Lieutenants Leonard Stahl bekannt wird. Dan, wie könnte Gerechtigkeit für die Familien der vermissten Frauen aussehen? Er verbüßt bereits zwei lebenslange Haftstrafen ohne Aussicht auf Bewährung."

„Ich könnte mir vorstellen", erwiderte Dan, der Reporter vor Ort, „dass Gerechtigkeit für viele darin besteht, dass man die Leichen der Vermissten nach all der Zeit findet, Stahl vor Gericht stellt und verurteilt, weil er ihnen das Leben genommen hat. Vorhin habe ich mit Cristen Hans Reid gesprochen, und sie hat Folgendes gesagt."

„Mich interessiert nicht, dass er bereits im Gefängnis sitzt", hörte Sam Cristen in einer eingespielten Aufzeichnung erklären. „Ich will, dass er für den Mord an meiner Schwester vor Gericht kommt. Die Geschworenen sollen ihn dieses speziellen Verbrechens schuldig sprechen. Ich will, dass man ihn für ihren Tod bestraft, und wenn andere im MPD wussten, was er getan hat, möchte ich, dass man sie ebenfalls bestraft. Auf jeden Fall werde ich nicht ruhen, bis die Leute, die mir meine Schwester genommen haben, für das Verbrechen bezahlen."

Nick setzte sich neben Sam aufs Sofa und legte eine Hand auf ihre. Die Wärme seiner Berührung machte ihr bewusst, wie kalt ihre Finger waren. „Alles in Ordnung, Baby?"

„Ja, ich glaube schon."

„Was hältst du von dem, was diese Frau gesagt hat?"

„Ich stimme ihr zu. Nur weil er für das, was er mir angetan hat, sitzt, heißt das nicht, dass seine anderen Opfer Gerechtigkeit erfahren haben. Ich bin froh, dass man ihn zusätzlich für all die anderen Dinge, die er getan hat, anklagen wird, einschließlich der Fehlablage von Berichten und Fällen, mit denen er sich nicht befassen wollte. Was zählt es schon, dass er bereits eine lebenslange Gefängnisstrafe verbüßt? Ich möchte, dass man ihn für das, was er den Familien von Calvin Worthington und Carisma Deasly angetan hat, und dafür, dass er Eric Davies die Vergewaltigung angehängt hat, schuldig spricht. Er soll für alles, was er getan hat, verurteilt werden. Ich will Gerechtigkeit für alle seine Opfer."

„Es macht mir Sorgen, wie sehr dich das belastet."

„Hier geht es nicht um mich."

„Aber Samantha, natürlich geht es auch um dich. Dadurch kommt doch sicher alles, was du mit ihm erlebt hast, wieder hoch, wobei ich mir sicher bin, dass du es sowieso immer irgendwie im Hinterkopf hast."

Sam hatte beschlossen, ihm nicht von ihrem letzten Traum zu erzählen, weil es ihn aufregen würde und sie es vorzog, nicht darüber zu reden. „Ich versuche, nicht an ihn oder das, was er mir angetan hat, zu denken."

„Was in Zeiten wie diesen viel schwieriger sein muss, wenn man erfährt, was er anderen angetan oder was er unterlassen hat." Nick beugte sich vor und küsste sie auf die Wange. „Ich sehe, dass du geweint hast."

„Das ist alles sehr beklemmend, das gebe ich zu. Als ich vorhin den Chief gehört hab, war ich stolz, für einen so guten Mann zu arbeiten. Das war der Grund für die Tränen."

Nick legte den Arm um sie. „Mir tut das alles so leid. Es ist unfassbar."

„Trotzdem möchte ich das ganze Ausmaß kennen und den Familien nach Kräften helfen."

„Genau das macht dich zur besten Polizistin überhaupt."

„Ich bin nicht die beste."

„Doch, bist du, und ich lass mir das nicht ausreden."

„Solange du das nur zu mir sagst …"

„Ich würde es jedem sagen, der es hören will, aber ich weiß, dass du das nicht möchtest."

„Richtig. Das möchte ich wirklich nicht."

„Wir haben noch ein paar Tage Zeit, bis der Rest der Familie kommt. Worauf hast du Lust, Sam?"

„Nachdem ich mich um ein paar E-Mails an mein Team gekümmert und mich bei Gonzo gemeldet habe, würde ich nichts lieber tun, als das Feuer anzuzünden und mit dir zu kuscheln, während wir uns all die Filme anschauen, die wir schon immer unbedingt sehen wollten."

„Klingt perfekt. Dann mal los."

KAPITEL 20

Gonzo wollte gerade an die Tür des Verhörraums klopfen, als Sam anrief. „Ich nehme an, du hast die Nachrichten gesehen?", fragte er.

„Hab ich und auch die Pressekonferenz des Chiefs. Das war gute Arbeit."

„Worum ging es bei der Besprechung der leitenden Beamten?"

„Um ein Update zum Fall Stahl und eine Bitte des Chiefs, euch daran zu erinnern, dass er der Einzige ist, der öffentlich über den Fall sprechen darf. Ihr solltet eine Mail dazu erhalten haben."

„Okay. Gott sei Dank macht er das."

„Ja, wirklich. In Zeiten wie diesen hat er mein aufrichtiges Mitgefühl. Er ist neben meinem Vater einer der besten Cops, mit denen ich je zusammengearbeitet habe. Der Chief verdient den ganzen Mist nicht, der gerade passiert."

„Keiner von uns verdient das. Apropos Mist: Ich hab gehört, Forresters Büro erhebt Anklage gegen Ramsey, weil er deinen SUV gerammt hat. Die Staatsanwaltschaft arbeitet bei den Ermittlungen mit dem FBI zusammen und will ein Exempel an Ramsey statuieren, der nicht nur die First Lady, sondern auch zwei Bundesagenten angegriffen hat."

„Es würde mich freuen, wenn er bekommt, was er verdient.

Andererseits ist es natürlich weitere schlechte Presse für die Abteilung, zu einem Zeitpunkt, zu dem wir das wirklich nicht brauchen können."

„Es ist aber auch ein sichtbares Zeichen dafür, dass wir unsere eigenen Leute strafrechtlich verfolgen. Eine wichtige Botschaft an alle, die darüber nachdenken, die Regeln zu beugen oder anderen zu schaden."

„Vermutlich hast du recht. Wie läuft's im Fall Fortier?"

„Unsere Hauptverdächtige berät sich gerade mit ihrem Anwalt. Den Kerl solltest du mal sehen. Er hat uns Visitenkarten ausgehändigt, auf denen steht, dass er bis letzten Mai in Harvard studiert hat. Ein aufgeblasener Vollidiot."

„Oh, meine Lieblingssorte Anwalt."

Gonzo lachte. „Ich kann es kaum erwarten, Zeuge davon zu werden, wie du ihn dir zur Brust nimmst."

„Darauf freue ich mich auch schon."

„Ich muss mich um ihn und seine dämliche Mandantin kümmern."

„Viel Glück. Halt mich auf dem Laufenden."

„Mach ich."

Nachdem Gonzo das Telefonat beendet hatte, forderte er Freddie auf, mit ihm zusammen zu Tori und ihrem Anwalt hineinzugehen.

„Gürte deine Lenden", brummte Gonzo.

„Igitt."

Gonzo lachte schnaubend und klopfte an die Tür. „Die Zeit ist um."

„Ich wollte gerade zu Ihnen kommen", erklärte Kerr mit einem strahlenden Lächeln, als befänden sie sich in einem Country Club und nicht auf einem Polizeirevier. „Wir sind so weit."

Gonzo hätte ihm am liebsten den selbstgefälligen Ausdruck aus dem Gesicht poliert, aber leider war diese Art von Verhalten nicht gern gesehen. „Es ist üblich, dass der Anwalt neben der Mandantin sitzt."

Verdammt. Wie grün war dieser Typ denn hinter den Ohren?

Kerr sprang so schnell auf, dass er fast seinen Stuhl umwarf und den daneben noch gleich mit, während Tori ihn misstrauisch beäugte.

Gonzo wäre an ihrer Stelle auch beunruhigt gewesen. Der Typ war ein Idiot.

Als Kerr sich auf Toris Seite des Tisches niedergelassen hatte, nickte Gonzo Freddie zu.

Der schaltete das Aufnahmegerät ein und zählte auf, wer im Raum war.

„Ich würde gerne da weitermachen, wo wir vorhin aufgehört haben", begann Gonzo. „Nachdem Sie Rachel so sehr belästigt hatten, dass sie ihre Handynummer ändern musste – wie sind Sie an die neue Nummer gekommen?"

„Einspruch", unterbrach Kerr. „Sie können nicht beweisen, dass meine Mandantin jemanden belästigt hat."

Es kostete Gonzo alles, was er hatte, nicht die Augen zu verdrehen. „Heben Sie sich Ihre Einsprüche für den Prozess auf, Herr Anwalt." Er legte die Ausdrucke mit Toris Nachrichten an Rachel von deren Handy sowie die entsprechenden von Toris Smartphone auf den Tisch. „Wie Sie sehen, können wir Toris Textnachrichten eindeutig mit Rachel in Verbindung bringen."

Kerr beugte sich vor, um einen genaueren Blick auf die Ausdrucke zu werfen.

„Das ist das, was von Toris Handy an Rachels neue Mobilnummer gesandt wurde." Gonzo legte weitere Ausdrucke auf den Tisch. „Außerdem möchten wir wissen, wem Sie kürzlich einen Scheck über zehntausend Dollar ausgestellt haben."

Tori sah die beiden erschrocken an. „Woher wissen Sie das?"

„Wir haben einen Durchsuchungsbeschluss für Ihre Konten. Wir warten auf einen weiteren, der uns Zugang zu den eingelösten Schecks verschafft. Es sei denn, Sie möchten es uns sagen. Das würde uns etwas Zeit sparen."

Sie schaute Hilfe suchend Kerr an.

Der schien nicht zu wissen, was er tun sollte, also lehnte sich Gonzo zurück und verschränkte abwartend die Arme. Warum sollte er es dem Anwalt leicht machen?

„Ich würde gerne einen Moment allein mit meiner Mandantin sprechen."

Freddie drückte die Pausentaste des Rekorders, ehe sie den Raum verließen.

Im Korridor blickte Gonzo seinen Freund und Kollegen an. „Ist das zu glauben?"

„Einspruch!"

Sie brachen beide in Gelächter aus.

„Was ist denn hier so lustig?", fragte Malone, der sich zu ihnen gesellte.

„Tori Stevens' Verteidiger ist ein in Harvard ausgebildeter Trottel."

„Auch das noch. Nun, hier sind die eingelösten Schecks."

Gonzo nahm dem Captain die Ausdrucke ab, blätterte sie durch und entschied sich für den Scheck, der ihn am meisten interessierte und der auf einen Randy Bryant ausgestellt war. Er reichte Freddie die Seite weiter. „Lass uns herausfinden, wer das ist."

„Bin dabei."

Während Cruz sich auf den Weg ins Großraumbüro machte, wartete Gonzo darauf, dass Kerr ihn wieder in den Verhörraum holte.

„Was denken Sie, Sergeant Gonzales?"

„Ich denke, Tori Stevens hat jemanden dafür bezahlt, ihre Konkurrentin auszuschalten oder ihr zumindest dabei zu helfen, und ist so arrogant, dass sie keinen Gedanken daran verschwendet hat, ob sie dabei Spuren hinterlässt."

Kerr öffnete die Tür zum Verhörraum. „Wir können fortfahren."

Gonzo stieß sich von der Wand ab, folgte dem Anwalt nach drinnen und schaltete das Aufnahmegerät wieder ein. „Wer ist Randy Bryant?"

Tori schnappte nach Luft, ehe ihr klar wurde, dass sie einen kühlen Kopf bewahren musste. „Keine Ahnung."

„Warum haben Sie ihm dann vor zehn Tagen einen Scheck über zehntausend Dollar ausgestellt?"

„Habe ich nicht!"

Gonzo saß ihnen ganz entspannt gegenüber. Weshalb auch nicht? Er hatte Tori Stevens am Haken. „Hier ist eine Kopie des eingelösten Schecks, die Bank hat das Geld von Ihrem Konto abgebucht. Detective Cruz ist gerade dabei, herauszufinden, wer dieser Randy ist. Wir werden ihn innerhalb von Minuten finden, wenn es überhaupt so lange dauert, also können Sie es uns genauso gut verraten."

Sie wandte sich erneut um Rat an ihren Anwalt.

Gonzo sah, dass Kerr nicht wusste, was er sagen sollte.

„Den Scheck, auf den Sie sich beziehen, hat meine Mandantin ausgestellt?"

Gonzo starrte ihn einen Moment lang an und zeigte dann auf den Ausdruck. „Ja, sonst hätte ich ihn nicht erwähnt."

Kerr schaute Tori an. „Haben Sie diesen Scheck ausgestellt?"

Sie verschränkte die Arme vor der Brust und warf den beiden Männern einen trotzigen Blick zu. „Darüber möchte ich nicht reden."

Gonzo lächelte. „So läuft das nicht, Tori. Haben Sie Randy dafür angeheuert, Rachel etwas anzutun?"

Die Frage schockierte sie augenscheinlich. Was hatte sie denn gedacht, worauf er hinauswollte?

„Ich habe keine Ahnung, wer sie überhaupt ist!"

„Warum haben Sie ihr dann Hunderte von SMS an zwei verschiedene Handynummern geschickt?"

„Das war ich nicht."

Er sah den Anwalt an. „Würden Sie Ihrer Mandantin bitte darlegen, dass wir beweisen können, dass sie Rachel Nachrichten geschrieben und den Scheck an Randy ausgestellt hat? Erklären Sie ihr bitte auch, dass Randy uns alles verraten wird, wenn wir ihn herholen, schon allein, um sich selbst zu retten."

„Er wird kein Wort sagen", fauchte Tori.

„Seien Sie still, Tori", befahl Kerr streng.

Gonzo war froh, dass der Mann mittlerweile zumindest eine Vorstellung davon zu haben schien, in welchen Schwierigkeiten seine Mandantin steckte. Er erhob sich. „Ich denke, wir werden abwarten, was für Angaben Randy macht." Er wollte gerade den Rekorder ausschalten, als Tori das Wort ergriff.

„Warten Sie."

„Tori …"

Kerr schien angespannt genug für alle Anwesenden zu sein. Vielleicht hatte er im Jurastudium wenigstens genug aufgepasst, um zu merken, wann es ernst wurde.

„Wenn ich Ihnen sage, was Randy getan hat, hilft mir das?"

„Kommt darauf an, was Sie mit dem, was Randy getan hat, zu tun hatten."

„Tori, kein Wort mehr", verlangte Kerr.

Gonzo bemerkte befriedigt den dünnen Schweißfilm, der sich auf der Oberlippe des Anwalts bildete.

„Ich muss hier sofort raus! Wenn ich denen verrate, was Randy getan hat, werden sie mich gehen lassen."

Kerrs Blick fand den von Gonzo. „Nein, werden sie nicht."

„Das hat er doch gerade gesagt!"

„Hat er nicht. Wenn Sie wissen, wie oder warum Rachel gestorben ist, stecken Sie in großen Schwierigkeiten. Also halten Sie bitte den Mund."

„Ich will nach Hause", erwiderte sie in nörgelndem Tonfall. „Ich hab noch Hausaufgaben zu erledigen."

„Wenn Sie eine Aussage zu den Geschehnissen machen möchten, werde ich den Staatsanwalt gerne davon in Kenntnis setzen, dass Sie uns geholfen haben, herauszufinden, wie Rachel umgekommen ist."

„Wie lang wäre die Gefängnisstrafe?"

„Für Beteiligung an einem Mord? Ziemlich lang."

Toris schaute zwischen den beiden Männern hin und her, während sie versuchte, gedanklich Schritt zu halten. „Was heißt das bitte genau? Eine lange Gefängnisstrafe?"

„Tori, die Beweise lassen keinen anderen Schluss zu, als dass Sie in den Mord an Rachel verwickelt waren", teilte Gonzo ihr mit. „Ob Sie nun diejenige waren, die den tödlichen Druck auf ihre Halsschlagader ausgeübt hat, oder ob Sie jemanden dafür bezahlt haben, es für Sie zu tun."

Alle Farbe wich aus ihrem Gesicht, als sie endlich die Realität ihrer Situation erfasste. „Ich habe Rachel nicht angefasst!"

„Aber Randy hat das getan, nicht wahr?"

„Ich weiß es nicht! Ich habe keine Ahnung, was er getan hat!"

„War es das, worum Sie ihn gebeten haben?", fragte Gonzo.

„Ich habe Randy um gar nichts gebeten!"

„Warum haben Sie ihm dann zehn Riesen gezahlt? Nur zum Spaß?"

„Ich …" Sie wischte sich die Tränen weg und schluckte schwer. „Er … hat mich erpresst."

Gonzo wäre über den schieren Wahnsinn dieser Situation am liebsten in lautes Gelächter ausgebrochen. Es wäre urkomisch gewesen, hätte nicht eine unschuldige junge Frau wegen Toris Eifersucht tot im Leichenschauhaus gelegen. „Er hat Sie also erpresst. Okay … Fangen wir damit an, wie Sie ihn kennengelernt haben."

Sie blickte Kerr an. „Muss ich ihm das erzählen?"

Kerr rieb sich das Kinn und sah aus, als wäre er derjenige, der gleich wegen Mordes verhaftet werden würde. Er hatte eindeutig keine Ahnung, was Tori als Nächstes tun sollte.

„Mr Kerr, haben Sie schon einmal einen Mandanten in einem Mordfall verteidigt?"

„Mord?", kreischte Tori. „Ich habe doch niemanden ermordet! Ich war die ganze Nacht bei Gordon. Fragen Sie ihn! Er wird es bestätigen."

„Sie haben ausgesagt, Sie hätten einen kleinen Spaziergang unternommen. Haben Sie sich dabei mit Randy getroffen?"

„Ich habe Randy nie getroffen."

„Wie haben Sie ihn kennengelernt?"

„Ich … ich glaube nicht, dass ich noch mehr sagen sollte."

Gonzo gab ihr einen Moment Zeit dafür, ihre Meinung zu ändern, aber als klar wurde, dass sie das nicht tun würde, erhob er sich. „Ich werde jemanden schicken, der Sie wieder runterbringt."

„Ich kann nicht dorthin zurück", schluchzte sie und wandte sich an Kerr. „Tun Sie was! Sie sollen mir doch helfen."

„Ich muss mich mit meinen Seniorpartnern über die beste Strategie beraten."

„Vielleicht könnten Sie einen von denen herschicken – jemanden, der weiß, was er tut!"

„Gehen wir", forderte Gonzo sie auf.

„Sie dürfen mich nicht wieder in diese Zelle stecken! Die anderen Frauen da unten sind Monster!"

Gonzo packte sie am Arm und zerrte sie beinahe aus dem Zimmer. Im Flur übergab er sie dem Streifenpolizisten, der dort Wache hielt. „Führen Sie sie wieder in die Zelle."

Tori kreischte auf dem ganzen Weg zur Treppe wie ein Fischweib. Sie drohte mit Klagen, die alle Beteiligten den Job kosten würden, und schrie etwas von Polizeibrutalität.

„Ich nehme an, unsere Freundin hat begriffen, dass sie geliefert ist", empfing Freddie Gonzo, als der ins Großraumbüro zurückkehrte.

„Ja, und ihr Trottel von einem Rechtsbeistand hat keine Ahnung, was er dagegen tun soll." Gonzo rieb sich den schmerzenden Nacken. „Was hast du zum Thema Randy?"

„Ich habe seine Adresse, drei Blocks vom GW-Campus entfernt."

„Haben wir vom Labor schon etwas über die Pizzakartons gehört?"

„Voller Fingerabdrücke."

„Wollen wir wetten, dass es die von Randy sind?"

„Ich würde mein gesamtes Hab und Gut darauf setzen."

„Komm, statten wir ihm einen Besuch ab."

Randy Bryant wohnte im dritten Stock eines Hauses in der 22nd Street Northwest in Foggy Bottom, in der Nähe des Außenministeriums. Da Freddie ein Bild von ihm im Internet gefunden hatte, erkannten sie ihn, als er die Tür öffnete. Sein Aussehen passte außerdem zu der Beschreibung des Augenzeugen aus Rachels Studentenwohnheim, nach der er ein großer Mann mit dunklem, kurz geschnittenem Haar und einem Ziegenbärtchen war. Er trug ein Clash-T-Shirt, Jeans und rote Vans-Turnschuhe. „Was kann ich für Sie tun?"

Gonzo und Freddie zeigten ihre Dienstausweise. „Sind Sie Randy Bryant?"

„Ja. Was zum Teufel wollen Sie?"

„Wir verhaften Sie hiermit wegen Mordes an Rachel Fortier“, antwortete Freddie. „Sie haben das Recht, zu schweigen. Alles, was Sie sagen, kann und wird vor Gericht gegen Sie verwendet werden.“

Der Kerl hatte die Bedeutung dieser Worte noch gar nicht richtig begriffen, da legte Gonzo ihm schon Handschellen an.

„Was zum Teufel soll das? Ich habe niemanden ermordet!“

„Das behaupten sie alle, nicht wahr, Detective Cruz?“

„Ja, Sergeant. Das hören wir ständig.“

„Was zum Teufel ist denn hier los?“, fragte ein anderer Mann aus der Wohnung.

„Die verhaften mich. Ruf meine Eltern an. Richte ihnen aus, sie sollen mir einen Anwalt besorgen.“

Der Mitbewohner kam zur Tür. „Was?“

„Keinen Schritt näher“, befahl ihm Gonzo. „Sonst nehmen wir Sie auch gleich mit.“

„Wo bringen Sie Randy hin?“

„Ins Metro-PD-Hauptquartier.“ Gonzo reichte ihm eine Karte. „Sagen Sie seinen Eltern, sie sollen den Anwalt dort hinschicken. Er wird einen Rechtsbeistand brauchen.“

„Was hat er getan?“, wollte der Mitbewohner wissen.

Gonzo ignorierte die Frage und folgte Freddie und Bryant die Treppe hinunter.

„Ich weiß nicht, was Sie hier vorhaben, aber das wird Sie Ihre Marken kosten.“

„Das haben wir ja noch nie gehört, stimmt's, Cruz?“

„Nein, niemals.“

Sie verfrachteten Bryant auf den Rücksitz von Gonzos Auto und fuhren zurück zum Hauptquartier.

Dort eingetroffen, brachte Freddie ihn zur erkennungsdienstlichen Erfassung.

Gonzo kehrte ins Großraumbüro zurück und hielt kurz inne, als er Gordon Reilly auf einem Stuhl vor Sams Büro sitzen sah.

Der Mann sprang auf, als er Gonzo erblickte. „Man hat mir gesagt, ich solle hier auf Sie warten. Wissen Sie inzwischen, wer Rachel ermordet hat?“

Der arme Kerl hatte kaum noch Ähnlichkeit mit der Person, der sie unlängst begegnet waren. Sein Haar war wirr, seine Augen waren gerötet und die Lider geschwollen, und er wirkte völlig am Boden zerstört.

„Wir glauben, eine Vorstellung davon zu haben, was passiert ist."

„War es Tori?", fragte er tonlos.

„Sie war zumindest daran beteiligt."

„O mein Gott. Das darf doch nicht wahr sein. Sie hat Rachel nicht mal gekannt."

Gonzo schloss Sams Büro auf. „Kommen Sie mit rein. Nehmen Sie Platz."

„Sie hat sie nicht mal gekannt", beharrte Gordon, nachdem er sich auf einem von Sams Besucherstühlen niedergelassen hatte.

„Nein, aber sie hat von ihr gewusst, und das war das Problem. Ich bin sicher, Rachel hat Ihnen berichtet, dass sie Drohungen von Ihrer Ex erhalten hat."

„Was? Nein, davon hat sie nie etwas erzählt."

„Wirklich nicht? Hm ..."

„Sie hat gewusst, dass die Sache mit Tori für mich sehr schwierig war." Er stützte sein Kinn auf die Hände und die Ellbogen auf die Knie. „Ich kenne Tori von Kindesbeinen an. Auch deshalb hat es mich so erschüttert, dass sie unsere räumliche und menschliche Trennung so schlecht verkraftet hat. Ich war krank vor Schuldgefühlen, was vermutlich der Grund dafür ist, dass Rachel mich nicht eingeweiht hat, als Tori sie belästigt hat. Warum hat sie mir nichts gesagt? Ich hätte dafür sorgen können, dass das aufhört."

„Da bin ich mir nicht so sicher, Gordon. Tori war unerbittlich."

„Warten Sie. Hat Rachel etwa deshalb ihre Handynummer geändert?"

„Ja."

„O Gott. Sie hat das mir gegenüber mit keinem Wort erwähnt."

Gonzo zeigte ihm das Bild von der Facebook-Seite seines

Freundes Jeff. „Daher wusste Tori, dass Sie eine andere Frau kennengelernt hatten.“

Gordons Gesicht wurde vor Schreck ganz ausdruckslos. „Sie … hat das gesehen?“

„Wir vermuten es. Rachels Probleme mit ihr begannen unmittelbar danach.“

„Dann ist das alles meine Schuld. Wenn ich mich von Rachel ferngehalten hätte, wäre sie jetzt noch am Leben.“ Er blickte Gonzo völlig verzweifelt an. „Wie soll ich denn bitte mit diesem Wissen weiterleben?“

Gonzo hatte Mitleid mit dem jungen Mann, stand auf und umrundete den Schreibtisch, um sich neben ihn zu setzen. „Das ist furchtbar, und es tut mir leid, dass Ihnen das passiert ist. Doch Sie haben sie nicht umgebracht.“

„Hat Tori sie ermordet, als sie neulich kurz mein Zimmer verlassen hat?“

„Wir glauben, dass sie jemanden dafür bezahlt hat, es für sie zu tun. Sie könnte sich mit ihm getroffen haben, als sie kurz frische Luft schnappen war.“

„Was? O mein Gott! Das wird ja immer schlimmer. Wen?“

„Wir glauben, es war ein Mann namens Randy Bryant.“

„Wer ist das?“

„Wir sind immer noch dabei, herauszufinden, wer er ist und wie die beiden in Verbindung stehen. Sie hat ihm vor Kurzem einen Scheck über zehntausend Dollar ausgestellt und in den letzten Monaten immer mal wieder kleinere Zahlungen an ihn geleistet. Wir vermuten, sie hat ihn dafür bezahlt, Sie und Rachel im Auge zu behalten.“

Gordon ließ den Kopf zurück in die Hände sinken. „Wie konnte ich diese Frau all die Jahre kennen, ohne zu ahnen, dass sie zu so etwas fähig ist?“

Darauf hatte Gonzo keine Antwort.

„Meine Eltern haben immer gesagt, sie sei ein verwöhntes reiches Mädchen, aber ich habe ihnen nicht geglaubt. Sie war manchmal oberflächlich, doch nie unfreundlich.“ Er schaute wieder Gonzo an. „Muss sie ins Gefängnis?“

„So wie es aussieht, wird sie sich wegen Beteiligung an einem Mord vor Gericht verantworten müssen."

„Ich kann das alles einfach nicht glauben."

Freddie erschien an der Bürotür. „Äh, Sergeant … Tori Stevens' Eltern sind hier."

Gonzo und Gordon erhoben sich und drehten sich um.

Toris Mutter stieß einen spitzen Schrei aus und stürmte auf Gordon zu. „Das ist alles nur deine Schuld! Du hast Tori dazu getrieben!"

Gonzo trat schnell dazwischen und hinderte sie daran, Gordon zu schlagen. Er schob sie rückwärts aus dem Büro, während Cruz den Vater zurückhielt. „Ich empfehle Ihnen, sich zu beherrschen, es sei denn, Sie legen es darauf an, eine Anzeige zu kassieren."

„Er hat ihr das angetan!", brüllte der Vater. „Er hat sie am langen Arm verhungern lassen und Versprechungen gemacht, die er nie erfüllen wollte. Wie konntest du nur?"

„Gordon, gehen Sie nach Hause." Gonzo hielt Toris Mutter weiter fest. „Wir melden uns."

Der junge Mann zögerte. „Ich habe Tori nie irgendwas versprochen. Ich war achtzehn Jahre alt und noch nicht bereit, mich für immer an jemanden zu binden."

„Gehen Sie, Gordon", befahl Gonzo erneut, diesmal mit mehr Nachdruck.

Nachdem Gordon verschwunden war, lockerte er seinen Griff um Mrs Stevens' Oberarme. „Sind Sie in der Lage, sich zusammenzureißen, oder muss ich Sie in Gewahrsam nehmen?"

Beide Eltern brachten ihre teuer aussehende Kleidung in Ordnung.

„Das ist alles Gordons Schuld." Mr Stevens war groß, hatte grau meliertes Haar und ein braun gebranntes, jugendliches Gesicht. „Wenn Sie wüssten, was für Spielchen er mit unserer Tochter getrieben hat …"

„Es war ein Albtraum für sie und uns." Mrs Stevens war blondiert und hatte die gleichen Augen wie ihre Tochter. Jeder Zentimeter von ihr war auf Hochglanz poliert.

„Wissen Sie, was wirklich ein Albtraum war?", fragte Gonzo.

„Rachel Fortier musste ihre Handynummer ändern, weil Ihre Tochter sie massiv belästigt hat. Rachel Fortier hatte nichts mit Gordons Beziehung zu Tori zu tun, und trotzdem ist sie jetzt tot. Wir haben Beweise dafür, dass Ihre Tochter jemanden bezahlt hat, um Rachel ermorden zu lassen und damit ihre Konkurrentin auszuschalten."

„Sie machen wohl Witze", entgegnete Mr Stevens mit finsterer Miene. „Unsere Tochter ist Studentin. Was um alles in der Welt weiß sie von Mord? Das können Sie nie und nimmer beweisen."

Ein uniformierter Polizist kam mit einem Ausdruck ins Großraumbüro, den er Gonzo überreichte. „Die Fingerabdrücke auf den Pizzakartons passen zu Bryant."

„Was bedeutet das?", erkundigte sich Mr Stevens.

„Es bedeutet, dass der Mann, dem Tori zehntausend Dollar gezahlt hat, mit dem Mord an Rachel Fortier in Verbindung steht. Wir werden ihn jetzt vernehmen. Es würde mich nicht wundern, wenn er uns Tori als Drahtzieherin hinter allem nennt. Wenn er die Wahl hat, entweder den Rest seines Lebens im Gefängnis zu verbringen oder sich gegen sie zu wenden, was, glauben Sie, wird er tun?"

„Das können Sie ihr nicht anhängen." Mr Stevens schäumte vor Wut. „Das ist eine Farce."

„Beweise lügen nicht, Sir."

„Erwarten Sie, dass wir eine Behörde, die jahrelang einen Killer in ihren Reihen hatte, für fähig halten, unserer Tochter einen Mord nachzuweisen?", fragte er.

„Glauben Sie, was Sie wollen, aber Ihre Tochter steht bald wegen Anstiftung und Beihilfe zum Mord vor Gericht, und wenn ich Sie wäre, würde ich ihr einen besseren Anwalt besorgen als diesen Trottel Kerr." Zu Cruz sagte er: „Lass uns mit Bryant reden."

„Warten Sie!"

Gonzo wandte sich wieder an Mr Stevens.

„Was, wenn sie alles gesteht? Würde das ihre Situation verbessern?"

„Larry! Tori kann das nicht getan haben. Was sagst du denn da?"

„Halt den Mund, Charlene. Du weißt verdammt gut, dass Tori zu allem fähig ist. Du hast sie schließlich so erzogen."

„*Ich* habe sie so erzogen? Wer hat sie denn seit ihrer Geburt wie eine Prinzessin behandelt?"

Gonzo hatte genug gehört. „So unterhaltsam diese Szene auch ist …"

„Wird es helfen, wenn sie redet?", wiederholte Mr Stevens.

„Lassen Sie mich mit der stellvertretenden Staatsanwältin sprechen und hören, was sie dazu sagt. Nehmen Sie bitte einstweilen in der Lobby Platz. Ich komme wieder zu Ihnen, wenn ich mehr weiß."

„Wir würden gerne unsere Tochter sehen."

„Ich schaue nachher, was ich in der Angelegenheit tun kann."

Diese Antwort gefiel Mr Stevens ganz und gar nicht. Wahrscheinlich war er es gewohnt, dass Menschen jedem seiner Befehle unverzüglich Folge leisteten.

Gonzo wartete, bis sie gegangen waren, bevor er sich an Freddie wandte und die Augen verdrehte.

„Zumindest wissen wir jetzt, wo Tori ihren ganz speziellen Charme herhat", meinte Freddie.

Gonzo lachte. „Wohl wahr. Ich werde die Staatsanwaltschaft kontaktieren." Sein Handy klingelte. Auf dem Display stand eine Nummer aus einem anderen Bundesstaat. „Sergeant Gonzales."

„Rosemary Bryant hier. Sie haben meinen Sohn verhaftet."

„Das ist richtig, Ma'am."

„Was werfen Sie ihm vor?"

„Mord."

Ihr Schreckensschrei ließ Gonzo das Handy ein Stück vom Ohr weghalten. „Wie … wie kann das sein? So etwas würde er nie tun. Er ist ein Musterstudent an der GW."

„Unsere Ermittlungen haben ergeben, dass er eine Zahlung von zehntausend Dollar von einer Frau angenommen hat, die ihre Konkurrentin in einer Beziehungsrivalität ausschalten wollte."

„Das kann nur ein Irrtum sein. Er braucht kein Geld."

„Es ist kein Irrtum, Ma'am. Ich würde Ihnen empfehlen, so schnell wie möglich einen guten Anwalt für ihn zu finden."

„Wie soll ich das denn anstellen?"

„Die Anwaltskammer Washington sollte Ihnen weiterhelfen können. Wenn Sie nicht über die nötigen Mittel verfügen, können wir im Büro des Pflichtverteidigers anrufen."

„Sagen Sie ihm bitte, ich arbeite daran."

„Das werden wir ihm ausrichten."

„Bitte … Er ist mein Ein und Alles. Lassen Sie nicht zu, dass ihm etwas zustößt. Ich wüsste nicht, was ich ohne ihn tun sollte …"

Gonzos empfand tiefes Mitleid mit ihr. Er konnte sich nicht mal vorstellen, wie es wäre, wenn man seinen Sohn wegen Mordes anklagen würde. Manchmal konnten Eltern alles richtig machen, und trotzdem geschah so etwas. „Ich warte auf eine Nachricht von Ihnen bezüglich des Anwalts."

„Vielen Dank."

KAPITEL 21

Gonzo beendete das Telefonat, setzte sich auf Sams Schreibtischstuhl und betrachtete das Hochzeitsbild von ihr und Nick.

Als hätte er sie damit heraufbeschworen, bekam er in diesem Moment eine Nachricht von Sam. *Wie läuft's?*

Seine ironische Erwiderung bestand aus einer Zeile des berühmten alten Songs von Kenny Rogers. *Musst du jetzt grade gehen, Lucille?*

Sie antwortete mit mehreren lachenden Emojis. *Echt, so schlimm?*

Schlimmer. Eine schiefgelaufene Dreiecksbeziehung unter Studenten, mit der Folge, dass eine junge Frau jetzt tot ist. Jede Menge verzweifelte Eltern (ein paar davon zu Recht). Kurz: Wir haben hier eine tolle Zeit.

Das tut mir leid. Hast du es im Griff?

Mehr oder weniger. Es ist alles sehr tragisch.

Ist es das nicht immer?

Ja, vermutlich schon. Wie ist euer Urlaub?

Leider entschieden stressiger als erhofft. Statt am Montag wieder zur Arbeit zu erscheinen, muss ich nach Fort Liberty.

Das ist so furchtbar.

Ja, und Nick fühlt sich verantwortlich, obwohl er es nicht ist. Schwierige Situation. Aber wir schaffen auch das.

Das tut mir leid für alle Beteiligten. Eine echte Tragödie.

Ja. Ich werde am Dienstagvormittag im Büro sein, ehe ich zum Staatsbankett mit dem kanadischen Premierminister gehe. (Wieso ist mein Leben so?)

War das eine rhetorische Frage?

LOL. Nein.

Genieß die restliche Zeit am Strand. Es wird alles noch da sein, wenn du zurückkommst.

Na toll! Danke, dass du mich vertrittst. Es hilft mir, zu wissen, dass du dich um alles kümmerst.

Gar kein Problem.

In diesem Moment tauchte Freddie an der Bürotür auf. „Was nun, Chef?"

„Ich rufe die Staatsanwaltschaft an. Moment." Gonzo wählte die Nummer der Behörde, bei der die Miller-Drillinge als stellvertretende Staatsanwältinnen arbeiteten. Eine von ihnen war immer erreichbar.

„Faith Miller."

„Hey, Gonzo hier. Ich bin in einem Fall so weit, dass ich Sie bräuchte."

„Ich bin gleich da."

„Vielen Dank, Faith." An Freddie gewandt sagte er: „Sie ist auf dem Weg."

Nicoletta saß den ganzen Tag in Collins' luxuriöser Wohnung und wartete darauf, dass er nach Hause kam und ihr mitteilte, wie der Rest ihres Lebens verlaufen würde. Sie hasste es, keinen Einfluss auf ihr eigenes Schicksal zu haben, doch sie hatte beschlossen, ihm zu vertrauen und das Beste zu hoffen.

Obwohl sie versucht war, sich im Apartment genauer umzuschauen, widerstand sie dem Drang. Es gab schon genug Gründe, warum er sie als unter seiner Würde betrachten konnte, da musste sie ihm nicht noch mehr liefern.

Also stand sie am Fenster und sah hinab auf die Innenstadt von Cleveland und die Rock & Roll Hall of Fame neben dem

Stadion der Browns am Ufer des Eriesees. Obwohl sie seit Jahren hier lebte, kannte sie die Stadt nicht viel besser als bei ihrer Ankunft. Sie hatte die meiste Zeit damit verbracht, sich irgendwie über Wasser zu halten und ihre finanzielle Situation zu verbessern, also hatte sie nicht sonderlich viel Gelegenheit gehabt, die Stadt besser kennenzulernen.

Während sie auf den See in der Ferne blickte, dachte sie darüber nach, was Collins gesagt hatte: dass sie versuchen sollte, sich mit ihrem Sohn zu versöhnen.

Ausgerechnet ihr Sohn war Präsident der Vereinigten Staaten.

Sie platzte jedes Mal vor Stolz, wenn sie das jemandem erzählte, und schämte sich dann, wenn sie zugeben musste, dass sie bisher noch nie im Weißen Haus gewesen war. Als ob er sie jemals dorthin einladen würde. Ihr Miststück von Schwiegertochter würde sie nicht mal in die Nähe von Nick oder dem Weißen Haus lassen, schon gar nicht jetzt, wo sie Nicoletta so geschickt abserviert hatte.

Sie musste hochzufrieden mit sich sein.

Wie konnte ihr wundervoller Sohn sich an eine so schreckliche Frau gebunden haben? Nicoletta würde nie verstehen, was er in einer großspurigen Polizistin mit dem Stil eines Trampeltiers sah. Wenn sie in das Leben ihres Sohnes zurückkehren konnte, könnte sie ihm vielleicht helfen, endlich zur Vernunft zu kommen, was das betraf.

Dann fiel ihr wieder ein, dass Collins gesagt hatte, der Weg zu Nick führe über seine Gattin. Bei der Vorstellung, sich mit der Frau auszusöhnen, die ihr Leben ruiniert hatte, wurde Nicoletta schlecht. Der Gedanke, sich irgendwie mit Sam arrangieren zu müssen, brachte sie fast um, doch da hörte sie, dass sich im Foyer die Tür öffnete.

Obwohl sie nach einem langen, einsamen Tag den Impuls hatte, Collins entgegenzueilen, blieb sie standhaft und wartete darauf, dass er zu ihr kam. Männer verloren zu schnell das Interesse an Frauen, die es ihnen zu leicht machten.

„Hallo", sagte er, als er in das geräumige Wohnzimmer trat.

„Hi. Wie war Ihr Tag?"

„Produktiv, und Ihrer?"

„Lang und ereignislos."

„Nun, ich habe gute Nachrichten."

„Nämlich?"

„Ich hatte ein ausführliches Gespräch mit dem Staatsanwalt, und er hat zugestimmt, die Anklage wegen Prostitution fallen zu lassen, wenn Sie eine Vereinbarung unterschreiben, die sicherstellt, dass Sie aus dem Escort-Geschäft aussteigen."

„Was ist mit meiner Kundenliste?"

„Nach dieser Information hat er nicht gefragt."

„Hat Sie das überrascht?"

„Mehr als das, ehrlich gesagt, aber ich denke, es könnte etwas mit dem Medienansturm zu tun haben, seit er Anklage gegen die Mutter des Präsidenten erhoben hat. Die Reaktion war viel heftiger, als er erwartet hatte. Ähnlich sieht es der Bundesstaatsanwalt bei der Anklage wegen Geldwäsche. Er hat mich wissen lassen, wenn Sie Ihre Steuern nachzahlen und das Geschäft dauerhaft schließen, werde er auch diese Anklage fallen lassen. In beiden Fällen werden Geldstrafen, Bewährungsstrafen und gemeinnützige Arbeit fällig, doch ich habe ausgehandelt, dass die Akten nach drei Jahren alle versiegelt werden, vorausgesetzt, Sie werden nicht wieder straffällig."

„Ihr Tag war tatsächlich produktiv."

„Rundum nur Topergebnisse." Er warf Nicoletta einen Blick von der Seite zu. „Sie werden die Offshore-Konten anzapfen müssen, um die Steuern zu zahlen. Das wird eine ordentliche Summe werden."

Das hörte Nicoletta extrem ungern. Diese Konten waren ihr Notgroschen, ihr Plan B. Sie schlang ihre Arme um sich.

„Ist das ein Grund zur Sorge?", fragte Collins.

„Ich bin mir noch immer nicht sicher, was schlimmer ist: pleite zu sein oder im Knast zu sitzen."

„Oh, ich glaube schon, dass Sie das wissen."

„Tatsächlich? Ich habe mich mein ganzes Leben lang abgerackert. Zum ersten Mal überhaupt habe ich ein gewisses Maß an finanzieller Sicherheit."

„Was bedeutungslos ist, wenn man in einer Zelle sitzt."

Sie holte tief Luft und seufzte. Die Zeit in dieser Zelle war ein absoluter Tiefpunkt in ihrem Leben gewesen. „Vermutlich haben Sie recht." Wenn sie ihre Karten richtig ausspielte, konnte sie vielleicht genug behalten, um trotzdem für den Rest ihres Lebens ausgesorgt zu haben, wenn sie sich auch sicher würde einschränken müssen. Es gab noch weitere Konten, die bisher niemand entdeckt zu haben schien. Hoffentlich würde es dabei bleiben.

„Woran denken Sie?", wollte er wissen.

„Daran, dass ich Ihnen dankbar sein sollte, weil Sie diese Vereinbarung für mich ausgehandelt haben."

„Gern geschehen, Nicoletta. Wenn Sie bereit sind, beiden Abmachungen zuzustimmen, wird meine Tochter Jaclyn, die mit mir zusammenarbeitet, uns helfen, eine Erklärung zu verfassen, um die Einstellung Ihrer Fälle bekannt zu geben."

„Ist das nötig?"

„Wenn Sie sich die Medien vom Hals schaffen wollen, damit Sie nach Hause können, schon. Die kampieren immer noch vor Ihrem Wohnkomplex."

„Wird es nicht einen Aufruhr geben, weil ich scheinbar eine Sonderbehandlung bekomme?"

„Mehr als eine Million Dollar an Steuern nachzahlen zu müssen ist keine Sonderbehandlung."

„Das stimmt auch wieder."

„Hey, das ist eine gute Nachricht, Nicoletta. Das bestmögliche Resultat."

„Warum fühle ich mich dann wie nach einer Niederlage?"

„Weil Sie ein florierendes Geschäft hatten, und das ist jetzt Geschichte. Sie müssen sich überlegen, was Sie mit sich und Ihrer Zeit anfangen wollen."

Der Gedanke, noch einmal von vorne zu beginnen, war fast so überwältigend, wie es gewesen war, im Gefängnis zu sitzen. Wie oft konnte man sich neu erfinden, ehe einem die Ideen dazu ausgingen, wie die Zukunft aussehen sollte?

„Keine Sorge. Wir kriegen das hin."

„Wir?"

„Ich würde Ihnen gerne helfen, wenn ich darf."

„Warum?"

„Weil …", für einen Moment wirkte er fast schüchtern, „ich Sie mag."

Nicoletta lachte.

„Sie finden das lustig?"

„Ich hatte einen Gefängnisoverall an, als wir uns das erste Mal begegnet sind."

„Trotzdem habe ich Sie sofort gemocht. Ich finde Sie interessant."

Nicoletta runzelte die Stirn und fragte: „Liegt das daran, wer mein Sohn ist?"

„Zum Teil. Ich werde Sie nicht anlügen, weder darüber noch über andere Dinge. Trotzdem bin ich von *Ihnen* fasziniert, nicht von Ihrem Sohn."

Sie hörte einen Schlüssel in der Tür und wandte sich zum Foyer um.

„Das muss Jaclyn sein."

„Sie waren sich also ziemlich sicher, dass ich mich auf die Angebote einlassen würde."

„Schon, denn die Alternative ist undenkbar." Zum ersten Mal streckte er die Hand aus, um ihr über die Wange zu streicheln. „Jemand, der so schön ist wie Sie, gehört nicht ins Gefängnis."

Er trat zurück, und sie fühlte sich atemlos, obwohl es die unschuldigste aller Liebkosungen gewesen war.

Wann war ihr so etwas das letzte Mal passiert?

Noch nie.

Er kehrte in Begleitung einer auffallend hübschen blonden Frau zurück, die ein rotes Wickelkleid und High Heels von Jimmy Choo trug. „Das ist meine Tochter Jaclyn. Jac, das ist Nicoletta."

Jaclyn schüttelte ihr die Hand. „Freut mich."

Die junge Frau musterte sie misstrauisch. Wahrscheinlich fragte sie sich, wie ihr Vater auf die Idee kam, eine seiner Mandantinnen bei sich zu Hause unterzubringen. Verdammt, das fragte sich Nicoletta auch.

In der nächsten Stunde saßen sie zu dritt an Collins' Esstisch und arbeiteten eine Erklärung aus, die veröffentlicht werden

sollte, sobald die Richter die Vereinbarungen unterzeichnet
hatten. Jaclyn war höflich und professionell, doch Nicoletta
konnte den Argwohn, den sie ausstrahlte, fast körperlich spüren.

„Besteht die Möglichkeit, dass die Richter das nicht gegen-
zeichnen?", erkundigte sich Nicoletta.

„Die besteht immer", antwortete Collins. „Aber in diesem Fall
sollte nichts schieflaufen."

„Es sei denn, man will an der Mutter des Präsidenten ein
Exempel statuieren", wandte Nicoletta ein.

„Das ist natürlich eine Möglichkeit, doch ich rechne nicht
damit."

„Nun, hoffentlich ist das alles bald geklärt, und Sie können
wieder in Ihre Wohnung und Ihr Leben zurückkehren", sagte
Jaclyn, während sie ihren Laptop zuklappte. „Ich könnte Ihnen
in der Zwischenzeit ein Hotelzimmer besorgen, wenn Sie
möchten."

„Sie ist hier im Moment gut aufgehoben, Jac", entgegnete
Collins mit einem nachsichtigen Lächeln. „Ich habe jede Menge
Platz."

„War nur ein Angebot." Jaclyn schien sich zu zwingen,
Nicoletta anzuschauen. „Hat mich gefreut, Sie kennenzulernen."

„Mich auch. Danke für Ihre Hilfe."

„Gern." Sie küsste ihren Vater auf die Wange. „Bis später."

„Hab dich lieb, mein Schatz."

„Ich dich auch."

Während Nicoletta den beiden zuhörte, kam ihr in den Sinn,
dass sie mit ihrem Sohn nie einen solchen Austausch gehabt
hatte, obwohl sie ihn sehr liebte. Auf ihre eigene Art und Weise.
Vielleicht war ihr Weg nicht der konventionelle, aber es war der
einzige, den sie kannte.

„Sie ist mein mittleres Kind", erklärte Collins, nachdem er
Jaclyn zur Tür gebracht hatte. „Jac ist eine große Bereicherung
für die Kanzlei und kümmert sich um die Öffentlichkeitsarbeit,
die sozialen Medien und so weiter. Denn davon habe ich leider
überhaupt keine Ahnung." Er goss eine bernsteinfarbene
Flüssigkeit aus einer Kristallkaraffe in ein bauchiges Glas.
„Möchten Sie auch einen Drink?"

„Ja, gern. Vielen Dank." Sie setzte sich auf die Couch. „Ihre Tochter will, dass ich hier verschwinde."

„Sie möchte mich nur beschützen. Das geht all meinen Kindern so, seit meine Frau gestorben ist. Es ist so, als wären die Rollen vertauscht und als wäre ich jetzt das Kind, mit drei besserwisserischen Eltern."

Seine Worte waren voller Zuneigung und Belustigung.

„Sie werden nicht wollen, dass Sie Zeit mit Leuten wie mir verbringen."

„Leuten wie Ihnen? Was meinen Sie damit?"

„Sie haben mich in einem Gefängnis kennengelernt, Collins. Das ist wohl kaum die Art von zuckersüßer erster Begegnung, wie man sie aus dem Fernsehen kennt."

Collins zog verwirrt die Brauen zusammen, was ihn auf jungenhafte Art unwiderstehlich wirken ließ. „Zuckersüße erste Begegnung? Was zum Teufel soll ich mir denn bitte darunter vorstellen?"

Sie seufzte mit gespielter Enttäuschung. „Sie müssen sich eindeutig mehr Liebesfilme anschauen."

„Muss ich?"

„Das ist, wenn sich zwei Menschen unter den bezauberndsten Umständen treffen, zum Beispiel eine Frau sitzt im Schnee fest, und ein Mann eilt ihr zu Hilfe und bietet ihr an, sich bei ihm zu Hause am Feuer aufzuwärmen."

„Ah, verstehe. Sie wollen sagen, dass ein Kennenlernen im Gefängnis nicht sehr romantisch ist?"

„Das werden zumindest Ihre Kinder finden."

„Nicoletta, ich möchte Ihnen etwas über meine Kinder erzählen. Ich stehe den dreien sehr nahe. Ich telefoniere jeden Tag mit ihnen. Wir sind zusammen durch die Hölle gegangen, als ihre Mutter krank wurde und schließlich gestorben ist. Das hat uns nur noch enger zusammengeschweißt, als wir vorher schon waren. Doch wir schreiben einander nicht vor, wie wir unser Leben zu gestalten haben. Ich habe sie rückhaltlos unterstützt und ihnen vieles leichter gemacht, als ich es je hatte. Sie wissen, wie glücklich sie sich schätzen können, dass sie keine Studienkredite abzuzahlen haben und sich nicht abmühen müssen, um über die Runden zu kommen. Sie schätzen ihr Leben und den Menschen, der ihnen das ermöglicht hat, und wollen mehr als alles andere, dass ich jemanden finde, mit dem ich noch mal glücklich werden kann. Sie haben mich zu zahllosen Blind Dates mit den Müttern, Tanten, Cousinen und was weiß ich noch alles von Freunden geschickt."

„Ich bin sicher, dass die Mütter und Tanten Sie für einen guten Fang gehalten haben."

Er wurde wieder leicht rot, was wirklich süß war. Verdammt, alles an ihm gefiel ihr, und etwas anderes zu behaupten wäre lächerlich. „Vermutlich schon. Das Problem ist, keine der Frauen hat mich in irgendeiner Weise gereizt."

„Warum nicht?"

„Wie kann ich das ausdrücken, ohne wie ein totaler Mistkerl zu klingen?"

„Sagen Sie es einfach. Ich weiß, dass Sie das nicht sind."

„Es ist schlicht so, dass keine von ihnen besonders … interessant oder attraktiv war."

Das zu hören war ungemein befriedigend. „Woran lag das?"

Er zuckte die Achseln. „Ich weiß es nicht."

„War Ihre Frau interessant und attraktiv?"

Sein charmantes Gesicht wurde von dem bezauberndsten Lächeln erhellt, das sie bislang von ihm gesehen hatte. Sie wünschte sich, er würde auch ihretwegen irgendwann so lächeln. „Sie war eine Naturgewalt."

„Inwiefern?"

„Sie hatte eine mitreißende Persönlichkeit und ein noch mitreißenderes Lachen. Meine Frau war die fröhlichste, lustigste, kontaktfreudigste, liebevollste und fürsorglichste Person, die mir je begegnet ist. Jeder hat sie gemocht. Ich wusste nie, was mich erwartete, wenn ich heimkam. Sie organisierte ständig Spendensammlungen für Bedürftige oder Essen für eine der Sportmannschaften der Kinder oder was auch immer. Manchmal konnte ich kaum mit ihr Schritt halten."

„Es muss schrecklich gewesen sein, so einen Menschen zu verlieren."

„Obwohl er nicht überraschend kam, war ihr Tod ein verheerender Schlag."

„War Ihre Frau lange krank?"

„Drei Jahre, und das letzte davon war über alle Maßen entsetzlich. Man denkt, schlimmer könnte es unmöglich werden, aber dann wird es das doch. Krebs ist ein echter Albtraum."

„Es tut mir leid, dass Sie sie so früh verloren haben."

„Ihr Tod hat definitiv den Lauf meines Lebens verändert. Daran gibt es keinen Zweifel. Ich hatte fest vor, mit Deb alt zu werden, und dann war sie auf einmal nicht mehr da, und ich musste mir überlegen, wie es weitergehen sollte. Es war ein Kampf. Manchmal ist es das immer noch."

Es war schwer vorstellbar, dass dieser kluge, weltgewandte, erfolgreiche, gut aussehende Mann mit irgendetwas zu kämpfen hatte, aber der Verlust seiner geliebten Frau hatte ihn eindeutig tief erschüttert.

Er drehte sich auf der Couch zu ihr um und griff nach ihrer Hand. „Ich finde Sie interessant *und* attraktiv, Nicoletta, auch ohne ‚zuckersüße erste Begegnung'."

Sie würde bald fünfundfünfzig werden, doch bis jetzt hatte noch kein Mann sie derart aus dem Gleichgewicht gebracht oder so atemlos gemacht.

„Komisch", meinte er lachend. „Sie kommen mir eigentlich nicht wie jemand vor, dem es die Sprache verschlägt."

„Das passiert mir tatsächlich selten. Sie haben es allerdings geschafft."

„Ist es möglich, dass Sie mich vielleicht auch interessant und attraktiv finden?"

„Das ist mehr als möglich."

„Ich würde sehr gerne sehen, wohin das führen kann. Wären Sie damit einverstanden?"

„Collins, ich ..." Normalerweise hätte sie versucht, etwas Unverbindliches zu entgegnen, aber an diesem Mann war nichts *normal*. „Ich glaube schon."

Sein Lächeln blendete sie und vermittelte ihr das Gefühl, das sie auch hatte, wenn sie direkt in die Sonne schaute. Collins küsste sie auf den Handrücken. „Ich habe nur eine Bitte, wenn wir es tatsächlich versuchen wollen.“

„Nämlich?“, fragte sie und klang dabei so atemlos, wie sie sich fühlte.

„Ich möchte, dass du dich mit deinem Sohn aussprichst.“

Gigi Dominguez hatte ihre Uniform zuletzt bei Skip Hollands Beerdigung getragen. Das Beste an der Arbeit als Detective war, dass sie ihr in Zivilkleidung nachgehen konnte. Sie empfand die Uniform als beengend und vermisste ihre Zeit als Streifenpolizistin nicht, in der sie den ganzen Tag darin hatte herumlaufen müssen. Nun stand sie vor dem Spiegel in Cams Schlafzimmer und überprüfte kritisch, ob alles saß.

Ein leiser Pfiff ließ sie herumwirbeln, und sie sah Cameron in der Tür stehen, die Arme verschränkt und den Blick auf sie gerichtet. „Verdammt heiß.“

„Haha, ja, klar. Ich habe in letzter Zeit etwas zugelegt. Es ist höchste Zeit fürs Fitnessstudio. Die Hose kneift.“

Im Spiegel beobachtete sie, wie er den Raum durchquerte, hinter sie trat und ihre Hüften umfasste. „Sag keine fiesen Sachen über meine sexy Lieblingspolizistin. Das ärgert mich.“

Gigi lächelte ihn im Spiegel an.

„Die sexyeste Polizistin, seit es sexy Polizistinnen gibt.“

„Wenn du meinst.“

„Das meine ich, und ich habe schon viele Polizistinnen gesehen. Du stellst sie alle in den Schatten.“

„Danke für die aufbauenden Worte.“

Cam umarmte sie von hinten. „Du brauchst mich nicht zur Stärkung deines Selbstvertrauens. Du schaffst das ganz allein. Du wirst da reinmarschieren und sie mit deiner Ruhe und deiner Gewissheit, dass du alles getan hast, um tödliche Gewalt zu vermeiden, restlos überzeugen. Wenn du dich auf das konzentrierst, wovon du weißt, dass es die Wahrheit ist, wird es wie am Schnürchen laufen.“

Gigi schmiegte sich in seine Umarmung und sog seine Liebe auf. „Weißt du, was das Beste ist?"

„Was denn?"

„Egal, was heute passiert, ich komme danach heim zu dir und dem hier und uns."

„Sosehr ich das, was wir haben, liebe, ich möchte nichts anderes hören, als dass alles in Ordnung ist und du wieder an die Arbeit gehen kannst."

Gigi war sich darüber im Klaren, dass von dieser Anhörung nicht nur ihre Zukunft bei der Polizei abhing, sondern auch die ihrer Beziehung. Cameron würde niemals damit leben können, wenn sie wegen seiner Ex-Freundin ihre Karriere verlöre.

Sie wandte sich zu ihm um und legte ihm die Hände auf die Brust. „Ich habe den Bericht über den Fall Fortier gelesen, den Gonzo geschickt hat. Er ist dem, was mit Jaycee passiert ist, sehr ähnlich. Gordon Reilly hat Tori Stevens erklärt, er wolle auf dem College für eine neue Beziehung frei sein, doch sie konnte das nicht akzeptieren. Gonzo ermittelt wegen Anstiftung zum Mord gegen Tori und den eigentlichen Täter. Genau wie du hatte Gordon jedes Recht, Tori zu sagen, dass er etwas anderes wollte. Es war ihre Entscheidung, das nicht zu akzeptieren. Jetzt ist Rachel Fortier tot, und Tori wird den größten Teil ihres Lebens hinter Gittern verbringen. Was für eine Verschwendung."

„Es ist komisch, dass ich an diesem Fall gearbeitet und die Ähnlichkeiten mit unserer Situation gar nicht erkannt habe. Aber du hast recht."

„Du hast dir nichts zuschulden kommen lassen, genauso wenig wie Gordon Reilly bei Tori Stevens oder ich bei Ezra." Ihr langjähriger Freund hatte Gigi brutal misshandelt, nachdem sie ihm eröffnet hatte, dass sie die Beziehung beenden wollte. „Wir dürfen es alle sagen, wenn etwas für uns nicht mehr funktioniert, dürfen unsere Meinung ändern, jemanden nicht mehr lieben und einen anderen Weg einschlagen."

„Gigi, du bist so verdammt stark", flüsterte Cameron, ehe er sie küsste. „Ich liebe dich und bin unglaublich stolz auf dich."

„Das bedeutet mir alles. Doch ich muss los."

„Ich wünschte, ich könnte dabei sein."

„Ja, ich weiß, aber so ist es besser. Ich muss mich konzentrieren, und du bist eine gleichermaßen furchtbare wie wundervolle Ablenkung."

Sein Grinsen war nicht mehr so unbeschwert wie vor Jaycees Angriff auf sie, doch sie hoffte, dass es das bald wieder werden würde. „Schick mir eine Nachricht, sobald du rauskommst."

„Mach ich."

Er nahm ihre Mütze und folgte ihr aus dem Schlafzimmer und die Treppe hinunter.

Sie fuhren mit ihren Privatautos zum Hauptquartier und gingen gemeinsam hinein.

Vor der Gerichtsmedizin griff Cam sie am Arm und hielt sie auf. „Ich liebe dich, Gigi", flüsterte er.

„Ich dich auch. Bitte reg dich nicht so auf."

Er verdrehte die Augen. „Klar, kein Problem."

„Ich schaff das schon."

„Lass dich von Offenbach nicht aus dem Konzept bringen. Er gibt Sam die Schuld an seinen Problemen, obwohl er genau weiß, dass er sich die Schwierigkeiten in seiner Ehe und bei der Arbeit ganz allein eingebrockt hat."

„Ich werd schon mit ihm fertig." Sie stahl sich rasch noch einen Kuss. „Jetzt ab zur Arbeit mit dir."

Er gehorchte, schaute aber noch zweimal über die Schulter zurück, bevor er um die Ecke bog.

„Es ist verdammt schwer für ihn", sagte Lindsey McNamara.

Gigi hatte sie gar nicht kommen gehört. „Für Cam ist es kaum erträglich. Er gibt sich die Schuld an allem."

„Was Unsinn ist."

„Ich weiß", seufzte Gigi.

„Gigi, ich habe in diesem Job mit vielen brillanten Frauen zusammengearbeitet. Sie sind eine davon. Ich habe dem AIE-Abteilungsleiter einen Brief geschrieben, um ihm das mitzuteilen. Hoffentlich hilft es."

Ein großer Kloß bildete sich in Gigis Hals. „Vielen Dank, Doc. Das bedeutet mir sehr viel."

„Sie haben getan, was jeder von uns unter diesen Umständen getan hätte: Ihr Leben verteidigt und gerettet. Bleiben Sie stark."

„Das versuche ich, Doc. Danke noch mal."

„Sehr gerne. Ich drücke Ihnen alle Daumen, dass Sie bald wieder da sind, wo Sie hingehören."

„Ihr Wort in Gottes Ohr."

Gigi verließ die freundliche Gerichtsmedizinerin und ging die Treppe zum Anhörungssaal der AIE hinauf. „Sie müssen Andy sein", sagte sie zu dem Anwalt, der sich erhob, als sie auf ihn zulief. Gigi hatte ihn gegoogelt, um ihn zu erkennen.

Er schüttelte ihr die Hand. „Freut mich, Sie persönlich kennenzulernen."

„Danke, dass Sie da sind."

„Natürlich."

Sie hatten mehrmals telefoniert und alles besprochen, also setzten sie sich jetzt nebeneinander und warteten.

Captain Malone fand sich einige Minuten später ein und schenkte ihr ein beruhigendes Lächeln.

Gigi war dankbar, ihn als Polizeivertreter dabeizuhaben.

Zwanzig sehr lange Minuten später trat Deputy Chief McBride aus dem Raum und winkte ihnen, reinzukommen. Sie drückte Gigi den Arm, was der half, die Nerven zu behalten. Jeannie war in dieser Situation Freundin und Verbündete zugleich. Gigi hatte befürchtet, dass Jeannie gezwungen sein würde, sich wegen ihrer Auseinandersetzung mit Jaycees Mutter für befangen zu erklären, aber die AIE behandelte die beiden Vorfälle getrennt voneinander. Außerdem hatte nicht Jeannie Jaycees Mutter erschossen, sondern die SWAT-Beamten aus Fairfax County.

Diese Gedanken halfen Gigi, einen kühlen Kopf zu bewahren, als sie mit Andy den Raum betrat und vor dem dreiköpfigen Gremium Platz nahm.

Officer Dylan Offenbach, den man vom Sergeant zum Streifenpolizisten degradiert hatte, starrte sie mit kaum verhohlener Gehässigkeit an. Er würde ein Problem darstellen, doch das hatte sie schon vorher gewusst.

Jeannie eröffnete die Sitzung: „Wir sind heute hier, um die Ereignisse vom sechsten März zu besprechen."

KAPITEL 22

Gigi hörte zu, während Jeannie aus ihrem Bericht zitierend die Ereignisse vortrug und zusammenfasste, was von der Sekunde an passiert war, als Gigi vom Briefkasten zurückgekehrt war und Jaycee in ihrem Haus vorgefunden hatte. Vieles davon war schwer zu ertragen, besonders die Details des sexuellen Übergriffs. Sie hielt den Blick gesenkt und konzentrierte sich aufs Atmen, als Jeannie die Stelle erreichte, an der es Gigi gelungen war, an ihren Nachttisch zu kommen, wo sie ihre Dienstwaffe aufbewahrte. Sie hatte sie aus der Schublade gezogen und auf Jaycee gerichtet, als die sich mit dem Messer in der Hand auf sie stürzen wollte.

Die nächsten Minuten waren etwas unklar, aber zwischen den beiden Frauen war es zu einem Handgemenge gekommen, das damit geendet hatte, dass Gigi Jaycee in die Brust geschossen hatte. Trotz all der Verwirrung erinnerte sich Gigi lebhaft an den Moment, als ihr klar geworden war, dass sie nicht sterben würde.

Dann war Captain Malone an der Reihe. „Detective Dominguez ist eine der besten Beamtinnen, mit denen ich während meiner Laufbahn zusammengearbeitet oder die ich befehligt habe. Ihre Jahresbeurteilungen waren sowohl als Streifenpolizistin als auch bei der Mordkommission stets hervorragend. Ich habe miterlebt, wie sehr sie unter dem leidet, was sie tun musste, um sich vor Ms Patricks gewalttätigem Angriff zu retten. Die besten Beamten sind die, die so in ihrem Beruf aufgehen, dass sie sich mit Vorwürfen wegen Dingen quälen, die unvermeidlich waren. Sie sollten Detective Dominguez in dieser Angelegenheit vollständig entlasten, damit sie so schnell wie möglich zu ihren Aufgaben zurückkehren kann. Danke."

„Vielen Dank, Captain Malone", sagte Captain Andrews. „Danke auch für Ihren verantwortungsvollen Umgang mit dieser Angelegenheit, Detective Dominguez. Ich möchte Sie fragen, ob Sie Ms Patrick sofort erkannt haben, als Sie sie in Ihrem Haus entdeckt haben."

„Jawohl, Sir. Ich kannte sie von einer früheren Auseinandersetzung."

„Können Sie diesen Streit bitte beschreiben?", fragte Andrews.

„Cameron und ich kamen zu ihm nach Hause, und sie wartete auf der Treppe vor dem Haus auf uns. Wir hatten ein Kontaktverbot gegen sie erwirkt, nachdem sie die Reifen von Camerons Auto zerstochen und mich rassistisch beleidigt hatte. Sie verstieß also gegen die Verfügung, worauf wir sie hinge-wiesen haben. Cameron hat mich gebeten, schon vorzugehen, damit er allein mit ihr reden konnte. Ich hab erklärt, dass ich die Zentrale anrufen würde, hab ihm aber Zeit dafür gelassen, mit ihr zu sprechen. Allerdings konnte ich hören, was gesagt wurde. Sie hat behauptet, sie sei schwanger, woraufhin er erwidert hat, das sei nicht wahr. Später hat er mir versichert, das sei nur ein Trick von ihr gewesen, ein weiterer Versuch, ihn an sich zu binden."

„Woher wusste er, dass Ms Patrick nicht von ihm schwanger war?"

„Laut ihm war das unmöglich, weil er zu diesem Zeitpunkt schon seit Monaten nicht mehr mit ihr geschlafen hatte und man es also hätte sehen müssen, wenn es gestimmt hätte. Sie drohte ihm, er werde das Kind nie zu Gesicht bekommen, und er entgegnete, selbst wenn sie mit Drillingen schwanger sei, wäre ihm das egal. Es sei aus zwischen ihnen. Sie antwortete, sie könne nicht glauben, dass er mich wolle und nicht sie. Daraufhin teilte er ihr mit, dass er mich mehr als alles andere auf der Welt liebe. Das war …" Sie schaute das Dreiergremium mit einem kleinen Lächeln an. „Das war das erste Mal, dass er das ausgesprochen hat. Später hat er mir gestanden, es tue ihm leid, dass sie es vor mir gehört habe, doch das hat mich nicht gestört. Es war trotzdem ganz wunderbar für mich, denn ich liebe ihn auch."

„Ist es Detective Green gelungen, Ms Patrick zum Gehen zu bewegen?", fragte Andrews.

Sie hätte am liebsten gefragt, ob er die Berichte nicht gelesen habe. Aber vielleicht hatte er das ja getan und wollte es nun noch mal aus ihrem Mund hören. „Das hatten wir angenommen, doch dann kam kurze Zeit später ein Backstein durchs Fenster geflogen, der uns nur knapp verfehlt hat."

„In den Berichten ist mir aufgefallen, dass Ms Patrick angegeben hat, sie habe vorgehabt, Detective Green zu heiraten", mischte sich Offenbach ein, „der allerdings angeblich gar nichts davon wusste. Ist das korrekt?"

„So hat es Detective Green mir und anderen erzählt. Laut ihm hatten er und Ms Patrick eine Heirat nie auch nur erwähnt."

„Woher hatte sie dann die Idee, dass eine Hochzeit im Raum stand?"

Gigi starrte ihn an, unsicher, was sie darauf antworten sollte.

„Gegen diese Frage möchte ich Einspruch erheben", sagte Andy. „Detective Dominguez kann nicht wissen, was Jaycee Patrick wann gedacht hat."

„Das stimmt", verkündete Jeannie. „Sie können Detective Dominguez fragen, was sie gesehen oder gehört hat, aber nicht, was Jaycee Patrick gedacht oder gefühlt hat."

„Also gut", fügte sich Offenbach mit einem harten Blick zu Gigi. „Waren Sie schon mit Detective Green zusammen, während er noch mit Jaycee Patrick liiert war?"

„Nein. Er hatte seine Beziehung zu ihr beendet, ehe unsere begann."

„Wissen Sie das mit Sicherheit?"

„Ja."

„Hat diese Art der Befragung einen Sinn, Officer Offenbach?", erkundigte sich Andy.

Gigi hätte ihn am liebsten geküsst.

„Ich versuche nur, Ms Patricks Beweggründe für die Konfrontation mit Detective Dominguez herauszufinden."

„Wie aus den eingereichten Berichten hervorgeht", antwortete Gigi, „bezweckte sie mit ihren Taten, Detective Green dazu zu bringen, die Beziehung mit ihr wiederaufleben zu lassen, obwohl er ihr erklärt hatte, dass das nicht geschehen würde."

„Ihretwegen", ergänzte Offenbach.

„Nein, um seiner selbst willen. Er wird Ihnen bestätigen, dass ihm schon lange vor dem eigentlichen Ende klar geworden war, dass sie keine Zukunft hatten."

„Wir werden ihn dazu noch persönlich befragen müssen, genau wie zum Zeitablauf", meinte Offenbach.

„Ich sehe nicht, inwiefern das für das vor diesem Ausschuss verhandelte Thema relevant ist", griff Andy ein. „Was auch immer zwischen Detective Green und seiner Ex-Freundin vorgefallen ist, hat mit Sicherheit nichts mit meiner Mandantin oder dem Vorfall in ihrem Haus zu tun, dessentwegen wir hier sind. Die Fakten dieses Ereignisses stehen zweifelsfrei fest. Jaycee Patrick hat sich zu Detective Dominguez' Haus Zutritt verschafft, hat sie bedroht, angegriffen und letztlich gezwungen, sich zu verteidigen, um ihr eigenes Leben zu retten. Das sind die Fakten. Was sich zwischen Detective Green und Jaycee Patrick im Vorfeld zugetragen hat – oder auch nicht –, ist irrelevant."

Gigi wäre am liebsten aufgesprungen und hätte ihrem Anwalt applaudiert.

„Ich würde gerne mehr darüber erfahren, warum Sie sich genötigt gefühlt haben, Ihre Waffe zu benutzen, Detective Dominguez", ergriff Captain Andrews das Wort.

„Als sich die Situation in meinem Schlafzimmer zuspitzte, geriet Ms Patrick ziemlich aus dem Gleichgewicht. Besser kann ich ihr Verhalten nicht beschreiben. Sie zerrte mich nach oben, weil sie die Stelle sehen wollte, an der ich ihren Freund ‚gefickt' hatte – ihre Worte, nicht meine. Nachdem sie mir mit einem großen Messer die Kleider vom Leib geschnitten hatte, hat sie mich mit ihren Fingern penetriert und erklärt, sie wolle verstehen, was ich hätte, was sie nicht hatte. Sie … sie sagte, sie wolle wissen, ob ich enger sei als sie."

Gigi zitterte, während sie die Geschehnisse so sachlich vortrug, als seien sie jemand anderem passiert. „Von da an wurde es immer schlimmer. Sie wurde zunehmend aggressiv und schwang das Messer, als sie auf mich zutrat. Ich habe in den Überlebensmodus geschaltet und meine Dienstwaffe aus dem Nachttisch genommen, wo ich sie aufbewahre." Sie schluchzte auf. „Das Letzte, was ich tun wollte, war, sie zu erschießen, doch ich war davon überzeugt, dass sie vorhatte, mich zu töten."

„Danke für Ihre klare Darstellung, Detective Dominguez", erwiderte Jeannie.

Gigi schätzte ihre Freundlichkeit, denn sie wusste, dass auch Jeannie im Dienst eine Entführung und Vergewaltigung hatte erdulden müssen und daher besser als die meisten anderen verstand, wie schwierig es war, über den Übergriff zu sprechen, besonders in einem Rahmen wie diesem.

„Gibt es noch Fragen an Detective Dominguez?"

„Nur eine", antwortete Offenbach. „Detective, wenn Sie diesen Vorfall mit dem Wissen, das Sie jetzt haben, noch einmal durchleben müssten, würden Sie etwas anders machen?"

Gigi blickte Andy an, dessen Miene unergründlich war. „Ich … ich bin es seit jenem Tag bestimmt eine Million Mal im Kopf durchgegangen, immer auf der Suche nach einer Möglichkeit, wie es anders hätte enden können, aber ich kann keine finden. Zwar kann ich es nicht mit letzter Sicherheit wissen, doch ich hatte eindeutig den Eindruck, dass Ms Patrick entschlossen war, mich zu töten. Wenn sie Cam nicht haben konnte, dann sollte ich ihn auch nicht haben."

„Wie vorhin schon geklärt worden ist, können Sie nicht wissen, was Ms Patrick gedacht hat", wandte Offenbach ein.

„Nein, natürlich nicht", räumte Gigi ein. „Aber ich habe den unbändigen Hass in ihren Augen erkannt, als sie mich angesehen hat. So als würde es sie nicht im Geringsten stören, mich umzubringen. Obwohl ich alles dafür geben würde, dass ich nicht hätte abdrücken müssen oder sie nicht tot wäre, bereue ich nicht, dass ich getan habe, was nötig war, um mich selbst zu retten. Ich liebe mein Leben und bin dankbar, dass ich es weiterleben kann." Sie machte eine Pause, bevor sie fortfuhr: „Ich möchte noch hinzufügen, dass ich meinen Job liebe, ebenso wie die Menschen, mit denen ich zusammenarbeite. Die Vorstellung, dass es mir vielleicht verwehrt werden wird, meine Arbeit weiter auszuüben, erfüllt mich mit Trauer. Doch wenn es so weit kommt, dann soll es so sein, denn ich weiß in meinem Herzen, dass ich an diesem Tag nicht anders hätte handeln können. Mehr habe ich nicht zu sagen."

„Danke, Detective Dominguez, für Ihre Offenheit und Ihren Mut, über ein so traumatisches Ereignis zu berichten", erwiderte Jeannie. „Wir werden alles besprechen und Ihnen unsere Entscheidung in den nächsten Tagen mitteilen. Danke, dass Sie hergekommen sind."

„Ich danke Ihnen für Ihre Zeit", antwortete Gigi.

Als sie aufstand, fühlten sich ihre Beine schwach und wackelig an.

„Das lief so gut, wie wir es uns erhofft hatten", meinte Andy. „Ich gehe davon aus, dass alles in Ordnung kommt."

Gigi nickte, aber der Kloß in ihrem Hals machte es ihr unmöglich, zu sprechen. Was als Nächstes geschah, lag nicht mehr in ihrer Hand.

Cameron wurde beinahe verrückt, während er darauf wartete, etwas von Gigi zu hören. Es war schon zwei Stunden her, dass sie hier eingetroffen waren. Sie musste doch inzwischen fertig sein.

Das Telefon auf seinem Tisch klingelte. Der Anruf kam von einer Nebenstelle, die er nicht kannte. „Detective Green."

„McBride hier. Das AIE-Gremium hat einige Fragen an Sie. Wir würden uns freuen, wenn Sie Zeit für uns hätten."

„Wann denn?"

„Jetzt."

„Brauche ich einen Rechtsbeistand?"

„Captain Malone und der Anwalt, der Detective Dominguez vertreten hat, haben eingewilligt zu bleiben."

„Ich bin gleich da." Cameron stand auf und ging zu Sams Büro, um sich bei Gonzo abzumelden. „Die AIE möchte mich oben sehen, damit ich im Rahmen von Gigis Untersuchung einige Fragen beantworte."

„Ach du meine Güte. Hast du einen Anwalt?"

„Andy ist noch dort. Glaubst du, ich werde ihn brauchen?"

„Es schadet nie, ihn dabeizuhaben. Viel Glück, Cam."

„Danke dir."

Die ganze Situation kam Cameron abstrus vor. Er hatte jahrelang hart dafür gearbeitet, sich als Polizist einen Ruf aufzubauen, der über jeden Zweifel erhaben war. Der Gedanke, dass sein Privatleben ihm beruflich schaden könnte, erschien ihm unwirklich. Er hasste es, dass die gesamte Polizei – ja, die gesamte Stadt – jetzt um seine privatesten Angelegenheiten wusste, weil seine Ex-Freundin sich als Psychopathin entpuppt hatte. Er benutzte dieses Wort mit Bedacht. Ihm fiel kein anderer Begriff ein, um Jaycees Verhalten von der Minute an, in der er ihr so schonend wie möglich beigebracht hatte, dass er ihre Beziehung beenden wollte, bis zu der tödlichen Konfrontation in Gigis Schlafzimmer zu beschreiben.

Was verriet es über sein Urteilsvermögen, dass er ein ganzes Jahr mit Jaycee verbracht und nicht erkannt hatte, wozu sie fähig war?

Jeder, den er kannte, hatte ihm erklärt, dass das, was Gigi passiert war, nicht seine Schuld war, aber es fühlte sich verdammt noch mal so an.

Cam nahm die Treppe zum ersten Obergeschoss. Sein Magen war wie verknotet, als er versuchte, sich vorzustellen, was bei der Anhörung passieren mochte. Obwohl Jeannie ihn auf diese Möglichkeit hingewiesen hatte, hatte er nicht damit gerechnet, dass man ihn als Zeugen vorladen würde, sondern gehofft, dass Gigis eigene Aussage ausreichen würde. Hierfür war garantiert Offenbach verantwortlich, denn er hegte einen Groll gegen Sams gesamtes Team und genoss vermutlich die Gelegenheit, sich zu rächen.

Ehe er den Anhörungsraum betrat, nahm er sich kurz Zeit, um durchzuatmen und sich zu sammeln. Egal, was passierte, er konnte und wollte es für Gigi nicht noch schlimmer machen, als es schon war.

Als er sich einigermaßen bereit fühlte, trat er ein.

Andy Simone begrüßte ihn mit Handschlag. „Gigi hat das ausgezeichnet hingekriegt. Ich glaube, das hier ist nur eine Formalität, um letzte Unklarheiten auszuräumen."

„Okay", sagte Cameron und fühlte sich etwas besser.

„Detective Green", begrüßte ihn Jeannie. „Vielen Dank, dass Sie gekommen sind. Bitte nehmen Sie Platz."

Dankbar für die Anwesenheit seiner Freundin nickte er ihr zu und nahm neben Andy Platz.

Jeannie sah Offenbach an und bestätigte damit Camerons Verdacht. „Officer Offenbach, Sie haben um ein Gespräch mit Detective Green gebeten, um noch offene Fragen zu klären. Sie haben das Wort."

„Detective Green, würden Sie uns bitte den zeitlichen Ablauf Ihrer Beziehung zu Jaycee Patrick schildern und detailliert berichten, wie sie endete?"

„Natürlich. Ich habe Jaycee über einen Freund kennengelernt und war etwa ein Jahr lang mit ihr zusammen, ehe ich vor mehreren Monaten mit ihr Schluss gemacht habe."

„Warum haben Sie das getan?"

„Weil ich das Gefühl hatte, dass es keine Zukunft für uns gab."

„Lag das auch daran, dass Sie sich in Detective Dominguez verliebt hatten?"

„Meine Gefühle für Detective Dominguez hatten nichts mit meiner Entscheidung zu tun. Ich wusste schon seit geraumer Zeit, dass ich mit Jaycee nicht glücklich war, und habe auf den richtigen Zeitpunkt gewartet, um es ihr zu sagen."

„Wie hat sie reagiert, als Sie ihr erklärt haben, dass es aus sei?"

„Sie ist sehr wütend geworden und hat mich angeschrien, weil ich ihr angeblich Dinge versprochen hätte, die ich nun gefälligst halten sollte. Ich hatte sie noch nie zuvor so erlebt.

Ihre letzten Worte waren: ‚Es ist noch nicht vorbei. Es wird nie vorbei sein.'"

„Haben Sie diese Drohungen jemandem gemeldet?"

„Nein, weil ich davon ausgegangen bin, dass sie nur ihrer Enttäuschung Luft machte und das nicht ernst meinte. Ich habe nicht damit gerechnet, dass sie mir die Reifen aufschlitzen, einen Backstein durch mein Fenster werfen oder meine neue Freundin angreifen würde. In der ganzen Zeit, in der ich mit Jaycee zusammen war, habe ich nie ein Anzeichen für diese Seite an ihr bemerkt. Es war schockierend, um es vorsichtig auszudrücken."

„Stimmt es, dass Sie Jaycee Patrick gebeten haben, Sie zu heiraten?"

„Auf keinen Fall. Wir haben nie auch nur über Heirat gesprochen."

„Laut ihrer Schwester Tanya hat Jaycee ihrer Familie erzählt, Sie seien verlobt, und sie hatte sogar einen Ring, den Sie ihr angeblich geschenkt hatten."

„Ich habe nicht nur niemals einen Ring für sie gekauft, sondern auch nie mit dem Gedanken gespielt, sie zu heiraten. Sosehr ich es auch genossen habe, Zeit mit ihr zu verbringen, ich habe Jaycee nicht geliebt."

„Haben Sie ihr das gesagt?"

„Erst nachdem sie mich gezwungen hatte, ihr den wahren Grund dafür zu nennen, dass ich einen Schlussstrich gezogen habe."

„Ihre Schwester hat mir mitgeteilt, Jaycee habe eine Hochzeitslocation gebucht."

„Davon habe ich erst erfahren, nachdem ich mit ihr Schluss gemacht hatte. Jaycee hat das mir gegenüber nie erwähnt."

„Das zu erfahren muss ein Schock für Sie gewesen sein", meinte Jeannie.

„Ja, und das ist noch vorsichtig ausgedrückt. Da wurde mir zum ersten Mal klar, dass mit ihr im tatsächlich klinischen Sinn etwas nicht in Ordnung sein musste."

„Haben Sie jemandem davon berichtet?", fragte Offenbach.

„Nein."

„Ich wette, Sie wünschten jetzt, Sie hätten es getan."

„Das reicht, Officer Offenbach", unterbrach ihn Jeannie. „Ich weise das Gremium an, diese Bemerkung zu ignorieren."

„Wenn ich darf …" Cameron wusste, dass er die Sache auf sich beruhen lassen sollte, aber wie konnte er das, wo so viel vom Ausgang dieser Anhörung abhing? „Kurz nach unserer Trennung habe ich Jaycees Schwester erklärt, dass ich ihr keinen Heiratsantrag gemacht, keine Hochzeitslocation ausgesucht und auch nie mit ihr über eine Ehe gesprochen habe. Ich habe nicht ausdrücklich auf eine mögliche psychische Störung hingewiesen, sondern gehofft, dass ihre Schwester selbst merkt, dass etwas nicht stimmt, nachdem ich ihr die Wahrheit gesagt hatte. Danach hatte ich das Gefühl, alles getan zu haben, was ich konnte. Ihre Familie war auch über Jaycees Handlungen informiert, nachdem sie mir die Reifen zerstochen und einen Backstein durch mein Fenster geworfen hatte."

Jeannie warf Andrews und Offenbach einen Blick zu. „Gibt es weitere Fragen?"

Die beiden schüttelten den Kopf.

„Danke, Detective Green", wandte sich Jeannie wieder an Cameron. „Wir wissen Ihre Kooperation zu schätzen."

„Gern, und wenn ich etwas hinzufügen darf … Detective Dominguez ist eine herausragende, engagierte Ermittlerin, die eine unglaubliche Zukunft in dieser Abteilung vor sich hat."

Andy legte ihm eine Hand auf den Arm, um ihn davon abzuhalten, weiterzusprechen, was auch gut war, denn seine Stimme brach schon jetzt fast.

„Das ist alles."

Er erhob sich und verließ mit Andy den Raum.

„Das war sehr gut, Cameron", teilte ihm Andy mit. „Ich habe Sie nur unterbrochen, damit Sie es nicht noch vermasseln."

„Danke, dass Sie da waren und mich gebremst haben."

„Sie und Gigi, Sie haben alles getan, was Sie konnten. Jetzt müssen wir abwarten und hoffen, dass es genug war."

Cameron fürchtete, beim Warten auf das Urteil verrückt zu werden.

Er schüttelte Andy die Hand. „Noch mal vielen Dank, dass Sie hier sind."

„Gern. Ich werde mich mit Ihnen in Verbindung setzen, um die nächsten Schritte zur Reaktion auf die Klage zu besprechen, aber bei Ihrer Aussage ist mir eine Idee gekommen, wie wir vorgehen könnten."

„Nämlich?"

„Jaycees Familie wusste von dem Vorfall mit den Reifen und dem Backstein. Sie wusste, dass es keinen Heiratsantrag gab und von einer Ehe nie die Rede war. Sie haben ihrer Schwester gesagt, Sie wüssten nichts von einer Hochzeitslocation. Es gab Anzeichen für Realitätsverlust oder Wahnvorstellungen, die ihre Familie entweder ignoriert oder nicht angemessen thematisiert hat. Wir haben außerdem Beweise dafür, dass sich auch ihre Mutter vor dem Tag, an dem sie Jeannie als Geisel genommen hat, psychisch auffällig verhalten hat. Aus diesen Gründen können wir eine Gegenklage einreichen."

„Ich weiß nicht, ob ich mich damit wohlfühle, wenn ich ganz ehrlich sein soll."

„Verständlich, doch unser Ziel ist es, sie dazu zu bringen, die Klage fallen zu lassen. Wenn Sie Gegenklage einreichen und zeigen, dass Sie bereit sind, die schmutzige Wäsche von Jaycees Familie in der Öffentlichkeit zu waschen, werden die es sich vielleicht zweimal überlegen, ob sie Ihnen beiden weiterhin das Leben schwer machen."

„Lassen Sie mich mit Gigi reden. Ich gebe Ihnen Bescheid."

„Dann warte ich darauf, von Ihnen zu hören."

Die beiden Männer schüttelten einander die Hand. „Danke noch mal, Andy."

„Nichts zu danken."

Cameron begleitete den Anwalt nach unten und verabschiedete sich. Während der andere zum Ausgang durch die Gerichtsmedizin ging, kehrte Cameron ins Großraumbüro zurück, um sich wieder auf seinen Job zu konzentrieren. Vorher jedoch schrieb er Gigi eine Nachricht, um ihr mitzuteilen, dass man ihn vor den Ausschuss gerufen hatte, damit er Fragen über seine Beziehung zu Jaycee beantwortete. *Es ist aber alles okay,* tippte er. *Kein Grund zur Sorge.*

Danke, dass du das gemacht hast. Ich hasse das.

Ich auch. Die Warterei treibt mich noch in den Wahnsinn.

Mich auch.

Reden wir später noch mit Trulo?

Ja, er kommt um sieben.

Bis dahin bin ich daheim.

Wir sehen uns dann. Ich liebe dich. Du bist all das hier wert.

Ich bin sehr froh, dass du so denkst. Ich liebe dich auch.

KAPITEL 23

Gonzo kam aus Sams Büro und sah, dass Cameron wieder da war. „Und, wie ist es gelaufen?"

„Ganz gut, denke ich. Offenbach hat Fragen zu meiner Beziehung zu Jaycee und zu den Versprechen gestellt, die ich ihr angeblich gemacht habe,."

„Sam hatte schon vorhergesagt, dass dieser Typ das Problem sein würde."

„Sie hatte recht." Cameron rieb sich den verspannten Nacken. „Wo stehen wir, und was kann ich tun?"

„Gordon ist da. Es fällt ihm schwer, mit dem, was mit Rachel passiert ist, klarzukommen, und er quält sich mit Selbstvorwürfen."

„Ich habe gestern Abend die Berichte gelesen, und der Arme tut mir wirklich leid. Er erlebt gerade das, was mein schlimmster Albtraum im Zusammenhang mit Gigi hätte werden können."

„Interessanter Punkt. Vielleicht könntest du mal mit ihm reden. Er ist in einer furchtbaren Verfassung."

„Sicher, das mach ich gerne."

„Danke. Ich warte auf Randy Bryants Anwalt, damit wir endlich mit ihm sprechen können. Seine Fingerabdrücke stimmen mit denen auf dem Pizzakarton überein, den die Ermittler von PG County im nahe gelegenen Müllcontainer gefunden haben, und der Junge, der im Wohnheim an der Rezeption arbeitet, hat ihn als den Mann identifiziert, der Rachel in der Tatnacht die Pizza geliefert hat."

„Es fügt sich alles zusammen", meinte Cam. „Was gibt's Neues von Stahls Haus?"

„Die Spurensicherung hat weitere Skelettteile in seinem Garten gefunden."

„Es ist einfach unglaublich und doch zugleich absolut glaubhaft. Ich habe nie mit ihm zusammengearbeitet, aber nachdem ich all eure Geschichten gehört habe, sollte ich wohl nicht überrascht sein."

„Tja, ich habe mit ihm zusammengearbeitet und wusste, wie schrecklich er ist, und bin trotzdem schockiert über die jüngsten Entdeckungen."

„Ich habe heute Morgen die Nachrichten gesehen. Die ganze Welt ist hinter dem Chief her."

„Als ob er das alles nicht verhindert hätte, wenn er Bescheid gewusst hätte."

„Ja, genau. Ich verstehe ohnehin nicht, warum alle es plötzlich so eilig damit haben, die Behördenleitung auszutauschen, gerade jetzt, wo wir ihn mehr denn je brauchen."

„Ist mir auch ein Rätsel. Er ist der bestmögliche Mann dafür, uns durch diese Krise zu schiffen." Gonzo unterbrach sich. „Vielleicht sollten wir einige Beamten bitten, das mal öffentlich zum Ausdruck zu bringen."

„Könnte wahrscheinlich nicht schaden. Ich wäre dabei."

„Alles klar."

„Ich werde dann mal mit Gordon sprechen."

„Vielen Dank, Cam. Bitte melde dich, wenn du etwas von der AIE hörst."

„Mach ich."

Cameron betrat Sams Büro, wo Gordon auf einem der Besucherstühle saß und die gegenüberliegende Wand anstarrte. Dass er nicht einmal zu merken schien, dass Cameron reingekommen war, verriet viel über seinen Gemütszustand. „Hallo, Gordon."

Der jüngere Mann schaute ihn an.

„Ich bin Detective Cameron Green. Ich arbeite mit Sergeant Gonzales und Detective Cruz zusammen."

„Hey."

„Darf ich mich setzen?"

Gordon zuckte die Achseln. Was kümmerte ihn das? Die Frau, die er geliebt hatte, war tot.

„Ich wollte Ihnen sagen, dass ich nachempfinden kann, was Sie gerade durchmachen. Mir ist vor Kurzem etwas Ähnliches passiert. Meine neue Freundin ist nicht gestorben, Gott sei Dank, aber es war knapp. Ich möchte, dass Sie wissen: Ich verstehe, womit Sie zu kämpfen haben und wie Sie sich fühlen."

„Das alles ist meine Schuld. Rachel wäre noch am Leben, wenn sie mich nicht kennengelernt hätte."

„Es ist nicht Ihre Schuld, Gordon. Sie haben Rachel geliebt, Sie hätten ihr nie wehgetan, und Sie hatten keine Ahnung, dass Tori zu den Taten fähig ist, derer sie verdächtigt wird."

„Ich kenne Tori schon ewig. Ja, ich wusste, dass sie sich darüber aufregte, dass ich nicht länger an sie gebunden sein wollte, doch Mord?" Gordon schüttelte den Kopf. „Wie konnte ich das nicht mitbekommen?"

„Weil sie es mit großer Mühe vor Ihnen verborgen hat." Cameron erkannte, dass er sich auch selbst half, indem er mit Gordon sprach. „Ich war mehr als ein Jahr lang mit meiner Ex-Freundin zusammen. Die ganze Zeit hat sie mir nur ihre süße, freundliche Seite gezeigt. Nachdem wir Schluss gemacht hatten, habe ich dann eine ganz neue Version von ihr kennengelernt. Sie hatte eine Hochzeitslocation reserviert, obwohl nie von einer Heirat die Rede war."

„Wow. Das ist ja Wahnsinn."

„Absolut. Ich war geschockt. Und es wurde immer schlimmer, bis sie schließlich meine neue Freundin überfallen und als Geisel genommen, sie gequält und mit einem Messer bedroht hat, sodass die sich nicht anders zu helfen wusste, als sie in Notwehr zu erschießen. Es war ein Albtraum. Ich hätte Gigi beinahe verloren, deshalb fühle ich mit Ihnen, Mann. Wirklich."

„Es gibt nichts Schlimmeres, als zu wissen, dass Rachel tot ist, weil sie mit mir zusammen war."

„Nur ist das nicht der Grund für ihren Tod. Sie ist tot, weil Tori Ihren berechtigten Wunsch, die Beziehung in ihrer früheren Form nicht weiterzuführen, einfach nicht akzeptieren wollte. Dafür trägt Tori die Verantwortung und nicht Sie."

„Trotzdem …"

„Ja, sicher. Es ist schwer, sich *nicht* verantwortlich zu fühlen."

„Rachel war unglaublich."

„Ihr Verlust tut mir sehr leid."

„Vielen Dank."

Cameron reichte Gordon seine Visitenkarte. „Melden Sie sich, wenn Sie mit jemandem reden wollen, der sich in Ihre Lage versetzen kann."

„Danke, das werde ich."

„So furchtbar das auch ist, es wird sich nicht immer so anfühlen. Eines Tages werden Sie sich an die guten Zeiten erinnern. Versprochen."

„Ich hoffe, Sie haben recht."

„Halten Sie die Ohren steif, Gordon, okay?"

„Ja, vielen Dank noch mal."

Cameron stand auf und drückte dem jungen Mann die Schulter, ehe er den Raum verließ.

Im Großraumbüro unterhielt sich Gonzo mit einem Mann im Designeranzug, der einen Kopf größer war als er.

„Das können Sie meinem Mandanten auf keinen Fall anhängen", verkündete Gonzos Gesprächspartner gerade in donnerndem Tonfall. „Haben Sie eine Ahnung, wer sein Vater ist?"

„Fragen Sie mich doch mal, ob mich das interessiert. Die Beweise haben uns zu Ihrem Mandanten geführt, und wir werden ihn entsprechend anklagen."

„Das werden Sie bereuen."

Gonzo erwiderte den Blick seines Gegenübers, ohne zu blinzeln. „Das glaube ich kaum."

„Wir werden sehen." Der Anwalt machte auf dem Absatz kehrt und marschierte davon.

„Wer ist denn der Vater?", fragte Gonzo, als der Anwalt außer Hörweite war.

„Der Kongressabgeordnete Damien Bryant aus dem vierten Bezirk von Wisconsin, der Milwaukee vertritt", antwortete Cruz.

„Tja, das wird eine besonders dreckige Schlammschlacht werden."

„Alle unsere Schlammschlachten sind dreckig", erwiderte Cruz.

Gonzo lachte. „Stimmt, aber manche sind eben noch ein bisschen dreckiger als andere. Ich frage mich, warum die Mutter mir nicht gesagt hat, wer der Vater ist, als sie mich angerufen hat. Die Leute neigen in solchen Momenten dazu, entsprechende Andeutungen fallen zu lassen."

Cruz klickte auf seinem Rechner herum. „Hässliche Scheidung vor fünfzehn Jahren, gefolgt von einem noch hässlicheren Sorgerechtsstreit um Randy und seine Schwester."

„Ah, das erklärt es vermutlich. Ich gehe besser mal den Captain informieren."

Captain Malone kam gerade aus einer Besprechung im Konferenzraum des Chiefs. „Haben Sie eine Minute für mich?", fragte Gonzo.

„Ja, allerdings auch nicht viel mehr. Seit der Pressekonferenz des Chiefs zum Fall Stahl müssen wir Attacken aus allen Ecken abwehren."

„Wie geht es dem Chief?"

„Er steht und wankt nicht."

Gonzo folgte Malone in dessen Büro und schloss die Tür. „Zwei Dinge. Erstens höre ich von einer Reihe von Leuten, dass sie eine Erklärung zur Unterstützung des Chiefs aus den eigenen Reihen abgeben möchten. Wir wollen damit zum Ausdruck bringen, dass das Letzte, was wir in Zeiten wie diesen brauchen, ein Führungswechsel ist."

Malone setzte sich hinter seinen Schreibtisch und dachte kurz darüber nach. „Gefällt mir."

„Dann werden wir das weiterverfolgen."

„Halten Sie es jedoch unter Verschluss, bis Sie bereit sind, damit wirklich an die Öffentlichkeit zu gehen. Wir werden sicherstellen, dass wir es bestmöglich zu unserem Vorteil nutzen. Tolle Idee. Wird den Chief freuen."

„Kein Problem. Wir hielten es für wichtig, dass die Öffentlichkeit – genau wie die Bürgermeisterin und alle anderen – die Meinung der Leute hört, die für ihn arbeiten."

„Da bin ich ganz Ihrer Meinung, aber wir müssen schnell handeln. Der Druck auf ihn, zurückzutreten, ist groß."

„Wir beeilen uns. Die zweite Sache … Wir haben Randy Bryant wegen Auftragsmordes im Fall Fortier so gut wie festgenagelt. Wir werden ihn heute Vormittag vernehmen. Doch die Sache hat einen Haken."

„Gibt es den nicht immer?"

„Ja, bloß ist er diesmal ziemlich groß. Bryant senior ist Kongressabgeordneter aus Milwaukee."

„Aber das ändert doch nichts an den Tatsachen des Falls, oder?"

„Nein, trotzdem wollte ich, dass Sie wissen, er hat seinem Sohn einen guten Anwalt besorgt, der damit droht, unsere Dienstmarken einzukassieren."

„Na, wenn er meint. Danke für die Vorwarnung."

Gonzo stellte fest, dass die leeren Drohungen des Rechtsanwalts keine sichtbare Wirkung auf Malone hatten. „Ich halte Sie auf dem Laufenden."

„Vielen Dank."

Gonzo kehrte ins Großraumbüro zurück, wo Cruz und Green an ihren Schreibtischen arbeiteten. „Grünes Licht für die Petition zur Unterstützung des Chiefs, aber Malone möchte, dass wir es geheim halten, bis wir bereit sind, an die Öffentlichkeit zu gehen. Er meinte, wir sollten uns beeilen."

„Wir kümmern uns darum", antwortete Cruz.

„Was hat Malone zum Thema Bryant senior gesagt?", fragte Cameron.

„Wer Randy Bryants Vater ist, ändert nichts an den Fakten. Setzen wir ihn und seinen Anwalt in einen Verhörraum, und bringen wir das zu Ende."

„Soll ich die Staatsanwaltschaft informieren?", erkundigte sich Cruz.

„Ja, ruf sie an. Sie sollen jemanden herschicken."

Gonzo begab sich mit der Akte über alles, was Randy Bryant und Tori Stevens bisher mit dem Mord an Rachel Fortier in Verbindung brachte, in Sams Büro. Sein Handy klingelte. Der Anruf kam von einer unbekannten Nummer. „Sergeant Gonzales."

„Hier spricht Caroline Fortier, Rachels Mutter."

„Guten Tag, Ma'am."

„Ich wollte mich erkundigen, ob es im Fall meiner Tochter etwas Neues gibt."

„Wir glauben, wir wissen, was passiert ist."

„Können Sie es mir sagen? Die Ungewissheit … Es ist … Nun, es ist alles einfach verheerend."

„Es ist noch nicht offiziell, doch wir glauben, dass Gordons Ex-Freundin …"

„Die, die meine Tochter belästigt hat?"

„Genau. Wir glauben, sie hat jemanden beauftragt, Rachel zu ermorden."

„O Gott. Woher hat eine College-Studentin denn überhaupt das Geld für so etwas?"

„Sie stammt aus einer vermögenden Familie."

„Meine Güte …"

„Wir beabsichtigen, beide wegen Mordes anzuklagen."

Nach einem Moment der Stille sagte sie: „Ich dachte, wenn ich wüsste, warum und wie, würde mir das vielleicht helfen, aber das tut es nicht. Meine Tochter war ein wunderbarer Mensch. Sie hat das nicht verdient."

„Wir werden dafür sorgen, dass die Verantwortlichen ihre gerechte Strafe erhalten."

„Danke an Sie und alle, die sich für Gerechtigkeit für meine Rachel einsetzen."

„Ich melde mich wieder, sobald wir Anklage erheben."

„Vielen Dank noch mal."

„Ich wünschte, wir könnten mehr tun, Ma'am."

„Was Sie aufgedeckt haben, ist für uns sehr wichtig."

Nachdem sie sich verabschiedet hatten, saß Gonzo noch einen Augenblick hinter Sams Schreibtisch und dachte an Menschen wie Caroline Fortier und Graciela Blanchet und daran, wie viel Haltung sie in der dunkelsten Zeit ihres Lebens bewiesen. Menschen wie sie sorgten dafür, dass dieser schreckliche Beruf unter dem Strich lohnend war. Auch wenn die Lösung des Falls ihnen ihre Angehörigen nicht zurückbringen würde, würde sie ihnen doch zumindest einige Antworten verschaffen.

Mit Mrs Fortier im Hinterkopf ging Gonzo ins Großraumbüro, um Cruz zu holen. „Lass uns den Sack zumachen."

Joe Farnsworth hatte die meiste Zeit seines Erwachsenenlebens über mit den schlimmsten Verbrechern zu tun gehabt, die die Welt zu bieten hatte. Mörder, Vergewaltiger, Kinderschänder, Tierquäler, Drogendealer … Er hatte sie alle gesehen. Nach der Enthüllung, dass sein ehemaliger stellvertretender Chief Conklin Informationen zurückgehalten hatte, mit denen sie die Schüsse auf Skip Holland schon Jahre früher hätten aufklären können, hatte er geglaubt, er hätte den Tiefpunkt seiner Zeit bei der Polizei erreicht.

Mehr als alles andere war Joe von dem getroffen, was Conklin Skip und den anderen Kollegen angetan hatte, indem er ihnen verschwiegen hatte, was er wusste. Im Fall Leonard Stahl war hingegen Wut das vorherrschende Gefühl. Farnsworth war noch nie so erzürnt gewesen. Kein einziges Mal in seinem ganzen Leben hatte er vor Wut derart gebrannt oder einem anderen Menschen so inbrünstig den Tod gewünscht, wie er es bei diesem Mann tat. Bis vor Kurzem hatte er sich nicht vorstellen können, die Hände um die Kehle eines anderen Menschen zu legen und zuzudrücken, bis das Leben aus ihm wich. Jetzt träumte er davon, Stahl zu erwürgen für das, was er so vielen Unschuldigen angetan hatte, während er vorgab, Polizist zu sein.

Denn es war alles nur Theater gewesen. Das war Joe jetzt klar. Stahl hatte seine Pflichten nie so erfüllt, wie er es hätte tun sollen, und seine Kollegen waren zu beschäftigt gewesen, um das zu bemerken. Wer hatte schon Zeit, seine Kameraden zu überwachen, wenn die Kriminalität außerhalb ihres Gebäudes mehr als ausreichend war, um alle viertausend Beamten ununterbrochen für die Sicherheit ihrer Stadt arbeiten zu lassen? Er nahm die Verantwortung seiner Abteilung gegenüber den Bewohnern der Hauptstadt so ernst wie kaum etwas anderes, ganz zu schweigen von den Millionen von Touristen, die jedes Jahr nach D. C. kamen. Es war die Aufgabe des Metro PD, für die öffentliche Sicherheit zu sorgen.

Bei dieser Mission waren sie wegen des Fehlverhaltens eines Mannes gescheitert.

Stahl war nicht der Einzige, der Joe enttäuscht hatte. Da waren noch andere gewesen. Mehr, als Farnsworth zugeben wollte. Doch insgesamt hatten die Guten die Schlechten bei Weitem überwogen.

Bis jetzt.

Sie hatten einen Serienmörder in ihren eigenen Reihen gehabt, ohne das Geringste davon zu ahnen.

Ganz gleich, wie sein Team für Öffentlichkeitsarbeit es zu drehen versuchte, die dunkle Wolke, die Stahls wegen über ihm und der gesamten Polizei hing, ließ sich nicht wegdiskutieren. Jeder, der irgendetwas zu sagen hatte, forderte seinen Kopf. Er war so gestresst, dass seine Frau Marti darauf bestanden hatte, dass er einen Termin bei seinem Kardiologen ausmachte, um sicherzugehen, dass er nicht kurz vor einem Herzinfarkt stand.

Sein Herz war in Ordnung, aber wenig überraschend war sein Blutdruck zu hoch.

Joe beugte sich vor und drückte auf den Knopf der Gegensprechanlage, die ihn mit seiner treuen Sekretärin Helen verband. „Können Sie Jake Malone bitten, hereinzukommen?"

„Natürlich, Sir, sofort."

Er hatte ihr wiederholt gesagt, dass sie ihn nicht „Sir" zu nennen brauchte, doch sie bestand darauf, ihm den Respekt zu erweisen, der seinem Amt gebührte.

Auch wenn er ihn nicht verdiente.

Fünf Minuten später starrte er immer noch die gegenüberliegende Wand seines Büros an und konnte nichts anderes als den roten Schleier der Wut wahrnehmen.

Als es an der Tür klopfte, blinzelte er hektisch, kurz bevor Jake eintrat.

„Hey, du wolltest mich sprechen?"

„Ich will nach Jessup." Stahl verbüßte seine beiden lebenslangen Haftstrafen im dortigen Staatsgefängnis von Maryland.

Jake stemmte die Hände in die Hüften. „Warum das denn?"

„Ich will ihm in die Augen sehen und ihn fragen, warum."

„Was hast du davon?"

„Ich weiß nicht, ich brauche es einfach. Kommst du mit?"

Jake wollte ihn nicht begleiten. Das war so klar zu erkennen wie die Nase in seinem Gesicht. Joe und Skip hatten Jake immer damit aufgezogen, dass er der Attraktive in ihrer Gruppe war. Die Frauen hatten Jake geliebt, aber der hatte immer nur Val gewollt. Das schien hundert Jahre her zu sein. Das Leben pflegte einem die Unschuld aus dem Leib zu prügeln.

„Na schön."

„Das war kein Befehl."

„Weiß ich. Wann willst du aufbrechen?"

„Jetzt. Auf der Stelle."

„Gib mir zehn Minuten dafür, ein paar Dinge zu regeln. Wir treffen uns draußen."

„Vielen Dank."

„Gern."

Früher hätte Joe Skip gebeten, ihn zu begleiten, doch Skip war tot, und Jake hatte sein Bestes getan, um die riesige Lücke zu füllen, die dieser Tod in Joes Leben hinterlassen hatte. Jake und Sams Vater hatten einander auch nahegestanden, aber nicht so wie Joe und Skip seit dem Tag, an dem sie sich zum ersten Mal begegnet waren.

Sie waren wie Brüder gewesen, und Joe hätte in diesem Moment alles für Skips Erfahrung und seinen klugen Rat gegeben. Sein verstorbener Freund hatte immer gewusst, was zu tun war. Sogar nach seiner furchtbaren Verletzung war Skip Joes Ansprechpartner geblieben, wenn er nicht weitergewusst hatte.

Joe nahm sein Handy und seine Schlüssel, schnappte sich seine Jacke und verließ das Büro. „Ich weiß nicht, ob ich heute noch mal reinkomme", teilte er Helen mit. „Ich melde mich später."

„Ich werde hier die Stellung halten und Ihnen Bescheid geben, wenn sich etwas Neues ergibt."

Er hatte sich schon zum Gehen gewandt, da drehte er sich noch einmal zu ihr um. „Danke, Helen, für eine Million Dinge in all den Jahren und für Ihre unerschütterliche Loyalität."

Seine Bemerkung schien sie zu überrumpeln, und einen Moment lang fürchtete er, sie würde in Tränen ausbrechen. „Danke, Sir. Es ist eine Ehre, mit einem und für einen so guten Mann zu arbeiten."

„Ich bin mir nicht sicher, ob ich dieses Lob verdiene."

„Auf jeden Fall. Und lassen Sie sich von niemandem etwas anderes einreden."

Jetzt hatte er einen Kloß im Hals. „Vielen Dank, Helen. Das habe ich gerade gebraucht."

„Wann immer Sie daran erinnert werden möchten, ich bin hier."

Er nickte ihr zu und schenkte ihr ein herzliches Lächeln, ehe er ging, dankbar für die Menschen, auf die er sich bedingungslos verlassen konnte. Deren Zahl schien mit jedem Jahr kleiner zu werden. In sechs Monaten würde er der dienstälteste Chief sein, den die Polizei von Washington je gehabt hatte. Wenn er diese sechs Monate denn schaffte. So wie die Dinge in letzter Zeit liefen, konnte er froh sein, wenn ihm noch sechs Tage im Amt blieben.

Er verließ das Gebäude durch den Ausgang der Gerichtsmedizin, um den Medienvertretern auszuweichen, die sich vor dem Haupteingang versammelt hatten. Sie hatten es in letzter Zeit auf ihn abgesehen, was er ihnen nicht verdenken konnte. Die Polizei hatte ihnen genug saftige Geschichten geliefert, um sie für die nächsten Jahre zu beschäftigen. Es war nicht so, dass er den Drang nicht verstand, davon auszugehen, dass der Fisch vom Kopf her stank. Farnsworth begriff das durchaus. Wirklich. Es war nur erstaunlich, dachte er, als er in seinen Dienst-SUV stieg, dass *sie* nicht verstanden, dass er *alles* getan hätte, um Stahls Schreckenstaten einen Riegel vorzuschieben.

Wenn er davon gewusst hätte.

Joe hätte *alles* getan, um ihn aufzuhalten.

Das hatte er in mehreren Interviews erklärt, in denen er seinen Kummer über all den Schmerz und das Leid, die Stahl hinterlassen hatte, zum Ausdruck gebracht hatte.

Die Beifahrertür öffnete sich, und Jake stieg ein, brachte einen Hauch von Frühlingskälte mit. „Tut mir leid, dass du warten musstest, Joe."

„Hat ja nicht lange gedauert. Also, bringen wir es hinter uns."

KAPITEL 24

Die beiden wechselten kein weiteres Wort, bis Joe den Wagen auf dem Besucherparkplatz vor dem Gefängnis in Jessup abgestellt hatte.

„Wie lautet der Plan?", fragte Jake.

„Ich werde darum bitten, ihn sprechen zu dürfen, und dann versuchen, ihn zu einem Geständnis zu bewegen, damit wir den Familien Antworten geben können."

„Wie kommst du darauf, dass er dir irgendetwas verraten wird?"

„Vielleicht ist er stolz auf seine Taten. Da er zwei lebenslange Haftstrafen ohne Aussicht auf Bewährung verbüßt, könnte er ein perverses Vergnügen daran haben, mir alles haarklein zu berichten."

„Bist du auch darauf vorbereitet, dass er uns sagen könnte, wir sollen uns verpissen?"

„Natürlich." Joe wartete einen Augenblick, um zu sehen, ob Jake weitere Fragen hatte, bevor er die Hand nach dem Türgriff ausstreckte.

„Moment."

Joe hielt inne und schaute zu seinem alten Freund hinüber.

„Was, wenn es ihm schon allein ein perverses Vergnügen bereitet, dass du hergefahren bist und versuchst, ihn zum Reden zu bringen?"

„Selbst wenn das so ist, habe ich es wenigstens versucht."

Sie stiegen aus und gingen hinein, zeigten dem Sicherheitspersonal ihre Ausweise.

„Wir würden gerne mit Leonard Stahl sprechen."

Während sie sich anmeldeten, ihre Waffen abgaben und durch den Metalldetektor liefen, fragte der junge Beamte: „Sie haben mit ihm zusammengearbeitet?"

„Leider ja", antwortete Joe.

„Er ist ein übler Typ. Ständig gerät er mit irgendjemandem aneinander."

„Das klingt nach ihm", meinte Jake.

„Ich hab die Nachrichten gehört. Tut mir leid, dass Sie sich gerade mit so viel Mist auseinandersetzen müssen. Mein Vater war beim MPD."

„Wie heißt Ihr Vater?", fragte Joe.

„Keith Brady."

„Ich erinnere mich. Er war ein guter Beamter. Wie geht es ihm?"

„Er ist vor zwei Jahren gestorben. Krebs."

„Das tut mir sehr leid." Joe holte seine Brieftasche heraus und reichte dem jungen Mann seine Visitenkarte. „Wenn Sie je Interesse haben, in die Fußstapfen Ihres Vaters zu treten, lassen Sie es mich wissen."

„Oh, wow. Echt jetzt?"

„Ja, echt jetzt. Wir sind immer auf der Suche nach guten Leuten, die unsere Reihen verstärken."

„Ich werde mich auf jeden Fall bei Ihnen melden. Mein Vorname ist übrigens Logan."

„Dann freue ich mich darauf, von Ihnen zu hören, Logan."

Ein anderer Vollzugsbeamter erschien, um sie ins Innere des Gefängnisses zu begleiten.

Während sie ihm folgten, warf Jake Joe einen Blick zu. „Du bist ein guter Mann, Joe. Lass dir von niemandem etwas anderes einreden."

„Danke dir. Ich geb mir Mühe."

„Und dabei hast du häufiger Erfolg als Misserfolg."

Der Vollzugsbeamte führte sie in einen Raum, in dem sich

eine Tischreihe befand, die mittig von einer Glaswand mit Telefonanschlüssen zur anderen Seite geteilt wurde.

„Wenn Sie hier warten", sagte er, „werde ich ihn für Sie holen."

„Vielen Dank."

Es verstrichen mehr als zwanzig Minuten, ehe zwei weitere Vollzugsbeamte Stahl hereinführten. Er trug einen orangefarbenen Overall, der an seiner viel dünner gewordenen Statur herunterhing. Stahl hatte außerdem das meiste von seinem Haar verloren und rasierte sich nicht mehr. Ein auffälliger violetter Bluterguss nahm den größten Teil seiner linken Wange ein. Seine kleinen Augen glitzerten jedoch unverändert boshaft.

„Was verschafft mir die Ehre?", erkundigte er sich mit einem aalglatten Grinsen, nachdem er den Hörer abgenommen hatte. „Ich konnte es kaum glauben, als man mir mitgeteilt hat, Dick und Doof seien zu Besuch gekommen."

„Sicher haben Sie gehört, was in Ihrem Haus vor sich geht", sagte Joe.

„Meine Schwester ist sehr unglücklich über den Rausschmiss, ja. Woher haben Sie gewusst, dass Sie dort suchen müssen?"

„Ein kleines Vögelchen hat es uns gezwitschert."

„Solche Vögelchen gibt es mehr als genug."

„Warum haben Sie das getan?", wollte Jake wissen.

„Ganz einfach: weil ich es konnte."

„Da müssen Sie sich schon etwas mehr anstrengen", antwortete Joe und zwang sich, ruhig zu bleiben, obwohl er am liebsten die Scheibe eingeschlagen und seine Mordfantasie in die Tat umgesetzt hätte.

„Warum? Was spielt das jetzt noch für eine Rolle?"

„Es ist wichtig für die Familien der Frauen, die Sie getötet haben", erwiderte Joe.

Mit seiner freien Hand tat Stahl so, als wischte er sich Tränen weg. „Die armen, armen Familien, die ihre Töchter zu Drogensüchtigen und Nutten haben verkommen lassen. Sie haben gekriegt, was sie verdient haben."

„Niemand verdient es, ermordet zu werden", widersprach Joe.

„War ja klar, dass Sie das denken. Sie sitzen in Ihrem Elfenbeinturm, beten sonntags Ihren Gott an und tun immer das Richtige. Was für eine bedeutungslose Art, zu leben."

„Ach, und Ihr Weg ist besser?", konterte Jake. „Wie ist das Gefängnisleben so?"

Stahl zuckte die Achseln. „Halb so schlimm."

„Wir haben gehört, Sie haben hier drinnen genauso viele Freunde gefunden wie draußen", meinte Jake.

Stahl betrachtete ihn aus verengten Augen. „Ich habe mich da draußen gut geschlagen, und hier drin geht es mir auch gut."

Joe deutete auf seine Wange. „Das muss wehgetan haben."

„Sie sollten mal den anderen sehen. Sind Sie wirklich hier, weil Sie dachten, ich würde Ihnen mein Herz ausschütten?"

„Wir hatten gehofft, Sie hätten noch einen Funken Anstand im Leib", sagte Joe mit zusammengebissenen Zähnen.

„Nein, der war schon weg, bevor Sie mich kennengelernt haben."

„Was ist passiert?", fragte Jake.

Stahl zuckte wieder die Achseln. „Was ist nicht passiert? Sie waren so eng befreundet, dass Sie nie über den Tellerrand Ihrer eigenen kleinen Blase hinausgeschaut haben, um mitzukriegen, was mit dem Rest von uns los ist. Sie haben kein einziges Mal daran gedacht, mich in irgendetwas einzubeziehen."

„Weil Sie sich benommen haben, als würden Sie uns hassen", erklärte Joe. „Und das war, lange bevor einer von uns an Ihnen vorbei befördert wurde."

„Das war nicht nur ‚als ob'. Glauben Sie, ich hätte nicht schon andere Typen wie Sie, Skip und Conklin getroffen? Verbindungsstudenten, die ihr Leben in vollen Zügen genossen haben, während alle anderen sich abstrampeln mussten, um über die Runden zu kommen."

„Wir haben alle das gleiche Geld verdient."

„Aber für uns andere galten nicht dieselben Regeln, oder?"

„Wollen Sie damit sagen, dass Sie sich aus dem Club der

coolen Jungs ausgeschlossen fühlten und deshalb beschlossen, ein Krimineller zu werden, obwohl Sie eine Marke trugen?"

„Es war so einfach", prahlte Stahl mit einem bösen Grinsen. „Ein Kinderspiel."

„Sie haben uns immer noch keinen Grund genannt", erinnerte ihn Jake.

„Spielt der eine Rolle?"

„Möglicherweise", erwiderte Joe, der langsam die Geduld verlor.

„Erinnern Sie sich an Luke Starling?"

Joe setzte sich etwas aufrechter hin. „Was ist mit Luke?"

„Er war der Erste, der mir gezeigt hat, dass es für Männer in Uniform eine ganz andere Welt gibt. Die Leute haben für Infos, für Gefälligkeiten, für so ziemlich alles, was sie von uns wollten oder brauchten, bezahlt und es nicht vergessen, wenn man ihnen einen Gefallen getan hatte. Sie haben sich gern revanchiert."

Joe wurde übel. Er hatte Starling gemocht. „War Luke auch ein Mörder?"

„Ja, das wüssten Sie gern, was? Er war derjenige, der mir erzählt hat, wie Sie über mich geredet haben, wenn Sie dachten, es würde niemand mithören."

„Wir haben also über Sie geredet", sagte Jake. „Deswegen sind Sie zu einem mordenden Dreckskerl geworden?"

„Jedenfalls war es dadurch viel einfacher für mich, Ihre Werte nicht zu teilen. Und die Sache mit dem Töten? Das hat nicht erst bei der Polizei angefangen." Das Böse strahlte in Wellen von ihm aus, die Joe trotz des dicken Glases zwischen ihnen beinahe körperlich spürte. „Jemandem das Leben zu nehmen ... ist der natürlichste Rausch, den es gibt. Zu verfolgen, wie es aus ihnen herausrinnt ... Nach dieser Macht war ich süchtig, so wie Ihr Wunderknabe Gonzales nach Drogen. Nach einer Weile fängt man an, es zu *brauchen*, es zu begehren. Doch das verstehen Sie nicht."

„Gott sei Dank", entgegnete Joe.

„Ah, Sie und Ihr Gott ... Sie sind zu gut, um wahr zu sein, Joe, und trotzdem sind überall um Sie herum unvollkommene

Seelen, die Ihren frommen Erwartungen niemals gerecht werden können."

„Meine Erwartungen haben nichts mit Frömmigkeit zu tun, sondern gelten der Einhaltung des Gesetzes. Sie wissen schon, die Arbeit, für die wir bezahlt werden!"

Jakes Hand auf seinem Rücken ermahnte Joe, einen kühlen Kopf zu bewahren.

„Sagen Sie uns, wo die Leichen sind, damit die Familien ihren Frieden finden können", forderte er.

„Warum sollte ich das tun?"

„Ganz einfach: weil es das Richtige ist."

Stahl warf den Kopf in den Nacken und lachte laut. „Da müssen Sie sich schon etwas mehr anstrengen. Warum um alles in der Welt sollte ich Ihnen helfen? Ich sitze ja schon lebenslänglich ohne Aussicht auf Bewährung, weil ich versucht habe, Ihre geliebte kleine ,Nichte' zu ermorden."

„Mit einem einzigen Anruf kann ich sechs Monate Einzelhaft arrangieren, damit Sie darüber nachdenken können, wo Sie die Leichen vergraben haben."

Die Drohung nahm Stahl etwas von seiner Selbstgefälligkeit. „Das wäre außergewöhnlich grausam."

„Das gilt genauso für Entführung und Mord, die man nur zum Spaß begeht und bei denen sich die Familien jahrelang fragen, was aus ihren Angehörigen geworden ist. Oder wenn man so tut, als würde man Fälle bearbeiten, aber nicht einmal die einfachsten Ermittlungen durchführt. Genauso für das Beziehen eines vom Steuerzahler finanzierten Gehaltsschecks, ohne die vereinbarte Gegenleistung zu erbringen. Soll ich weitermachen?"

„Sie waren schon immer ein Spielverderber, Joe. Haben Sie jemals den Stock aus Ihrem Arsch gezogen und ein wenig Spaß gehabt?"

„Was ist mit Ihrem Bruder Michael passiert?", fragte Jake.

Mit dieser Frage hatte Stahl offensichtlich nicht gerechnet. Sein Gesicht verlor jeden Ausdruck. „Keine Ahnung."

„Wirklich?", hakte Joe nach. „Wenn wir Ihren Garten umgraben, werden wir seine Überreste nicht finden?"

„Nein. Ich hatte mit Michaels Verschwinden nichts zu tun."

„Das glauben wir Ihnen nicht", erklärte Jake. „Im Gegenteil, wir glauben, Sie wissen genau, wo er ist."

„Ich weiß es nicht, und ich hatte auch mit den anderen Sachen nichts zu tun."

„Sobald ich hier raus bin, tätige ich den Anruf wegen der Einzelhaft. Melden Sie sich, wenn Sie bereit sind zu reden." Joe legte auf und erhob sich. „Gehen wir."

Als sie endlich wieder draußen in der kühlen Märzluft waren, wurde Joe nicht langsamer, bis er den SUV erreichte, vor dem er lange stehen blieb, um die letzte Stunde zu verarbeiten.

„Was denkst du?", unterbrach Jake seine Grübeleien.

„Nachdem ich ihn in Einzelhaft gesteckt habe, will ich sein Leben von der Sekunde seiner Geburt bis zum heutigen Tag aufdröseln. Ich will alles wissen, was es über ihn zu wissen gibt, und jedes Verbrechen kennen, das er auf dem Gewissen hat."

„Das würde Monate oder sogar Jahre dauern und jede Menge Ressourcen erfordern."

„Ist mir egal. Seine Opfer verdienen die Wahrheit. *Wir* verdienen die Wahrheit, und ich möchte, dass du dich persönlich darum kümmerst. Und wenn wir alles wissen, was es über Stahl und seine Verbrechen zu wissen gibt … scheiden wir aus dem aktiven Dienst aus."

Sam erwachte aus einem tiefen Schlummer, weil die Sonne durch das Fenster schien. Sie blinzelte mehrmals, ehe ihre Augen sich an das grelle Licht gewöhnt hatten, drehte sich auf die Seite und bewunderte die Aussicht auf die Dünen und das Wasser in der Ferne. Ihr ganzes Leben lang hatte das Meer nach ihr gerufen. Vom ersten von vielen Tagen, die sie als Kind in Ocean City verbracht hatte, über die College-Wochenenden in Rehoboth und Dewey bis hin zu Bora Bora und den jüngsten Strandausflügen mit ihrer eigenen Familie – der Anblick des Ozeans beruhigte und besänftigte sie.

Ihr Leben war ein einziger Wirbel aus pausenlosen Dramen, Forderungen und Stress, aber das hier … Das war der Himmel.

Sam sah über ihre Schulter, um sich zu vergewissern, dass sie allein im Bett lag.

Nick war wahrscheinlich bei seinem morgendlichen Briefing, also kuschelte sie sich unter die Decke und hoffte auf ein paar Minuten Ruhe, ehe die Welt und ihre vielen Probleme erneut auf sie einstürmten.

Wie oft kam sie dazu, so im Bett herumzuliegen? Praktisch nie. Umso luxuriöser fühlte sich dieser Morgen an, der letzte, bevor ihre Familie eintraf.

Sie schlief wieder ein, doch dann spürte sie, wie sich die Matratze neben ihr senkte.

Nick schmiegte sich an sie, legte einen Arm um sie und küsste sie auf die nackte Schulter. „Ich dachte schon, es stimmt was nicht, als du bei meiner Rückkehr noch nicht aufgestanden warst."

„Ich genieße die Ruhe, solange ich kann, ehe der Wahnsinn losgeht."

„Was hältst du von Frühstück im Bett?"

„Das klingt überaus verlockend."

„Kleinen Moment." Er küsste sie ein weiteres Mal auf die Schulter, bevor er aufstand.

Ein paar Minuten später war er mit einer großen Tasse dampfenden Kaffees zurück.

Sam setzte sich auf, zog die Decke über ihre nackten Brüste und nahm ihm die Tasse ab. „Danke dir."

„Gern. Meine Gemahlin sieht sehr ausgeruht aus."

„Deiner Gemahlin gefällt es hier."

„Wir sollten dieses Haus einfach kaufen."

„Nein."

„Warum nicht? Wir sind gern hier, und es gibt genug Platz für alle."

„Warum sollten wir uns die Mühe machen, es zu besitzen, wo wir es doch jederzeit mieten können?"

„Da hast du auch wieder recht."

„Ich bin die Frau. Also habe ich immer recht."

Sein Lächeln war unglaublich schön, der einzige Anblick, der mit dem des Meeres konkurrieren konnte. „Okay, diese Antwort hätte ich vermutlich erahnen sollen."

„Du bist ja ganz neu in dieser Ehe-Sache. Dir bleibt noch viel Zeit dafür, besser darin zu werden."

„Ich bin auf jeden Fall froh, dass du beschlossen hast, mich zu behalten."

„Was riecht hier eigentlich so verbrannt?"

„Mist."

Sie lachte, als er aus dem Zimmer stürzte, um das Frühstück zu retten. Sam gefiel es, dass der Präsident persönlich versuchte, ihr Frühstück zuzubereiten. Sie wünschte, der Rest der Welt könnte den Mann sehen, mit dem sie ihr Leben teilte, und sein Herz so kennen wie sie. Die hatten alle keine Ahnung, wie viel Glück sie hatten, einen Mann als Präsidenten zu haben, der sich so sehr um andere sorgte. Er verstand ihre Probleme und wollte sie lösen helfen.

Sams Handy klingelte und holte sie in die Realität zurück. Es war Avery Hill. „Guten Morgen", meldete sie sich. „Wie geht es Shelby?"

„Von Tag zu Tag besser, auch wenn sie sich sehr langsam bewegen muss. Ich hoffe nur, dass das Baby pünktlich kommt, sonst platzt sie noch."

„Das will natürlich niemand." Sam spürte den altbekannten Schmerz der Sehnsucht danach, zu wissen, wie es sein mochte, ein Baby auszutragen, obwohl sie schon vor langer Zeit akzeptiert hatte, dass ihr Leben in keiner Weise für die Versorgung eines Neugeborenen geeignet war. Nicht dass sie etwas dagegen hätte, wenn es passieren würde, aber sie hatte sich damit abgefunden, dass es vermutlich nicht geschehen würde.

„Ich rufe an, um euch zu warnen, dass der Rechtsanwalt deiner Schwiegermutter in den Verhandlungen über die Anklagepunkte auf Bundes- und Staatsebene einen Deal vorgeschlagen hat. Es würde auf Bußgeld, Bewährung und gemeinnützige Arbeit hinauslaufen. Er wird damit wahrscheinlich Erfolg haben."

„Ich bin mir nicht sicher, was ich davon halten soll. Sosehr ich möchte, dass man sie für immer wegsperrt, ist es für Nick schwer, sie im Gefängnis zu wissen, selbst wenn sie es verdient hat."

„Das verstehe ich."

„Werden die Leute aufschreien, weil sie allem Anschein nach eine bevorzugte Behandlung erfährt, wenn dieser Deal durchgeht?"

„Ich bin mir nicht sicher. Wie du weißt, ist es insgesamt üblich, dass man versucht, Prozesse zu vermeiden, vor allem, wenn es sich um Ersttäter handelt."

„Es ist mir ein Rätsel, wie dies ihre erste Anklage sein kann."

„Man hat sie zweifellos nur zum ersten Mal erwischt. Da ist noch eine Sache …"

„Nämlich?"

„Der Staatsanwalt in Cleveland hat mich gebeten, eine Anfrage der Angeklagten weiterzuleiten, mit ihrem Sohn sprechen zu dürfen."

„Ist das nicht äußerst ungewöhnlich?"

„Sehr. Doch er weiß, dass ich mit euch beiden befreundet bin, deshalb hat er sich an mich gewandt."

„Auf gar keinen Fall", erwiderte Sam, gerade als Nick mit einem Tablett ins Zimmer kam.

„Das hab ich mir schon gedacht, aber ich wollte es trotzdem ausrichten."

„Hast du hiermit getan. Bitte antworte entsprechend."

„Mach ich. Bis morgen."

„Ja, bis dann."

Sam klappte das Handy mit einem lauten, befriedigenden Knall zu.

„Oh, oh. Wer war das, und was hat er gesagt, um dich zu ärgern?"

„Gar nichts." Sam zwang sich zu einem Lächeln, als er ihr das Tablett auf den Schoß stellte. „Sieht lecker aus."

„Der Toast ist möglicherweise ein klein wenig dunkel geworden."

„Genau, wie ich ihn mag."

Nick ging auf seine Seite des Bettes und streckte sich neben seiner Frau aus, um das Essen mit ihr zu teilen. „Jetzt sag schon, was los ist. Deine Stirn ist gerunzelt, und du hast die Augenbrauen zusammengezogen. Ich mag es nicht, wenn meine Gemahlin die Stirn runzelt."

„Du wirst es nicht erfahren, denn du hast schon genug um die Ohren. Ich habe mich bereits darum gekümmert."

Er nahm einen Bissen knusprigen Speck. „Worum hast du dich gekümmert, Samantha?"

„Zwing mich nicht, es dir zu sagen, Nick. Es ist unser letzter Tag allein, und ich will ihn nicht versauen."

„Wenn du es mir nicht sagst, mach ich mir Sorgen darüber, was du mir verheimlichen könntest, Sam."

„Ach, ich hasse das!"

„Mir geht es gut, Schatz. Spuck einfach aus, was los ist, und wir erledigen es so, wie wir alles erledigen – gemeinsam."

„Deine Mutter möchte mit dir sprechen."

Er erstarrte mitten im Bissen, sein eben noch so heiteres Gesicht war plötzlich völlig ausdruckslos. „Oh. Worüber denn?"

„Wen interessiert das? Es besteht kein Zweifel, dass sie versucht, ihre Verbindung zu dir zu nutzen, um sich aus den Schwierigkeiten zu lavieren, in denen sie steckt. Ich will sie nicht in deiner Nähe haben."

„Sie muss wissen, dass ich nichts tun kann, um ihr zu helfen, ohne mir selbst jede Menge Probleme einzuhandeln."

„Ich werde mit ihr reden", erklärte Sam. „Keine Sorge."

„Samantha … Du solltest genauso wenig mit ihr reden wie ich."

„Lass mich herausfinden, was sie will, und dann sehen wir weiter. Wenn sie um Hilfe bei ihren Problemen mit dem Gesetz bittet, werde ich das sofort unterbinden."

„Du musst das nicht tun, Sam."

„Doch. Wenn sie unter ihrem Stein hervorkriecht und dich holen will, muss sie an mir vorbei."

„Es macht mich total an, wenn du solche Sachen sagst."

„Ach, sei still."

„Nein, echt. Schau nur."

Sam sah zu ihm hinüber, stellte fest, dass er voll erigiert war, und brach in schallendes Gelächter aus. Als sie sich wieder beruhigt hatte, hatte er das Frühstückstablett weggestellt und schmiegte sich an sie.

„Ich verstehe nicht, was daran so lustig sein soll.“

Darüber musste sie nur umso mehr lachen.

Während sie damit beschäftigt war, schob er das Laken zur Seite und biss ihr sanft in die Brustspitze.

Das beendete ihren Lachanfall abrupt. „Dreckiger Trick, Liebling“, sagte sie und vergrub ihre Finger in seinem Haar.

„Habe ich jetzt deine Aufmerksamkeit?“

„Ja.“

„Hervorragend.“ Er rückte näher an sie heran und liebkoste beide Brüste, bevor er sich tiefer wagte, um ganz sicherzustellen, dass sie mit dem, was er vorhatte, einverstanden war.

Das war sie.

Zweimal sogar.

Während er sich ihren Bauch hochküsste, streckte sie die Arme nach ihm aus, und er drang in sie ein. „Es gibt nichts Besseres.“

„Nein, und ich weiß immer noch nicht, wie du das machst.“

Er knabberte zärtlich an ihrem Hals und ließ sie erbeben. „Wie ich was mache?“

„Du weißt schon.“

„Sag es.“

„Mich kommen zu lassen wie eine Rakete, nicht nur einmal, sondern gleich zweimal hintereinander.“

„Ich liebe deinen Dirty Talk.“

„Was ist daran bitte dirty?“

„Es ist *so was* von dirty.“

Beim dritten Mal erreichten sie gemeinsam den Höhepunkt.

Sam drückte ihn fest an sich, als das Hochgefühl langsam nachließ. „Ich finde es immer noch urkomisch, dass es dich so erregt, wenn ich ankündige, mich um deine Mutter zu kümmern.“

„Drei Orgasmen später, und du lachst immer noch über mich.“

„Nein, ich lache *mit* dir.“

„Ich hab ja gar nicht gelacht!"

„Weil das gesamte Blut in deinem Körper auf dem Weg nach Süden war und du nicht klar denken konntest. Sonst hättest du es bestimmt lustig gefunden."

„Ja, Schatz."

„Da, siehst du? Du wirst von Mal zu Mal besser in dieser Ehe-Sache." Sie tätschelte ihm den Kopf, wie einem jungen Hund, der ein neues Kunststück gelernt hatte. „Ich glaube, ich behalte dich noch ein Jahr."

„Oh, puh. Ich hab mir schon Sorgen gemacht, ob du meinen Vertrag verlängern würdest."

„Es war eine knappe Entscheidung, doch der erotische Hattrick hat den Ausschlag gegeben. Das solltest du beibehalten, um dir ein viertes Jahr zu sichern."

„Man tut, was man kann."

„Der Spruch ist in allen Varianten und Formaten geschützt."

Nick legte eine Hand an ihr Gesicht. „Danke für diese Woche. Ich habe das ganz dringend gebraucht – und ich will in Zukunft mehr davon."

„Geht mir genauso. Wir sollten ab und zu einfach zusammen wegfahren. Die Welt wird sich auch ohne uns weiterdrehen."

„Wirklich?"

Beide lachten.

„Sie wird es müssen", sagte er. „Denn ich nehme mir ab jetzt mehr Zeit für meine Frau, egal, wem das nicht passt."

„Von mir wirst du keine Beschwerden hören. Wie sieht denn der Zeitplan für nächste Woche aus? Fahren wir nach Fort Liberty?"

„Ich glaube nicht. General Stern meinte, es sei besser, wenn wir nicht kämen."

„Wirklich?"

„Nicht zu mir, aber zum Verteidigungsminister. Sie hat sich dahin gehend geäußert, dass die Stimmung noch sehr ange-spannt sei, sodass es vielleicht nicht der beste Zeitpunkt für einen Besuch sei."

„Wann hast du das erfahren?"

„Beim gestrigen Briefing."

„Warum hast du mir das nicht erzählt?"

Nick hob den Kopf von ihrer Schulter. „Weil es … entmutigend ist. Dass der Generalstab die Saat des Zweifels an mir gesät hat, sodass mich die Soldaten jetzt bitten wegzubleiben." Er zuckte die Achseln. „Was für ein Oberbefehlshaber bin ich, wenn ich die Unterstützung des Militärs nicht habe?"

„Du bist ein hervorragender Oberbefehlshaber, und du wirst es denen mit der Zeit schon zeigen. Es mag Leute geben, die mit dir unzufrieden sind, doch ich weigere mich, zu glauben, dass das für das gesamte Militär gilt."

„Das hat Terry auch gesagt."

„Terry ist sehr klug, genau wie deine Frau. Du solltest auf uns beide hören."

Das brachte ihr ein kleines Lächeln von Nick ein.

„Ich weiß, es ist schwer, diese Dinge nicht persönlich zu nehmen, aber du musst dir immer wieder vor Augen führen, dass du zwei Mal in die Bresche gesprungen bist, als das Land jemanden gebraucht hat. Du hast getan, was dein Amt von dir verlangt hat, und dich jeder Situation gewachsen gezeigt. Werden dich dafür alle lieben? Nein, doch das ist deren Problem. Wenn sie dich kennen würden, *wirklich* kennen würden, so wie ich es tue, würden sie dich bewundern …" Sie hielt kurz inne. „Wirst du schon wieder hart?"

Nick grinste sie an und zuckte die Achseln. „Was soll ich sagen? Meine Frau ist total heiß, wenn sie mich so leidenschaftlich verteidigt."

„Ich hoffe, die Menschen finden niemals heraus, dass du sexsüchtig bist."

„Nur wenn meine geliebte Frau nackt ist und nette Dinge über mich sagt. Oder wenn sie atmet oder schläft oder sich die Haare bürstet oder …"

Sam küsste ihn. „Du bist ein ziemlich alberner Oberbefehlshaber."

„Verrat es niemandem, okay?"

„Deine Geheimnisse – *all* deine Geheimnisse – sind bei mir sicher."

KAPITEL 25

Am nächsten Morgen kam Chief Farnsworth ins Großraumbüro.

Gonzo merkte beim Anblick des Chiefs überrascht auf. „Guten Morgen, Sir. Was können wir für Sie tun?"

„Haben Sie Randy Bryant in Gewahrsam?"

„Ja. Wir verdächtigen ihn des Auftragsmords an Rachel Fortier."

„Lassen Sie ihn frei. Sofort."

Gonzo starrte den Chief an. „Darf ich fragen, warum?"

„Die Anweisung stammt direkt von Staatsanwalt Tom Forrester. Er will, dass Bryant unverzüglich freigelassen wird."

„Wir können seine Beteiligung an einem Mord beweisen."

„Lassen Sie ihn frei." Der Chief drehte sich um und ging.

Gonzo starrte ihm hinterher. „Was zum Teufel …?"

„Was ist passiert?", fragte Cruz.

„Farnsworth hat mich gerade angewiesen, Bryant freizulassen. Er meinte, das käme direkt von Forrester."

„Äh, wir können dem Kerl einen Auftragsmord nachweisen."

„Das habe ich auch gesagt."

„Was wirst du jetzt tun?"

Gonzo sah seinen Freund an. „Der Chief hat mir befohlen, ihn freizulassen, also werde ich das tun."

„Aber Gonzo …“

„Ja, ich weiß. Doch was zum Teufel soll ich machen, wenn es ein direkter Befehl vom Chief ist?“

Cruz wirkte genauso schockiert, wie Gonzo war.

„Über Tori hat er nichts gesagt, oder?“, fragte Cruz.

„Gott sei Dank nicht.“

„Was zum Teufel läuft da?“

„Keine Ahnung, aber ich werde es herausfinden. Sorg dafür, dass Bryant entlassen wird.“

„Ich, äh … Okay.“

Gonzo war ziemlich aufgewühlt, als er Sams Büro betrat und Captain Malone anrief. „Ich muss mit Ihnen reden“, verkündete er, als der abnahm. „Dringend. In Sams Büro.“

„Bin schon unterwegs.“

„Vielen Dank.“

Gonzo legte auf und wartete auf den Captain, während es in seinen Ohren dröhnte. Man hatte ihm befohlen, einen Mörder gehen zu lassen. Das war eindeutig noch nie vorgekommen.

Malone traf ein und schloss die Tür hinter sich. „Was gibt's, Sergeant?“

„Der Chief hat mir gerade den Befehl erteilt, Randy Bryant freizulassen. Er sagte, die Anweisung käme von Forrester.“

„Wie bitte?“

„Genau das war auch unsere Reaktion. Cruz regelt gerade die Entlassung aus der U-Haft. Ich bin nicht sicher, ob Randys Vater, der Abgeordnete, etwas damit zu tun hat, doch ich dachte, Sie würden das wissen wollen.“

„Sie haben recht. Das will ich.“

„Also, äh, lassen wir ihn trotzdem frei?“

„Wenn der Chief es anordnet, dann tun wir das natürlich.“

„Keine Fragen?“

„Ich werde mit ihm reden und schauen, ob ich mehr herausfinden kann.“

„Was ist, wenn Bryant eine weitere Person tötet, wenn er wieder draußen ist?“

„Ich weiß nicht, was ich darauf antworten soll.“

„Wir führen Tori Stevens morgen dem Haftrichter vor, unter dem Vorwurf, sie habe Rachel Fortiers Tod eingefädelt. Was soll ich sagen, wenn der Richter mich fragt, wer den eigentlichen Mord begangen hat? Ohne Bryant ist unser Fall gegen sie nicht wasserdicht."

„Sie können sie immer noch der Anstiftung beschuldigen."

„Ohne den eigentlichen Täter wird das vor Gericht nicht standhalten, und das wissen Sie. Wie soll ich das Rachels am Boden zerstörter Mutter erklären?"

„Erst mal muss ich jetzt mit dem Chief sprechen. Ich melde mich in Kürze wieder."

„Lassen wir Bryant trotzdem frei?"

Malone zögerte kurz, ehe er erwiderte: „Ja, das tun wir."

Als Jake Malone das Großraumbüro verließ, war er über die Vorgänge ebenso verwirrt wie Gonzales. Er begab sich zum Büro des Chiefs, wo Helen an ihrem Schreibtisch saß, obwohl es noch eine Stunde bis zu ihrem eigentlichen Dienstbeginn war. Malone zeigte auf die geschlossene Tür des Chiefs. „Darf ich rein?"

„Lassen Sie mich kurz nachsehen." Sie nahm den Hörer der Gegensprechanlage ab. Ein paar Sekunden später sagte sie: „Nur zu." Doch als er zur Tür ging, fügte sie hinzu: „Jake."

Sie hatte ihn zuvor noch nicht ein einziges Mal mit seinem Vornamen angesprochen.

Er drehte sich zu ihr um.

„Irgendetwas läuft gerade. Ich weiß nicht, was es ist, aber es fühlt sich … nicht gut an."

„Wie meinen Sie das?"

„Ich weiß es nicht. Da liegt was in der Luft. Ich habe Joe noch nie so erschöpft erlebt. Diese ganze Sache mit Stahl … Ich habe Angst, dass er demnächst einfach tot umfallen wird. Seine Frau ist ebenfalls besorgt."

Das war mehr, als sie in den mehr als zwölf Jahren, die er sie kannte, je am Stück zu ihm gesagt hatte. Helen war keine Plaudertasche. „Ich werde mit ihm reden."

„Vielen Dank."

Jake klopfte, betrat Joes Büro und sah sich seinen alten Freund genauer an als sonst. Helen hatte vollkommen recht. Joe wirkte deutlich mitgenommen.

„Wenn du wegen dieses Jungen, dieses Bryant, hier bist … Ja, ich habe Gonzo angewiesen, ihn zu entlassen."

„Warum?"

„Weil Forrester behauptet hat, es sei wichtig."

„Das hat gereicht, um jemanden auf freien Fuß zu setzen, den wir wegen Auftragsmordes festgenommen haben?"

„In all den Jahren hat Forrester mich noch nie um etwas gebeten. Er wollte, dass der junge Mann freikommt. Wir haben den jungen Mann gehen lassen."

„Joe … Ist das dein Ernst? Unsere Anklage gegen Tori Stevens ist ohne Randy Bryant nicht annähernd so überzeugend. Willst du Rachel Fortiers Eltern sagen, dass wir ihre Mörder haben laufen lassen?"

„Ich …" Farnsworth schaute Jake an. „Die ganze Welt hat es gerade auf mich abgesehen. Forrester hat mir immer den Rücken gestärkt. Er hat mir versichert, es sei dringend, also wende dich an ihn."

„Okay, von mir aus. Unsere Detectives von der Mordkommission sind verärgert, und das aus gutem Grund. Sie haben sich den Hintern aufgerissen, um diesen Fall zu lösen, und jetzt weist du sie an, es gut sein zu lassen? Wie kannst du das vor dir selbst rechtfertigen?"

„Wie kann irgendwer von uns irgendwas von dem, was bereits geschehen ist, vor sich selbst rechtfertigen?", brüllte der Chief.

In den dreißig Jahren, in denen sie Freunde und Kollegen waren, hatte Farnsworth Jake noch nie angeschrien. Der Ausbruch ließ Jake bestürzt und besorgt zurück.

„Joe …"

„Lass mich in Ruhe. Ich habe einen Befehl erteilt, von dem ich erwarte, dass er befolgt wird. Ende der Durchsage."

Jake verließ das Büro und knallte die Tür hinter sich zu, um seinen Freund wissen zu lassen, was genau er von diesem Befehl hielt.

„Ist alles in Ordnung?", fragte Helen, als er an ihr vorbeiging.

„Nein, Helen, es ist nichts in Ordnung."

Er stürmte direkt in sein Büro, schnappte sich seine Schlüssel und verließ wortlos das Gebäude. Auf dem Weg zu Forresters Büro in der D Street Northwest rief er Sam an.

Es klingelte fünfmal, bevor sie abnahm. Sie klang außer Atem. „Hey, Cap. Was liegt an?"

„Sie werden es mir nicht glauben, wenn ich es Ihnen sage."

„Okay …"

„Der Chief hat eben Gonzales den Befehl erteilt, Rachel Fortiers Auftragsmörder freizulassen."

„O Gott. Warum das denn?"

„Angeblich hat ihn Staatsanwalt Forrester darum gebeten. Ich bin gerade auf dem Weg, um den zu fragen, was zum Teufel da los ist. Wir haben ohne den Kerl, der die Tat begangen hat, viel weniger gegen Tori Stevens in der Hand, die diese ganze Sache arrangiert hat."

„Mein Gott. Was denkt der Chief sich nur dabei?"

„Ich weiß es nicht, aber er hat mir gerade fast den Kopf abgerissen, als ich ihm genau diese Frage gestellt habe."

„Meinen Sie, ich sollte ihn mal anrufen?"

„Besser nicht. Er ist echt geladen. Er hat zu mir gemeint, die ganze Welt habe es auf ihn abgesehen und Tom Forrester habe ihn in all den Jahren, in denen sie zusammenarbeiten, stets unterstützt und im Gegenzug noch nie um irgendwas gebeten."

„Ich bin sprachlos."

„Da sind Sie nicht allein."

„Lassen Sie mich wissen, was Forrester gesagt hat?"

„Ja, natürlich. Und entschuldigen Sie bitte, dass ich Sie im Urlaub störe."

„Bitte zerbrechen Sie sich deswegen nicht den Kopf. So was will ich natürlich wissen."

„Sie sollten mal mit Gonzo reden. Er ist außer sich."

„Das kann ich mir lebhaft vorstellen. Ich werde ihn gleich anrufen."

„Ich melde mich später wieder bei Ihnen."

„Gut."

Malone fand einen Parkplatz an der Straße drei Blocks von dem Gebäude mit dem Büro der Staatsanwaltschaft entfernt und machte sich zu Fuß auf den Weg, den Kopf gegen die kalte Brise gesenkt. Der Frühling ließ sich dieses Jahr viel Zeit mit seinem Erwachen. Die Kirschblüten waren im Verzug, und alle bangten, dass ihnen ein später Frost zum Verhängnis werden könnte. Malone dachte lieber über Dinge wie Kirschblüten nach, als sich zu fragen, was zum Teufel im Fall Fortier los war.

Am Eingang hielt ihn ein junger Sicherheitsbeamter auf.

Malone zeigte ihm seinen Ausweis.

„Um das Gebäude betreten zu können, müssen Sie Ihre Waffe abgeben, Captain", unterrichtete ihn der Mann.

Malone hätte ihm am liebsten unmissverständlich mitgeteilt, wohin er sich diese Vorschrift stecken konnte, doch das hätte ihm bei seiner Mission nicht geholfen. Also legte er seine Dienstwaffe ab, leerte seine Taschen und ging durch den Metalldetektor. „Wo finde ich Forresters Büro?" Er war seit Jahren nicht mehr hier gewesen und konnte sich nicht erinnern.

„Zweites Obergeschoss links, am Ende des Flurs."

„Vielen Dank."

Während er auf den Fahrstuhl wartete, versuchte Jake, sich zu beruhigen, damit er ein vernünftiges Gespräch mit dem Mann führen konnte, der die Fälle des MPD betreute. Unter keinen Umständen durfte er bei Forrester die Beherrschung verlieren.

Er trat aus dem Fahrstuhl und folgte den Schildern zu Forresters Büro. Im Vorzimmer saß ein junger Mann.

„Kann ich Ihnen helfen?", fragte er Malone.

Jake zeigte ihm seine Dienstmarke. „Captain Jake Malone vom MPD. Ich möchte Tom Forrester sprechen."

„Ich sehe Sie nicht in seinem Terminkalender."

„Das liegt vermutlich daran, dass ich keinen Termin habe."

„Mr Forrester hat heute den ganzen Tag Besprechungen. Ich soll ihn nur im Notfall stören."

„Nun, dies ist ein Notfall."

„Können Sie mir bitte sagen, um was genau es sich handelt?"

„Ihr Chef hat uns befohlen, einen Mörder auf freien Fuß zu setzen, und ich möchte wissen, warum. Ich bewege mich hier nicht weg, bis ich mit ihm gesprochen habe."

Der Adamsapfel des jungen Mannes hüpfte hektisch auf und nieder. „Bitte nehmen Sie Platz."

„Danke, ich stehe lieber."

„Ich, äh, bin gleich wieder da." Der junge Mann huschte in das angrenzende Büro und schloss die Tür hinter sich.

Jake starrte so angestrengt auf diese Tür, dass ihm die Augen tränten, während er gegen die Versuchung ankämpfte, einfach reinzustürmen und die gewünschten Informationen zu verlangen. Als zunächst fünf und dann zehn Minuten vergingen, wuchs diese Versuchung fast ins Unermessliche. Er wollte gerade einen Schritt auf das Büro zu machen, als der junge Mann wieder erschien.

„Er wird Sie empfangen, aber er hat nur fünf Minuten Zeit."

„Mehr brauche ich nicht." Jake drängte sich an dem jungen Mann vorbei und stürmte in Forresters Büro, wo der Staatsanwalt bereits mit erhobenen Händen um den Schreibtisch herumkam. „Was zum Teufel ist da los, Tom? Was soll der Mist?"

„Ich kann nicht darüber reden, Jake", erwiderte Forrester mit seinem typischen New Yorker Akzent. Er sah schrecklich aus, als hätte er schon seit Tagen nicht mehr geschlafen. „Es tut mir leid, und bitte geben Sie meine Entschuldigung auch an Ihre Detectives weiter."

„Und was bitte sollen wir den Eltern des Opfers sagen? Sie rufen jeden Tag an und fragen, ob wir den Mörder ihrer Tochter in Gewahrsam haben. Bis jetzt konnten wir das bejahen. Doch wenn wir Bryant freilassen, haben wir viel weniger Beweise gegen die Drahtzieherin."

„Das tut mir leid."

„Ich gebe Rachel Fortiers Mutter Ihre Telefonnummer, damit Sie ihr das persönlich erklären können."

„Ich kann ihr auch nicht mehr verraten als Ihnen gerade."

„Sorry, aber das hier stinkt zum Himmel! Wir finden heraus, dass der Vater des Verdächtigen ein Kongressabgeordneter ist, und als Nächstes fordert uns die Staatsanwaltschaft auf, den jungen Mann freizulassen? Was wird passieren, wenn die Medien davon Wind bekommen? Und das werden sie, denn die Eltern des Opfers werden damit garantiert an die Öffentlichkeit gehen."

Forrester fuhr sich mit einer zitternden Hand durch das grau melierte Haar.

In diesem Moment erkannte Jake, dass der andere Angst hatte. „Was zum Teufel ist hier los, Tom?"

„Darüber kann ich nicht reden."

Sie lieferten sich ein Blickduell.

Nach einer Weile blinzelte Tom und schaute weg. „Es tut mir wirklich leid. Bitte richten Sie Ihren Leuten …"

„Sparen Sie sich das, Tom. Das ist verfluchter Schwachsinn, und wenn es uns auf die Füße fällt, werden wir die Wahrheit sagen."

„Tun Sie, was Sie tun müssen, Captain."

„Das ist unfassbar."

Jake drehte sich um und marschierte aus dem Büro, wobei er so schnell an dem jungen Mann vorbeieilte, der vor der Tür stand, dass er ihn beinahe umgerannt hätte. In seinen fast dreißig Berufsjahren war er noch nie derart entrüstet gewesen – und das wollte etwas heißen. Er rief sofort Sam an.

„Na, wie ist es gelaufen?"

„Nachdem ich ihn gesehen habe, bin ich genauso schlau wie vorher, außer in einer Sache: Forrester ist vollkommen verängstigt."

„Wirklich? Er ist der unerschütterlichste Mensch, den ich kenne."

„Der Meinung war ich bislang auch. Was immer hier läuft, es ist eine große Sache."

„Werden Sie Stevens ebenfalls freilassen?"

„Nein", entschied Jake spontan. „Wir werden tun, was wir können, um sie ohne Bryant dranzukriegen."

„Das wird nicht leicht werden."

„Ich weiß, aber ich weigere mich, beide gehen zu lassen. Der Befehl galt nur für Bryant."

„Ein guter Verteidiger wird dafür sorgen, dass das Gericht Toris Fall schon im Vorverfahren abweist."

„Ihr Rechtsanwalt ist ein Trottel. Wenn das Gericht die Klage gegen sie abweist, dann nicht durch unsere Schuld."

„Das ist alles komplett verrückt."

„Möglicherweise katapultiert mich diese Woche direkt in den Ruhestand."

„Sagen Sie so was nicht."

„Ich meine es ernst. Sam, ich habe die Schnauze voll wie noch nie. Der Tag, an dem wir anfangen, Mörder laufen zu lassen, ist der Tag, an dem ich von dem ganzen Mist genug habe."

„Tun Sie nichts Überstürztes. Was auch immer los ist, es sieht Forrester nicht ähnlich. Geben Sie ihm eine Minute dafür, zu sich zu kommen. Wir können Bryant später erneut festnehmen."

„Wenn wir ihn dann noch finden."

„Es tut mir so leid, doch bitte lassen Sie uns nicht im Stich, wenn wir Sie am dringendsten brauchen. Das alles wird noch schlimmer werden, ehe es besser wird."

„Genau das befürchte ich auch."

„Glauben Sie, das hat etwas mit Stahl zu tun?"

„Ich habe keine Ahnung, aber überraschen würde es mich nicht. Jetzt muss ich erst mal mit den Folgen dieser jüngsten katastrophalen Entscheidung fertigwerden. Ich melde mich später wieder."

„Rufen Sie an, wann immer Sie mich brauchen. Jederzeit."

„Vielen Dank."

Während er zum Hauptquartier fuhr, schwor Malone sich, alles zu tun, um den Fall gegen Tori Stevens einzutüten. Ob mit oder ohne Bryant, sie würden dafür sorgen, dass sie für den Mord an Rachel Fortier ihre gerechte Strafe erhielt.

Scotty Cappuano hatte die ganze Woche über die Tage bis Freitag gezählt. Nun, das tat er eigentlich immer, doch diese Woche war langsamer verstrichen als die meisten anderen. Er konnte es kaum erwarten, endlich ans Meer zu fahren und seine Eltern wiederzusehen. Scotty wusste, dass es für einen Vierzehnjährigen eigentlich nicht in Ordnung war, seine Eltern zu vermissen, wenn sie nur für eine Woche weg waren, aber er hatte so lange keine gehabt. Er liebte sie wirklich sehr. Sie waren die Besten, und er hatte sie die ganze Woche über vermisst.

Als er von der Schule nach Hause kam, packte er rasch den Rest seiner Sachen. Er legte Skippy die Leine an und schnappte sich den Hundesicherheitsgurt, den sie online bestellt hatten, um sie im Auto anzuschnallen.

Als wüsste sie, dass ein Abenteuer bevorstand, sprang sie aufgeregt um ihn herum und brachte ihn ein paarmal fast zum Stolpern, während er alles vorbereitete.

Widerstrebend schnappte er sich seinen Rucksack mit den Hausaufgaben, die er bis Montag erledigen musste. Wenn er alles bis Sonntagabend aufschob, würde er sich selbst hassen. Falls er jemals Präsident werden sollte, würde er als Erstes Mathe verbieten, gefolgt von Hausaufgaben.

Scotty schaute auf die Uhr auf seinem Nachttisch. Die Zwillinge mussten jeden Augenblick da sein. „Lass uns runtergehen, Skipster."

Der Hund folgte ihm auf Schritt und Tritt, sogar ins Bad, was Scotty unendlich amüsierte. Man wusste, dass einen jemand wirklich liebte, wenn er mit auf die Toilette wollte. Sie wäre ihm sogar unter die Dusche gefolgt, wenn er das zugelassen hätte, doch da zog er die Grenze.

Einen Hund zu haben war eins der besten Dinge in seinem Leben. Ihr lächelndes, glückliches Gesicht zu sehen, das ihn jeden Morgen von ihrem Platz neben seinem Bett aus begrüßte, war die beste Art, aufzuwachen, selbst wenn er zur Schule musste.

Er liebte es außerdem, jüngere Geschwister zu haben.

Als er die Treppe vom Wohnbereich zum Erdgeschoss nehmen wollte, stieß er mit Eli zusammen, der aus der anderen Richtung kam.

Er fand es auch toll, einen großen Bruder zu haben.

„Gehst du zu den Kindern?", fragte Eli.

„Ja, und du?"

„Ich muss sie um mich haben, solange ich kann."

„Sie freuen sich immer, dich zu sehen", sagte Scotty.

„Dich auch."

Scotty empfand so etwas wie Heldenverehrung für Eli. Er war der coolste Typ aller Zeiten, und Scotty war fast so aufgeregt wie die Zwillinge, wenn ihr älterer Bruder vom College in Princeton zu Besuch war.

„Darf ich dich was fragen?", erkundigte sich Eli, als sie gemeinsam die Treppe hinuntergingen.

„Klar."

„Kommen dir die Zwillinge irgendwie komisch vor, seit ich mit Candace zusammen bin?"

Mist, dachte Scotty. Er hatte sich schon gefragt, ob Eli die frostige Reaktion seiner Geschwister auf seine junge Ehefrau bemerkt hatte. „Ein bisschen vielleicht."

„Es ist mehr als nur ein bisschen, Scotty. Sie weigern sich, sie anzusehen, geschweige denn mit ihr zu reden. Was ist da bloß los?"

„Ich glaube, sie sind eifersüchtig auf sie."

Eli hielt kurz inne und wandte sich ihm zu. „Warum das denn?"

„Äh, na ja … Früher hatten sie deine volle Aufmerksamkeit. Jetzt müssen sie dich mit einem anderen Menschen teilen."

Eli rieb sich das Kinn, während er darüber nachdachte. „Ach du meine Güte. Sie müssen mich doch nicht teilen! Vielmehr ist Candace ein weiterer Mensch, der sie liebt."

„Die beiden kennen sie nicht gut genug. Mit etwas Glück werden sie mit der Zeit vernünftig, aber wenn du mich fragst …"

„Das tue ich. Natürlich tue ich das."

Scotty fühlte sich gleich einen halben Meter größer, weil jemand wie Eli ihn um Rat fragte. „Ich würde aufpassen, dass ich nicht zu … du weißt schon … intim mit ihr umgehe, wenn die Zwillinge dabei sind. Nur bis sie sich an sie gewöhnt haben."

„Ah, verstehe. Guter Punkt. Wir werden die öffentlichen Liebesbekundungen vorerst ein wenig zurückschrauben."

„Das wäre gut. Dir ist schon klar, dass du ihre ganze Welt bist, oder?"

„Nicht mehr. Du und deine Eltern, ihr seid inzwischen genauso wichtig für sie. Ich bin ganz neidisch, weil ihr so viel Zeit mit ihnen verbringt."

„Wenn du nach Hause kommst, bist du der Rockstar unter den älteren Brüdern." Scotty blickte zu ihm auf und fügte leicht schüchtern hinzu: „Für uns alle."

Eli schenkte ihm ein freundliches Lächeln. „Ich kann es immer gar nicht erwarten, euch zu sehen."

„Erstaunlich, wie Familien entstehen, oder?"

„In der Tat, und ich bin jeden Tag dankbar, dass es euch gibt. Ich weiß, dass meine Babys hier gut aufgehoben sind."

„Lass sie nicht hören, dass du sie Babys nennst."

Eli lächelte. „Werde ich nicht, keine Sorge. Doch das werden sie immer für mich sein. Bei ihrer Geburt war ich dreizehn."

„Ja, klar."

Eli umarmte Scotty kurz, was diesen überraschte. „Du bist echt der Beste." Er verwuschelte Scottys Haare. „Ich bin froh, dass meine Babys dich haben und du sie bei Laune hältst, wenn ich nicht hier bin."

Scotty brachte sein Haar in Ordnung und tat verärgert, obwohl er sich in Wirklichkeit sehr über die Geste gefreut hatte. „Sie halten mich ja auch bei Laune."

„Das tun sie. Achtung, sie sind im Anmarsch!"

Die Zwillinge kamen durch die Tür gestürmt, wobei sie ihre Schultaschen hinter sich herzogen.

„Können wir jetzt ans Meer?", rief Alden, als er Eli und Scotty auf sie warten sah.

Aubrey fiel auf die Knie und umarmte Skippy, die mit den Zwillingen sehr geduldig war.

„Geht sofort los", sagte Eli. „Räumt bitte eure Schulsachen weg, und holt eure Koffer."

Sie rannten die Treppe hinauf und schrien dabei vor Aufregung über das Wochenendabenteuer.

„Das wird lustig", meinte Scotty, der sich auch darauf freute, Zeit mit seinen Cousins zu verbringen. Genau genommen waren Nicks kleine Brüder seine Onkel, aber er betrachtete sie eher als Cousins, da er ja älter war als sie.

Er joggte ebenfalls die Treppe hinauf, um seine Sachen zu holen.

Es war Zeit, aufzubrechen.

Sam wollte das Gespräch mit Nicks Mutter hinter sich bringen, bevor die Kinder eintrafen, daher hatte sie Avery gebeten, das Telefonat für die Mittagszeit zu arrangieren. Eigentlich war das das Letzte, womit sie sich beschäftigen wollte, besonders da es mehr von der kostbaren Zeit kostete, die sie und Nick hier noch allein miteinander hatten, bevor der Rest der Familie eintraf.

Nick nahm gerade nebenan an seiner letzten Besprechung des Tages teil, und obwohl sie es kaum erwarten konnten, die Kinder wiederzusehen, freuten sie sich auf einen ruhigen Nachmittag, ehe das Chaos über sie hereinbrach.

Sam saß auf einem Barhocker in der Küche und starrte auf ihr Handy, während sie darauf wartete, dass der Mensch auf der Welt, mit dem sie am wenigsten sprechen wollte, anrief.

Als fünf Minuten nach der vereinbarten Zeit eine Nummer mit der Vorwahl 216 auf ihrem Display erschien, ließ Sam es ein paarmal klingeln, bevor sie abnahm. „Sam hier."

„Ich bin's. Nicoletta."

Sam gefiel es, dass die andere Frau nervös klang. Das war gut. Sie hatte allen Grund dazu. „Was kann ich für dich tun?"

„Ich hatte eigentlich gehofft, mit Nick sprechen zu können."

„Worüber genau?"

„Das geht nur meinen Sohn und mich etwas an."

„Ich fürchte, so läuft das nicht. Bevor du mit ihm reden

kannst, musst du erst an mir vorbei. Du verrätst mir, was du von ihm willst, und ich entscheide, ob dieses Gespräch stattfindet oder nicht."

„Weiß er, dass du als sein Türsteher fungierst?", erkundigte sich Nicoletta gereizt.

„Natürlich. Also erzähl mir, was du ihm gerne mitteilen möchtest."

Es folgte eine Stille, die so lange anhielt, dass Sam sich fragte, ob ihre Gesprächspartnerin noch am Apparat war. Schließlich erklärte Nicoletta: „Ich will es wiedergutmachen."

„Was genau meinst du?"

„Alles! Den ganzen Kummer, den ich ihm seit seiner Geburt bereitet habe."

Sam musste zugeben, es überraschte sie, dass Nicoletta einräumte, Nick sein Leben lang seelischen Schmerz zugefügt zu haben. „Wie willst du das anstellen?"

„Ich wünsche mir die Chance, mich bei ihm zu entschuldigen und um einen Neuanfang zu bitten. Denn ich … ich möchte Teil seines Lebens sein."

„Woher der plötzliche Sinneswandel?"

„Er ist mein Sohn, und ich liebe ihn."

Sam konnte sich ein Lachen nicht verkneifen. „Du hast eine wirklich seltsame Art, das zu zeigen."

„Ich hätte wissen müssen, dass du so reagieren würdest", antwortete Nicoletta verbittert.

„Wie denn? Dass ich den Mann beschützen will, den ich liebe? Und wenn ich sage, dass ich ihn liebe, meine ich, dass ich ihm das an jedem Tag seines Lebens zeige, damit er den Unterschied zwischen deiner Art von Liebe und meiner erkennt."

„Vergiss es."

„Du gibst ziemlich schnell auf, was?"

„Was soll dieses Gespräch bringen? Du wirst mich nie in seine Nähe lassen, warum sollte ich mir also die Mühe machen, zu versuchen, dich zu überzeugen?"

„Warum sollte ich mir die Mühe machen … Das war schon immer dein Motto, oder? Wenn du willst, dass sich etwas ändert, musst du mich davon überzeugen, dass es dir ernst ist, und das wird nicht leicht, wenn man bedenkt, wie du ihn seit dem Tag seiner Geburt behandelt hast."

„Ich liebe Nick! Das habe ich immer getan. War ich mit sechzehn bereit für ein Kind? Ganz sicher nicht. Habe ich es auf jede erdenkliche Weise in den Sand gesetzt? Ja, was ich zutiefst bereue. Ich habe es immer bereut, aber nach einer Weile sind die Wunden so tief, dass sie nicht mehr so einfach zu heilen sind."

„Also hast du dir überlegt, sie stattdessen weiter aufzureißen?"

„Nicht mutwillig. Ich weiß, du hast keinen Grund, mir zu glauben, Sam, doch ich meine es ernst. Ich wollte Nick nie wehtun. Er ist … Nun, er ist das Beste, was ich je zustande gebracht habe, auch wenn ich nichts damit zu tun hatte, dass er zu dem Mann geworden ist, der er heute ist."

Sam merkte zu ihrem eigenen Erstaunen, dass sie anfing, der Frau zu glauben. „Tust du das, weil er Präsident ist und du seinen Einfluss nutzen willst, um deine eigene Situation zu verbessern?"

„Nein. Ich bin unfassbar stolz auf ihn. Mir geht jedes Mal das Herz auf, wenn ich ihn im Fernsehen sehe, so attraktiv und souverän."

„Mir auch", erwiderte Sam. „Ich liebe Nick mehr als alles andere auf dieser Welt. Mehr als mein Leben. Er ist der beste Mensch, den ich kenne, und das will was heißen, denn bevor ich ihn kennengelernt habe, hätte ich gesagt, das sei mein Vater. Aber Nick ist tatsächlich besser als er, dabei hat mein Vater die Messlatte sehr hoch gelegt."

„Er war sein Leben lang zu gut für Leute wie mich."

„Wenn ich dich mit ihm reden lasse, muss ich sicher sein, dass du ihn nicht wieder verletzt. Nick hat sehr darunter gelitten, dass du in Schwierigkeiten und im Gefängnis warst. Er hat sich gewünscht, dir helfen zu können, obwohl er wusste, dass er das politisch vermutlich nicht überlebt hätte und es auch ethisch nicht mit seinem Gewissen hätte vereinbaren können. Du musst dir also über eins im Klaren sein: Wenn wir uns darauf einlassen, hast du nur eine einzige Chance. Wenn du die versaust, war's das. Ende Gelände."

„Okay", antwortete Nicoletta, und es klang, als spräche sie mit zusammengebissenen Zähnen.

„Wirklich? Denn ich mache keine Witze, wenn ich sage, dass ich persönlich dafür sorgen werde, dass er nicht wieder verletzt wird. Beim ersten Anzeichen deiner üblichen Sperenzchen ist Schluss."

„Verstanden."

„Ich muss darüber nachdenken und mit Nick darüber sprechen."

„Wie lange wird das dauern?"

„So lange, wie es nötig ist. Es ist eine große Bitte von dir."

„Schön. Dann warte ich darauf, von euch zu hören."

„Ich gebe dir in jedem Fall Bescheid." Sam klappte ihr Handy zu, erleichtert, dieses Gespräch hinter sich zu haben.

Kaum hatte sie das gedacht, kam Nick zur Tür herein und lächelte, als er sie sah.

Er ging zu ihr und küsste sie. „Warum bist du so angespannt?"

„Weil ich gerade mit deiner Mutter telefoniert habe."

Er richtete sich auf und war sofort ebenfalls angespannt. „Was hat sie gesagt?"

„Sie möchte Teil deines Lebens werden und ist bereit, alles dafür zu tun, auch, nicht länger eine Mistzicke zu sein."

„Hat sie die Bitte glaubwürdig vorgetragen?"

„Sie klang fast … aufrichtig. Sie sagte, sie liebe dich, habe dich immer geliebt und sei so stolz auf dich, dass ihr das Herz aufgeht, wenn sie dich als Präsidenten im Fernsehen sieht."

„Oh. Das … es ist schön, das zu hören."

Sam tat der kleine Junge leid, der sein ganzes Leben lang darauf gewartet hatte, zu hören, dass seine Mutter ihn liebte und stolz auf ihn war. „Was willst du tun?"

„Das liegt ganz bei dir."

„Nein, Babe", widersprach sie sanft, „es liegt bei *dir*. Ich werde dich unterstützen, egal, wie du dich entscheidest."

„Auch wenn ich sie treffen will?"

„Auch dann."

„Setzen wir uns zusammen rüber. Ich möchte dich im Arm halten."

„Nach dir, Liebster."

Er nahm sie bei der Hand und führte sie zur Couch, wo er sich ausstreckte und sie neben sich zog, die Arme um sie schlang. „Schon besser."

Sam legte den Kopf an seine Brust und atmete seinen vertrauten, heimeligen Duft ein. „Ja, *viel* besser."

„Ich weiß, du möchtest nicht, dass ich mich mit ihr treffe."

„Nein, ich will nicht, dass sie dir wehtut. Ob du sie triffst oder nicht, das liegt ganz bei dir."

„Würdest du denn mitkommen?"

„Versuch mal, mich aufzuhalten."

Sein leises Lachen brachte Sam zum Lächeln. „Versprichst du, dein rostiges Steakmesser zu Hause zu lassen?"

„Das ist ziemlich viel verlangt."

„Ich weiß."

„Na gut", lenkte sie in theatralischem Tonfall ein. „Wenn du darauf bestehst."

„Ich fürchte ja, denn ein Blutvergießen im Oval Office wäre unschicklich."

„Dort wird das Gespräch nicht stattfinden. Überall, nur nicht im Weißen Haus, denn das ist genau das, was sie wahrscheinlich will. Wir könnten sie in der Ninth Street treffen."

„Ja, du hast recht, das wäre vermutlich besser. Solange du dabei bist, soll sie ruhig ihre Argumente vorbringen."

Sam hatte gewusst, dass er das sagen würde, auch wenn sie sich gewünscht hätte, dass er der Frau klipp und klar erklärte, sie solle für immer verschwinden. Doch das war nicht seine Art, und das war einer der Millionen Gründe, warum sie ihn so sehr liebte. „Nachdem ich sie ein paar Tage lang habe schmoren lassen, werde ich das arrangieren."

„Aber bitte erst nach dem Besuch des kanadischen Premierministers."

„Alles klar. Ich sage ihr außerdem, kein Chanel No. 5."

„Das wäre gut. Vielen Dank, dass du das für mich tust."

„Immer, Liebster.“

~

Gonzo wartete auf Kerrs Ankunft, bevor er Tori in einen Verhörraum bringen ließ. Der Anwalt erschien in Begleitung eines großen älteren Gentlemans mit grauem Haar und einer vornehmen Ausstrahlung. „Das ist einer unserer Seniorpartner, James Teller“, stellte Kerr ihn vor. „James, dies sind Sergeant Gonzales und Detective Cruz.“

Als Gonzo dem Mann die Hand schüttelte, fluchte er innerlich. Ein Seniorpartner würde im Gegensatz zu Kerr wissen, was er tat.

Er führte beide Männer in den Vernehmungsraum, wo ein Streifenbeamter Tori bewachte, die Hand- und Fußfesseln trug.

Freddie schaltete den Rekorder ein.

Kerr stellte Teller vor.

„Werden Sie mich hier rausholen?“, fragte Tori den älteren Mann.

„Ich werde alles für Sie tun, was ich kann, meine Liebe. Keine Sorge.“ An Gonzo und Freddie gewandt fragte er: „Sind die Handschellen vielleicht verzichtbar? Für wen stellt sie eine Bedrohung dar?“

Gonzo sah Freddie an und nickte kurz, damit er der Verdächtigen die Handschellen löste.

Tori rieb sich dramatisch die Handgelenke.

Gonzo musste sich beherrschen, um nicht die Augen zu verdrehen. Diesen Drang verspürte er oft, wenn er mit Tori zusammen war.

„Wir haben es hier ganz offensichtlich mit einem Missverständnis zu tun, meine Herren“, begann Teller. „Meine Mandantin hat Rachel Fortier nie getroffen.“

Gonzo legte die Ausdrucke mit den Textnachrichten von Tori an Rachel auf den Tisch und drehte sie so, dass Teller sie sehen konnte. „Das mag sein, aber sie hat sie monatelang belästigt, nachdem sie auf Facebook einen Beitrag entdeckt hatte, der eine Beziehung zwischen dem Mann, den sie für ihren Partner hielt, und Rachel nahelegte. Wir haben Rachels Mutter gefragt, warum sie Tori nicht blockiert hat, und sie sagte, ihre Tochter habe in der Lage sein wollen, Gordon zum gegebenen Zeitpunkt zu zeigen, wie sich seine Ex-Freundin verhielt. Rachels Mutter meinte weiterhin, Rachel habe Tori für bedauernswert, doch nicht für gefährlich gehalten."

Tori ließ sich offenbar nicht gern als bedauernswert bezeichnen. Ihr Gesicht wurde sehr rot, und ihr Atem ging schneller. Die Verwandlung war so vollständig, dass Gonzo sich plötzlich sehr gut vorstellen konnte, wie sie kaltblütig einen Mord in Auftrag gab.

Er legte einen Ausdruck des Posts, der den Ärger ausgelöst hatte, auf den Tisch. „Nachdem der Facebook-Post online war, zahlte Tori jemandem an der GW mehr als dreitausend Dollar dafür, Rachel im Auge zu behalten und sie über den Stand der Beziehung zwischen Gordon Reilly und Rachel zu unterrichten. Wir glauben, dass Tori Randy Bryant aus der Gegend um Milwaukee kannte, wo sie beide herstammen. Hier sind die eingelösten Schecks und die SMS, die sie mit Bryant ausgetauscht hat, sowie die Beweise für eine Zehntausend-Dollar-Zahlung sowie ein zweiundvierzigminütiges Telefongespräch, das Tori am Tag vor Rachels Tod mit Bryant geführt hat. Wir glauben, dass Tori und Randy während dieses Telefonats ihre Pläne zum Mord an Rachel geschmiedet haben. Wir haben außerdem einen Augenzeugen, der Bryant zur Zeit des Mordes in Rachels Wohnheim gesehen hat, und seine Fingerabdrücke auf einem Pizzakarton, den er nach Aussage des Augenzeugen bei sich trug, als er Rachels Wohnheim betrat. Die Abdrücke stimmen mit dem überein, den wir an Rachels Hals gefunden haben. Der Gerichtsmedizinerin zufolge ist Rachel gestorben, weil ihr die Halsschlagader abgedrückt wurde."

„Und wo ist dieser Randy Bryant?"

„Wir bearbeiten seinen Fall getrennt von Toris." Gonzo achtete darauf, Tellers Blick ganz ruhig zu erwidern.

„Ich möchte bitte allein mit meiner Mandantin sprechen."

Freddie schaltete den Rekorder aus, bevor er und Gonzo sich erhoben, um den Verhörraum zu verlassen.

„Der Typ ist kein Idiot", sagte Freddie draußen auf dem Flur.
„Genau mein Gedanke."

„Schaffen wir das auch ohne Randy?"

„Wir werden es zumindest mit allen Mitteln versuchen."

Es verging eine ganze Weile, bis Kerr zur Tür kam, um sie hereinzurufen.

Als sie wieder drinnen waren, aktivierte Freddie den Rekorder, nannte erneut die Namen der Anwesenden und setzte sich dann neben Gonzo.

„Wir würden gerne einen Deal aushandeln", eröffnete Teller das Gespräch.

„Was für einen Deal?"

„Tori wird sich schuldig bekennen, Rachel belästigt und gestalkt zu haben, aber das war's."

„Das reicht uns nicht."

„So lautet unser Angebot."

„Ich weiß nicht, ob Sie wissen, wie das funktioniert, Mr Teller, doch wir bieten hier die Deals an, nicht Sie."

„Sie können nicht nachweisen, dass meine Mandantin in der Nacht von Rachel Fortiers Ermordung in deren Nähe war."

„Tatsächlich gibt es eine Spanne von exakt achtundvierzig Minuten, in der sie sich nicht in Gordon Reillys Zimmer aufgehalten hat. In diesem Zeitraum fällt der Todeszeitpunkt, den die Gerichtsmedizinerin ermittelt hat. Wenn wir die Standortdaten ihres Handys bekommen, werden wir sehen, dass sie zum Zeitpunkt des Mordes entweder in oder in der Nähe von Rachels Wohnheim war."

„Sie können nicht beweisen, dass meine Mandantin Hand an die Frau gelegt hat, also können Sie sie nicht des Mordes anklagen."

„Wir können und werden sie wegen Anstiftung und Beihilfe zum Mord anklagen." Wieder begegnete Gonzo ungerührt dem durchdringenden Blick des anderen Mannes. „Bryant ist bereit, auszusagen, dass Tori ihn für den Mord an Rachel bezahlt hat."

Gonzo betete, dass Cruz nicht falsch auf diese dreiste Lüge reagieren würde, doch der junge Detective schwieg einfach.

Gonzo hatte keine Ahnung, ob dieser Schachzug das

gewünschte Ergebnis bringen würde, aber er war entschlossen, jemanden für Rachels Tod zur Rechenschaft zu ziehen. Wenn er zwischen Tori und Randy hätte wählen müssen, hätte er sich eher für sie entschieden, da sie das Ganze inszeniert hatte. „Wir werden uns mit der Staatsanwaltschaft beraten und Ihnen mitteilen, was sie anzubieten bereit ist."

Als sie den Raum verließen, sagte Gonzo: „Sieh zu, dass du Bryants Freilassung verzögerst. Wir wollen nicht, dass er etwas darüber postet, bevor wir die Sache unter Dach und Fach haben."

„Alles klar. Zum Glück gibt es in den Verhörräumen so gut wie keinen Handyempfang."

„Das wollen wir doch schwer hoffen."

Gonzo eilte in Sams Büro, schloss die Tür hinter sich und rief Faith Miller an. „Gonzo hier. Ich habe ein Problem, und wir müssen schnell reagieren. Können Sie mir helfen?"

„Worum genau geht es?"

Er informierte die stellvertretende Staatsanwältin über die neuesten Entwicklungen.

„Wollen Sie damit sagen, Tom Forrester – *unser* Tom Forrester – hat Bryants Freilassung angeordnet?"

„Richtig, aber das wissen Tori und ihre beiden Rechtsanwälte nicht. Wenn wir schnell handeln, können wir sie dazu bringen, auf Anstiftung und Beihilfe zum Mord zu plädieren und die Sache abzuschließen, bevor sie herausfinden, dass wir Bryant haben laufen lassen."

„Ich will siebzehn bis zwanzig Jahre dafür."

„Alles klar."

„Ich schreibe es zusammen und schicke es Ihnen rüber."

„Brauchen Sie Forresters Zustimmung?"

„Vermutlich, allerdings werde ich sie nicht einholen."

„Danke."

„Ich melde mich gleich wieder bei Ihnen. Geben Sie mir eine Viertelstunde."

„Alles klar, dann harre ich mal der Dinge, die da kommen."

Freddie erschien abgehetzt in der Bürotür. „Sie haben Bryant vor zwanzig Minuten entlassen."

„Verdammt." Gonzo bereute die kalte Pizza, die er zu Mittag gegessen hatte. Er stand auf und lief zur Tür.

Cruz trat beiseite, um ihn durchzulassen, damit er sich eine Tablette gegen Sodbrennen von seinem Arbeitsplatz holen konnte.

„Wir haben nur noch ein paar Minuten, ehe uns hier alles um die Ohren fliegt."

„Was hat Faith denn gesagt?"

„Sie braucht fünfzehn Minuten." Gonzos Telefon klingelte schrill. „Das ist sie. Hey, Faith."

„Ich habe Textbausteine von einem früheren Fall kopiert und eingefügt. Sie sollten eine E-Mail erhalten haben."

„Sie sind die Beste. Ich schulde Ihnen was."

„Mir scheint eher, wir sind Ihnen etwas schuldig. Mal sehen, was ich darüber herausfinden kann, warum Forrester Bryants Freilassung angeordnet hat."

„Sagen Sie mir Bescheid, wenn Sie mehr wissen."

„Mach ich."

Gonzo holte die Vereinbarung aus dem Drucker und schaute Cruz an. „Los geht's."

KAPITEL 27

Während Sam auf die Ankunft ihrer Gäste wartete, machte sie
einen Rundgang durchs Haus, um sicherzustellen, dass alles
bereit war. Sie hatte den Morgen damit verbracht, Handtücher
zu verteilen und die Schlafzimmer im ersten Stock des Hauses,
in dem sie untergebracht waren, sowie in dem Haus gegenüber,
in dem Angela und Tracy mit ihren Familien wohnen würden,
zu überprüfen.

Scotty hatte per Textnachricht mitgeteilt, dass sie unterwegs
waren, und sich erneut gemeldet, nachdem sie Brayden und
Brock in New Carrollton eingesammelt hatten.

Nick hatte den größten Teil des Tages nebenan verbracht
und sich um Präsidentenangelegenheiten gekümmert. Sie hoffte,
er würde rechtzeitig zurück sein, um die Kinder willkommen
heißen zu können.

Sam ging nach unten, um nach dem Ofen zu sehen, in dem
zwei riesige Auflaufformen mit Lasagne blubberten, die sie
zubereitet hatte. Außerdem hatte sie Blaubeermuffins und
Schokokekse gebacken. Nachdem sie in einen davon gebissen
hatte, wurde ihr klar, dass sie sie besser von der Bäckerei des
Weißen Hauses hätte liefern lassen sollen. Sie war entschlossen,
das Geheimnis dieser unglaublich leckeren Kekse in Erfahrung
zu bringen, bevor sie aus dem Weißen Haus auszogen, genau
wie das des Hühnersalats.

Nachdem sie sich vergewissert hatte, dass alles in Ordnung war, stellte sie sich an die großen Fenster und blickte über den Strand und das Meer in der Ferne. Das Wetter sollte am Wochenende schön werden, die Temperaturen würden zum ersten Mal in diesem Jahr über zwanzig Grad klettern. Sie hatte Angela eine SMS geschrieben, um sie wissen zu lassen, wie sehr sie sich über den Tapetenwechsel für sie, Jack und Ella freute. Seit dem schrecklichen Wochenende in Camp David, an dem Spencer im Schlaf gestorben war, nachdem er illegal erworbene, mit Fentanyl gestreckte Schmerztabletten genommen hatte, waren sie nicht mehr aus Washington rausgekommen.

Sam erinnerte sich mit Schaudern an Angelas Panik, als Spencer nicht zu wecken gewesen war. Den anschließenden Albtraum, als sich immer deutlicher abzeichnete, dass sie ihn trotz sofortiger medizinischer Versorgung verlieren würden, würde niemand von ihnen je vergessen.

Sam fragte sich, ob oder wann sie je nach Camp David zurückkehren würden. Irgendwann musste sie das mal mit Nick besprechen, dem es dort vor diesem Schicksalsschlag ausnehmend gut gefallen hatte. Vielleicht konnten sie irgendwann einen weiteren Versuch unternehmen und dort neue Erinnerungen schaffen.

Ihr Handy klingelte. Es war Avery Hill. „Hey, wie geht's dir?"

„Ich dachte, es würde dich interessieren, dass Shelby Wehen hat."

Bei der Nachricht erschrak Sam. „Schon? Ist es nicht noch zu früh?"

„Die Ärzte haben gesagt, nach der sechsunddreißigsten Woche bestehe keine Gefahr mehr, und genau da ist sie."

„Oh, wow. Richte ihr aus, dass wir sie lieb haben und es kaum erwarten können, den Kleinen kennenzulernen."

„Mach ich. Es ist alles so … überwältigend, und ich fühle mich irgendwie nutzlos."

„Halt einfach ihre Hand, und versichere ihr immer wieder, wie toll sie ist. Das ist es, was sie im Augenblick braucht."

„Das müsste ich hinkriegen."

„Bitte melde dich, wenn es Neues zu berichten gibt."

„Na klar."

„Ich hab euch lieb, Leute."

„Wir dich auch."

Gerade als Sam ihr Handy zuklappte, trat Nick durch die Vordertür. „Bei Shelby haben die Wehen eingesetzt", teilte sie ihm mit.

„Ist das medizinisch in Ordnung?", fragte er.

„Avery hat gemeint, ab der sechsunddreißigsten Woche sei alles im grünen Bereich, und genau so weit ist sie."

„Na, das ist ja eine Erleichterung", erwiderte er, ehe sich seine Miene veränderte. „Mist. Das Staatsbankett."

„Ach herrje! Aber so, wie ich Shelby kenne, hat sie alles in einem Ordner mit pinkfarbenen Karteikarten und Haftnotizen perfekt vorbereitet."

„Ich sage besser Terry Bescheid."

„Und ich Lilia. Gemeinsam schaffen die beiden das schon."

Er küsste sie. „Hoffentlich."

Während Nick Terry anrief, kontaktierte Sam Lilia, ihre Stabschefin im Weißen Haus.

„Hallo! Wie ist es am Meer?"

„Wunderschön, nur hat sich der Urlaub bisher leider als etwas stressiger herausgestellt als erwartet."

„Ich hab's mitbekommen. Tut mir echt leid."

„Hast du schon gehört, dass bei Shelby die Wehen begonnen haben?"

„Ja. Sie war im Büro, als die Fruchtblase geplatzt ist."

„Oh, wow. Nick hasst es, vor diesem Hintergrund an die Arbeit zu denken, aber er macht sich Sorgen wegen des Galadiners am Dienstag."

„Sie hat mir alles gegeben, was ich brauche, um für sie einzuspringen, also keine Sorge. Ich werde am Wochenende den Strand sausen lassen und stattdessen hierbleiben und sicherstellen, dass alles glattläuft."

„Vielen Dank. Ihr werdet uns fehlen."

„Ja, ihr uns auch. Ein andermal?"

„Genau. Ich höre draußen Stimmen. Ich glaube, die Kinder sind da. Wir sprechen uns am Montag. Danke, Lilia."

„Nichts zu danken."

Nick kehrte ins Zimmer zurück. „Terry sagt, Lilia habe alles im Griff."

„Ja, klingt ganz so."

„Da fühl ich mich gleich schon viel besser."

„Geht mir genauso."

Die Haustür öffnete sich, und das Chaos brach los, als vier aufgeregte Kinder hereinstürmten, die alle gleichzeitig redeten und kleine Rollkoffer und Stofftiere mit sich schleppten. Brayden hatte zusätzlich ein Kissen unter den Arm geklemmt.

Scotty, Eli und Candace folgten mit weiterem Gepäck, Skippy bildete die Nachhut.

Sam und Nick begrüßten die Kinder mit Umarmungen und Küsschen und teilten ihnen ihre Zimmer zu.

„Können wir an den Strand?", fragte Alden.

„Sobald du deine Sachen ausgepackt und dir eine kurze Hose angezogen hast."

Wie eine Rakete raste er in Richtung Treppe, dicht gefolgt von Aubrey, Brayden und Brock.

„Die spinnen", sagte Scotty, während er Sam erlaubte, ihn an sich zu drücken.

„Ich hab dich so vermisst."

„Du warst zu sehr mit Knutschen beschäftigt, um mich zu vermissen."

Sie versetzte ihm eine leichte Kopfnuss. „Stimmt ja gar nicht."

„Das mit dem Knutschen oder das mit dem Vermissen?"

Sie lachten gemeinsam, und Sam durchströmte ein tiefes Gefühl des Glücks. Die Freude, seine Mutter zu sein, war mit nichts zu vergleichen. „Ich habe dich wirklich vermisst, Scotty."

„Ich dich auch, Mom. Also, wo ist mein Zimmer?"

Als Gonzo mit Freddie in den Verhörraum zurückkehrte, war er erleichtert, dass ihn niemand sofort der Lüge bezichtigte, was bedeutete, ihre Behauptung, Randy sei bereit auszusagen, war noch nicht aufgeflogen. Er bemerkte, dass Tori geweint hatte, wahrscheinlich weil ihre Anwälte ihr die Realität ihrer Lage vor Augen geführt hatten.

„Die stellvertretende Staatsanwältin lässt ausrichten, die Devise sei ‚Jetzt oder nie.‘" Er legte den Ausdruck auf den Tisch, damit Teller und Kerr die Anklage gegen ihre Mandantin und das vorgeschlagene Strafmaß von siebzehn bis zwanzig Jahren lesen konnten. „Sie haben zehn Minuten Zeit, dann bieten wir Bryant den Deal an."

„Was steht da?", wollte Tori wissen, während ihr die Tränen übers Gesicht liefen.

„Sie bekennen sich der Anstiftung und der Beihilfe zum Mord schuldig und müssen für siebzehn bis zwanzig Jahre ins Gefängnis." Teller sprach mit ihr wie mit einem kleinen Mädchen. „Wenn wir vor Gericht ziehen, riskieren Sie ‚lebenslänglich‘ ohne die Möglichkeit zur Bewährung, Süße."

Bei den Worten „siebzehn bis zwanzig Jahre ins Gefängnis" schluchzte Tori auf. „Ich habe sie nicht angefasst!"

„Nein, aber Sie haben jemand anderen dafür bezahlt, was eine Straftat ist." Gonzos Herz hämmerte so heftig, dass es in seinen Ohren wie eine Basstrommel klang. Jetzt kam es drauf an. Wenn Tori nicht einwilligte, würde Rachel vielleicht nie Gerechtigkeit widerfahren.

Tori ließ den Kopf auf ihre auf dem Tisch verschränkten Arme sinken und schluchzte weiter. „Ich kann nicht ins Gefängnis. Das darf nicht passieren. Ich habe doch gar nichts getan."

Gonzo sah zu den beiden Anwälten, in der Hoffnung, einer der beiden würde eingreifen.

„Die Polizei hat den Mann, der aussagen kann, dass Sie ihn für den Mord an Rachel bezahlt haben, Süße", erklärte Teller. „Das Gericht wird Sie schuldig sprechen, deshalb sollten Sie diesen Deal annehmen. Wenn Sie sich im Gefängnis benehmen, kommen Sie viel früher raus und können neu anfangen. Das ist ein guter Deal."

„Sechs Minuten", warf Gonzo ein.

Tori schluchzte lauter.

Kerr rutschte auf seinem Platz hin und her, als litte er unter juckenden Hämorrhoiden.

Bei dem Gedanken hätte Gonzo fast laut aufgelacht. „Noch vier Minuten. Sollen wir Randy den Deal anbieten, Tori, oder wollen Sie ihn für sich selbst?"

Ihr Kopf schnellte hoch. „Was ist mit dem, was sie mir genommen hat? Interessiert das niemanden?"

Gonzo sah ihr direkt in die Augen. „Nein, das interessiert uns tatsächlich nicht. Sie haben ihr das *Leben* genommen. Das ist nicht mal ansatzweise vergleichbar."

„Er hat *mir* gehört, und sie hat es gewusst!"

„Zwei Minuten. Stimmen Sie dem Deal zu, oder riskieren Sie den Prozess. Uns ist das egal."

Teller reichte ihr seinen teuren Stift. „Unterschreiben Sie, Süße. Ich versichere Ihnen, Sie schaffen das."

Gonzo hätte am liebsten gefragt, woher er das wusste, andererseits war ihm auch das egal. Sie würde kriegen, was sie verdiente.

Tori nahm den Stift und starrte das Blatt Papier an, während ihre Tränen darauftropften.

Glücklicherweise bemerkte Teller das und zog es weg. Er deutete auf die gepunktete Linie. „Hier, Tori."

Tori unterschrieb.

Gonzo und Freddie atmeten exakt gleichzeitig auf.

Zum Glück waren Kerr und Teller mit ihrer Mandantin beschäftigt und bemerkten die Erleichterung der beiden Polizisten nicht.

„Wir geben das sofort an die Staatsanwaltschaft weiter und sehen Sie vor Gericht."

„Kann ich jetzt nach Hause?", fragte Tori.

Gonzo starrte die junge Frau ungläubig an. „Nein, natürlich nicht."

„Aber ich habe doch getan, was Sie wollten! Ich habe unterschrieben."

„Ja, und damit zwei Straftaten gestanden. Sie werden sehr lange nirgendwo hingehen."

Als Gonzo Cruz aus dem Zimmer folgte, verspürte er angesichts ihres empörten Gekreisches Zufriedenheit. So hatten sie immerhin einen halben Sieg errungen, und das war besser als nichts.

Er hoffte nur, dass Rachels Mutter damit würde leben können.

Wieder im Großraumbüro angekommen, drehte sich Freddie zu ihm um. „Heilige Scheiße."

„Ja, nicht wahr?"

„Ich dachte, ich krieg einen Herzinfarkt, während ich darauf gewartet habe, dass sie unterschreibt, bevor Kerr sich sein Handy schnappt und erfährt, dass wir Randy freilassen mussten."

„War bei mir genauso. Mein Blutdruck ist bedrohlich in die Höhe geschnellt."

„Das hast du grandios hingekriegt."

„Sei still."

Freddie grinste. „Nein, im Ernst. Es war meisterhaft!"

„Wenn du meinst."

„Hör zu, das war kein Witz. Wenn du das mit Bryant nicht gesagt hättest, hätte sie gehen können. Ich bin nicht sicher, ob ich auf diese Idee gekommen wäre."

„Doch, klar."

„Jedenfalls hatte ich sie nicht, bis du es nicht ausgesprochen hattest."

„Ich habe echt darum gebetet, dass du mich nicht plötzlich komisch ansiehst oder so."

„Ehrlich gesagt musste ich mich sehr zusammenreißen."

Sie lachten befreit auf.

Malone betrat das Großraumbüro. „Was ist denn hier los?"

Gonzo reichte ihm den unterzeichneten Deal. „Wir haben Tori."

„Gute Arbeit. Ich denke, eine ist besser als keiner."

„Das dachte ich mir auch. Ich werde Mrs Fortier anrufen, um sie über die jüngste Entwicklung zu unterrichten."

„Ich bringe das für Sie zu Faith", sagte Malone. „Gut gemacht. Ich hatte schon Angst, der Fall würde uns ohne Bryant um die Ohren fliegen."

„Sergeant Gonzales hat das auf geradezu geniale Art und Weise verhindert."

„Klappe, Cruz."

„Hat er wirklich", beharrte Freddie. „Er hat das großartig durchgezogen."

„Nein, du bekommst keine Gehaltserhöhung", brummte Gonzo, verlegen wegen des überschwänglichen Lobs seines Freundes.

„Ich danke Ihnen beiden für Ihre hervorragende Arbeit", meinte Malone. „Schon ein Teilsieg ist eine Erleichterung."

„Trotzdem möchte ich immer noch wissen, warum wir Bryant gehen lassen mussten", entgegnete Gonzo.

„Nicht nur Sie", erwiderte Malone auf dem Weg in sein Büro.

„Ich muss die Mutter anrufen", wandte sich Gonzo wieder an Freddie.

„Soll ich das für dich übernehmen?"

„Das ist nett von dir, aber das mach ich selbst. Danke, dass du da drin so gut mitgespielt hast."

„Ist mir stets ein Vergnügen."

„Wenn du mich umarmst, fängst du dir eine."

„Hatte ich nicht vor. Los jetzt. Erledige deinen Anruf."

Lachend begab sich Gonzo in sein Büro und schloss die Tür hinter sich. Er setzte sich hinter den Schreibtisch und schickte eine Textnachricht an Sam, ehe er das Telefonat in Angriff nahm. *Haben Tori dazu gebracht, sich der Anstiftung und Beihilfe schuldig zu bekennen. Mehr war nicht drin.*

Er würde ihr die Einzelheiten später mündlich berichten. Es war besser, solche Dinge nicht schriftlich festzuhalten.

GROSSARTIG!, schrieb Sam zurück. *Ich hatte schon Sorge, das klappt nicht.*

Das hieß, sie wusste von Bryants Entlassung. Es gab eine *Menge* zu besprechen, wenn sie aus dem Urlaub zurückkam. *Ich auch. Jetzt muss ich die Mutter des Opfers anrufen.*

Fühl dich umarmt, mein Freund. Danke für alles.

Nichts zu danken.

Da es nicht einfacher wurde, wenn er es aufschob, wählte Gonzo Caroline Fortiers Nummer und wartete, bis sie abnahm.

„Ja, hallo?"

„Mrs Fortier, hier spricht Sergeant Gonzales aus Washington."

„Wissen Sie, was mit meiner Tochter passiert ist?"

„Ja, Ma'am", antwortete er. „Wir haben ein Geständnis."

Als er ihr berichtete, was sich zugetragen hatte, brach Caroline Fortier in Tränen aus. „Wir haben ihr geraten, wegen der Belästigung zur Polizei zu gehen, doch sie wollte nichts davon hören. Sie war der Ansicht, die Ex-Freundin stelle keine Bedrohung für sie dar, also was kümmere sie das?"

„Nach dem, was man hört, war Ihre Tochter ein wunderbarer Mensch. Alle im Wohnheim hatten ausschließlich Gutes über sie zu sagen. Ich weiß noch, dass ihre Zimmergenossin Harley meinte, sie hätten keinen leichten Start gehabt, was allerdings nach zwei Tagen vorbei gewesen sei, weil man Rachel einfach nicht *nicht* habe lieben können."

„Das klingt ganz nach ihr." Sie schniefte leise. „Sie haben erwähnt, Tori habe jemanden angeheuert. Werden Sie diese Person ebenfalls anklagen?"

Gonzo schloss die Augen und antwortete: „Wir arbeiten daran. Aber ich wollte Ihnen von Tori erzählen. Sie ist die Drahtzieherin gewesen."

„Was sagt es über mich aus, dass mir ihre Eltern unendlich leidtun?"

„Es sagt aus, dass Sie ein guter Mensch sind, der es nicht verdient hat, seine wundervolle Tochter auf so sinnlose Weise zu verlieren."

„Vielen Dank. Das ist sehr nett von Ihnen, Sergeant. Wir wissen gar nicht, wie es jetzt weitergehen soll."

„Das ist natürlich nicht dasselbe, doch ich habe vor mehr als einem Jahr im Dienst meinen Partner verloren. Nach dieser Erfahrung ist mein Rat, dass Sie sich darauf konzentrieren soll-ten, immer einen Tag nach dem anderen zu bewältigen."

„Es tut mir leid, dass Ihnen das passiert ist."

„Danke. Ich würde Ihnen außerdem raten, sehr vorsichtig zu sein, falls Sie auf irgendeine Art von medikamentöser Hilfe zurückgreifen. Das hat bei mir nicht gut funktioniert."

„Geht es Ihnen inzwischen wieder besser?"

Viel besser, und ich bin dankbar, dass meine Frau und meine Kollegen mir so loyal zur Seite gestanden haben."

„Herzlichen Dank, dass Sie mir das sagen. Das hilft mir."

„Ich weiß, Sie sind nicht von hier, aber meine Chefin …"

„Sie meinen die Frau des Präsidenten?"

„Ja", bestätigte er lächelnd. „Genau die. Sie und unser Polizeipsychiater haben eine Trauergruppe für die Familien der Opfer von Gewaltverbrechen gegründet. Ich muss gestehen, anfangs war ich skeptisch, doch ich war jetzt ein paarmal dort, und es hat mir tatsächlich geholfen. Wenn Sie interessiert sind, kann ich Ihnen Informationen darüber schicken, wann und wo die Treffen stattfinden."

„Das wäre sehr nett von Ihnen. Irgendwann werden wir nach Washington kommen müssen, um Rachels Habseligkeiten zu holen. Vielleicht findet ja ein Treffen statt, während wir dort sind."

„Sie können sich jederzeit bei mir melden, und ich werde Sie auch über die Anhörungen auf dem Laufenden halten. Demnächst steht eine an, bei der der Richter dem vereinbarten Deal zustimmen muss."

„Ich freue mich darauf, von Ihnen zu hören, Sergeant. Ihre Mutter muss sehr stolz auf Sie sein. Nochmals vielen Dank, dass Sie in dieser fürchterlichen Zeit so freundlich zu uns waren."

„Gern geschehen", sagte er, gerührt von *ihrer* Freundlichkeit.

Wie immer, wenn er einen Fall abgeschlossen hatte, staunte er über die unglaubliche Haltung und Widerstandsfähigkeit, die er bei den Familien der Opfer beobachten konnte. Wenn jemand seine Frau oder seinen Sohn ermorden würde, würde er nicht mit Nachsicht reagieren, so viel stand mal fest.

Die Vorstellung allein reichte aus, dass ihm übel wurde. Er hatte kaum den Verlust seines Partners überlebt, Christina oder Alex zu verlieren wäre unerträglich. Und jetzt war auch noch ein kleines Mädchen unterwegs, das ihn wahrscheinlich komplett um den kleinen Finger wickeln würde. Er konnte es kaum erwarten.

Der Gedanke an Christina weckte in ihm das Bedürfnis, mit

ihr zu reden. Nachdem er ihre Nummer gewählt hatte, fiel ihm ein, dass sie wahrscheinlich schon im Bett war.

„Hey", meldete sie sich und klang dabei schläfrig und sexy zugleich.

„Tut mir leid, dass ich dich geweckt habe."

„Schon gut. Ich habe vor dem Fernseher gedöst. Wieder ein langer Tag, was?"

„Ja, aber wir haben wenigstens den Fall Fortier weitgehend abgeschlossen."

„Weitgehend?"

„Ist eine lange Geschichte. Ich erzähle sie dir, wenn ich heimkomme. Nur noch das Protokoll, dann bin ich hier weg."

„Im Kühlschrank steht Abendessen."

„Du bist zu gut zu mir."

Sie lachte. „Es ist nichts Besonderes."

„Doch, weil du es gekocht hast."

„Na schön. Schauen wir mal, was du davon hältst, wenn du es probiert hast."

„Ich bin bald daheim."

„Okay, ich werde hier sein."

„Darauf zähle ich."

„Ist bei dir alles in Ordnung, Tommy? Du klingst … irgendwie leicht neben der Spur."

„Es war ein anstrengender Tag."

„Wann ist das mal nicht so?"

„Heute war es noch schlimmer als sonst. Ich erzähle dir alles, wenn wir uns sehen. Wie geht es dir, Babe?"

„Ich fühle mich furchtbar aufgedunsen, und mir ist übel. Du wirst mich aus dem Haus jagen, ehe das hier vorbei ist."

„Nie und nimmer. Ohne dich wäre ich nichts, und das weißt du genau."

„Das ist nicht wahr, aber du darfst gern nette Dinge über mich sagen." Christina gähnte. „Tut mir leid."

„Ruh dich aus. Ich liebe dich."

„Ich dich auch."

Er legte auf, fest entschlossen, die Berichte zügig fertigzustellen, damit er zu ihr nach Hause fahren konnte. Es spielte keine Rolle, dass sie bis dahin schlafen würde. In ihrer Nähe zu sein reichte aus, um ihm den Frieden und den Trost zu schenken, die er nach einem höllischen Tag wie diesem brauchte.

Freddie erschien in der Tür.

„Ich dachte, du wärst schon weg."

„Randy Bryant ist ermordet worden."

KAPITEL 28

Es blieb still im Wagen, während Gonzo sie durch die Stadt fuhr. Die Worte „Was zur Hölle …?" schossen ihm immer wieder durch den Kopf. Vier Stunden nachdem sie Randy aus der Untersuchungshaft entlassen hatten, war er tot. Wie würde das auf sie und alle anderen, die an seiner Freilassung beteiligt gewesen waren, zurückfallen?

„Gefährdet das unseren Deal mit Tori?"

Gonzo umfasste das Lenkrad fester. „Keine Ahnung. Könnte sein. Sie hat unterschrieben, weil sie dachte, Randy würde gegen sie aussagen. Ich bin das Risiko eingegangen, sie zu belügen, und jetzt fliegt es mir um die Ohren."

„Wir haben nach wie vor genug, um sie mit dem Mord an Rachel in Verbindung zu bringen."

„Nur wissen jetzt sie und ihre Anwälte, dass uns der entscheidende Beweis fehlt."

„Stimmt."

Gonzo hatte Magenschmerzen, weil ein Fall, der anfangs so einfach erschienen war, jetzt einfach sang- und klanglos in sich zusammenfiel. Er rief Malone über die Freisprechanlage an. „Captain, wir haben ein Problem."

„Was ist los?"

„Man hat Randy Bryant ermordet unten am Fluss aufgefunden."

349

„Soll das ein Scherz sein?"

„Ich wünschte, es wäre so."

„Was zum Teufel geht hier vor sich?"

„Keine Ahnung, aber wir sind auf dem Weg zum Fundort. Ich bringe Sie später auf den neuesten Stand."

„Senden Sie mir die Adresse. Wir treffen uns dort."

„Cruz schickt sie Ihnen gerade."

„Danke."

Malone legte auf.

„Ich bin froh, dass er dazukommt", sagte Gonzo. „Das liegt eindeutig oberhalb unserer Gehaltsklasse."

„Ja, oder? Wir verhaften den Sohn eines Kongressabgeordneten wegen Auftragsmordes, dann befiehlt uns die Staatsanwaltschaft, ihn freizulassen, und jetzt ist er tot, und das alles innerhalb eines Tages."

„Das ist selbst nach unserer breit aufgestellten Definition des Wortes irre." Gonzos Handy klingelte, und er nahm einen Anruf von Sam entgegen. „Hey."

„Wie läuft's bei euch?"

„Du wirst es nicht glauben. Wir mussten Bryants Sohn freilassen, und jetzt ist er ermordet worden."

„Was? Das glaub ich nicht!"

„Ich kann es auch kaum fassen."

„Meldet euch sofort, wenn ihr mehr wisst."

„Klar, werden wir."

„Was ist denn jetzt schon wieder?", fragte Nick, nachdem sie das Gespräch beendet hatte.

Sie warf einen Blick zur Treppe, um sich zu vergewissern, dass die Kinder nach einer Stunde am Strand weiterhin oben waren, um sich vor dem Abendessen zu waschen. „Du erinnerst dich, dass Forrester die Anweisung erteilt hat, Randy Bryant, den Sohn des Kongressabgeordneten, aus der Untersuchungshaft zu entlassen?"

„Ja, und?"

„Der Sohn ist ermordet worden."

„Wow. Ist er nicht gerade erst rausgekommen?"

„Vor etwa vier Stunden, und jetzt ist er tot."

„Ach, verdammt."

Sam kaute auf ihrem Daumennagel, während sie über die Konsequenzen nachdachte. „Sie haben die Drohung, er sei zur Aussage gegen sie bereit, benutzt, um einen Deal mit der Frau zu machen, die für den Mord verantwortlich ist."

„Platzt der jetzt?"

„Könnte sein. Es hat ihn noch kein Richter abgesegnet."

„Verdammt. Wenn du arbeiten musst, kann ich mich um die Versorgung der Truppen kümmern."

„Nicht nötig. Gonzo und die anderen sind dran. Von hier aus kann ich ohnehin nichts ausrichten."

Angela, Tracy und Mike trafen mit ihren Kindern ein, als Sam gerade das Abendessen servieren wollte. „Ihr kommt genau rechtzeitig", erklärte sie, während sie ihre Schwestern, ihren Schwager, ihre Nichten und Neffen umarmte.

„Was geht, Dr. Selt-Sam?", fragte ihr Neffe Jack mit einem breiten Grinsen, das enthüllte, dass ihm ein Schneidezahn fehlte.

„Nicht viel, Jack-Pot ... Was ist mit deinem Zahn passiert?"

„Die Zahnfee hat ihn gebraucht. Ich habe fünf Dollar dafür bekommen!"

„Fünf Scheine? Das ist Wucher, Black-Jack."

„Da sprichst du ein wahres Wort gelassen aus", warf Angela ein. „Die Zahnfee hat mich erpresst."

„Das liegt an der Inflation", verteidigte sich Jack und begrüßte Scotty und die anderen Kinder.

„Woher weiß er was von Inflation?", fragte Nick lachend.

„Das haben wir davon, dass wir sie in die Schule schicken", meinte Sam.

Angela nickte, während sie sich ein Glas des koffeinfreien Eistees einschenkte, den Sam für sie aufgebrüht hatte. „Ja, die Schule ist die Wurzel allen Übels, wenn du mich fragst. Er hat Wörter gelernt, von denen ich gedacht hatte, ich würde sie erst in vielen, *vielen* Jahren von ihm hören."

„O nein", seufzte Sam, während sie versuchte, nicht zu lachen.

„O doch."

„Es ist durchaus möglich, dass er einige davon von mir hat."

„Sam!"

„Was soll ich sagen? Ich habe nun mal eine Schwäche für gute Schimpfwörter."

„Was hat meine Liebste jetzt wieder angestellt?", erkundigte sich Nick, während er sich ein Sam Adams aus dem Kühlschrank holte.

Angela starrte ihre Schwester aus schmalen Augen an. „Sie hat möglicherweise meinem süßen, kostbaren, unschuldigen Jack ein paar unanständige Wörter beigebracht."

Nick grinste und küsste Sam auf den Scheitel. „Das ist sehr gut möglich. Aber wir arbeiten daran. Das College für Scotty ist dank des Schimpfwort-Schweins schon bezahlt."

„Eigentlich solltest du auf meiner Seite sein, Mister", beschwerte sich Sam.

„Ich bin auf der Seite der Wahrheit."

Angela lachte.

Sam hatte gar nicht gewusst, wie sehr es ihr gefehlt hatte, ihre Schwester lachen zu hören – so, wie sie es vor der Katastrophe getan hatte.

„Was ist?", fragte Angela, als sie merkte, dass Sam sie beobachtete.

„Es ist schön, dass du wieder lachst."

„Finde ich auch, und es bekommt mir auch gut. Mach das ganze Wochenende weiter so, okay?"

„Ich werd mir Mühe geben."

Wer auch immer Randy Bryant ermordet hatte, hatte mit der Tat eine Botschaft schicken wollen. Der junge Mann war praktisch nicht zu identifizieren. Ohne die roten Vans wäre Gonzo nicht sicher gewesen, dass er es wirklich war, aber sein Studierendenausweis bestätigte es ebenfalls.

Die Leiche lag hinter einem Lagerhaus am Potomac.

„Wer hat es gemeldet?", fragte Gonzo den Streifenbeamten, der sie in Empfang genommen hatte.

„Der Nachtwächter." Der Beamte zeigte auf einen Mann, den gerade zwei Sanitäter versorgten. „Er ist ziemlich mitgenommen, weil er die roten Turnschuhe erkannt hat. Dem Vater des Opfers gehört der Laden, deshalb hat er den Jungen schon mal gesehen."

Als sie zu dem Wachmann gingen, um mit ihm zu sprechen, warf Gonzo Freddie einen Blick zu. „Wo wohnt der Kongressabgeordnete Bryant überhaupt hier in Washington?"

Freddie zückte sein Smartphone, um es herauszufinden.

„Sie haben die Leiche entdeckt?", wandte sich Gonzo an den älteren Mann, der zutiefst erschüttert wirkte. Er hatte weißes Haar und einen rötlichen Teint, der darauf hindeutete, dass er entweder viel Zeit im Freien verbrachte oder ein Trinker war. Gonzo war sich nicht sicher, was von beidem.

Der Mann wischte sich mit einem Papiertaschentuch, das ihm eine Sanitäterin reichte, über die tränennassen Augen.

„Wie heißen Sie?"

„Dennis Coughlin." Der Nachtwächter tupfte sich die Wangen ab. „Der Junge war doch höchstens zwanzig. Ich hab Enkel in dem Alter. Wer tut denn so was?"

„Gibt es hier Überwachungskameras?"

„Nur an der Vorderseite des Gebäudes."

Wer auch immer Randy hier abgeladen hatte, hatte also vermutlich gewusst, dass er nicht beobachtet werden würde. „Was ist das hier für ein Laden?"

„Die stellen Schiffsteile her oder so was in der Art. Ich weiß es nicht genau."

„Wie lange arbeiten Sie schon hier, Mr Coughlin?"

„Etwa ein halbes Jahr. Ich dachte, es wäre ein einfacher Job, der mir nicht viel abverlangt, jetzt, wo ich im Ruhestand bin. Im Moment bin ich mir da aber nicht mehr so sicher."

„Gab es noch andere Vorfälle, die auffällig oder verdächtig waren?"

„Nein, doch sie machen insgesamt ein Riesengeheimnis

daraus, was in dem großen Gebäude vor sich geht. Man hat uns gesagt, wir sollen uns davon fernhalten. Unser Job ist es, die Umgebung zu überwachen und Unbefugte wegzuschicken."

„Wie heißt die Firma?"

„Capital Retrofitters."

„Von wem erhalten Sie Ihre Anweisungen?"

„Von Gavin Daugherty, dem Leiter der Sicherheitsabteilung."

„Wo können wir ihn antreffen?"

„Er ist nicht da. Ich kann Ihnen seine Handynummer geben."

Gonzo speicherte die Nummer, die Dennis ihm vorlas, in seinem Handy. „Haben Sie Daugherty angerufen, um ihn davon zu unterrichten, dass Sie eine Leiche auf dem Firmengelände gefunden haben?"

„Ich habe ihm eine SMS geschickt, bisher aber keine Antwort erhalten."

„Sie sind also der Einzige, der heute Abend hier Dienst tut?"

„Ja."

„Haben Sie hier hinten jemanden gesehen?"

„Nein. Ich kann Ihnen nur sagen, dass die Leiche noch nicht da war, als ich um acht Uhr meine Runde gemacht habe. Als ich um neun die nächste gedreht habe, lag er dann da."

„Laufen Sie bei jeder Schicht dieselbe Strecke ab?"

„Größtenteils. Das tun wir alle."

Gonzo reichte ihm eine Visitenkarte. „Ihr Chef soll mich bitte mal anrufen."

„Ich werde es ihm ausrichten."

Freddie nahm das Team der Gerichtsmedizin in Empfang.

Nachdem Gonzo Coughlins Adresse und Telefonnummer notiert hatte, fragte er die Sanitäter, ob der Wachmann gehen dürfe.

„Sein Blutdruck ist sehr hoch."

„Warum nehmen Sie ihn nicht mit, nur sicherheitshalber?"

„Das ist nicht nötig", protestierte Dennis. „Ich darf das Gelände nicht unbeaufsichtigt lassen."

„Hier wimmelt es von Polizisten, und ich würde mich besser fühlen, wenn ein Arzt Sie sich mal anschaut." Gonzo wollte nicht, dass Coughlin vor seinen Augen tot umfiel. „Vorsicht ist besser als Nachsicht."

Coughlin seufzte tief. „Wenn Sie meinen."

Gonzo nickte der Rettungssanitäterin zu, die Dennis half, sich in den hinteren Teil des Krankenwagens zu setzen. „Falls Ihnen noch etwas einfällt, das ich wissen sollte, haben Sie ja meine Nummer."

Nachdem der Krankenwagen weggefahren war, rief Gonzo Malone an. „Ich bin am Fundort der Leiche. Die Art und Weise, wie der Junge getötet worden ist, soll eindeutig eine Botschaft senden. Ich hätte ihn nicht erkannt, wenn er nicht dieselben Turnschuhe tragen würde wie vorhin. Der Studierendenausweis in seiner Tasche bestätigt seine Identität." Er erzählte Malone alles, was er von dem Nachtwächter erfahren hatte.

„Was denken Sie?"

„Wissen wir, wer ihn nach seiner Entlassung aus der U-Haft abgeholt hat?"

„Ich werde es in Erfahrung bringen."

„Wir brauchen die Spurensicherung hier. Ist zurzeit jemand verfügbar?"

„Haggerty hat den größten Teil seines Teams wieder in den regulären Dienst entlassen, während die Forensiker bei Stahl zugange sind. Ich schicke jemanden rüber."

„Sobald die hier loslegen, werden Cruz und ich dem Vater einen Besuch abstatten." Gonzo fiel auch ein, dass er Bryants Mutter anrufen musste, die so aufrichtig und ungekünstelt geklungen hatte, als sie gesagt hatte, Randy sei ihr Ein und Alles. Gott, darauf freute er sich wirklich nicht.

„Verdammt", fluchte Dr. Byron Tomlinson, als er neben dem blutigen Leichnam stand. „Kennen wir die Identität des Toten?"

„Randy Bryant", antwortete Cruz. „Zwanzig, Student an der GW, ursprünglich aus der Gegend um Milwaukee."

„Haben Sie eine Ahnung, wie er hier gelandet ist?"

„Noch nichts Handfestes", erwiderte Gonzo. „Aber ein Todeszeitpunkt wäre hilfreich."

„Den werde ich Ihnen so schnell wie möglich liefern." Byron

wies sein Team an, den Leichnam für den Abtransport vorzube-
reiten. „Habe ich das richtig gehört, dass der Junge im
Zusammenhang mit dem Auftragsmordfall in unserem
Gewahrsam war, wir ihn jedoch freigelassen haben?"

„Ja, das stimmt", bestätigte Gonzo.

„Wird das ein Problem werden?"

„Das werden wir abwarten müssen."

„Der Vater wohnt in Adams Morgan", erklärte Freddie.

„Sobald die Spurensicherung eintrifft, fahren wir los."

Auf dem Weg nach Adams Morgan teilte Malone Gonzo per
Textnachricht mit, dass jemand namens Hal Summers Randy
nach seiner Entlassung aus der U-Haft abgeholt hatte. Gonzo
reichte Cruz sein Telefon. „Schau mal, ob du rauskriegst, wer
das ist."

Zwei Minuten später informierte ihn Cruz: „Er ist Bryants
Stabschef und seit vielen Jahren in den politischen Kreisen von
Wisconsin beschäftigt."

Gonzo nahm einen Anruf von Malone entgegen. „Was gibt's,
Captain?"

„Ich habe gerade mit Tori Stevens' Anwalt telefoniert.
Offenbar hat sich herumgesprochen, dass Randy tot ist, und sie
wollen bei dem Deal einen Rückzieher machen."

„Na toll." In Gonzos Brust breitete sich ein unangenehmes
Brennen aus. „Wie haben die das mit Randy erfahren?"

„Ich habe gefragt, aber er hat sich geweigert, es mir zu
verraten."

„Der ganze Fall stinkt wie zehn Tage alter Fisch."

Was wie ein einfacher Auftragsmord ausgesehen hatte –
soweit man bei so etwas von „einfach" sprechen konnte –, war
plötzlich sehr viel komplizierter geworden.

„Die Medien werden uns bei lebendigem Leibe die Haut
abziehen, wenn sie Wind davon bekommen, dass wir den Jungen
schon in Gewahrsam hatten, auf freien Fuß gesetzt haben und er

jetzt tot ist. So tot wie unser Fall gegen Tori Stevens", meinte Gonzo.

„Seine Entlassung geht nicht auf unser Konto", widersprach Malone. „Das wird die Staatsanwaltschaft erklären müssen. Ich werde Forrester vorwarnen und ihn wissen lassen, was passiert ist. Rufen Sie mich an, wenn Sie mit Bryant senior gesprochen haben."

„Alles klar." Gonzo beendete das Telefonat und fühlte sich so angespannt wie schon lange nicht mehr. Er hasste den Gedanken, dass ihnen der Fall um die Ohren fliegen könnte, vor allem weil er gerade Sam vertrat. Er wollte nicht, dass sie aus dem Urlaub zurückkam und Chaos vorfand, das sie mit aufräumen musste, selbst wenn sie nicht diejenigen waren, die es verursacht hatten.

„Ich habe in diesem Job schon viel verrücktes Zeug erlebt", merkte Freddie an. „Doch Forresters Anordnung, Bryant freizulassen, ist ganz oben mit dabei."

„Richtig. Das ergibt keinen Sinn. Es kann ja nicht unsere Aufgabe sein, Mördern den Weg in die Freiheit zu ebnen."

„Ich denke, Bryants Vater hat etwas gegen Forrester in der Hand", spekulierte Cruz.

„Möglich. Nur kann ich mir beim besten Willen nicht vorstellen, was ein Kongressabgeordneter gegen einen Staatsanwalt in der Hand haben könnte."

„Wer weiß? Das könnte alles Mögliche sein."

„Aber das ist doch seltsam. Wir haben Randy gerade erst verhaftet, und sein Vater hat genug Einfluss auf den Staatsanwalt, um ihn zu zwingen, dafür zu sorgen, dass der Junge unverzüglich freigelassen wird? Wie kann das sein?"

„Ich habe nicht die geringste Ahnung."

Jake war nicht überrascht, dass Joe noch lange nach neun in seinem Büro war. Er hatte gehört, dass Marti ihm das Abendessen gebracht und ihn genötigt hatte, es sich auch wirklich einzuverleiben, ehe sie wieder gegangen war. Joe hatte auf der Fahrt zurück in die Stadt nach ihrem Besuch bei Stahl kaum ein Wort gesagt, aber er hatte den Anruf getätigt, mit dem er beantragte, Stahl in Einzelhaft zu verlegen, wo er ungestört über seine Verbrechen nachdenken konnte.

Vielleicht würde ihm die Zeit in Einsamkeit so was wie ein Gewissen bescheren.

Allerdings war Jake in der Beziehung nicht unbedingt optimistisch.

„Was ist los?", fragte Joe.

„Randy Bryant ist ermordet worden."

„Der Typ, dessen Freilassung Forrester veranlasst hat?"

„Genau."

Joe betrachtete ihn erschöpft. „Kann nicht sein", erwiderte er ungläubig.

„Laut Gonzales hat der Täter eine Botschaft geschickt. Der Junge sei fast nicht wiederzuerkennen gewesen."

„Hast du es Forrester schon gesagt?"

„Nein, ich wollte dich fragen, wie wir das handhaben wollen."

„Ich ruf ihn an. Hoffentlich ist er bereit, mir das zu erklären, denn ich habe schon genug am Hals, ohne auch noch dafür verantwortlich gemacht zu werden."

„Da ist noch etwas."

„Ich fürchte mich fast, zu fragen."

„Der Deal mit Tori Stevens könnte in Gefahr sein. Es gibt Gerüchte über Bryants Tod, und ihre Anwälte behaupten, dass unsere Übereinkunft mit ihr damit nichtig ist."

„Das ist Unsinn. Wir nageln sie wegen Anstiftung zum Mord fest, mit oder ohne Bryant."

„Gonzo hat den Anwälten gegenüber behauptet, wir hätten ihn und er sei bereit, gegen Tori auszusagen. Jetzt wissen sie, dass das nicht stimmt. Sie führen an, das mache den Deal gegenstandslos, denn erst die Drohung mit Randys Aussage hat Tori überzeugt, ihn überhaupt anzunehmen."

„Können wir beweisen, dass sie die Drahtzieherin des Komplotts zum Mord an Rachel Fortier war?", fragte Joe.

„Ja, aber …"

„Nichts aber. Der Deal steht."

„Ich werde mit Faith darüber reden."

„Danke."

„Lass mich wissen, wie Forresters Erklärung aussieht."

„Werde ich."

Jake kehrte in sein Büro zurück, jetzt noch angespannter, als er schon die ganze Zeit gewesen war, seit sie herausgefunden hatten, dass Conklin gewusst hatte, wer Skip erschossen hatte – und warum. Es war etwas im Gange, und er hatte keine Ahnung, was. Er mochte dieses Gefühl nicht, also rief er Faith Miller auf ihrem Handy an.

„Hey, Captain. Was liegt an?"

„Haben Sie gehört, dass man Randy Bryant, den Mann, den wir auf Toms Befehl hin freilassen mussten, ermordet aufgefunden hat?"

„Wie bitte? Nein, das hatte ich noch nicht gehört. O Gott."

„Haben Sie mittlerweile erfahren, warum Tom die Freilassung angeordnet hat?"

„Ich habe ihn bisher nicht erreicht. Zwar versuche ich es schon seit Stunden, aber er geht an keins seiner Telefone."

„Müssen wir jemanden hinschicken, der nach ihm sieht?"

„Ich bin nicht sicher. Gerade habe ich mit meinen Schwestern telefoniert, und wir haben vereinbart, ihm noch eine Stunde zu geben, bevor wir Alarm schlagen. Er hat seiner Assistentin gesagt, er werde gegen sechs Uhr Feierabend machen, was früh für ihn ist, doch er könnte auch eine Besprechung irgendwo anders als im Büro haben. Das Seltsame ist, dass bei ihm zu Hause ebenfalls niemand ans Telefon geht. Ich habe es auf dem Handy seiner Frau versucht, aber da bin ich direkt auf der Mailbox gelandet. Es ist merkwürdig, dass sie nicht erreichbar sind. Die Forresters haben zwei Töchter auf der Highschool. Tom scherzt immer darüber, dass er und seine Frau Leslie nach ihrer Pfeife tanzen müssen."

„Da stimmt was nicht. Seit wann ordnet ein Staatsanwalt die Freilassung eines Mörders an, und ein paar Stunden später ist der Mann tot? Ganz zu schweigen davon, dass der Tote der

Sohn eines US-Kongressabgeordneten ist und wir jetzt den Staatsanwalt nicht erreichen können."

„Das finde ich auch. Es ist alles extrem seltsam."

„Ich schicke meine Leute zu seinem Haus. Haben Sie mal die Adresse für mich?"

Faith nannte ihm eine Adresse in Gaithersburg.

Da das so weit draußen lag, beschloss er, die dortige Polizei anzurufen und um eine Routinekontrolle beim Haus der Forresters zu bitten.

„Ich melde mich bei Ihnen", sagte er zu Faith. „Geben Sie mir bitte ebenfalls Bescheid, wenn Sie etwas hören."

„Wird gemacht."

Jake rief sein Pendant bei der Polizei in Gaithersburg an, um die Routinekontrolle zu veranlassen.

„Tom Forrester? Der Staatsanwalt?"

„Ja, doch behalten Sie das vorerst für sich, okay? Wir sind uns nicht sicher, was da los ist. Er ist komplett abgetaucht, genau wie seine Frau auch, was laut seinem Team extrem ungewöhnlich ist."

„Ich werde ein paar Beamte losschicken, die sich am Haus umsehen und sich bei Ihnen melden."

„Danke."

„Gern geschehen."

Jake kehrte in Joes Büro zurück, um seinen Freund auf den neuesten Stand zu bringen. „Meinst du, wir sollten das FBI informieren?", fragte er ihn.

„Und denen erzählen, wie Forrester uns befohlen hat, einen Mörder freizulassen, und dass der Junge jetzt tot ist? Das möchte ich lieber unter Verschluss halten, bis wir wissen, was hier eigentlich gespielt wird."

„Na gut. Ich melde mich, wenn ich weiß, was die in Gaithersburg zu sagen haben."

„Du erreichst mich zu Hause. Ruf mich an, wenn es was Neues gibt."

„Klar." Jake wandte sich zur Tür, aber dann drehte er sich noch einmal um. „Geht es dir gut, Joe?"

„Es ging mir nie besser."

„Wenn ich etwas tun kann …“

„Du tust alles, was du kannst, und dafür bin ich dir unendlich dankbar. Bis morgen früh.“

Als Jake seinem guten Freund nachsah, bemerkte er dessen hochgezogene Schultern und hoffte, dass das, was er tat, genug sein würde.

KAPITEL 29

Als Gonzo und Freddie vor dem Haus des Kongressabgeordneten Bryant ankamen, fanden sie eine Menschentraube vor, zu der auch mehrere bullige Sicherheitskräfte mit Knopf im Ohr gehörten. Seit wann hatten Kongressabgeordnete so viel Security? Die meisten Abgeordneten beklagten sich in einer Tour, sich könnten sich kein Domizil in Washington leisten, während sie gleichzeitig einen Wohnsitz in ihrem Wahlbezirk unterhielten. Als er das schicke Haus betrachtete, stand fest, dass das für Bryant kein Problem war.

Sie zeigten ihre Dienstausweise, und Gonzo übernahm die Vorstellung. „Wir möchten zum Abgeordneten."

„Er empfängt im Augenblick keine Besucher", beschied ihnen einer der Wachmänner.

„Zum Glück sind wir keine Besucher. Wir sind Polizisten, und wir wollen mit ihm reden."

„Er ist nicht zu sprechen."

„Ich erkläre Ihnen mal, wie das läuft. Wir bitten darum, uns mit ihm unterhalten zu dürfen, und Sie holen ihn für uns, oder wir gehen zu einem Richter und erwirken einen Haftbefehl gegen ihn. Wenn Sie Ihren Chef nicht in Handschellen in den Abendnachrichten sehen wollen, sollten Sie ihm mitteilen, dass wir hier sind." Gonzo schaute auf die Uhr und stellte fest, dass es bereits kurz vor zehn war. „Sie haben fünf Minuten."

Der andere Wachmann bedeutete dem ersten mit einer Kopfbewegung, er solle den Kongressabgeordneten holen.

„Danke", sagte Gonzo zu ihm, nachdem der erste Mann im Haus verschwunden war.

„Ich war früher selbst bei der Polizei."

„Wo?"

„New Haven."

Es verstrichen fünf Minuten, bis der erste Security-Typ mit einem anderen Mann zurückkehrte, von dem Gonzo annahm, dass es sich um den Abgeordneten handelte. Der Kerl war etwa einen Meter siebzig groß, hatte nur noch wenige Haare auf dem Kopf und ein gerötetes Gesicht, als hätte er getrunken oder geweint.

„Damien Bryant. Man hat mir ausgerichtet, dass Sie mich sprechen wollen?"

„Ja. Können wir vielleicht reingehen?"

Er schaute zurück zum Haus. „Äh, sicher. Warum nicht?"

Sie folgten ihm an den beiden Sicherheitsleuten vorbei die Stufen zum Haus hinauf. Drinnen war Stimmengewirr zu hören, das auf eine größere Menschenansammlung schließen ließ.

„Hier rein", sagte der Abgeordnete und führte sie in einen kleinen Raum, der direkt an das Foyer grenzte.

Die Männer des Security-Teams bildeten das Schlusslicht und postierten sich vor der Tür, nachdem Bryant sie geschlossen hatte, um sie vom Lärm abzuschirmen.

„Wer sind all diese Leute?"

„Freunde, Kollegen, Unterstützer. Sie sind hergekommen, nachdem sich das von Randy rumgesprochen hatte."

„Wie haben Sie eigentlich von Randys Tod erfahren?", fragte Gonzo.

„Ein Freund hat mich angerufen."

„Und wie hatte der davon gehört?"

„Ich bin mir nicht sicher." Bryant fuhr sich mit zitternder Hand durch das, was von seinem Haar übrig war. „Ich kann es immer noch nicht glauben. Mein Sohn …"

„Es ist so, Mr Bryant." Gonzo nannte ihn ganz bewusst nicht „Abgeordneter". „Randys Leiche ist vor nicht einmal einer Stunde entdeckt worden. Also woher konnten Sie oder jemand anders wissen, dass er tot ist?"

„Das kann ich nicht sagen."

„Sie haben nicht gefragt, woher die Person ihre Informationen hatte?"

„Ich habe nur mitbekommen, dass mein Sohn tot ist, und dann …" Seine Augen füllten sich mit Tränen, und er wandte den Kopf ab. „Tut mir leid. Ich stehe wohl unter Schock."

„Staatsanwalt Forrester hatte die Entlassung Ihres Sohnes aus dem Gewahrsam des MPD angeordnet. Kennen Sie den Grund dafür?"

„Nein. Dass Randy verhaftet worden war, ist mir erst nachträglich zu Ohren gekommen, unmittelbar bevor mich die Nachricht erreichte, dass man ihn wieder auf freien Fuß gesetzt hatte. Ich hab angenommen, es habe sich um einen Fehler gehandelt."

„In welcher Beziehung stehen Sie zu Staatsanwalt Forrester?"

„Ich kenne den Mann nicht."

„Wenn wir später etwas anderes in Erfahrung bringen, können wir Sie wegen Behinderung einer Mordermittlung belangen. Ich frage Sie also erneut: In welcher Beziehung stehen Sie zu Staatsanwalt Forrester?"

„Ich, äh … ich möchte meinen Anwalt konsultieren."

„Dann müssen Sie mit uns in die Stadt kommen und dort auf ihn warten."

„Ist das wirklich nötig?"

Gonzo erwiderte den Blick des Kongressabgeordneten ungerührt. „Ja."

„Ich sollte den anderen Bescheid geben, dass ich wegmuss."

„Das können Ihre Wachleute für Sie erledigen. Warum braucht ein Kongressabgeordneter aus Wisconsin überhaupt einen privaten Sicherheitsdienst?"

„Ich muss mit meinem Anwalt reden."

„Gehen wir", sagte Gonzo, der sich auf eine lange Nacht einstellte.

Malone rief an, als sie auf dem Weg zum Hauptquartier waren, mit Bryant auf dem Rücksitz. Seine Sicherheitsleute folgten in einem separaten Auto, da Gonzo sich geweigert hatte, sie in seinem Wagen mitfahren zu lassen.

Gonzo nahm den Anruf von Malone über Bluetooth-Headset entgegen, damit niemand mithören konnte.

„Keine Spur von Forrester oder seiner Familie in ihrem Haus in Gaithersburg."

„Hat er keinen Sicherheitsdienst?", fragte Gonzo.

„Dem Anschein nach nicht. Ich versuche, seinen persönlichen Assistenten ausfindig zu machen, um zu schauen, was der mir verraten kann. Ich habe außerdem das FBI und die U.S. Marshals verständigt."

„Wir sind auf dem Weg ins Hauptquartier, mit Randys Vater."

„Dem Abgeordneten?"

„Genau. Wir treffen uns dort mit seinem Anwalt."

„Verstehe. Dann lasse ich Joe mal wissen, dass Abgeordneter Bryant unser Gast sein wird."

„Gute Idee."

„Melden Sie sich, wenn Sie hier sind."

„Könnten Sie Faith hinzubitten?"

„Okay."

Auf dem restlichen Weg zum Hauptquartier war Gonzo sicher, dass sie irgendetwas Wichtiges übersehen hatten. Als sie an einer Ampel anhielten, zeigte Cruz ihm sein Handy, auf dem er eine Nachricht getippt hatte, in der genau dasselbe stand.

„Denke ich auch."

Aber was um alles in der Welt?

Gonzo zuckte die Achseln. Er hatte keine Ahnung, und auch das Gespräch mit dem Kongressabgeordneten hatte ihn nicht weitergebracht. Der Fall Fortier war aus seiner Sicht gelöst. Er konnte Rachels Eltern erklären, was geschehen war und warum. Doch wenn Randy Bryants Mutter ihn fragte, warum ihr Sohn tot war, würde er es ihr nicht sagen können.

Zumindest noch nicht.

Im Hauptquartier eskortierte Cruz Bryant in einen Vernehmungsraum, wo er auf die Ankunft seines Anwalts warten konnte.

Gonzo begab sich in Sams Büro, um Rosemary Bryant anzurufen. Sie hörte sich müde an, als sie abnahm.

„Ms Bryant, hier spricht Sergeant Gonzales vom MPD."

„Ich hoffe, Sie möchten mir sagen, dass Sie einen großen Fehler begangen haben, als Sie meinen Sohn verhaftet haben."

„Nein, Ma'am. Wir haben Ihren Sohn heute aus der Untersuchungshaft entlassen, und es tut mir sehr leid, Ihnen mitteilen zu müssen, dass er später ermordet aufgefunden wurde."

„Das kann nicht sein."

„Es besteht leider kein Zweifel, Ma'am."

„Mein Sohn schläft in diesem Moment in seinem früheren Kinderzimmer. Ich kann ihn von hier aus sehen. Ich habe ihn persönlich vor zwei Stunden vom Flughafen abgeholt."

Wer zum Teufel lag dann in ihrer Leichenhalle, und warum dachte der Abgeordnete, sein Sohn sei tot?

„Ma'am, wir haben den Kongressabgeordneten Bryant in unserem Gewahrsam. Er hat den Eindruck, sein Sohn sei tot."

„Ich bin sicher, dass er das denkt, weil er es selbst inszeniert hat, denn eine Mordanklage gegen seinen Sohn würde ihm alles vermasseln. Doch ich habe gelernt, ihm einen Schritt voraus zu sein, und dafür gesorgt, dass jemand, dem ich vertraue, meinen Sohn abgeholt hat, als er den Polizeigewahrsam verließ. Auf meine Anweisung hin hat er Randy für den Heimflug am Reagan National Airport abgesetzt. Ich bin mir nicht sicher, wessen Leiche Sie gefunden haben, aber es ist nicht die meines Sohnes."

Gonzo hatte das Gefühl, ihm würde gleich der Kopf explodieren. *Was zum Teufel ...?* „Danke für diese Information, Ma'am, und entschuldigen Sie die Verwirrung. Ich freue mich, zu hören, dass Ihr Sohn wohlauf ist." Wenn auch nur, weil er dann gegen Tori aussagen konnte.

„Was auch immer hier los ist, Sergeant, ich versichere Ihnen, mein Ex-Mann steckt dahinter."

„Gut zu wissen."

„Es gibt nichts, was dieser Mann nicht täte, um Macht zu erlangen und sie zu behalten, selbst wenn er einen anderen ermorden lassen muss, um den Anschein zu erwecken, sein eigener Sohn sei tot."

Gonzo lief bei dem Gedanken ein Schauer über den Rücken. Wo hatten sie jemanden mit Randys Körperbau und Haarfarbe gefunden, der zudem die gleichen Turnschuhe trug wie Randy bei seiner Entlassung aus der U-Haft?

„Danke für die Information. Bitte behalten Sie Ihren Sohn bei sich, bis Sie von mir hören."

„Keine Sorge. Randy wird nirgendwo hingehen."

„Ich hoffe, Sie verstehen, dass er trotz seiner vorzeitigen Entlassung noch unter Mordverdacht steht und sich möglicherweise stellen muss, um Schlimmeres zu verhindern. Wenn er bereit ist, gegen die Frau auszusagen, die ihn mit der Tat beauftragt hat, lässt sich vielleicht ein Deal arrangieren. Doch diese Chance wird ihm nicht ewig offenstehen."

„Ich werde ihn in den nächsten Tagen nach Washington zurückbringen. Mein Wort darauf."

„Ich verlasse mich auf Sie."

Als er auflegte, tauchten Malone und Faith vor seiner Bürotür auf.

Gonzo winkte die beiden herein. „Sie werden nicht glauben, was ich gerade erfahren habe."

„Was?", fragte Malone.

„Wer auch immer das in unserem Leichenschauhaus ist, es ist nicht Randy. Er ist in Milwaukee bei seiner Mutter und schläft in seinem früheren Kinderzimmer."

„Wer zum Teufel liegt dann in unserer Leichenhalle?", wollte Malone wissen.

„Ich habe nicht die geringste Ahnung."

Gonzo begab sich zu Byron Tomlinson. „Unser Leichnam von heute Abend ist ab jetzt ein unbekannter Toter."

„Ich dachte, Sie hätten einen Ausweis bei ihm gefunden."

„Haben wir auch, aber er ist es nicht. Sie haben ihm das Gesicht bis zur Unkenntlichkeit zerschlagen, also sind wir aufgrund des Studierendenausweises in seiner Tasche und seiner charakteristischen roten Schuhe davon ausgegangen, dass es Randy ist."

„Warum sollte jemand Sie glauben machen, ein Mann sei tot, wenn das gar nicht stimmt?"

„Vielleicht, um ein Kind von einer Anklage wegen Auftragsmordes zu befreien. Wir haben einen Kongressabgeordneten im Verhörraum, der glaubt, sein Sohn sei tot, und es ist möglich, dass er seine Ermordung persönlich veranlasst hat. Doch die Mutter, die vom Vater nach einem heftigen Rosenkrieg geschieden ist, sagt, der Sohn sei in seinem ehemaligen Kinderzimmer in Wisconsin und schlafe."

„Was zum Teufel …?", murmelte Tomlinson.

„Das ist tatsächlich die Frage des Tages. Wenn Sie den unbekannten Toten identifizieren könnten, wäre das eine große Hilfe."

„Ich kümmere mich sofort darum. Hoffentlich sind seine Fingerabdrücke im System. Ich gebe Ihnen Bescheid."

„Danke, Doc."

Als Gonzo ins Großraumbüro zurückkehrte, kam ihm Cruz mit einem Ausdruck mit Informationen über Bryant entgegen.

„Gib mir die Kurzfassung."

„Zehnte Amtszeit in Folge, mehrere bedeutende Ausschusssitze, ist mit der Parteiführung gut befreundet. Er ist ein großer Verfechter des zweiten Verfassungszusatzes, ein Befürworter von Kürzungen bei Krankenversicherungs- und Sozialleistungen und in einer Reihe von Organisationen aktiv, die Veteranen unterstützen. Seine Wähler scheinen ihn zu mögen. Er verbringt viel Zeit zu Hause in Wisconsin, wirbt um ihre Gunst, besucht lokale Sport- und Highschool-Veranstaltungen. Ist in seinem Wahlkreis sehr präsent. Die Scheidung von seiner Frau vor fünfzehn Jahren war hässlich, ebenso wie die anschließende Auseinandersetzung um das Sorgerecht für den damals fünfjährigen Randy und die sieben-jährige Lauren. Am Ende erhielt die Ex-Frau das volle Sorge-

und er Besuchsrecht. Ich habe seinen Weg in den sozialen Medien ein Jahr zurück durchforstet und finde keine einzige Erwähnung seiner Kinder, was mich zu der Annahme veranlasst, dass es da eine gewisse Entfremdung gibt. Eine weitere interessante Sache: Zum ersten Mal seit seiner Wahl sieht er sich in den Vorwahlen einer ernst zu nehmenden Herausforderung durch einen jüngeren Kandidaten gegenüber, der sagt, er habe genug von den üblichen Politikern, die daheim große Töne spucken und dann in Washington ihr eigenes Ding machen. In den Umfragen sind die beiden fünf Monate vor den Vorwahlen in etwa gleichauf."

„Interessant. Er kämpft also um sein politisches Überleben, obwohl er in seinem Bezirk so eine große Nummer ist. Und er hat keine Beziehung zu seinen Kindern. Hast du etwas gefunden, das ihn mit Forrester in Verbindung bringt? Denn wie könnte es da *keine* Verbindung geben?"

„Ich habe nichts gefunden."

Faith stieß zu ihnen. „Das liegt daran, dass die Verbindung geheim war." Sie hielt einen Stapel von einer Büroklammer zusammengehaltener Ausdrucke hoch. „Tom ermittelte auf Ersuchen des Generalstaatsanwalts wegen Unregelmäßigkeiten bei der Wahlkampffinanzierung gegen ihn. Man hatte ihn gebeten, die Angelegenheit vertraulich zu behandeln und sich höchstpersönlich darum zu kümmern."

„Wie haben Sie das denn herausgefunden?"

„Insider-Kanäle. Die Information ist glaubwürdig, das kann ich Ihnen versichern."

„Hm", brummte Gonzo. „Also einen Schritt nach dem anderen: Der Generalstaatsanwalt ersucht Forrester, wegen möglicher Unregelmäßigkeiten bei der Wahlkampffinanzierung gegen Bryant zu ermitteln, aber er bittet Forrester, das persönlich zu übernehmen. Ist das außergewöhnlich?"

„In hohem Maße", antwortete Faith. „Der Staatsanwalt kümmert sich nur äußerst selten allein um einen Fall. An beinahe allem arbeitet mindestens ein stellvertretender Staatsanwalt mit."

„Okay, also Forrester ermittelt, wir verhaften Bryants Sohn,

Forrester befiehlt uns, ihn freizulassen, Forrester und möglicherweise seine Familie verschwinden spurlos, ein junger Mann, der angeblich Randy Bryant ist, wird tot aufgefunden, und der echte Randy ist in Wisconsin. Habe ich was vergessen?"

„Das ist eine gute Zusammenfassung", meinte Freddie, und Faith nickte.

„Reden wir mit dem Abgeordneten."

„Wie lautet der Plan?", fragte Freddie.

„Wir lassen ihn sich seine eigene Grube graben, ehe wir ihm verraten, was wir wissen."

Geburten waren ätzend. Während ihre Wehen in die zehnte Stunde gingen, versuchte sich Shelby daran zu erinnern, warum sie es für eine so gute Idee gehalten hatte, mit vierundvierzig noch ein zweites Kind zu bekommen. Sie war zu alt für so was und spürte jedes einzelne Lebensjahr, während sie sich bemühte, ihre Tochter auf die Welt zu bringen.

Eine Epiduralanästhesie hatte ihr den Verstand gerettet, doch sie hatte die Dinge auch verlangsamt, wie man sie vorgewarnt hatte.

Der arme Avery war fix und fertig, aber er war seit ihrer Ankunft nicht länger als ein paar Minuten von ihrer Seite gewichen. Ihr süßer Noah war bei Shelbys Schwester und fragte alle fünf Minuten, ob sein Baby schon da sei.

Shelby würde Mutter von zwei Kindern sein, wenn dieses hier jemals ihren Leib verließ.

„Ist es normal, dass das so lange dauert?" Avery hatte sich so oft mit den Fingern durchs Haar gefahren, dass es in alle Richtungen abstand.

„Komm mal her."

„Ich bin doch hier."

„Näher."

Er beugte sich so dicht heran, dass sie ihm das Haar richten konnte. „Meine Mom hat sechsunddreißig Stunden in den Wehen gelegen."

„Ach herrje. Wie kann das sein?"

Shelby zuckte die Achseln. „Das Baby wird geboren, wenn es bereit ist."

„Bist du deshalb immer zu spät dran?"

„Nein", erwiderte sie lächelnd. „Daran ist Noah schuld. Ich bin noch nie in meinem Leben zu spät gekommen, bis er in mein Leben getreten ist."

„Ist damit zu rechnen, dass das schlimmer wird, wenn wir zwei Kinder haben?"

„Wahrscheinlich."

Avery küsste sie. „Ein Glück, dass ich dich so sehr liebe."

„Das ist wirklich ein Glück."

„Falls ich es später vergesse: Du bist ein Ass bei dieser Geburtssache."

„So fühle ich mich nur leider nicht. Ich bin völlig erschöpft."

„Du machst das großartig."

Kurze Zeit später kam der Arzt, untersuchte sie erneut und erklärte, sie dürfe nun pressen.

Dann ging es Schlag auf Schlag.

Nach Noahs Geburt war ihr der Vorgang zwar vertraut, aber er blieb beängstigend.

Avery war zur Stelle, um ihr die Hand zu halten, sie zu stützen, wenn sie das Gefühl hatte, nicht mehr zu können, und er war auch der Erste, der ihre Tochter sah, als sie um zehn Uhr endlich das Licht der Welt erblickte.

Shelby und Avery weinten, als sie in das Gesicht ihres winzigen Engelchens schauten.

„Sie ist perfekt", seufzte Avery. „So schön wie ihre Mommy."

„Nein, sie ist viel schöner. Wir haben eine kleine Tochter, Avery."

„Das habe ich schon gehört."

„Wie heißt sie?", fragte eine Schwester.

„Das ist Maisie Rae Hill", antwortete Shelby. „Benannt nach unseren Großmüttern."

„Was für ein wunderschöner Name für ein wunderschönes Mädchen", meinte die Krankenschwester.

„Vielen Dank." Shelby sah zu Avery hoch. „Jetzt haben wir einen Sohn *und* eine Tochter."

„Ja, und ich könnte nicht glücklicher und verliebter in meine süße kleine Familie sein. Verrat mir bitte: Wird sie je eine andere Farbe als Pink tragen?"

Shelby warf ihm einen kecken Blick zu. „Was glaubst du?"

Gonzo betrat den Verhörraum und bemerkte, dass ein weiterer Mann neben dem Kongressabgeordneten saß. Der Anwalt hatte schlohweißes Haar und eine unerbittliche Miene.

„Ich verlange zu erfahren, warum man meinen Mandanten an dem Tag, an dem sein Sohn ermordet wurde, auf einer Polizeiwache festhält", begann der Anwalt.

„Wer sind Sie?"

Der Mann legte eine geprägte Visitenkarte vor Gonzo auf den Tisch. „Jason Fallow."

Gonzo erkannte den Namen der renommierten Kanzlei und konnte lesen, dass Fallow ein Partner war.

Freddie schaltete das Aufnahmegerät ein und nannte die Namen der Anwesenden.

„Ihr Mandant ist hier, weil er uns nicht erklären konnte, wie er von der Ermordung seines Sohnes erfahren hat, obwohl die Leiche zu diesem Zeitpunkt noch gar nicht gefunden worden war", erläuterte Gonzo.

„Ich habe doch schon gesagt, dass ich es nicht weiß!", rief Bryant.

„Sie wissen nicht, wie Sie erfahren haben, dass man Ihren Sohn ermordet hat?", fragte ihn Fallow.

Das hatte Bryant nicht von dem Anwalt erwartet.

„Einer meiner Mitarbeiter hat es mir mitgeteilt."

„Das müssen Sie schon genauer ausführen, Mr Bryant", entgegnete Gonzo.

„Ich kann mich nicht erinnern, wer es war. Ich stand unter Schock. Es war eine verheerende Nachricht."

„Haben Sie Staatsanwalt Forrester, der wegen

Unregelmäßigkeiten bei der Wahlkampffinanzierung gegen Sie ermittelt, ersucht, das MPD anzuweisen, Ihren Sohn freizulassen, nachdem wir ihn im Rahmen einer Untersuchung wegen eines Auftragsmordes festgenommen hatten?"

Damit hatte er nun *wirklich* nicht gerechnet.

Bryant öffnete den Mund und schloss ihn gleich wieder.

„Ich wüsste gerne, was Sie gegen Forrester in der Hand haben, das ihn dazu veranlasst hat, so etwas zu tun."

Bryant warf ihm einen trotzigen Blick zu. „Ich weiß nicht, wovon Sie sprechen."

„Natürlich nicht."

„Wessen beschuldigen Sie meinen Mandanten?", erkundigte sich Fallow.

„Da bin ich mir noch nicht sicher, aber ich habe eine Leiche in der Gerichtsmedizin und einen Staatsanwalt, der samt seiner Familie verschwunden ist. Ich denke, Ihr Mandant weiß genau, wo der Staatsanwalt und seine Familie sind, und er weiß, was mit seinem Sohn passiert ist, weil er seine Ermordung höchstpersönlich angeordnet hat."

„Ich habe nichts dergleichen getan! Randy war mein Sohn!"

„Wann haben Sie Randy das letzte Mal gesehen?", wollte Gonzo wissen.

„Vor ein paar Wochen, als ich ihm mitgeteilt habe, dass ich ihm den Geldhahn zudrehen würde, nachdem seine Ausgaben in astronomische Höhen geschnellt waren. Wir haben uns gestritten. Er fand es unfair, dass ich ihn nicht mehr unterstützen wollte, obwohl er noch auf dem College war."

„Vielleicht haben ihn deshalb die zehntausend Dollar, die ihm Tori Stevens für den Mord an Rachel Fortier angeboten hat, so in Versuchung geführt", meinte Gonzo.

„Randy hat niemanden umgebracht!"

„Doch, und wir können es beweisen."

„Das spielt jetzt keine Rolle mehr. Er ist tot." Bryant ließ den Kopf in die Hände sinken. „Es ist alles so furchtbar."

„Angesichts eines bedeutenden Herausforderers bei den Vorwahlen, der Ihnen den Rang abzulaufen droht, muss es sehr beunruhigend gewesen sein, dass wir Ihren Sohn wegen Mordes anklagen wollten."

„Natürlich war es erschütternd, aber nicht wegen meiner Karriere."

„Wann hatten Sie Randy vor Ihrer Auseinandersetzung wegen seiner Ausgaben das letzte Mal gesehen? War es ein Jahr her? Zwei? Fünf? Länger?"

„Ich weiß es nicht. Schon eine Weile."

„Liegt das daran, dass Ihre Kinder keinen Kontakt mehr zu Ihnen haben, nachdem Sie sich von ihrer Mutter haben scheiden lassen und mit ihr um das Sorgerecht für sie gestritten haben, obwohl Sie jetzt hauptsächlich in Washington leben?"

Wieder machte Bryants Mund diese schnappende Bewegung.

„Wo ist Tom Forrester?", fragte Freddie.

„Woher soll ich das wissen? Ich kenne den Mann ja kaum."

„Aber er hat Ihnen mit seinen Ermittlungen viel Kummer bereitet, oder? Und dann ordnet er die Entlassung Ihres Sohnes aus der Untersuchungshaft an, obwohl wir ihn wegen Mordes festgenommen hatten. Kann das wirklich Zufall sein?"

„Ich würde mich gerne mit meinem Mandanten beraten", unterbrach Fallow Gonzo.

Freddie schaltete den Rekorder aus und folgte Gonzo aus dem Verhörraum.

„Für mich besteht kein Zweifel daran, dass der Abgeordnete bis zum Hals in der Sache drinsteckt", erklärte Gonzo. „Ich will mit seinem Personenschützer sprechen. Dem Ex-Polizisten."

„Ich bringe ihn in einen Verhörraum."

Zehn Minuten später war Cruz zurück. „Er ist in der Zwei. Der Mann heißt Kent Sanders. Faith ist im Beobachtungsraum, und ich habe einen Streifenbeamten angefordert, der vor dem Verhörraum mit Bryant Wache stehen soll, damit gewährleistet ist, dass sich der Abgeordnete nicht vom Fleck rührt."

„Danke dir." Als der Streifenpolizist Stellung bezogen hatte, wandte sich Gonzo an Cruz: „Komm, wir reden mit Sanders."

Sie platzten in den Raum und überraschten den größeren Mann, der nervös wirkte. Das war gut.

„Mr Sanders, wir glauben, dass der Kongressabgeordnete in

den Mord an seinem Sohn und in das Verschwinden des Staatsanwalts Tom Forrester und seiner Familie verwickelt ist. Was können Sie uns darüber sagen?"

„Sie vergessen, dass ich weiß, wie so etwas läuft, Sergeant. Ohne einen Anwalt werden Sie nichts von mir hören."

„Wir wissen, dass der Kongressabgeordnete auf jeden Fall in die Sache verwickelt ist, und er berät sich gerade mit seinem Anwalt. Er wird wahrscheinlich nach einem Deal fragen, bei dem er die Leute, die ihm geholfen haben, seine Verbrechen zu verschleiern, verpfeift. Ich nehme an, Sie und Ihr Kumpel geraten als Erstes unter die Räder, wenn er anfängt zu reden. Aber das ist okay. Wenn Sie ihm derart die Kontrolle überlassen wollen …" Gonzo und Freddie gingen zur Tür.

„Warten Sie."

Gonzo verkniff sich ein Lächeln, als er sich wieder umdrehte.

„Wie würde mein Deal aussehen?"

„Hängt von den Informationen ab, die Sie uns liefern können."

Sanders faltete die Hände auf dem Tisch und starrte auf sie hinab. „Ich werde Ihnen alles sagen, aber dafür will ich Straffreiheit."

„Bleib bei ihm", wies Gonzo Cruz an, ehe er den Raum verließ, um sich mit Faith zu beraten.

Sie kam ihm auf dem Flur entgegen. „Sanders kriegt, was er verlangt. Ich will wissen, wo Forrester ist."

Gonzo nickte und betrat erneut den Verhörraum. „Die stellvertretende Staatsanwältin hat Ihnen volle Straffreiheit zugesichert."

„Ich will es von ihr selbst hören."

Gonzo öffnete die Tür, um Faith einzulassen. „Darf ich vorstellen? Die stellvertretende Staatsanwältin Faith Miller."

„Ich gewähre Ihnen volle Straffreiheit, wenn Sie uns verraten, wo Staatsanwalt Forrester und seine Familie sind und wer die Ermordung von Randy Bryant arrangiert hat."

Statt in den Beobachtungsbereich zurückzukehren, blieb Faith im Zimmer.

„Bryant war wegen der Ermittlungen zu seinen Finanzen völlig panisch, und dann haben Sie seinen Sohn festgenommen. Die Verhaftung hat in seinem Wahlkreis hohe Wellen geschlagen. Zum ersten Mal hat er es mit einem ernsthaften Herausforderer zu tun, und der Kerl legt in den Umfragen beständig zu. Mr Bryant hat uns aufgetragen, Mrs Forrester und ihre Töchter abzuholen und sie für ein paar Tage in einem Hotel unterzubringen."

„Wo sind sie?", fragte Faith.

„Im Washington Hilton. Wir sollten uns gut um sie kümmern, was wir auch getan haben."

„Ich benachrichtige das FBI, damit sie dort abgeholt und nach Hause gebracht werden", sagte Faith, während sie auf ihrem Smartphone tippte.

„Forrester haben wir angewiesen, wie gewohnt weiterzuarbeiten, so zu tun, als sei nichts geschehen, und dem Generalstaatsanwalt mitzuteilen, dass es keine Beweise gegen Bryant gebe. Dann haben Sie Randy verhaftet, und der Abgeordnete ist völlig durchgedreht. Er hat Forrester davon unterrichtet, dass er, wenn er seine Familie lebend wiedersehen wolle, das MPD anweisen solle, Randy freizulassen. Sein Auftrag an uns lautete, Randy abzuholen und uns um ihn zu kümmern."

„Sie haben das so verstanden, dass Sie ihn umbringen sollten?", vergewisserte sich Gonzo.

„Eindeutig."

„Niemand hat daran gezweifelt, dass Bryant den Mord an seinem eigenen Sohn angeordnet hat?"

„Er hat seine Ex-Frau und seine Kinder gehasst, weil sie ihn als miesen Ehemann und Vater hingestellt haben."

„Das war er doch auch."

Sanders zuckte die Achseln. „Es war nicht meine Aufgabe, über ihn zu urteilen."

„Ihr Chef hat Ihnen also befohlen, einen Mord für ihn zu begehen. Hat sich irgendeiner von Ihnen diesem Befehl widersetzt?"

„Ich habe mich geweigert. Mord kommt für mich nicht infrage."

Wie schön, dass er da eine Grenze zieht, dachte Gonzo. „Aber jemand anders aus Ihrem Team war dazu bereit?"

„Für fünfzig Riesen."

„Wer?"

„Aaron Peterson."

„Wo finden wir den?"

„Im Haus des Abgeordneten."

Gonzo warf Freddie einen Blick zu. „Fahr auf keinen Fall allein hin."

„In Ordnung." Freddie erhob sich und verließ den Raum.

„Was hat ein Kongressabgeordneter aus Wisconsin getan, dass er rund um die Uhr Schutz braucht?"

„Was hat er nicht getan? In erster Linie hat er seine Finger in Glücksspiel, Waffen, Prostitution und Drogen. Er steckt tief in einem der mexikanischen Kartelle drin und hat große Angst, dass sie ihm ans Leder wollen. Da kommen wir ins Spiel."

„Was würden Sie sagen, wenn ich Ihnen erzähle, dass der Mann, den Aaron Peterson getötet hat, nicht Randy Bryant war?", fragte Gonzo.

Das schien Sanders ehrlich zu überraschen. „Nicht?"

„Nein. Alle sollten glauben, es sei Randy, mit seinem Markenzeichen, den roten Turnschuhen, und einem eingeschlagenen Gesicht, damit es nicht sofort aufliegt."

„Das kann ich mir nicht erklären. Weiß der Kongressabgeordnete, dass es nicht Randy war?"

„Da bin ich mir nicht sicher."

„Vielleicht hat Aaron ja kalte Füße bekommen oder so."

„Oder er wollte, dass der Abgeordnete *denkt*, sein Sohn sei tot, damit wir genau das tun, was wir getan haben, nämlich ihn hierherschleppen und ihn dazu verhören."

„Möglich. Der Kongressabgeordnete ist ein mieser Dreckskerl. Wir hassen ihn alle, doch wir mögen das Geld, also ertragen wir seinen Scheiß."

„Sie werden das alles vor Gericht bezeugen müssen", sagte Faith.

Er sah sie an, ohne zu blinzeln. „Das ist okay."

„Wo ist Tom Forrester?", fragte Faith.

„Ich weiß es nicht."

~

„Erzählen Sie mir die ganze Sache Schritt für Schritt, von Anfang an", befahl Malone, während die Zeiger der Uhr immer weiter gen Mitternacht rückten.

„Forrester hat auf Geheiß des Generalstaatsanwalts wegen Unregelmäßigkeiten bei der Wahlkampffinanzierung gegen Damien Bryant ermittelt. Bryant wusste, dass die Ermittlungen Belastendes zutage fördern würden, also hat er Forresters Frau und seine Töchter festgesetzt, bis der dem Generalstaatsanwalt berichtet hatte, dass an den Vorwürfen nichts dran sei. Dann haben wir seinen Sohn verhaftet, und er ist völlig ausgeflippt, als die Nachricht in seinem Wahlbezirk die Runde gemacht hat, wo er einen ernst zu nehmenden Konkurrenten um den Sitz im Abgeordnetenhaus hat. Er hat verlangt, dass Forrester für die Freilassung seines Sohnes sorgt, sonst werde seiner Familie etwas zustoßen."

Malone verschränkte die Arme, während er die Details verarbeitete. „Das erklärt zumindest mal Forresters Verhalten."

„Ich fühle mich besser, nachdem ich weiß, dass Forrester einfach seine Familie beschützt und nicht komplett den Verstand verloren hat", meinte Gonzo. „Der Kongressabgeordnete hat seinen Sicherheitsleuten aufgetragen, sich um den Sohn zu ‚kümmern'. Aber es wurde statt seiner ein anderer getötet. Randy Bryant ist in Wisconsin. Ich warte im Moment darauf, dass Tomlinson mir sagt, wer da in der Leichenhalle liegt."

In diesem Moment betrat Dr. Tomlinson das Großraumbüro. „Ein polizeibekannter Drogendealer namens Zachery Calder. Seine Fingerabdrücke waren aufgrund von mehreren Festnahmen im System."

„Ich will wissen, ob er einer der Handlanger des Abgeordneten war", verkündete Gonzo.

Er kehrte in den Verhörraum zurück, in dem Sanders wartete. „Sagt Ihnen der Name Zachery Calder etwas?"

„Ja, Z ist einer von uns. Warum fragen Sie?"

„Er ist der Tote."

„Wirklich?"

„Ja, wirklich. Bleiben Sie hier."

Gonzo kehrte ins Großraumbüro zurück. „Sanders hat Z als einen seiner Kollegen identifiziert." Er ging in Sams Büro, fand in seinen Notizen die Nummer von Randy Bryants Mitbewohner und rief ihn an.

Als der Mann sich meldete, stellte Gonzo sich vor. „Ich habe mich gefragt, ob heute jemand gekommen ist und behauptet hat, er brauche ein paar von Randys Klamotten, um sie ihm in den Knast zu bringen."

„Ja, ein Typ namens Aaron Peterson war hier und hat genau das gesagt. Ich hab ihn reingelassen."

„Was haben Sie ihm gegeben?"

„Er hat nach Randys Studierendenausweis gefragt, weil er den für die Polizei brauche, nach T-Shirts und einem Paar von diesen roten Vans, die Randy ständig trägt. Er hat mehrere Paar davon."

„Vielen Dank."

„He, ich hab gehört, Randy sei ermordet worden. Stimmt das?"

„Ist nur ein Gerücht. Randy ist bei seiner Mutter in Wisconsin."

„Puh! Gott sei Dank, was für eine Erleichterung. Ich versuche schon seit Stunden, ihn telefonisch zu erreichen."

„Nochmals vielen Dank für Ihre Hilfe."

Gonzo ging wieder ins Großraumbüro. „Randys Mitbewohner hat bestätigt, dass vorhin jemand namens Aaron Peterson in der Wohnung war, um ein paar von Randys Klamotten zu holen. Er hat speziell nach seinem Studierendenausweis gefragt, den wir in der Hosentasche der Leiche gefunden haben, und nach einem Paar der roten Vans, die Randy so mag. Der Mitbewohner hat ihn reingelassen."

Der Streifenbeamte, den sie vor dem Verhörraum des Abgeordneten postiert hatten, kam ins Großraumbüro. „Der Anwalt sagt, sie seien bereit, mit Ihnen zu reden."

„Wetten, dass der Abgeordnete einen Deal aushandeln will?", fragte Gonzo, der voller Adrenalin war, nachdem er endlich alle Puzzleteilchen dieses seltsamen und verwirrenden Falls zusammengesetzt hatte.

„Ich würde wetten, wenn ich Ihnen nicht zustimmen würde", antwortete Malone.

Faith kehrte ins Großraumbüro zurück. „Forresters Ehefrau und seine Töchter sind sicher in FBI-Gewahrsam. Sie haben allerdings nichts von Tom gehört."

Es war gut, zu wissen, dass wenigstens Forresters Familie in Sicherheit war. „Na dann schauen wir mal, was der Abgeordnete will", meinte Gonzo.

„Darf ich mitkommen?", fragte Malone.

„Bitte."

„Ich verfolge alles von nebenan", erklärte Faith.

Als sie den Verhörraum betraten, sah der Abgeordnete sehr viel weniger großspurig aus als zuvor, was Gonzo zufrieden zur Kenntnis nahm. „Das ist mein Vorgesetzter, Captain Jake Malone. Sie wollten mit uns reden?"

„Mein Mandant möchte einen Deal", erwiderte Fallow.

„Was stellt er sich denn vor?", erkundigte sich Gonzo.

„Er erzählt Ihnen, was er über die Familie Forrester und den Tod seines Sohnes weiß."

„Wir haben Forresters Frau und seine Töchter bereits aus dem Hilton gerettet, und wir wissen, wer seinen Sohn ermordet hat. Es war Ihr Handlanger Aaron, den wir in diesem Moment festnehmen."

Zu sehen, wie diese Nachricht bei Bryant ankam, zählte zu den befriedigendsten Momenten in Gonzos Karriere.

„Woher ... woher wissen Sie das?"

„Ihr Personenschützer Mr Sanders hat uns geholfen, die Lücken zu füllen."

„Das würde er niemals tun!"

„O doch, das würde er. Wenn man jemandem Straffreiheit im Tausch gegen Informationen anbietet, stellt man oft erstaunt fest, wie gesprächig Menschen werden. Sie können also erkennen: Ihr Angebot nützt uns nichts. Wir werden Sie wegen zahlreicher Verbrechen anklagen, darunter Entführung, Freiheitsberaubung und Anstiftung zum Mord. Ich bin sicher, dass noch viel mehr zusammenkommt, bis wir fertig sind, denn Sanders hat uns auch von den Waffen, den Prostituierten, dem Glücksspiel und dem Drogenhandel berichtet. Ganz zu schweigen von der illegalen Wahlkampffinanzierung, die Forrester untersucht hat. Da war jemand *sehr* fleißig."

Bryant sprang auf. „Warten Sie! Nichts davon können Sie beweisen!"

„Setzen Sie sich", sagte Fallow, „und halten Sie den Mund. Auf der Stelle."

„Sie sollten vielleicht auf ihn hören, bevor Sie es noch schlimmer machen", riet Gonzo, während er Malone zur Tür folgte. „Oh, und Mr Bryant? Ihr Sohn Randy ist gar nicht tot."

EPILOG

Am Samstagmorgen erhielt Sam von Cam eine Textnachricht, in
der er ihr mitteilte, dass die Abteilung Interne Ermittlungen
Gigi mit einem Votum von zwei zu eins in den Dienst zurück-
versetzt hatte. Offenbach hatte hart für eine Rückstufung in den
Streifendienst und eine Suspendierung von neunzig Tagen ohne
Bezahlung gekämpft, aber Andrews hatte darauf verwiesen, dass
Gigi nie von ihrer ursprünglichen Geschichte abgewichen sei,
und die Schüsse als Notwehr eingestuft.

*Wir haben außerdem beschlossen, gegen die Familie Patrick zu
klagen, in der Hoffnung, dass sie dann wiederum ihre Klage gegen uns
fallen lässt.*

Das sind wirklich gute Nachrichten, schrieb Sam zurück. *Ich bin
sehr erleichtert.*

Ja, ich auch. Danke für deine Unterstützung.

Gern geschehen!

*Hast du mitbekommen, dass über 2.200 Beamte einen offenen Brief
zur Unterstützung von Farnsworth unterzeichnet haben?*

*Ich weiß von der Aktion, weil ich auch unterschrieben habe, doch
das ist echt beeindruckend. Mehr als die Hälfte der Belegschaft.*

Ja, krass. Hoffen wir, dass es was bringt.

Dann bis Montag.

Ja, bis dann.

Bisher war das Familienwochenende einfach wunderbar

gewesen. Der Freitagabend hatte mit Lasagne begonnen, danach hatte es Brettspiele und viel Gelächter gegeben. Sam und Nick waren mit Scotty, Eli, Candace, Angela, Tracy, Mike, Brooke und ihrem Freund Nate, der zu Elis Personenschützerstab gehörte, aber an diesem Wochenende dienstfrei hatte, bis spät in die Nacht aufgeblieben.

Gleich nachdem Brooke und Nate eingetroffen waren, hatte Nate gesagt: „Vielen Dank für die Einladung, Mr President, Mrs Cappuano."

Nick hatte ihm die Hand geschüttelt und erwidert: „Bitte Nick und Sam, Nate."

Der junge Mann hatte ihn entsetzt angesehen. „Das geht nicht."

Die anderen Anwesenden hatten gelacht.

„Das kriegst du schon hin", hatte Nick geantwortet.

„Ich hab's dir doch gesagt." Brooke hatte sich bei Nate untergehakt. „Wenn du mit meiner Familie abhängen willst, kannst du kein Secret-Service-Mitarbeiter sein."

„Ich, äh, ich werde es versuchen, Sir", hatte Nate gestammelt.

„Streng dich an", hatte Nick lächelnd entgegnet.

Freddie, Gonzo und der Rest der Truppe waren damit beschäftigt, den Papierkram für den Fall zu erledigen, den sie in den frühen Morgenstunden abgeschlossen hatten, sodass sie es nicht zu ihnen schaffen würden. Nick und Sam verbrachten das Wochenende also mit einer kleineren Gruppe als geplant, was aber auch in Ordnung war.

Den ganzen Samstag über genossen sie am Strand das erste warme Wetter der Saison, gefolgt von einem Lagerfeuer mit S'mores am Abend.

Am Sonntag stand Sam früh auf, um die Berichte zu lesen, die Gonzo und Freddie über die Fälle Fortier und Bryant verfasst hatten, und konnte kaum glauben, welch wilde Kette von Ereignissen zur Inhaftnahme des Abgeordneten Bryant und mehrerer anderer Mitglieder seines Stabs geführt hatte.

Sie war so vertieft in die Lektüre, dass sie nicht hörte, wie Nick hinter sie trat, und aufschrak, als er sie auf den Nacken küsste.

„Morgen“, begrüßte er sie. „Ich war traurig, als ich allein aufgewacht bin.“

„Sorry, tut mir leid. Freddie hat mir eine Nachricht geschickt, ich solle mir die Berichte ansehen. Was darin steht, sei unglaublich, und damit hatte er völlig recht.“

„Was ist denn geschehen?“

Sam erzählte es ihm.

„Ich kenne Damien Bryant aus meiner Zeit im Senat. Das ist unfassbar.“

„Allerdings. Weißt du, was auch unfassbar ist?“

„Was?“

„Sie haben bisher neun Leichen aus Stahls Garten geborgen, und sie sind noch nicht fertig.“

„Mein Gott, das ist ja schrecklich.“

„Er ist ein Albtraum ohne Ende. Freddie hat geschrieben, sie hätten jetzt endlich einen Durchsuchungsbeschluss für Stahls Lagerraum. Darum werden sie sich kümmern, sobald sie etwas Schlaf nachgeholt haben.“

„Ich bin froh, dass du gerade nicht im Dienst bist und dich deshalb auch nicht damit auseinandersetzen musst.“

„Na ja, ich bezweifle, dass sie mich da ranlassen würden, selbst wenn ich in Washington wäre.“

Ihr Handy klingelte, und auf dem Display las sie Freddies Namen. „Ich dachte, du schläfst noch“, meldete sie sich.

„Sam …“

„Was ist denn? Was ist los?“

„Tom Forrester ist tot.“

Bitte seien Sie mir wegen dieses Cliffhangers nicht böse! Für das nächste Buch, „State of Suspense – Zwei Seelen, ein Herz" habe ich eine wilde Story im Kopf. Eigentlich hatte ich für „State of Bliss – Unser Traum von Liebe" eine lustige, ruhige, unbeschwerte kurze Geschichte über Sams und Nicks Urlaub geplant. Ich war allerdings noch nicht weit gekommen, als ich merkte, wie wenig glaubhaft das war. Wann ist das Leben der beiden jemals ruhig?

Also hab ich den Mord an der Studentin hinzugefügt, und damit hat sich die Sache in eine ganz andere Richtung entwickelt. Aber ich habe es wirklich genossen, Gonzo in dieser Geschichte eine größere Rolle spielen zu lassen als bisher. Wie immer war das Schreiben über diese Menschen ein totaler Nervenkitzel, da ich, bis die Worte auf meinem Bildschirm erscheinen, nie weiß, wohin die Reise geht. Nehmen wir als Beispiel Randy Bryants „Ermordung". Ich dachte: Was um alles in der Welt ist das jetzt? Ha! So funktioniert mein Gehirn, und ich stelle keine Fragen. Ich folge einfach meiner durchgeknallten Muse, wohin auch immer sie mich führen will.

Ein dickes Dankeschön meinem tollen Team: Julie Cupp, Lisa Cafferty, Jean Mello, Nikki Haley, Ashley Lopez und Rachel Spencer, für die Hilfe hinter den Kulissen. Meinen Lektorinnen Joyce Lamb und Linda Ingmanson, den frühen Beta-Leserinnen

Anne Woodall und Kara Conrad und der Continuity-Lektorin Gwen Neff bin ich ebenfalls sehr dankbar!

Vielen Dank auch an meine anderen Testleserinnen: Jennifer, Karina, Irene, Kelly, Ellen, Elizabeth, Maricar, Mona, Amy, Gina, Jennifer, Sarah, Jennifer, Marti und Phuong.

Wie immer geht ein riesengroßes Dankeschön an den mittlerweile pensionierten Captain Russell Hayes von der Polizei in Newport, Rhodes Island, für seine Weisheit und seine Einblicke. Russ steht mir immer bereitwillig für Rückfragen zur Verfügung, und ich könnte (und würde) diese Serie nicht ohne seine Unterstützung schreiben.

Während also ein weiteres wildes Jahr begonnen hat, bin ich unglaublich dankbar für all die Leserinnen und Leser, die diese Serie und dieses Paar so sehr lieben wie ich. Ihr Enthusiasmus für ihre Geschichte hält mich bei der Stange, und Sie können nicht ahnen, wie sehr ich Sie alle schätze!

Ich wünsche Ihnen und Ihren Familien alles Gute!
Marie

WEITERE TITEL VON MARIE FORCE

Wild Widows

Someone like you – Neues Glück mit dir

Someone to hold – Nur mit deiner Liebe

Someone to Love – Du mein Ein und Alles

Die Fatal Serie

One Night With You – Wie alles begann (Fatal Serie Novelle)

Fatal Affair – Nur mit dir (Fatal Serie 1)

Fatal Justice – Wenn du mich liebst (Fatal Serie 2)

Fatal Consequences – Halt mich fest (Fatal Serie 3)

Fatal Destiny – Die Liebe in uns (Fatal Serie 3.5)

Fatal Flaw – Für immer die Deine (Fatal Serie 4)

Fatal Deception – Verlasse mich nicht (Fatal Serie 5)

Fatal Mistake – Dein und mein Herz (Fatal Serie 6)

Fatal Jeopardy – Lass mich nicht los (Fatal Serie 7)

Fatal Scandal – Du an meiner Seite (Fatal Serie 8)

Fatal Frenzy – Liebe mich jetzt (Fatal Serie 9)

Fatal Identity – Nichts kann uns trennen (Fatal Serie 10)

Fatal Threat – Ich glaub an dich (Fatal Serie 11)

Fatal Chaos – Allein unsere Liebe (Fatal Series 12)

Fatal Invasion – Wir gehören zusammen (Fatal Serie 13)

Fatal Reckoning – Solange wir uns lieben (Fatal Serie 14)

Fatal Accusation – Mein Glück bist du (Fatal Serie 15)

Fatal Fraud – Nur in deinen Armen (Fatal Serie 16)

Fatal Serie Bände 1-6

Fatal Serie Bände 7-11

First Family

State of Affairs – Liebe in Gefahr, Band 1

State of Grace – Für alle Ewigkeit, Band 2

State of the Union – Du und ich gemeinsam, Band 3

State of Shock - Meine Liebe, mein Leben, Band 4

State of Denial – Riskantes Spiel mit dir, Band 5

State of Bliss – Unser Traum von Liebe, Band 6

Miami Nights

Bis du mich küsst

Bis du mich berührst

Bis du mich liebst

Bis du mich verzauberst

Bis du mit mir träumst

Die McCarthys

Liebe auf Gansett Island (Die McCarthys 1)

Mac & Maddie

Sehnsucht auf Gansett Island (Die McCarthys 2)

Joe & Janey

Hoffnung auf Gansett Island (Die McCarthys 3)

Luke & Sydney

Glück auf Gansett Island (Die McCarthys 4)

Grant & Stephanie

Träume auf Gansett Island (Die McCarthys 5)

Evan & Grace

Küsse auf Gansett Island (Die McCarthys 6)

Owen & Laura

Herzklopfen auf Gansett Island (Die McCarthys 7)

Blaine & Tiffany

Rückkehr nach Gansett Island (Die McCarthys 8)

Adam & Abby

Zärtlichkeit auf Gansett Island (Die McCarthys 9)

David & Daisy

Verliebt auf Gansett Island (Die McCarthys 10)

Jenny & Alex

Hochzeitsglocken auf Gansett Island (Die McCarthys 11)

Owen & Laura

Gansett Island im Mondschein (Die McCarthys 12)

Shane & Katie

Sternenhimmel über Gansett Island (Die McCarthys 13)

Paul & Hope

Festtage auf Gansett Island (Die McCarthys 14)

Big Mac & Linda

Im siebten Himmel auf Gansett Island (Die McCarthys 15)

Slim & Erin

Verzaubert von Gansett Island (Die McCarthys 16)

Mallory & Quinn

Traumhaftes Gansett Island (Die McCarthys 17)

Victoria & Shannon

Schneeflocken auf Gansett Island

Geliebtes Gansett Island (Die McCarthys 18)

Kevin & Chelsea

Blütenzauber auf Gansett Island (Die McCarthys 19)

Riley & Nikki

Sommernächte auf Gansett Island (Die McCarthys 20)

Finn & Chloe

Verführung auf Gansett Island (Die McCarthys 21)

Deacon & Julia

Magie auf Gansett Island (Die McCarthys 22)

Jordan & Mason

Sonnige Tage auf Gansett Island (Die McCarthys 23)

Versuchung auf Gansett Island (Die McCarthys 24)

Cooper & Gigi

Neubeginn auf Gansett Island (Die McCarthys 25)

Jace & Cindy

Sturmwolken über Gansett Island (Die McCarthys 26)

Die Green Mountain Serie

Alles was du suchst (Green Mountain Serie 1)

Endlich zu dir (Green Mountain Serie 1/Story *1)*

Kein Tag ohne dich (Green Mountain Serie 2)

Ein Picknick zu zweit (Green-Mountain-Serie/Story 2)

Mein Herz gehört dir (Green Mountain Serie 3)

Ein Ausflug ins Glück (Green-Mountain-Serie/Story 3)

Schenk mir deine Träume (Green-Mountain Serie 4)

Der Takt unserer Herzen (Green-Mountain-Serie/Story 4)

Sehnsucht nach dir (Green-Mountain Serie 5)

Ein Fest für alle (Green-Mountain-Serie 5/Story 5)

Öffne mir dein Herz (Green-Mountain-Serie 6/Story 6)

Jede Minute mit dir (Green-Mountain-Serie 7)

Ein Traum für uns (Green-Mountain-Serie 8)

Meine Hand in deiner (Green-Mountain-Serie 9)

Mein Glück mit dir (Green-Mountain-Serie 10)

Nur Augen für dich (Green-Mountain-Serie 11)

Jeder Schritt zu dir (Green-Mountain-Serie 12)

Ganz nah bei dir (Green-Mountain-Serie 13)

Meine Liebe für dich (Green-Mountain-Serie 14)

Eine Ewigkeit für uns (Green-Mountain-Serie 15)

Die Neuengland-Reihe

Vergiss die Liebe nicht (Neuengland-Reihe 1)

Wohin das Herz mich führt (Neuengland-Reihe 2)

Wenn das Glück uns findet (Neuengland-Reihe 3)

Und wenn es Liebe ist (Neuengland-Reihe 4)

Für immer und ewig du (Neuengland-Reihe 5)

Die Quantum Serie

Tugendhaft (Quantum-Serie 1)

Furchtlos (Quantum-Serie 2)

Vereint (Quantum-Serie 3)

Befreit (Quantum-Serie 4)

Verlockend (Quantum-Serie 5)

Überwältigend (Quantum-Serie 6)

Unfassbar (Quantum-Serie 7)

Berühmt (Quantum-Serie 8)

Andere Bücher

Sex Machine – Blake und Honey

Sex God – Garrett und Lauren

Five Years Gone – Ein Traum von Liebe

One Year Home – Ein Traum von Glück

Mein Herz für dich

Nicht nur für eine Nacht

Take-off ins Glück

The Fall – Du und keine andere

Dieses Mal für immer

Helden küsst man nicht

Küsse für den Quarterback

Gilded Serie

Die getäuschte Herzogin

Eine betörende Braut

ÜBER DIE AUTORIN

Marie Force ist New-York-Times-
Bestseller-Autorin von zeitgenössischen
Liebesromanen und Romantic Suspense.
Zu ihren Büchern gehören unter
anderem die beliebten Reihen „Fatal“,
„First Family“, „Gansett Island“, „Butler
Vermont“, „Neuengland“, „Miami Nights“
und „Wild Widows“ sowie die erotische
„Quantum“-Serie. Ihre Bücher haben sich
weltweit bislang mehr als zehn Millionen 
Mal verkauft, wurden in ein Dutzend Sprachen übersetzt und
standen über dreißigmal auf der New-York-Times-Bestseller-
Liste. Außerdem ist sie USA-Today- und #1-Wall-Street-
Journal-Bestseller-Autorin und in Deutschland Spiegel-
Bestseller-Autorin.

Ihre Ziele im Leben sind einfach: Bücher zu schreiben,
solange sie kann, ihre beiden Kinder weiter dabei zu unterstützen, glückliche, gesunde und produktive junge Erwachsene zu
werden, und niemals in einem Flugzeug zu sitzen, das
Schlagzeilen macht.

Tragen Sie sich in Maries Mailingliste ein, um alles Wichtige
über neue Bücher und Veranstaltungen zu erfahren. Folgen Sie
ihr auf Facebook und auf Instagram.